本书为贵州师范学院博士项目
"陈与义诗歌修辞研究"(2021BS036)的阶段性成果

陈与义诗歌研究

刘雄 著

复旦大学出版社

序

　　得知刘雄的博士论文《陈与义诗歌研究》终于要付梓了，我作为他的指导老师，很是高兴。

　　20世纪末，刘雄本科毕业于四川大学，专业是经济学。两年后，考取西南师范大学为中国古代文学专业硕士研究生，后在高校从事中国古代文学的教学。2007年，又进入浙江大学古籍研究所中国古典文献学专业攻读博士学位。

　　读博期间，刘雄选择宋代文学作为研究方向，起初拟定的课题是刘克庄诗学思想研究，侧重于文学评论中的诗论。浙江大学古籍所中国古典文献学专业主要是对古籍的整理研究与古代文史哲的实证性研究。业师徐规先生曾指出，年青人做学问，搞研究，先可选择一个人物、某一事件，或一典籍，或一制度，以此为点，逐渐辐射扩大。20世纪80年代始，我对叶梦得（1077—1148）的研究，就是在徐师这一思想指导下进行的。起因是在读《四库全书总目》时，看到四库馆臣对叶梦得的评价，称叶梦得"文章高雅，犹存北宋之遗风。南渡以后，与陈与义可以肩随。尤（袤）、杨（万里）、范（成大）、陆（游）诸人皆莫能及"（《四库总目》卷一九六"石林居士建康集"条）。现在看来，这当是夸大溢美之词，不免片面。但这一评述，在坚定了我对叶梦得的研究的同时，也使我对陈与义有了深刻印象。随着对陈与义的进一步了解，也曾想对他进行研究，后因忙于其他，未能如愿。故经与我商议，刘雄选定陈与义及其诗歌作为研究课题。

　　在浙大古籍所务实不尚空论的学术氛围中，刘雄对陈与义诗歌的研究，注重传统的实证性研究，先从研究陈与义本人开始，将其放在他生活的时代背景中进行考察。通观整个宋代,自北宋中期起,一直深陷于内忧外患中。这在北宋与南宋之交,更为突出,以至北宋被金灭亡,南宋初金兵又大举南下,逼迫宋高宗逃到浙南沿海。陈与义正是生活在这一时期,且他本人在北宋末得到权相王黼荐引,南宋时,又因为高宗欣赏得到重用,官至执政。所以,研究陈与义及其诗歌,党争与抗金斗争是不可回避的两个问题。为此,刘雄认真研读《宋会要辑稿》《续资治通鉴长编》《建炎以来系年要录》等两宋史籍及别集、笔记等,重编《陈与义年谱》,按年月编排了陈与义的生平事迹、诗词与当代相关史事,认真考辨。在党争问题上,就两个方面进行了考析。一是为王黼荐引及与王黼的关系。发现陈与义自政和三年(1113)中上舍甲科进士,为开德府教授,除辟雍录,任上因母亲去世赴汝州丁内艰,直到宣和五年(1123)经葛胜仲由王黼荐引,为太学博士,历著作佐郎,擢符宝郎,次年随着王黼罢相,陈与义亦被谪监陈留酒税。据此,陈与义由王黼荐引后所任官品级不高,时间仅为一年半左右,在这期间,未见陈与义有附和王黼,打击迫害元祐党人的行为。二是考察了陈与义的人际关系及交游情况。首先陈与义的老师崔鹏(1058—1126),在崇宁元年(1102)蔡京籍元符末上书人等第时,已被列入邪等,受到迫害,而陈与义仍向他学诗,并一直牢记崔鹏的教导,终生服膺。此外,陈与义还与多位列入元祐党籍大臣的子孙交往密切,其中有苏辙外孙谢文骥、刘挚之子刘路及其孙刘长言、吕公著之孙吕钦问等。论文考证了陈与义与他们交往、诗词酬唱的过程,然后指出:这说明陈与义虽为王黼荐引,但并未与王黼之流同流合污,更没有投石下井,参与对元祐党人及其子孙的打击迫害。其实,北宋后期,蔡京等六贼横行之时,他们为了把持朝政,既互相勾结,又互相倾轧,各自排斥异己,汲引名儒才俊。除了陈与义,当时不少颇有声望的俊杰名士如叶梦得、葛胜仲、汪藻、翟汝文、杨时等都曾为蔡京、王黼等汲引,出其门下。

在对待抗金问题上,刘雄根据陈与义的经历与仕履,分阶段进行考察分析。靖康之难北宋灭亡前,陈与义谪监陈留酒税后,又丁外艰,到南宋初金兵大肆南侵时一直过着颠沛流亡的生活,亲闻目睹金军烧杀虏掠的暴行,满怀忧国之情与对奸臣误国之愤,同时见闻了南宋军民坚决抗击金军的英勇事迹。论文指出当时的陈与义抗金立场是很鲜明的。绍兴元年(1131)夏,陈与义到达越州(今浙江绍兴)行在所,迁起居郎。由于得高宗的赏识,半年后由试中书舍人兼掌内制,此后至绍兴八年陈与义去世,除了短暂的出知湖州与一年左右的奉祠闲居外,仕途顺利,历官吏部侍郎兼侍讲、翰林学士知制诰,直至参知政事,进入最高统治层。这是南宋王朝刚脱离几被金灭亡的最危难境地,政权逐渐巩固的时期,也是抗金斗争关键时期。经过详细考察,刘雄分析认为,陈与义最后位至参知政事,并非因为他的政治才具,而是文学才能,也跟迎合高宗对金"议和"有关。陈与义在南宋抗金斗争中总的态度是:前期主战以附和张浚,后来主和以"调停两可"。这一论述,比较客观。反映刘雄实事求是,并不因为喜欢陈与义诗歌而回护其后期在抗金斗争中表现。

由于有了前期认真、扎实的基础工作,刘雄最后的博士论文完成得很不错,受到了匿名评审专家与答辩委员会专家的好评。之后又经多年修改,有了进一步提高。现在出版的是他博士论文的前半部分,不包括后半部分《陈与义年谱》。陈与义作为"南北宋之交最杰出的诗人"(钱钟书先生语),赢得生前身后名,同时及后世对其诗歌的评论不绝于书,20世纪20年代以来,现代意义上的学术研究论著更是以百计,刘雄的博士论文在前人研究的基础上有不少创新、突破。在我看来,要而言之,以下几个方面较为突出。

其一,关于陈与义诗歌的继承和影响。对此前人讨论已经比较多,自方回(1227—1307)尊陈与义与黄庭坚、陈师道为江西诗派之宗,后人的评论大都侧重于陈与义是否归属江西派以及他与黄庭坚、陈师道的关系,也都指出陈与义学杜甫,刘雄则在前人基础上进行了更加深入细致的考察。论述了陈与义除了学杜甫、黄庭坚、陈师道外,还学陶渊明、韦应物、柳宗元和王维等,开创了独具一格、被严羽名为"简斋体"的宋诗一体,以及对于杨万里的影响。在分析学杜时,借用了皎然的"三偷"理论说明陈与义学杜的层层深入;分析了陶、韦、柳、王的同中有异,更精确地把握了简斋诗的特色;从重锤炼、忌俗的诗学主张以及袭用点化其诗句的手法等方面考察了陈与义的学黄、陈;从对灵感的重视、善于写生、对味的重视等方面分析了陈与义对杨万里的影响。

其二，陈与义诗歌的类别。论文用比较的研究方法考察相同题材的不同处理手法和艺术特点。选取了登览、旅况、节序、晴雨、送别、忠愤等六类，每类作为一节，每节选择陈与义代表性诗作，主要同杜甫、苏轼、黄庭坚、陈师道等人相同的题材诗歌作分析比较，其中包括各自诗作的时代背景、内容、表现手法、历代名家评论等。如《送别类诗》一节，论文以杜甫《奉济驿重送严公四韵》《送路六侍御入朝》、陈师道《寄送定州苏尚书》，与陈与义《别伯共》《送客出城西》《送熊博士赴瑞安令》作了比较后，总结说：

> 以上这几首送别诗，杜甫五律凄凉酸楚，令人不忍卒读；七律感情激烈，一气呵成，几乎不分说话作诗。两首倒插法都用得出色，所以既曲折又条达。陈师道诗因为是规劝东坡，写得直接，但造语老健，颈联似对非对，尤见宋诗特点。陈与义五律沉郁顿挫又一气盘旋，颇似老杜；七律意味隽永，情景交融，兼有唐、宋诗的特色，既高远又沉着。

其分析评论言简意赅，很到位。通过比较，揭示出陈与义诗歌的特色。

其三，也是论文最见功力处，是第四章对陈与义诗歌修辞的系统解诂。据我所知，在陈与义诗歌研究中，着眼其诗歌修辞的不多，更不要说进行系统研究；而古人的诗话受"言不尽意"思想的影响，偏重于印象式的批评，难以征实。刘雄的博士论文分析了陈与义诗歌对仗、用典、字法、句法、声律、意象、比喻、拟人等八个方面的内容，从广义上使用修辞这个词，讨论"语法""词汇""修辞""结构"等，用语言学方法分析其诗歌艺术，将两者很好地结合起来。如论对仗，指出其善用"时空交错对"（例举"五年天地无穷事，万里江湖见在身"），营造历史纵深感；析用典，考证"孤臣霜发三千丈"，化用李白诗意而注入黍离之悲；辨声律，统计七律中"平仄拗救"频次以印证"简斋体"的风格。更以"意象考古"之法，梳理"鸿雁""青灯"等核心意象的嬗变轨迹，揭示其从"书斋雅趣"到"家国寄寓"的升华过程。

以上其二、其三两方面别具一格的对陈与义诗歌的研究，得到评审专家的充分肯定,如有专家指出:论文对陈与义诗歌题材种类、修辞手法进行了详细而贴切的研究,改变了以前对陈与义诗歌研究泛泛而论或着重思想内容的作法,加深了对陈与义诗歌之为"自体"的认识,令人耳目一新。

刘雄天资聪敏,自幼喜欢古诗词。成年之后,更是钟情于此,以致弃热门的经济学,转学并从事比较清苦的中国古代文学的教学研究。淡泊名利,不以职称、业绩为累,在认真教学的同时,吟诗填词,与同好结诗社,为社长,出诗集,乐在其中。这种超然物外的处世态度,在当今社会非常难得。十年磨一剑,《陈与义诗歌研究》的出版,是刘雄作为诗人、学者双重身份生产的硕果,冀望此书的出版,能引起学界对两宋之际诗学转型的再思,希望刘雄在对陈与义及其诗词研究中更加深入,再出成果,也希望早日看到他博士论文的后半部分《陈与义年谱》的出版。

方建新
2025 年 4 月 8 日

目 录

绪论 …………………………………………………………… 1
  一、研究价值 ………………………………………………… 1
  二、研究概述 ………………………………………………… 3
  三、研究内容及创新 ………………………………………… 10

第一章 陈与义的家世、生平及其与党争 …………………… 12
  第一节 家世 ………………………………………………… 12
  第二节 生平 ………………………………………………… 18
    一、少年求学及初入仕途时期 …………………………… 19
    二、避乱南奔时期 ………………………………………… 21
    三、追随高宗时期 ………………………………………… 22
  第三节 陈与义在党争与抗金斗争的表现 ………………… 23
    一、陈与义与北宋党争 …………………………………… 24
    二、陈与义与南宋党争及对抗金的态度 ………………… 30

第二章 陈与义诗歌的继承和影响 …………………………… 38
  第一节 "诗宗已上少陵坛" ………………………………… 38
    一、偷语 …………………………………………………… 40
    二、偷意 …………………………………………………… 46
    三、偷势 …………………………………………………… 52
  第二节 "旁参王维，上攀陶潜" …………………………… 63
    一、学王维 ………………………………………………… 64
    二、学陶渊明 ……………………………………………… 73

三、学韦应物 …… 84
　　四、学柳宗元 …… 86
　第三节　"源出豫章""以后山体用后山" …… 92
　　一、重锤炼 …… 92
　　二、忌俗 …… 93
　　三、对黄、陈诗句的点化 …… 97
　第四节　"已开诚斋先路" …… 102
　　一、对灵感的重视 …… 104
　　二、善于写生 …… 105
　　三、对"味"的重视 …… 109

第三章　陈与义诗歌的类别 …… 113
　第一节　登览类 …… 113
　第二节　旅况类 …… 122
　　一、"已吟子美湖南句,更拟东坡岭外文" …… 122
　　二、夜景 …… 126
　　三、早行 …… 131
　第三节　节序类 …… 133
　　一、除夕 …… 134
　　二、寒食 …… 138
　　三、重阳 …… 143
　第四节　晴雨类 …… 148
　　一、江涨 …… 149
　　二、雨 …… 152
　　三、晴 …… 156
　第五节　送别类 …… 159
　第六节　忠愤类 …… 165

第四章　陈与义诗歌的修辞 …… 171
　第一节　对仗 …… 171
　　一、时空对 …… 173

二、颜色对 …………………………………………… 178
　　三、当句对 …………………………………………… 182
　　四、活对 ……………………………………………… 187
　第二节　用典 …………………………………………… 192
　　一、用典与人物形象 ………………………………… 195
　　二、用典的翻新出奇：夺胎换骨 …………………… 210
　第三节　字法 …………………………………………… 214
　　一、健字 ……………………………………………… 215
　　二、活字 ……………………………………………… 228
　第四节　句法 …………………………………………… 235
　　一、近于宋诗特点的句法 …………………………… 235
　　二、近于唐诗特点的句法 …………………………… 242
　第五节　声律 …………………………………………… 244
　　一、平仄 ……………………………………………… 244
　　二、用韵 ……………………………………………… 251
　第六节　意象 …………………………………………… 262
　　一、隐居 ……………………………………………… 262
　　二、远俗 ……………………………………………… 269
　　三、坐禅 ……………………………………………… 272
　　四、禽鸟类 …………………………………………… 275
　　五、花木类 …………………………………………… 279
　　六、其他意象 ………………………………………… 283
　第七节　比喻 …………………………………………… 288
　　一、明喻 ……………………………………………… 288
　　二、暗喻 ……………………………………………… 292
　　三、借喻 ……………………………………………… 294
　第八节　拟人 …………………………………………… 300

结语 ………………………………………………………… 320
征引及参考文献 …………………………………………… 322
后记 ………………………………………………………… 333

绪　　论

一、研究价值

  陈与义是南北宋之交最杰出的诗人①。他一方面学习黄庭坚、陈师道,受到当时江西诗风的影响。同时不满足于此,直接向杜甫学习。如其自述:"近世诗家知尊杜矣,至学苏者乃指黄为强,而附黄者亦谓苏为肆;要必识苏、黄之所不为,然后可以涉老杜之涯涘。"②特别在南渡以后,国家多难,和杜甫产生了强烈的思想共鸣,诗作风格转为沉郁悲壮。如钱钟书所说:"诗人要抒写家国之痛,就常常自然而然效法杜甫这类苍凉悲壮的作品⋯⋯何况陈与义本来是个师法杜甫的人。他逃难的第一首诗《发商水道中》可以说是他后期诗歌的开宗明义:'草草檀公策,茫茫杜老诗。'他的《正月十二日自房州城遇虏至》又说'但恨平生意,轻了少陵诗',表示他经历了兵荒马乱才明白以前对杜甫还领会不深。他的诗进了一步,有了雄阔慷慨的风格。"③从字句技法上摹杜转到思想内容上学杜来,这就使他超出了一般江西派诗人的高度。同时他的诗风还有陶、谢、韦、柳和王维那种清新秀美一面。张嵲说:"公尤邃于诗,体物寓兴,清邃超特,纡余闳肆,高举横厉,上下陶、谢、韦、柳之间。"④陈与义的诗在当时就产生了很大的影响。南渡之前,以《墨梅》诗受知于徽宗,得到提拔。又因分韵赋诗,技压全场,名震京师。洪迈说:"陈去非遂以《墨梅》绝句擢置馆阁,尝以夏日偕五同舍集葆真宫池

---

① 钱钟书:《宋诗选注》,三联书店 2007 年版,第 212 页。
② 晦斋:《简斋诗集引》,《陈与义集》卷首,吴书荫、金德厚点校,中华书局 2007 年版,第 4 页。
③ 钱钟书:《宋诗选注》,第 212、213 页。
④ 张嵲:《陈公资政墓志铭》,《陈与义集》附录,第 535 页。

上避暑,取'绿阴生昼静'分韵赋诗,陈得'静'字。其词曰……诗成,出示坐上,皆诧为擅场。朱新仲时亲见之,云京师无人不传写也。"①南渡之后,以"客子光阴书卷里,杏花消息雨声中"这一联受到高宗的赞赏②。他在生前就获得了极大的诗名,被称为"新体"。如葛胜仲《陈去非诗集序》云:"会兵兴抢攘,避地湖、广,泛洞庭,上九疑、罗浮,虽流离困厄,而能以山川秀杰之气益昌其诗,故晚年赋咏尤工。搢绅士庶争传诵,而旗亭传舍摘句题写殆遍,号为'新体'。"③严羽在《沧浪诗话》中名之为"陈简斋体",将其与东坡体、山谷体、后山体、王荆公体、邵康节体、杨诚斋体并称④。陆游虽然是大诗人,但严羽并没有称之为放翁体,可见简斋更具有强烈的个人风格。当时和后世的诗人对他有极高的评价。杨万里称他"诗宗已上少陵坛"⑤,楼钥评价说:"参政简斋陈公,少在洛下,已称诗俊;南渡以后,身履百罹而诗益高,遂以名天下。"⑥刘克庄说:"元祐后,诗人迭起,一种则波澜富而句律疏,一种则锻炼精而情性远,要之不出苏、黄二体而已。及简斋出,始以老杜为师,《墨梅》之类,尚是少作。建炎以后,避地湖峤,行路万里,诗益奇壮。……造次不忘忧爱,以简洁扫繁缛,以雄浑代尖巧,第其品格,故当在诸家之上。"⑦罗大经称:"自陈、黄之后,诗人无逾陈简斋。其诗繇简古而发秾纤。值靖康之乱,崎岖流落,感时恨别,颇有一饭不忘君之意。"⑧刘辰翁甚至认为简斋不在东坡之下:"或问:'宋诗简斋至矣,毕竟比坡公何如?'曰:'诗道如花,论高品则色不如香,论逼真则香不如色。'"⑨胡应麟总结说:"大抵南宋古体当推朱元晦,近体无出陈去非。"⑩四库馆臣

---

① 洪迈:《容斋随笔·四笔》卷14,中华书局2005年版,第804、805页。
② 朱熹:《朱子全书·朱子语类》卷140,上海古籍出版社、安徽教育出版社2010年版,第4329页。
③ 白敦仁:《陈与义集校笺》附录,上海古籍出版社1990年版,第1013页。
④ 郭绍虞:《沧浪诗话校释·诗体》,人民文学出版社1961年版,第59页。
⑤ 杨万里:《跋陈简斋奏草》,《杨万里集笺校》卷24,辛更儒笺校,中华书局2007年版,第1234页。
⑥ 楼钥:《简斋诗笺叙》,《陈与义集》卷首,第1页。
⑦ 刘克庄:《后村诗话》前集卷2,中华书局1983年版,第26、27页。
⑧ 罗大经:《鹤林玉露》甲编卷6,中华书局1983年版,第105、106页。
⑨ 刘辰翁:《简斋诗笺序》,《陈与义集》卷首,第3页。
⑩ 胡应麟:《诗薮》杂编卷5,上海古籍出版社1979年版,第316页。

对陈与义诗评价亦高:"然就江西派中言之,则庭坚之下,师道之上,实高置一席无愧也。"①陈与义诗歌既然有如此重要的地位和成就,特别在南北宋之交,陈与义起到了承上启下的作用,是诗歌史上一大关捩,深入研究他就是非常有必要的。

二、研究概述

对陈与义诗集的整理和研究在宋代就已经开始了,此后关注评论他的代不乏人,其议论已如上所举。现代意义上的研究始于20世纪30年代。胡云翼《宋诗研究》(1930)认为"陈与义是南渡时期的第一大诗人"②,柯敦柏《宋文学史》(1934)认为"就江西派言之,与义视师道,殆未多让焉"③,刘大杰的《中国文学发展史》(1948)认为陈与义"学杜,是'师意不师辞'……成为江西诗中的改革者"④。这些也基本是古人的议论。钱基博的《中国文学史》(1939)则颇有新意,称陈与义"体物寓兴之句,清遒超逸,原本王维,而上下于陶、韦、柳之间……寓清新于沉鸷"⑤。其子钱钟书的《谈艺录》(1948)中也有一些关于陈与义的论述,如"七律杜样"条说:"至南渡偏安,陈简斋流转兵间,身世与杜相类,惟其有之,是以似之。七律如……雄伟苍楚,兼而有之。学杜得皮,举止大方,五律每可乱楮叶。"⑥50年代中后期钱钟书的《宋诗选注》(1958)和程千帆、缪琨的《宋诗选》(1957)出版。特别是前者,在选了陈与义诗歌的同时,也对诗人作了概括性的介绍。1961年刘逸生在《羊城晚报》上发表了《江湖忧国识巴丘》一文,是国内第一篇关于陈与义诗歌的赏析性论文。同时期的海外学者陈宗敏发表了《简述简斋诗》。

---

① 永瑢等:《四库全书总目》卷156,中华书局1965年版,第1349页。
② 胡云翼:《宋诗研究》,岳麓书社2011年版,第105页。
③ 柯敦伯:《宋文学史》,商务印书馆1934年版,第111页。
④ 刘大杰:《中国文学发展史》下册,百花文艺出版社1999年版,第169页。
⑤ 钱基博:《中国文学史》,东方出版中心2008年版,第528页。
⑥ 钱钟书:《谈艺录》,三联书店2007年版,第457页。

70年代，陈与义诗歌的整理和研究工作又有了新的进展，代表性的是郑骞的《陈简斋诗集合校汇注》和夏敬观的《陈与义诗》。前者是全集，所收录的沈曾植评语为他本所无；后者为选本，所选诗虽不多，但重在阐释字句意思。1978年，傅璇琮编撰的《古典文学研究资料汇编》之《黄庭坚和江西诗派卷》，由中华书局出版，为陈与义研究提供了大量的资料。80年代以后，陈与义的研究进入了迅速发展的阶段，发表并出版了众多的论著。下面，将历代对陈与义及其作品的整理研究归纳叙述如下：

1. 对作品的整理和诗人生平的研究

陈与义诗集现存的主要是下面三种版本：宋光宗绍熙元年（1190），胡稚笺注的《简斋诗集三十卷附无住词一卷》脱稿，旋即付梓，后同元刻《陈简斋诗外集》一起影印，收入《四部丛刊》初编。另有《须溪先生评点简斋诗集》十五卷本。此本比胡注本多出《次周漕示族人韵》等七首诗，且其中收刘辰翁的评语一百多条，还增加了一些新注，可能是刘的门人或弟子所为。这两种都是编年本。到了清代，纪昀等编《四库全书》，又有一种浙江鲍士恭家藏本进献。此本是分体本，不编年，即后来收入《四库全书》之本。此本收罗最富，将上述两本及外集的作品都收录了，但将注文都删去了。今人整理的本子除了前面提到的郑骞的《陈简斋诗集合校汇注》外，大陆先有吴书荫、金德厚点校的《陈与义集》二册，1982年由中华书局出版。此书以胡注本、须溪评点本和《四库全书》本为主要点校本，又参校了其他几种异本而成，是较为完善的一个本子。白敦仁的《陈与义集校笺》二册，由上海古籍出版社于1990年出版。此书为补正胡氏旧注而作，后出转精，在笺语部分用力尤多，其要点在于人、地、时、事的考证。此书是目前陈与义诗集各种版本中最完备的本子。

关于陈与义年谱，除了宋人胡稚所作外，还有近现代人夏敬观、郑骞、白敦仁所编三种。胡谱载于其所笺注简斋诗集卷首，虽有若干原始资料，但非常简略，仅具大纲。夏谱载于台湾商务印书馆《陈与义诗》，详于胡谱，但也很简略。郑谱载于台湾联经出版社《陈简斋诗集合校汇注》，较胡谱、夏谱详细得多。最翔实完善的是白谱。1981年，白谱先发表在《成都大学学报》第一、二两期,1983年,经补充修改后由中华书局出版。

2. 对陈与义诗歌艺术的探讨

对陈与义诗歌艺术的探讨可分为两个方面:一是陈与义诗对前人的继承及对后世的影响,二是关于其诗艺术风格的研究。

关于陈与义诗歌对前人的继承,20世纪前半期的几部文学史大都秉承《四库全书总目》的说法。20世纪后半期,钱钟书的《宋诗选注》认为陈与义"前期的作品,古体诗主要受了黄、陈的影响,近体诗往往要从黄、陈的风格过渡到杜甫的风格","他的诗尽管意思不深,可是词句明净,而且音调响亮,比江西派的诗人喜欢","靖康之难发生……他的诗进了一步,有了雄阔慷慨的风格"[①]。

80年代后,对这个问题的探讨更加深入:杨玉华的《试论简斋诗对前人的继承》从学黄陈、学陶谢韦柳、学杜甫三方面探讨了陈诗对前人的继承和借鉴,但论述不够深入细致[②]。白敦仁的《论陈简斋学杜》和吴中胜的《"诗宗已上少陵坛"吗——再评陈与义学杜》,则重点探讨了陈与义学杜这一问题。白文详细分析了陈与义诗风的渊源,特别是对杜诗的继承与发展,着重分析了陈与义在学杜中避免学苏轼、黄庭坚者所常犯的"肆"与"强"的弊病的原因,并指出,"简斋学杜,盖得其'简'耳"[③]。吴文则从沉郁、雄浑两方面来说明陈与义的学杜[④]。陈祥耀《宋诗的发展与陈与义诗》一文,认为陈与义为诗取法杜甫,语言风格学习柳宗元,七言律诗成就最高,五言古诗对后人影响最大,总起来说,他"去陶稍远,于谢、韦、柳较近",而"清邃超特",尤近柳而有其特诣,是"南宋初年成就最高的一位诗人"[⑤]。胡明的《关于陈与义诗歌的几个问题》除了论述简斋诗的继承之外,还提出了"将陈与义的诗前后截然分开是不科学的,陈与义的诗本来便是一个有机的整体,承平时如何,

---

[①] 钱钟书:《宋诗选注》,第212、213页。
[②] 杨玉华:《试论简斋诗对前人的继承》,《楚雄师专学报》1995年第2期。
[③] 白敦仁:《论陈简斋学杜》,《杜甫研究学刊》1993年第3期。
[④] 吴中胜:《"诗宗已上少陵坛"吗——再评陈与义学杜》,《杜甫研究学刊》1996年第1期。
[⑤] 陈祥耀:《宋诗的发展与陈与义诗》,《文学遗产》1982年第1期。

变难时如何,恐怕内部还有一定的发展规律和逻辑必然"①。张福勋的《简斋已开诚斋路——陈与义写景诗略论》通过陈与义、杨万里二人写景诗总体艺术特征的比较,指出陈的写景诗已为杨导夫先路,对杨产生了很大影响②。

关于陈与义诗歌的艺术特色的研究。1964年,台湾学者陈宗敏发表了《简述简斋诗》一文,他归纳了简斋诗的特点有三——思想情感深刻,修辞言淡意远,章法结构整齐③。游国恩等人的《中国文学史》说:"陈与义是南北宋之交杰出的诗人,也是江西诗派后期的代表作家。"认为他的诗歌创作可以南渡为界,分为前后两期。前期多表现个人生活情趣的流连光景之作,写得清新可喜。但南渡之后,颠沛流离,"他的诗风才有了转变,趋向沉郁悲壮,写了不少感怀家国的诗篇"④。艾思同的《论陈与义的诗歌》概括陈与义诗歌的特点有四:一是慷慨激越,寄托遥深,具有"深沉的家国之思";二是规模广大,境界宏丽;三是气势充沛,浑然一体;四是句律流丽,整而不板。并称其近于柳宗元,多用简洁的白描手法,语言"冲口直致,浅语入妙","因革江西,为当时的诗坛增添了新的一格,较早地把握了诗风转变的契机"⑤。此外还有一些从不同侧面论及陈与义诗歌的,如从风格方面来把握的吴淑钿的《论陈与义诗歌的主要风格》,从咏物诗方面来分析陈诗的施洪波的《意足不求颜色似——论陈与义的咏物诗》,从爱国诗篇角度来分析的庄众、浮星的《胸中元自有丘山——陈与义和他的爱国诗篇》。更有将陈与义生平和诗歌结合起来考察的,如胡守仁的《论陈与义诗》、丁国样的《亦江西之派而小异——陈与义及南宋初年诗歌擅变管窥》、杨庆存的《论陈与义及其诗歌创作》等。

3. 陈与义与江西诗派的关系

北宋末年,吕本中作《江西诗社宗派图》,其中并无陈与义之名,而

---

① 胡明:《关于陈与义诗歌的几个问题》,《中州学刊》1989年第2期。
② 张福勋:《简斋已开诚斋路——陈与义写景诗略论》,《中国韵文学刊》1994年第1期。
③ 陈宗敏:《简述简斋诗》,《大陆杂志》1964年第3期。
④ 游国恩等:《中国文学史》,人民文学出版社1964年版,第648页。
⑤ 艾思同:《论陈与义的诗歌》,《江西社会科学》1989年第1期。

且直到陈与义去世以后,其表侄张嵲为他作墓志铭,好友葛胜仲为其诗集作序,甚至到南宋胡稚为陈与义的诗集作注、和楼钥一起为他的诗集作序时,都一字未提江西诗派。直到宋末严羽方立新论,说陈与义诗"亦江西之派而小异",开始把他和江西诗派联系在一起,到了元初的方回,在其《瀛奎律髓》一书中,直接提出"一祖三宗"之说,将陈与义定为江西诗派的"三宗"之一,此后论者多习惯于视陈与义为江西诗派中人。20世纪的许多文学史论著大多据此立论,几乎成为定说。但是20世纪中后期,当人们深入研讨、重新审视这一问题时,对这一认识开始出现了分歧,于是就有了相当大的争议,至今尚无定论。

首先,钱钟书在《宋诗选注》中指出,陈与义学杜转变以后的风格,在南宋的影响并不大,也没有人归他在江西派里,直到南宋末,严羽说他是"亦江西之派而小异",刘辰翁更把他和黄庭坚、陈师道讲成一脉相承,方回尤其"仿佛高攀阔人做亲戚似的,一口咬定他是江西派,从此淆惑了后世文学史家的耳目"①。白敦仁在《陈与义年谱》前言中也认为,将陈与义列入江西诗派"是一种历史性的误会"②。但他在后来写的《论陈简斋学杜》中,则从另外的角度立说,认为方回将简斋列入江西派之"三宗","其用心,盖欲借简斋之'恢张悲壮''气势雄浑''规模广大'以救江西末流之枯涩窘狭耳。'三宗'之说,盖谓三人同出老杜,而又各有所得,这一点,就近体,特别就七律而言,如此位置,仍是比较恰当的"③。另外,赵齐平在《碧天残月映花枝——说陈与义香林四首(其三)》④、陈祥耀在《宋诗的发展与陈与义诗》⑤、邓红梅在《陈与义诗风与江西诗派辨》⑥中都反对将陈与义看作江西派。

但更多的学者还是将陈与义作为江西诗派的一员来看待。比如刘大杰在《中国文学发展史》中说:"他才情颇高,对于前贤作品,博观约

---

① 钱钟书:《宋诗选注》,第213页。
② 白敦仁:《陈与义年谱》前言,中华书局1983年版,第2页。
③ 白敦仁:《论陈简斋学杜》,《杜甫研究学刊》1993年第3期。
④ 赵齐平:《宋诗臆说》,北京大学出版社1993年版,第258页。
⑤ 陈祥耀:《宋诗的发展与陈与义诗》,《文学遗产》1982年第1期。
⑥ 邓红梅:《陈与义诗风与江西诗派辨》,《学术月刊》1994年第8期。

取,善于变化。因此他作诗并不株守黄派的成规,他能参透各家,融会贯通,创造自己的生命。"①胡守仁在《论陈与义诗》中说:"若以'三宗'论,庭坚务出新奇,师道偏于瘦劲,与义雄赡为多。"在三人之中,"惟有与义多伤时悯乱、存心君国之作,于杜甫为近,这些都是他诗中的精华"②。

至于陈与义未被列入吕本中《江西诗社宗派图》的原因,莫砺锋在《江西诗派研究》中认为,吕本中作《江西诗社宗派图》的时候,陈与义只有十三岁,不被列入江西派是当然的,他不像图中其他人一样与社中人有交往和师承关系,当他诗名臻于盛时,诗风已突破黄、陈的藩篱而自具面目了。但方回将他看成"三宗"之一是有一定道理的,因为"我们说到江西诗派的诗风时,只是指其总的倾向而言,并不意味着诗派中人的作品都呈现完全一致的面貌,所以,从诗歌艺术的角度来看,陈与义也应该被看成是江西诗派的一员",且其成就除了黄、陈以外,在整个诗派中无人可以匹敌,"正是因为出现了陈与义这样杰出的后起之秀,才使得江西诗派在黄、陈去世三十多年之后仍然经久不衰"③。程千帆、吴新雷在《两宋文学史》中也认为:陈与义"服膺黄、陈,在诗歌创作上明显地接受这两位前辈的影响,所以方回将他归入江西诗派是有客观依据的"④。

4. 关于陈与义词的研究

陈与义有《无住词》一卷十八首,历来也有较高的评价。黄升在《中兴以来绝妙词选》中说其"词虽不多,语意超绝,识者谓其可摩坡仙之垒也"⑤。纪昀在《四库全书总目提要》中也同意这个评价。缪钺在《论陈与义词》中认为陈与义是学苏轼的,并赋诗云:"诗法为词亦一途,简斋于此得骊珠。杏花疏影传佳什,自有神情似大苏。"⑥徐兴菊的《〈无住

---

① 刘大杰:《中国文学发展史》下册,第169页。
② 胡守仁:《论陈与义诗》,《江西社会科学》1986年第2期。
③ 莫砺锋:《江西诗派研究》,凤凰出版社2024年版,第145页。
④ 程千帆、吴新雷:《两宋文学史》,上海古籍出版社1991年版,第288页。
⑤ 黄升:《中兴以来绝妙词选》,《唐宋人选唐宋词》本,唐圭璋等校点,上海古籍出版社2004年版,第691页。
⑥ 缪钺:《古典文学论丛·论陈与义词》,浙江大学出版社2009年版,第200页。

词〉漫论》和闵定庆的《陈与义〈无住词〉浅说》都认同缪说。白敦仁在《陈与义年谱》前言中说:"如果说,陈与义的某些爱国诗开了陆游的先河,那么《无住词》在某种意义上说也开了《稼轩词》的先河。"①充分肯定简斋词对后世的影响。陶尔夫和刘敬圻在《南宋词史》中指出,陈与义在以诗为词方面取得了成功,他继承了两方面的诗歌传统:一是将晚唐的绵邈风神纳入令词的创作,二是将他的诗歌创作经验特别是江西诗派的瘦硬之体吸收于形象的捕捉、句式的安排与语言的锤炼等方面来。这两方面,在稍后的姜夔的艺术追求中均有继承和发展,陆游在这一方面注意到陈与义的成功,但"他还未悟出陈与义为词时并非将为诗之法原样照搬,而是在最大程度上维护与诗有所不同的词心之审美感受,以保持有别于诗的隐约幽微与烟雨迷离之致"②。对陈与义词的评价相当高。

5. 关于陈与义研究的硕士、博士论文及有关专著

1983 年,台湾大学中国文学研究所的江道德完成了硕士学位论文《陈与义的生平及其诗》,该文结合张嵲的《陈公资政墓志铭》及《宋史》等材料对陈与义的生平有所考证,对陈与义的诗歌也有分析。2003 年,湘潭大学巨传友完成了硕士学位论文《陈与义战乱诗研究》,该文对陈与义战乱诗的主题取向、美学特质、风貌成因都有所探讨。据笔者所知,有关陈与义研究的硕士学位论文还有:2005 年安徽大学王迎春的《论陈简斋体》,2006 年暨南大学孙莉的《陈与义诗歌研究》,郑州大学娄甦芳的《靖康之难与陈与义诗风转变》,2007 年安徽师范大学张奇的《陈与义诗歌三论》,重庆师范大学左福生的《陈与义对陶渊明的接受及其清远平淡诗风的形成》,2008 年河南大学沙晓会的《陈与义对江西诗派的继承与新变》,2010 年广州大学吴倩的《陈与义诗歌论》。

关于研究陈与义的专著,近十年来出版了两部。1993 年,台湾文津出版社出版了吴淑钿的《陈与义诗歌研究》一书。该书的指导思想是以"形式主义"的观念和艾浩的"记号学"方法来研究陈与义的诗歌。其

---

① 白敦仁:《陈与义年谱》前言,第 6、7 页。
② 陶尔夫、刘敬圻:《南宋词史》,黑龙江人民出版社 1992 年版,第 69 页。

内容大体分以下几个部分：一、论述宋诗的特征及流变，用对立美学的观念说明唐、宋诗风不同的原因；二、探讨陈与义生平交游、人生观及生活情趣等；三、从重锻炼、重诗味、重诗兴等方面阐释陈与义的诗论；四、从道理的依附和韵格的讲求总结陈诗的内容；五、分析陈诗的技法与风格。此书是第一部专门对陈与义诗歌研究的著作。2006年，巴蜀书社出版了杨玉华的《陈与义陈师道研究》。其中陈与义研究分为家世生平、思想内容、诗歌艺术、地位影响、词、赋及文等几个部分。面虽广，但每部分都过于简略。

三、研究内容及创新

本文集中讨论了以下几个问题：

1. 陈与义的家世、生平及其与党争的关系。陈与义生活于南北宋之交，正是赵宋王朝内外交困，整个统治最为黑暗也是最困难的时期。陈与义作为生活于这一时期的官员，考察他在这一时期的活动与政治态度、政治品质，对于其在党争与抗金斗争中的态度与表现是不可回避的两个问题。也对他的诗歌有着重要影响。对此，本文除了对其家世、生平作了较为详细的介绍外，着重对前人、今人未及注意的这两个问题作了重点考析。首先，在北宋党争最激烈、蔡京等六贼对元祐党人迫害最厉害的时候，陈与义还与多名入元祐党籍者及其子孙交往酬唱，说明陈与义虽为王黼荐引，但并非与王黼之流同流合污，更没有投石下井，参与对元祐党人及子孙的打击迫害，但由于与王黼的关系，他也成为北宋党争的牺牲品。其次，在抗金问题上，受南宋初期党争影响，陈与义前期主战以附和张浚，后来主和以迎合高宗。

2. 陈与义诗歌的继承和影响。这个问题前人讨论已经比较多，本文力求在前人基础上更加深入和细致。就其突出者而言，论述了陈与义学杜，学陶、韦、柳和王维，学黄、陈以及对于杨万里的影响。借用了皎然的"三偷"理论说明其学杜的层层深入；分析了陶、韦、柳、王的同中有异，更精确地把握其诗的特色；从重锤炼、忌俗的诗学主张以及袭用点化其诗句的手法等方面考察了其诗的学黄、陈;从对灵感的重视、善于写生、对味的重视等方面分析了陈与义对杨万里的影响。

3. 陈与义诗歌的类别。主要是用比较的研究方法考察相同题材的不同处理手法和艺术特点。选取了登览、旅况、节序、晴雨、送别、忠愤六类,主要同杜甫、苏轼、黄庭坚、陈师道等人相同的题材作比较,揭示出陈与义诗歌的特色。

4. 陈与义诗歌的修辞艺术。学界涉及陈与义诗歌艺术的研究已经很多,但概括地谈及风格的多,对其诗歌修辞研究得不多。古人的诗话受"言不尽意"思想的影响,偏重于印象式的批评,难以征实。像王力的《汉语诗律学》这样,讨论"语法""词汇""修辞""结构"等,有助于一般读者的理解,却又没进入审美领域。本文试图将两者结合起来,用语言学方法分析诗歌的艺术。本文分析了陈与义诗歌对仗、用典、字法、句法、声律、意象、比喻、拟人八个方面的内容,是从广义上使用"修辞"这个词。

第一章　陈与义的家世、生平及其与党争

第一节　家　世

陈与义祖籍京兆，曾祖陈希亮（1002—1065）时迁居洛阳（今属河南）。《苏轼文集》卷一三《陈公弼传》云："公讳希亮，字公弼，姓陈氏，眉之青神人。其先京兆人也，唐广明中始迁于眉。曾祖延禄，祖琼，父显忠，皆不仕。"①姚燧《牧庵集》卷一三《宋太常少卿陈公（希亮）神道碑》云："（希亮）其先颍川人，唐迁于京兆。广明中，违乱于蜀，家眉之青神。其可系者：琼生延禄，延禄生赠兵部侍郎显忠，兵部生希亮。"②与苏轼所叙世次稍有出入。姚燧自称获见陈氏家乘，当更可靠，则与义曾祖前世系为：琼-延禄-显忠-希亮。另范镇《陈少卿希亮墓志铭》："其先京兆人，唐广明中避难于蜀，遂家眉州青神之东山。"③所叙迁蜀年代于苏传、姚碑相同。

陈氏既由青神东山徙居邑中，故希亮得与苏洵父子交往。苏轼《陈公弼传》云：

> 公于轼之先君子为丈人行，而轼官于凤翔，实从公二年。方是时，年少气盛，愚不更事，屡与公争议，至形于言色，已而悔之。窃尝以为古之遗直，而恨其不甚用，无大功名，独当时士大夫能言其所为。公没十有四年，故人长老日以衰少，恐遂就湮没，欲私记其

---

① 苏轼：《苏轼文集》卷 13，中华书局 1986 年版，第 415 页。
② 姚燧：《姚燧集·牧庵集》卷 13，人民文学出版社 2011 年版，第 178 页。
③ 杜大珪编：《名臣碑传琬琰集校证》中卷 31，顾宏义、苏贤校证，上海古籍出版社 2021 年版，第 1089 页。

第一章　陈与义的家世、生平及其与党争

行事,而恨不能详,得范景仁所为公墓志,又以所闻见补之,为公传。轼平生不为行状、墓碑,而独为此文,后有君子得以考览焉。①

另邵博《邵氏闻见后录》、张舜民《画墁录》于苏轼和希亮交往亦多有记录。《邵氏闻见后录》云:

> 陈希亮,字公弼,天资刚正人也。嘉祐中,知凤翔府。东坡初擢制科,签书判官事,吏呼苏贤良。公弼怒曰:"府判官何贤良也?"杖其吏不顾,或谒入不得见。故东坡《客次假寐》诗:"虽无性命忧,且复忍斯须。"又《九日独不预府宴登真兴寺阁》诗:"忆弟恨如云不散,望乡心似雨难开。"其不堪如此。又《东坡诗案》云:任凤翔府签判日,为中元节不过知府厅,罚铜八斤,亦公弼案也。东坡作《府斋醮祷祈》诸小文,公弼必涂墨改定,数往反。至为公弼作《凌虚台记》曰:"东则秦穆公祈年、橐泉,南则汉武长杨、五柞,北则隋之仁寿、唐之九成,计一时之盛,宏杰诡丽,坚固而不可动者,岂特百倍于台而已哉!然数世之后,欲求其仿佛,破瓦颓垣,无复存者,既已化为禾黍枳棘、丘墟陇亩矣,而况于此台欤?夫台不足恃以长久,而况于人事之得丧,忽往而忽来者欤?或者欲以夸世而自足,则过矣。"公弼览之,笑曰:"吾视苏明允犹子也,某犹孙子也。平日故不以辞色假之者,以其年少暴得大名,惧夫满而不胜也,乃不吾乐邪?"不易一字,亟命刻之石。后公弼受他州馈酒,从赃坐,沮辱抑郁抵于死。或云,欧阳公憾于公弼有曲折东坡,不但望公弼相遇之薄也。公弼子慥季常,居黄州之岐亭,慕朱家、郭解为人,闾里之侠皆归之。元丰初,东坡谪黄州者,执政疑公弼废死自东坡,委于季常甘心焉。然东坡、季常相得欢甚,故东坡特为公弼作传,至比之汲黯,曰:"轼官凤翔,实从公二年。方是时,年少气盛,愚不更事,屡与公争议,至形于言色,已而悔之。"②

---

① 苏轼:《苏轼文集》卷13,第419页。
② 邵博:《邵氏闻见后录》卷15,中华书局1983年版,第121、122页。

《邵氏闻见后录》所记不但更为详细,而且十分生动,说明刚正老成的陈希亮对苏轼近于刁难的举动,是为了压制少年成名,因此十分自负的苏轼的傲气,是出于对苏氏家族与苏轼的关心,用陈希亮的话说,是把苏轼当作子孙辈对待。如此良苦用心,最后也为苏轼理解,特为陈希亮作传,将希亮比为汲黯,后苏、陈两家成为世交。

另外,如上所述:唐广明(880—881)中,希亮之先世迁蜀之眉州青神,而苏氏(洵)家族久居眉州,从陈希亮将苏洵、轼父子当作己之子孙来看,陈氏自迁眉州后,当与苏氏交往颇深,这种交往一直延续到陈与义与苏辙之外孙,故苏、陈两家当是世交。

希亮生于真宗咸平五年(1002),与梅尧臣同年生。仁宗天圣八年(1030)进士,与欧阳修、张先、石介同年及第。仁宗时官太常少卿,赠太子太保,历官中外,有声于时。范《志》、苏《传》以外,《东都事略》卷七五、《宋史》卷二九八亦有传。

据《宋史·陈希亮传》,希亮四子:忱[①],度支郎中;恪,滑州推官;恂,大理寺丞;慥,字季常,即苏轼《方山子传》中方山子。世谓惧内为"季常之癖",即此人故事。恂即与义祖,张嵲《墓志》云:"(恂)为奉议郎,赠太子太傅。"[②]

与义父亲为朝请大夫,赠太子太师,名字事迹不详。本集唯在卷九《述怀呈十七家叔》"两翁观光今几时"句下自注:"大人与家叔元丰八年(1085)同赴省试。"[③]张嵲《墓志》云:"既王室始骚,丁外艰,避地襄汉。"[④]与义自陈留避地南奔,事在靖康元年(1126),则其父当卒于是年。

与义外曾祖为张士逊(964—1049)。士逊字顺之,襄阳人,《宋史》卷三一一有传。太宗淳化(990—994)中举进士,谥文懿。仁宗天圣(1023—1032)、明道(1032—1033)间两次拜相,见徐自明《宋宰辅编年录》。宋祁《景文集》卷五七《张文懿公士逊旧德之碑》云:士逊"四男子:

---

① 据苏轼《陈公弼传》及范镇《陈少卿希亮墓志铭》,"悦"应为"忱"。
② 《陈与义集》附录,第534页。
③ 《陈与义集》卷9,第127页。
④ 《陈与义集》附录,第534页。

第一章　陈与义的家世、生平及其与党争

曰友直,刑部员外郎,直史馆;曰友傅,殿中丞;曰友正,将作监丞;曰友谊,奉礼郎,独早世"①。

与义外祖即张友正。胡笺本集卷九有《跋外租存诚子帖》诗,胡笺云:"张友正,字义祖,退傅邓国文懿公之幼子。自少学书,常居一小阁上,杜门不治家事,积三十年不辍,遂以书名。神宗尝评其草书为本朝第一,号存诚子。"②胡笺据徐度《却扫编》卷中,《宋史·张士逊传》亦载其事。另张嵲《墓志》云:"公之外王父,邓公之季子也,自号存诚子,善行草书,高视一世,其书过清,世俗莫知。公初规模其外家法,晚益变体,出新意,姿态横出,片纸数字,得之者咸藏弆之。"③可见与义书法学自外祖,刘克庄《后村诗话》后集卷二亦尝论之。绍兴(1131—1162)中,与义尝奉诏定《法帖》,有《法帖释文》一卷,《说郛》卷八九载之。

与义妻周氏,《墓志》云:"公娶周氏,某官之女,某郡夫人。"④白敦仁疑"简斋之妻,当是'嘉祐名臣'谏议大夫周仪之后"⑤,但无确证。子洪,字本之,绍兴末官右通直郎、太府寺主簿,迁太府寺丞,尚书仓部员外郎,军器监。本集卷二九《与智老天经夜坐》诗注云"先生之子洪本之"⑥,可知其子字本之。李心传《建炎以来系年要录》卷一七〇云:"绍兴二十五年(1155)十二月丁酉,右通直郎陈洪为太府寺主簿。洪,与义子也。"⑦同书卷一八三云:"绍兴二十九年八月壬子朔,太府寺丞陈洪为尚书仓部员外郎。"⑧同书卷一九九云:"绍兴三十二年四月甲申,殿中侍御史吴芾言军器监陈洪持禄苟容。"⑨周必大《文忠集》卷一八《跋陈去非帖》云:"绍兴乙亥岁,某初仕王畿,陈公之子本之为郎、为监,家藏手泽甚富。每休务,辄求观竟日。今逾三十年,本之之子仁和宰复示

---

① 宋祁:《景文集》卷57,文渊阁《四库全书》本。
② 《陈与义集》卷9,第143页。
③ 《陈与义集》附录,第535页。
④ 同上。
⑤ 白敦仁:《陈与义年谱》卷首,第11页。
⑥ 《陈与义集》卷29,第462页。
⑦ 李心传:《建炎以来系年要录》卷170,胡坤点校,中华书局2013年版,第3248页。
⑧ 李心传:《建炎以来系年要录》卷183,第3524页。
⑨ 李心传:《建炎以来系年要录》卷199,第3920页。

此轴。前辈翰墨，愈久则愈可敬。而本之墓木已拱，又可叹也。淳熙丙午二月十三日。"①此陈洪事迹之可考者。

与义弟与能，字若拙，亦能诗。葛胜仲《丹阳集》屡以"二陈"并称，亦多酬答之作。陈岩肖《庚溪诗话》卷下云："陈简斋去非诗名夙著，而其弟某诗亦可喜。见张林甫举其《夏日晚望》一联云：'前山犹细雨，高树已斜阳。'恨不见其全篇。"②与能诗唯见此一联。与义集中与之唱酬寄赠之作甚多，如卷二《舍弟逾日不和雪势更密因再赋》、卷六《寄若拙弟兼呈二十家叔》、卷七《次韵家弟碧线泉》、《同家弟赋蜡梅诗得四绝句》等诗。《外集》亦有《和若拙弟得陪游后园二首》、《某用家弟韵赋绝句上浼清视芜词累句非敢以为诗也愿赐一言卒相之》、《某以雨有嘉应遂占有秋辄采用家弟韵赋二绝句少赘勤恤之诚也》、《同家弟用前韵谢判府惠酒二首》、《次韵家弟所赋》（此诗用与能韵，赠葛胜仲）、《某蒙示咏家弟所撰班史属辞长句三叹之余辄用元韵以示家弟谨布师席》、《蒙再示属辞三叹之余赞巨丽无地托言辄依元韵再成一章非独助家弟称谢区区少褒之使进学焉亦师席善诱之意也》等作。这些诗都是居汝州期间所作，如白谱所说："弟与能亦同气连枝，数相喁于。"③靖康之变后，与能留在北方，两兄弟从此一南一北，再也没有见面。《邓州西轩书事》其三云："瓦屋三间宽有余，可怜小陆不同居。易求苏子六国印，难觅河桥一字书。"④"瓦屋三间"用陆机、陆云典故，"小陆"即陆云，这里指与能，"河桥一字书"亦用陆机之犬黄耳通家书事。

除了弟弟之外，与义往来唱和的亲族尚有其叔。本集卷四有《寄新息家叔》、卷五有《次韵家叔》、卷六有《寄若拙弟兼呈二十家叔》、卷七有《谨次十七叔去郑诗韵二章以寄家叔一章以自咏》、卷九有《述怀呈十七家叔》等作。"新息家叔"，其名不详。诗云"吟诗不负丞"⑤，其人盖为官不得意者。《次韵家叔》中"家叔"亦不知何人。从诗意看，似和与义

---

① 周必大：《周必大集校证》卷18，王瑞来校证，上海古籍出版社2020年版，第246页。
② 陈岩肖：《庚溪诗话》卷下，《历代诗话续编》本，中华书局2006年版，第190、191页。
③ 白敦仁：《陈与义年谱》卷2，第65页。
④ 《陈与义集》卷15，第227页。
⑤ 《陈与义集》卷4，第51页。

第一章　陈与义的家世、生平及其与党争

当时同寓京师者。二十叔者,据胡注,名援,字惠彦。其时和与义弟与能同居汝州。十七叔者,据胡注谓:名振,字敏彦,终于朝散郎。朱弁《曲洧旧闻》卷三"语儿梨"条有"洛中士大夫陈振著小说"[1]云云,当即此人。葛胜仲《丹阳集》卷二〇有《蒙若拙宠次陈敏彦振韵三和》七律三首,有"庙堂仄席方求助,管库飞刍莫讳劳""韶颜秘殿赐恩袍,白首山城始梦刀"等联,与义诗云"怀祖定知当晚合,次君未可怨稀迁"[2],与之意近。又《述怀呈十七家叔》诗自注:"大人与家叔,元丰八年同赴省试。"[3]可知其早得科名,后来浮沉下僚。《次十七叔去郑诗韵》自注又有所谓"家伯"者,亦不详其名字。

其余能知的与义亲族尚有表兄张元方(矩臣)、张元东(规臣)。胡注:"矩臣,字元方,退傅邓公之孙。尝为南都幕掾,好学,喜为诗。徐丞相择之守睢阳时,极知之。既入相,即欲荐用,则已卒矣。"[4]"邓公"即张士逊,为与义外曾祖父。张矩臣、张规臣皆与义表兄弟,与义母亲是二张的姑母,则元方当是"邓公"之曾孙。与义与二张过从甚密,唱酬亦多。集中卷二有《次韵张矩臣迪功见示建除体》《次韵张元方春雪》、卷四有《和张规臣水墨梅五绝》、卷五有《次韵张迪功春日》《又和岁除感怀用前韵》《张迪功携诗见过次韵谢之二首》《即席重赋且约再游二首》《次韵答张迪功坐上见贻张将赴南都任二首》《送张迪功赴南京掾二首》、卷六有《次韵表兄张元东见寄》《若拙弟说汝州可居已约卜一丘用韵寄元东》《元方用韵见寄次韵奉谢兼呈元东二首》《元方用韵寄若拙弟邀同赋元方将托若拙觅颜渊之五十亩故诗中见意》《西郊春事渐入老境元方欲出游以为无马未果今日得诗又有举鞭何日之叹因次韵招之》《答元方述怀作》等诗。其中《和张规臣水墨梅五绝》是他的成名作,胡仔《苕溪渔隐丛话》前集卷五三云:

去非《墨梅绝句》云"含章檐下春风面"云云,后徽庙召对,称赞

---

[1] 朱弁:《曲洧旧闻》,中华书局 2002 年版,第 127 页。
[2] 《陈与义集》卷 7,第 101 页。
[3] 《陈与义集》卷 9,第 127 页。
[4] 《陈与义集》卷 2,第 19 页。

此句,自此知名,仕宦亦寖显。陈无己作《王平甫文集后序》云:"则
诗能达人矣,未见其穷也。"故葛鲁卿于去非《简斋集叙》遂用此语,
盖为是也。①

指出与义因此组诗受知遇于徽宗,说明写诗有时也能使人富贵显达。

另外,与义的表侄张嵲与他过从甚密,交往亦久。张嵲,字巨山,襄
阳光化人,绍兴中,官司勋员外郎,中书舍人,实录院修撰,有《紫微集》
三十六卷。尝学诗于与义,并为与义作《墓志》,《宋史》卷四四五《文苑》
有传。《舆地纪胜》卷八七《京西南路·光化军·人物》云:"石㵽。字会
川,光化人。博古通今,其诗淡泊,时出伟丽。仕既不遭,晚岁自晦于田
里,官至朝散郎。有《沧浪集》十卷,陈与义去非为作集引。子嵲,字巨
山。陈去非少学诗于会川,巨山复问诗于去非。既登科,以文学受知当
路,终敷文阁待制,尝上《中兴复古诗》。"②会川为张嵲之父,为与义之
表兄,元方、元东兄弟行。此事他书不载,则与义非但书法,即诗歌亦受
沾溉于外家。

第二节 生 平

陈与义元祐五年(1090)出生于洛阳。胡谱云:"先生以是年六月,
生于洛阳。"③章定《名贤氏族言行类稿》卷一一云:"陈与义,西洛人。
河目海口,大耳耸峙。"这是关于与义外貌的唯一记载。与义年寿不
长,仅活了四十九岁,但其颇为短暂的一生却经历了南北宋易代这样
一个风云变幻的时代。对应其人生历程则是少年求学及初入仕途、
避乱南奔、追随高宗三个时期,兹依此三个时期为界,对其生平略作
介绍。

---

① 胡仔:《苕溪渔隐丛话》前集卷53,人民文学出版社1962年版,第361、362页。
② 王象之:《舆地纪胜》卷87,四川大学出版社2005年版,第3013页。
③ 《陈与义集》卷首,第5页。

第一章　陈与义的家世、生平及其与党争

一、少年求学及初入仕途时期

与义天资聪慧,早年就以能文著称。《墓志》云:"公资卓伟,自为儿童时,已能作文辞,致名誉,流辈敛衽,莫敢与抗矣。"①他还被称为"洛中八俊"的"诗俊",如楼钥《简斋诗笺叙》云:"参政简斋陈公,少在洛下,已称'诗俊'。"②此时陈氏家道已中落,少作诸诗常有自述贫困之语。如本集卷二《杂书示陈国佐胡元茂四首》(其一)"一官专为口,俯仰汗我颜。顾将千日饥,换此三岁闲"③,卷三《书怀示友十首》(其六)"有钱可使鬼,无钱鬼揶揄。……微官不救饥,出处违壮图"④,卷四《寄新息家叔》"竹林虽有约,门户要人兴"⑤,《年华》"去国频更岁,为官不救饥"⑥,《茅屋》"茅屋年年破,春风岁岁来"⑦,等等。

崇宁四年(1105),与义从崔鷃(1053—1126)问作诗之要⑧。徐度《却扫编》卷中⑨、方勺《泊宅编》卷九都有记载⑩。

崇宁五年(1106),与义入太学。七年后,也就是政和三年(1113),与义以上舍及第释褐,名列第三,授文林郎。此时与义24岁。八月,授开德府教授。葛胜仲《陈去非诗集序》云:"政和三年,以上舍解褐,分教辅郡,益沉酣书传,大肆于诗文。"⑪云"大肆于诗文",所作当不少,但据白谱,只有集中最早的四首诗作于开德时,恐是后来删汰之故。

---

① 《陈与义集》附录,第534页。
② 《陈与义集》卷首,第1页。
③ 《陈与义集》卷2,第31页。
④ 《陈与义集》卷3,第40页。
⑤ 《陈与义集》卷4,第51页。
⑥ 同上书,第52页。
⑦ 同上。
⑧ 白敦仁:《陈与义年谱》,第22页。
⑨ 徐度:《却扫编》卷中,《宋元笔记小说大观》,上海古籍出版社2007年版,第4500页。
⑩ 方勺:《泊宅编》卷9,许沛藻、杨立扬点校,中华书局1983年版,第52、53页。
⑪ 《陈与义集》附录,第540页。

政和六年(1116)八月，解开德教官任，归京师。本集卷六《若拙弟说汝州可居已约卜一丘用韵寄元东》诗："四岁冷官桑濮地，三年羸马帝王州。"①自政和三年八月来开德，至此刚好四年。在京师闲居了一段时间，直到政和八年十一月才得到辟雍录的职位。但仅在任三年，宣和二年(1120)春夏间，与义因母亲去世，从辟雍录任上赴汝州丁内艰，此时其弟与能也在汝州(今属河南)。在这里结识了天宁寺的僧人觉心，觉心还是一个画家。这段时间与义还和葛胜仲(1072—1144)、富直柔(1084—1156)等交往唱酬。葛是王黼之党②，王黼在此年取代蔡京为相。王黼虽为奸佞之辈，但所引荐者不乏葛胜仲等端人善类③。四年春末曾归洛阳，有《归洛道中》《道中寒食》《龙门》等诗。夏，服除。七月，擢太学博士，入京。这年，与义唯一的儿子陈洪出生。

宣和五年(1123)，在太学博士任上积极主张振救文弊，尊用程学，胡笺本集卷一七《无题》诗注云："宣和五六年间，先生与内翰綦公叔厚俱为太学博士，道合志一，力救文弊，黜三舍偶俪体，去王氏之论，而尊用程氏。稍索理致，为一时之法。参政周公葵时为诸生，专取先生之文，以为准的，士类归之。后人唯知渡江后赵元振尊尚程氏，殊不知陈、綦二公实有以唱之也。"④从"士类归之"来看，与义的主张是颇得人心的。不久，葛胜仲缴进陈与义《和张规臣水墨梅五绝》，经王黼上达徽宗。徽宗善之，亟命召对，有见晚之嗟。除秘书省著作佐郎。

是年夏天，与五同舍游葆真池，分韵赋诗，诗成传诵一时。洪迈说："尝以夏日偕五同舍集葆真宫池上避暑，取'绿阴生昼静'分韵赋诗，陈得'静'字。其词曰……诗成，出示坐上，皆诧为擅场。朱新仲时亲见之，云京师无人不传写也。"⑤冬，有《十月》《漫郎》等诗，多危苦之音，有"睡过三冬莫开户，北风不贷芰荷衣"⑥等语。《墓志》云："时为宰相者

---

① 《陈与义集》卷6，第80页。
② 白敦仁：《陈与义年谱》，第54页。
③ 郑骞：《陈简斋年谱》，《陈简斋诗集合校汇注》，台湾联经出版社1975年版，第440页。
④ 《陈与义集》卷17，第273页。
⑤ 洪迈：《容斋随笔·四笔》卷14，第805页。
⑥ 《陈与义集》卷11，第165页。

横甚,强欲知公,不且得祸。"①诗殆为此而发。宰相即指王黼。

宣和六年(1124)闰三月,除司勋员外郎,旋擢符宝郎。但好景不长,本年十二月因王黼罢相,受到牵连,谪监陈留酒税。七年,在陈留(今河南省开封市陈留镇),诗作甚多,有三十三首,还写了《玉延赋》《放鱼赋》。

要之,36岁之前这段时期,除去童年及七年在太学学习的时间外,与义初入仕途并不得志。虽然宣和四年之后受了频繁的擢升,但为时不长,很快因受王黼牵连,谪监陈留酒税,而跌入人生的低谷。

二、避乱南奔时期

靖康元年(1126)正月,金人犯京师。此时,陈与义也因父亲去世离开陈留,开始南奔。出商水,经舞阳(今属河南),二月,至邓州(今属河南)小住。七月,复北还陈留。八九月间,又南去,经叶县(今属河南),登方城山(在今河南方城县境内),至光化(今属湖北)。

建炎元年(1127)正月,与富直柔、孙确自光化复入邓,卜居城西。重阳,有《感事》等诗。《感事》有"风断黄龙府,云移白鹭洲"②之句,可见与义并没有忘怀国家的前途命运。

建炎二年(1128)正月初三日,金人陷邓州,与义避往房州(今湖北房县),十二日,自房州城遇金兵至,奔入南山。十五日,到山中回谷,住在张姓家。与孙确、夏倪、张崏会于山中。春末,出山至青溪。卷一七《正月十二日自房州城遇虏至奔入南山十五日抵回谷张家》:"今年奔房州,铁马背后驰。造物亦恶剧,脱命真毫厘。"③可谓实录。这年夏天,与义有一段权摄知均州的经历,此事唯王象之《舆地纪胜》卷八五有记载。陈与义写下了《均阳官舍》等诗,并与王东卿、左通老有唱和。八月,离开均州(治今湖北省丹江口市),赴岳州(今湖南岳阳)。写下了

---

① 《陈与义集》附录,第534页。
② 《陈与义集》卷17,第269页。
③ 同上书,第274页。

《登岳阳楼》二首、《巴丘书事》、《再登岳阳楼感慨赋诗》等名篇。在岳州期间,与义诗情充沛,诗艺亦臻大成。

建炎三年(1129)正月,岳州大火。火后从郡守王接(粹翁)借后圃君子亭居住,自号园公。与王接、岳州曹掾周莘数相唱酬。四月,得到差知郢州的任命。大约还没来得及上任,岳州这时发生了贵仲正兵变。五月二日,与义避乱入洞庭,转徙湖中,待了两个多月,至七月始回城中。九月,自巴丘过湖南,由南洋路往湘潭(今属湖南)。初冬至潭州(今湖南长沙)。此时潭州知州是向子諲,向是著名词人张元干舅父。

建炎四年(1130)正月,与义来到邵阳(今属湖南),依妻族紫阳周氏。此年正月,金人犯潭州。二月,金人从临安退兵,高宗以金兵退赦天下。与义作《雷雨行》,密切关心国家安危。夏日,有《远轩》等诗,提及爆发于二月的钟相、杨幺起义。五月,召守尚书兵部员外郎,以病辞,不允。秋,始拜诏。此后离开邵阳,经广西、广东、福建,以次年绍兴元年(1131)夏到达越州(今浙江绍兴)行在所。同行者李擢、席益、耿延禧,都是同时被召之人。至此,与义结束了长达六年的流亡生涯,六年中,与义辗转河南、湖北、湖南、广西、广东、福建、浙江等地,饱经忧患。

三、追随高宗时期

自绍兴元年(1131)至越州,此后与义人生的最后八年大体是追随以高宗为首的南宋朝廷,而且在这八年间他也逐步受到重用,他到越州的当年即被委以兵部员外郎重任,同年八月又迁起居郎。

绍兴二年(1132)正月,与义从驾至临安。过钱塘江,作《渡江》诗。此诗反映了初到临安的印象以及对时局的看法。尾联云:"虽异中原险,方隅亦壮哉!"①意谓虽偏安一隅,犹大有可为,反映了乐观的态度。四月,试中书舍人兼掌内制。七月,兼侍讲。八月,兼权起居郎。此年仅有诗六首。

绍兴三年(1133)正月,除试尚书吏部侍郎兼侍讲。七月,兼权直学

---

① 《陈与义集》卷29,第452页。

士院。草朱胜非起复制，诏命綦崈礼贴改四字，因上疏待罪，诏释之。此年无诗。

绍兴四年（1134）二月，以病剧辞，改试礼部侍郎兼侍讲兼权直学士院。五月，以言者论词臣失职，与翰林学士綦崈礼、中书舍人张纲上书待罪。八月，自尚书礼部侍郎兼侍讲兼权直学士院除徽猷阁直学士，出知湖州。此年亦无诗。

绍兴五年（1135）二月，从湖州召试给事中。六月，引疾求去，提举江州太平观，卜居青镇僧舍。是秋，所作诗词甚多。

绍兴六年（1136）春，居青镇僧舍，有《元夜》《怀天经智老因访之》诸诗。其中，《怀天经智老因访之》是名作。颔联"客子光阴诗卷里，杏花消息雨声中"①为高宗所欣赏并被《诗人玉屑》的作者魏庆之选入宋朝警句。六月，复被召为中书舍人兼侍讲、直学士院。十一月，除翰林学士、知制诰。十二月，赵鼎罢，张浚独相。

绍兴七年（1137）正月，与义参知政事。二月甲辰，奉诏撰徽宗谥册文。三月，从幸建康。此月壬申，名分治户、刑、工房。七月丁卯，因张戒外任，言养成人材。八月，郦琼叛，张浚因而罢去。此年亦无诗。

绍兴八年（1138）三月，与义上章引疾乞退，再次出知湖州。七月，疾益侵，丐闲得请，提举临安洞霄宫。冬，疾革，十一月二十九日，卒于乌墩僧舍，终年四十九岁。

第三节　陈与义在党争与抗金斗争的表现

陈与义年寿不长，享年仅四十九岁，但他生活于南北宋之交，正是统治最为黑暗也是最困难的时期。在上层统治阶级，宋徽宗昏庸腐败，蔡京、王黼等六贼把持朝政，使从北宋中后期开始的党争更为尖锐激烈，而最终以蔡京等人将以司马光为首的所谓旧党列入元祐党人碑，进行残酷打击迫害达到高潮；而且，这种统治阶级内部的党争并没有因蔡

---

① 《陈与义集》卷30，第470页。

京等六贼的灭亡而结束,一直延续到南宋。在外部,兴起于东北的女真贵族建立的金朝接连出兵进攻宋朝,最后灭亡了北宋,尔后又一路南侵,将宋高宗赵构建立的南宋小朝廷追赶到浙江东南沿海。所以,陈与义作为生活于这一时期官至执政,进入最高统治层的政治人物,考察他在这一时期的活动与政治态度、政治品质,对于其在党争与抗金斗争中的态度与表现是不可回避的两个问题。对此,有必要分别着重作一考析。

一、陈与义与北宋党争

北宋的新旧党争从熙宁到靖康经历了两个阶段:第一阶段是熙宁(1068—1077)、元丰(1078—1085)、元祐(1086—1093)时期,主要表现为两党的政见之争;第二阶段是绍圣以后,演化为党人互相倾轧、无情打击。特别是崇宁元年至宣和六年(1102—1124)这段时间,蔡京擅权,禁锢党人及其子弟,立元祐奸党碑,并打击一切异己份子。对于第一阶段的政见之争,陈与义生年也晚,未遭逢其时,从其言行诗文看,是赞同旧党反对新党的;对于第二阶段的互相倾轧,与义本想置身其外,却身不由己地卷入了党争,成为政治斗争的牺牲品。

(一) 陈与义对新旧党争的态度

了解陈与义对新旧党争的态度,当先需考察陈与义的人际关系及交游情况。

陈与义的老师崔鶠(1058—1126),在崇宁元年(1102)蔡京籍元符末上书人等第时,被列入邪等。与义问学情况可见徐度《却扫编》卷中:"陈参政去非少学诗于崔鶠德符,尝请问作诗之要。崔曰:'凡作诗,工拙所未论,大要忌俗而已。天下书虽不可不读,然慎不可有意于用事。'去非亦尝语人,言本朝诗人之诗,有慎不可读者,有不可不读者,慎不可读者梅圣俞,不可不读者陈无己也。"[①]从与义的诗作看,对老师的教

---

① 徐度:《却扫编》卷中,《宋元笔记小说大观》,第 4500 页。

第一章 陈与义的家世、生平及其与党争

导,他是终生服膺的。按《宋史》卷三五六《崔鶠传》云:"崔鶠字德符,雍丘人。父毗,徙居颍州,遂为阳翟人。登进士第,调凤州司户参军、筠州推官。徽宗初立,以日食求言,鶠上书曰……帝览而善之,以为相州教授。后蔡京条籍上书人,以鶠为邪等,免所居官。久之,调绩溪令。移病归,始居郏城,治地数亩,为婆娑园。屏处十余年,人无贵贱长少,悉尊师之。宣和六年,起通判宁化军,召为殿中侍御史。既至而钦宗即位,授右正言。上疏曰……累章极论,时议归重。忽得挛疾,不能行。三求去,帝惜之,不许。吕好问、徐秉哲为言,乃以龙图阁直学士主管嵩山崇福宫,命下而卒。鶠平生为文至多,辄为人取去,箧无留者。尤长于诗,清峭雄深,有法度。无子,婿卫昂集其遗文,为三十卷,传于世。"①此为崔鶠一生大略。鶠在当时,劾章惇、劾冯澥、劾蔡京,颇著直声。据《宋史》卷一九《徽宗纪》云:"崇宁元年九月乙未,诏中书籍元符三年臣僚章疏姓名为正上、正中、正下三等,邪上、邪中、邪下三等。"②则崔鶠籍列邪等为崇宁元年事,时与义十三岁。与义从崔鶠问诗,白谱系于崇宁四年(1105),郑谱系于大观三年(1109),都无确证,但皆晚于崇宁元年崔鶠入党人籍后,当即其屏处郏城"人无贵贱长少,悉尊师之"之时。崔鶠是陈与义的启蒙老师,在作诗和为人两方面对与义的影响当不浅。

除了崔鶠被列入元符上书人邪等受到迫害,而陈与义仍向他学诗,崔鶠也因此成为自己的启蒙老师外,在陈与义的交往中还有多位入党籍的子孙后代。其中有苏辙外孙谢文骥、刘挚之子刘路、之孙刘长言、吕公著之孙吕钦问等人。

政和三年(1113)三月,陈与义以上舍及第释褐,名列第三,授文林郎,步入仕途。八月,授开德府教授。编年诗始于是年,第一首即《次韵谢文骥主簿兼示刘宣叔》。按张元干(1091—1170?)《芦川归来集》卷九《跋苏黄门帖》云:"苏黄门顷自海康归许下,安居云久,政和二年,晚生犹及识之。衣冠俨古,语简而色庄,真元祐巨公也。已而与其外孙文骥

---

① 脱脱等:《宋史》卷356,中华书局1985年版,第11213—11217页。
② 脱脱等:《宋史》卷19,第365页。

德称相遇澶渊,出书帖富甚。"①苏黄门指苏辙(1039—1112),则文骥为苏辙外孙。苏辙为元祐党人中的首要人物。绍圣元年(1094)三月,出守汝州,六月,降知袁州,寻贬筠州居住,四年二月,责授化州别驾,雷州居住,六月,移循州安置②。胡注云:"宣叔名长言,丞相忠肃公挚莘老之孙,迹之子。按倪巨济《玉溪集》有《送刘宣叔主簿》诗云'吏隐髯刘故逸群'。时刘主开德之朝城簿。"③刘挚(1030—1097),字莘老,永静东光(今河北东光)人,事迹详《宋史》卷三四〇本传,亦元祐党人首要人物。绍圣元年七月,夺职知黄州,旋贬蕲州居住,绍圣四年二月,责授鼎州团练副使,新州安置,十二月,卒于贬所④。与义又有《题刘路宣义风月堂》,胡注:"丞相莘老第四子,字斯川。"⑤则与义在开德时与苏辙外孙谢文骥,刘挚之子刘路、之孙刘长言都有交往。

与义又有《送吕钦问监酒受代归》诗,可知其在开德与吕钦问交好。胡注:"钦问,字知止,正献公公著之孙,左司希绩之子。"⑥吕公著(1018—1089)元祐初与司马光同心辅政,有希哲、希绩、希纯三子,希绩为公著第二子⑦。《东都事略》卷八八云:"希绩,字纪常。有贤操。元祐中为兵部员外郎,除淮南路转运副使,知寿州。寻坐党,分司南京光州居住,除知濮州。后以寿终。"⑧又《宋史翼》卷一云:"希绩与兄希哲、弟希纯皆师事康节,故伯温与之游甚厚。崇宁二年入元祐党籍。"⑨可见吕钦问父祖俱是党人。

---

① 张元干:《芦川归来集》卷9,上海古籍出版社1978年版,第164页。
② 黄以周等:《续资治通鉴长编拾补》卷9,绍圣元年三月丁酉条,中华书局2004年版,第398页;卷10,绍圣元年六月甲戌条,第424页;卷14,绍圣四年二月庚辰条,第552页。
③ 《陈与义集》卷1,第14页。
④ 黄以周等:《续资治通鉴长编拾补》卷10,绍圣元年七月丁巳条,第434页;卷14,绍圣四年二月庚辰条,第551页;李焘:《续资治通鉴长编》卷493,绍圣四年十二月癸未条,中华书局2004年版,第11709页。
⑤ 《陈与义集》卷1,第15页。
⑥ 同上书,第17页。
⑦ 李焘:《续资治通鉴长编》卷408,第9940页。
⑧ 王称:《东都事略》卷88,《二十五别史》本,齐鲁书社2000年版,第750页。
⑨ 陆心源:《宋史翼》卷1,浙江古籍出版社2016年版,第22页。

第一章　陈与义的家世、生平及其与党争

物以类聚，人以群分。虽然由于资料缺失，我们还未见到陈与义与更多的入元祐党籍者及其子孙交往的记载，但这也从一个方面说明，陈与义不忌讳与元祐党人及其子孙交往，表明了陈与义在对北宋党争及被迫害的元祐党人的态度。而特别需要强调的是，以上陈与义与元祐党人的交往，是在党争最激烈、蔡京等六贼对元祐党人迫害最厉害的时候。而元祐党人及其子孙也愿意同陈与义交往，从另一方面说明陈与义虽为王黼荐引，但并非与王黼之流同流合污，更没有落井下石，参与对元祐党人及子孙的打击迫害。

葛胜仲《丹阳集》卷八《陈去非诗集序》云："政和三年，以上舍解褐，分教辅郡，益沉酣书传，大肆于诗文。天分既高，用心亦苦，务一洗旧常畦径，意不拔俗，语不惊人，不轻出也。"①从"大肆于诗文"可知，这段时期作诗的数量一定不少。但从"不轻出也"这句看，则对诗文质量要求高，不轻易示人。据白谱，本集中只有上举《次韵谢文骥主簿见寄兼示刘宣叔》《题刘路宣义风月堂》《送吕钦问监酒受代归》《次韵周教授秋怀》四首是开德所作。大概是后来编辑诗集时，删汰甚严，少作保留更少。但即使只有寥寥四首，就有三首是跟著名元祐党人子孙交往的诗，不难看出与义的政治态度和立场。而且新党是禁止诗歌创作的。洪迈《容斋四笔》卷一四云："自崇宁以来，时相不许士大夫读史作诗，何清源至修入令式，本意欲崇尚经学，痛沮诗赋耳。于是庠序之间以诗为讳，政和后稍复为之。"②可见，与义仅凭写诗这个爱好，也会跟新党气味不相投。幸好他步入仕途是在写诗"稍复为之"的政和后，不然说不定还会因诗获咎。

又本集卷一七《无题》胡注云："宣和五六年间，先生与内翰綦公叔厚俱为太学博士，道合志一，力救文弊，黜三舍偶俪体，去王氏（安石）之论，而尊用程氏（颐、颢）。稍索理致，为一时之法。参政周公葵时为诸生，专取先生之文以为准的，士类归之。"③则明确指出陈与义赞同旧

---

① 《陈与义集》附录，第540页。
② 洪迈：《容斋随笔·四笔》卷14，第804页。
③ 《陈与义集》卷17，第273页。

党、反对新党的立场。

(二) 陈与义在党人倾轧中的遭遇及与王黼的关系

政和六年(1116)八月,与义解开德教官任归京师,过着闲居生活,直到政和八年十一月才得到一个辟雍录的职位。这证明与义不受以蔡京为首的新党的欢迎。徐梦莘《三朝北盟会编》卷四八云:

> 自崇宁初,蔡京辅政,首乱旧章,排斥异己,汲引同类,待以不次,朝脱冗散,暮翔严近,常情鲜克自重,于是枉道求合,泪丧廉耻,靡然成风。①

又《靖康要录》卷九云:

> 昔蔡京用事之初,恶元祐臣僚之不右己也,首为党论以禁锢之。既而京与郑居中、王黼相继当国,各立说以相倾,凡二十余年。搢绅士大夫除托附童贯、梁师成、李彦、朱勔及诸近习、道士之外,未有不经此三人除用者。既各有所因以进其身,则凡议论之间,各党其所厚善,而以众寡为胜负。故其一罢,士大夫连坐而去者数十百人。及其复用,则又源源而来。既恩归私第,岂复有尽忠朝廷者哉!②

以上两书所记,皆是当时政坛的真实写照。所以与义前期的诗主要表现了出仕和归隐的矛盾和全身远害的思想。集中第一首诗《次韵谢文骥》开篇便说:"断蓬随天风,飘荡去何许。寒草不自振,生死依墙堵。两途俱寂寞,众手剧云雨。"③自比"断蓬""寒草",命运不能自主,进退维谷,并无英年初仕的欣喜和昂扬之情。而众人"翻手为云覆手雨",影

---

① 徐梦莘:《三朝北盟会编》卷48,上海古籍出版社2008年版,第361页。
② 汪藻:《靖康要录笺注》卷9,王智勇笺注,四川大学出版社2008年版,第971页。
③ 《陈与义集》卷1,第12页。

第一章　陈与义的家世、生平及其与党争

射出当时党争背景下士大夫无廉耻无操守的现状。在东京写的《江南春》则云:"朝风迎船波浪恶,暮风送船无处泊。江南虽好不如归,老荠绕墙人得肥。"①表现了归隐的思想,江湖风波则是官场险恶的隐射。《蜡梅》诗云"家家融蜡作杏蒂""世间真伪非两法"②,疾官场巧伪成风。又《杂书示陈国佐胡元茂》云"不忧稻粱绝,忧在罗网间"③,《书怀示友》云"功名勿念我,此心已扫除"④,"微官不救饥,出处违壮图"⑤,"试数门前客,终岁几覆车"⑥,直接写出了做官的风险,并表现出不汲汲于仕进和洁身远引之姿态。

宣和二年(1120),与义丁内艰,忧居汝州,结识了葛胜仲(1059—1131)。葛立方《韵语阳秋》卷一八云:

> 先文康公知汝州日,段宝臣为教官,富季申为鲁山主簿,而陈去非以太学录持服来寓。先公语人曰:"是三子者,非凡偶近器也。"是时,富在外邑,则以职事处之于城中,列三人者荐于朝,以为可用,仍以去非《墨梅》诗缴进。于是去非除太学博士。⑦

据知陈与义以《墨梅》诗受知,是由于葛胜仲的推荐。又葛胜仲《陈去非诗集序》云:"宣和中,徽宗皇帝见所赋《墨梅》诗,善之,亟命召对,有见晚之嗟。遂登册府,擢掌符玺。"⑧不言除太学博士一事,盖着重于受知徽宗而言。《墓志》云:

> 丁内艰。服除,为太学博士,著作佐郎,司勋员外郎,擢符宝郎,谪监陈留酒。始,公为学官,居馆下,辞章一出,名动京师,诸贵

---
① 《陈与义集》卷2,第27页。
② 同上书,第28页。
③ 同上书,第31页。
④ 《陈与义集》卷3,第36页。
⑤ 同上书,第40页。
⑥ 同上书,第41页。
⑦ 葛立方:《韵语阳秋》卷18,《历代诗话》本,中华书局2004年版,第628页。
⑧ 《陈与义集》附录,第540页。

要人争客之。时为宰相者横甚,强欲知公,不且得祸,公为其荐达。宰相败,用是得罪。①

不言宰相何人。《建炎以来系年要录》卷三三云:"建炎四年五月壬子,宣教郎陈与义守尚书兵部员外郎。与义,希亮曾孙。宣和末,尝为符宝郎,坐王黼累斥去,至是再召。"②据此《墓志》所云宰相即王黼。葛胜仲为王黼(1079—1126)之党,从"公为其荐达"看,其缴进《墨梅》,当先进之王黼,于是除与义太学博士;王黼又进之徽宗,与义乃得除秘书省著作佐郎。然后继续高升,宣和六年闰三月,除司勋员外郎,旋擢符宝郎。至此,与义虽然不乐依附,但毕竟为王黼所荐达,自然被目为王黼之党。十一月王黼被罢免,与义友人胡松年、葛胜仲皆被贬。十二月,与义受到王黼连累,自符宝郎谪监陈留酒税。

通过以上分析,可知陈与义是厌恶官场倾轧,而思洁身远引的。但人在江湖,身不由己,无奈地卷入了北宋末年的党人倾轧,成为党争的牺牲品。

二、陈与义与南宋党争及对抗金的态度

靖康之乱,北宋灭亡,宋高宗赵构建立南宋政权。但朋党之争并没有消失,而是以新的面目沿袭了下来。此时,面对金兵的入侵,是战是和,这是摆在南宋朝廷和所有士大夫面前无法回避的问题。另外,以何种学术思想作为南宋政权的统治思想,也是需要解决的一个重大问题。当时许多士人将北宋灭亡归咎于王安石的"荆公新学",这样的思潮势必引起向"元祐之学"的回归。于是党争的主要内容表现为两个方面:一是政治之争,即主战与主和之争;二是学术之争,即主"荆公新学"与主"元祐之学"之争。在这样的背景下,"南宋党争大致经历了从'靖康之乱'到'绍兴党禁'的'后新旧党争'、从'隆兴和议'到'庆元党禁'的

---

① 《陈与义集》附录,第534页。
② 李心传:《建炎以来系年要录》卷33,第759页。

第一章 陈与义的家世、生平及其与党争

'道学朋党'与'反道学党'之争、从'开禧北伐'到'端平更化'后的朋党政治三个发展过程"①。其中,第一个发展过程正是陈与义生活的年代。

(一) 陈与义对抗金的态度

靖康元年(1126)正月,金人犯京师。与义丁外艰,离开陈留,开始了流亡生涯。建炎元年(1127)正月,与富直柔、孙确自光化复入邓,卜居城西。重阳,有《感事》诗。诗云"风断黄龙府,云移白鹭洲"②,可见与义关怀国家人民的前途命运。元代江西派诗论家方回(1227—1305)指出:"黄龙府谓二帝北狩,白鹭洲谓高庙在金陵。"③白敦仁补充说:

> 按驻跸问题,实建炎初政一大事,李纲尝以去就争之。大抵宗泽主都汴京;李纲议先驻跸襄、邓,以系中原之望,俟两河就绪,即还汴京。其议与宗泽不悖,皆上策也。而黄潜善、汪伯彦之流力持幸东南,意在逃窜,李纲之议,格而不行。南宋之不竞,兆于此矣。简斋时在襄、邓间,于李纲经营襄、邓之议,当所习闻。诗云"云移白鹭洲",盖有慨于朝局之中变也。盖当时虽有移驻江宁之议,然本年实未移跸金陵。至九月己酉,诏"暂驻淮西",十月丁巳朔,"登舟幸淮甸",其后遂入扬州矣。④

李纲、宗泽属于主战派,黄潜善、汪伯彦属于主和派。从此诗看,与义是反对黄、汪的逃跑主张的。

建炎元年冬至二年春,金兵三路南犯,将宋高宗赶到扬州(今属江苏)。二年冬至三年春,金兵又大举南下,连陷徐(今属江苏)、泗(今江苏泗县)、楚(今江苏淮安)三州,直逼扬州,高宗仓皇渡江,经镇江(今属

---

① 沈松勤:《南宋文人与党争》,人民出版社2005年版,第2页。
② 《陈与义集》卷17,第269页。
③ 李庆甲:《瀛奎律髓汇评》卷32,上海古籍出版社2005年版,第1355页。
④ 白敦仁:《陈与义集校笺》卷17,第488、489页。

江苏)、常(今属江苏)州、吴江(今属江苏)、秀州(今浙江嘉兴)等地,到达杭州。建炎三年,与义作《次韵尹潜感怀》,抒发了诗人的忧国之情:

> 胡儿又看绕淮春,叹息犹为国有人。
> 可使翠华周宇县,谁持白羽静风尘。
> 五年天地无穷事,万里江湖见在身。
> 共说金陵龙虎气,放臣迷路感烟津。①

首联次句用贾谊《治安策》"犹为国有人乎"②是表否定,即无人可纾国难之意。颔联"翠华"是皇帝仪仗中用翠鸟羽为饰的旗,这里代指高宗。"周宇县"是到处奔逃的委婉说法。"风尘"比喻战乱。颈联上句言国多战乱,下句言身久飘零。自宣和七年(1125)金灭辽攻宋,到建炎三年,五年间天翻地覆,变乱相仍。尾联"金陵龙虎气"指听闻高宗进驻金陵,表达了报国无门、追随无路之意。此诗叹息国中无人,有愤于汪、黄之误国。

建炎四年(1130)正月,金人犯潭州,向子諲率军民固守。金人围潭州八日,城遂陷。金人掠潭州数日,屠其城而去。子諲乃复入。与义此时身在邵阳,写下了著名的《伤春》诗:

> 庙堂无策可平戎,坐使甘泉照夕烽。
> 初怪上都闻战马,岂知穷海看飞龙。
> 孤臣霜发三千丈,每岁烟花一万重。
> 稍喜长沙向延阁,疲兵敢犯犬羊锋。③

三句言汴都之陷,四句刺高宗航海避敌,尾联即指向子諲守潭州事。全诗沉郁顿挫,格调近于老杜《诸将五首》,洋溢着昂扬的斗志。不难看

---

① 《陈与义集》卷21,第329页。
② 班固:《汉书》卷48,中华书局1962年版,第2240页。
③ 《陈与义集》卷26,第404页。

出,与义抗金的立场是很鲜明的。

绍兴元年(1131)夏,与义到达越州(今浙江绍兴)行在所。之前与义只是远距离地观望朝中的党争,从此则置身其中。在激烈的党争中,他渐渐丧失了昂扬的斗志、充沛的诗情,变得谨言慎行,对抗金的态度也模棱两可起来。如《系年要录》卷一一八记载:

> 绍兴八年正月乙巳,赵鼎言:"士大夫多谓中原有可复之势,宜便进兵。恐他时不免议论,谓朝廷失此机会,乞召诸大将问计。"上曰:"不须恤此。今日梓宫、太后、渊圣皇帝皆未还,不和则无可还之理。"参知政事陈与义曰:"用兵须杀人,若因和议得遂我所欲,岂不贤于用兵?万一和议无可成之望,则用兵所不免。"上以为然。①

此条论用兵值得注意。清人张佩纶(1848—1903)曾批评说:"于君相之间,调停两可,初无剀切深透之论。虽旋即引疾,然其所蕴蓄,亦颇可睹矣。文人论事,全无实用,而徒于诗中作慷慨激越之音,终为浮声空响耳。"②这个说法有失偏颇,陈与义之论还是切实可行的。赵翼就说:"当时诸君子亦未尝必以和议为非,忠宣(洪皓)之发其端,固早有见于当时事势,有不得不出于此者也,而非以被拘,欲藉此为南还计也。"③宋、金之间到了绍兴八年,形势朝着有利于宋方发展,宋、金之间达到相持状态,金朝已无力灭亡宋朝,宋朝因此有了向金议和的资本,因此高宗重用秦桧,着手议和,陈与义盖揣摩到了高宗意图,迎合其意。事实上,高宗并不愿渊圣皇帝即钦宗返回。这时的与义已经跟写《伤春》等诗时不同,不复有慷慨激昂的战斗热情。

(二) 陈与义与张浚、赵鼎之争

绍兴五年(1135)二月,赵鼎与张浚并相,开始时两人关系不错,后

---

① 李心传:《建炎以来系年要录》卷118,第2192页。
② 张佩纶:《张佩纶日记》,凤凰出版社2015年版,第452页。
③ 赵翼:《陔余丛考》(新校本)卷20,栾保群点校,中华书局2019年版,第495页。

来渐渐失和。六年十二月,赵鼎罢,张浚独相。七年九月,张浚因郦琼之变罢去。陈与义交好于张浚而见排于赵鼎,其仕途与张浚之进退而进退。

绍兴六年(1136)十月底,张浚在淮上督师击退金兵入寇。在这次行动中,张浚和赵鼎存在严重分歧,赵鼎专为守江之计,而张浚力督诸将进战。此外,张浚宾客吕祉之徒挑拨离间,也是张、赵二人失和的原因。而更深层的原因则是张、赵的思想、学术之争。赵鼎主"元祐之学"。"鼎素重伊川程颐之学,元祐党籍子孙,多所擢用。"①而对王安石与"新学"采取了全盘否定的态度,张浚则不然。朱熹说:"魏公(张浚)言:'元祐待熙丰人太甚,所以致祸。人无君子小人,孰不可为善?'"②认为元祐党人遭到迫害有其咎由自取的一方面,而不能简单地贴上君子、小人的标签。言下之意在当前的用人上,不能搞一刀切,而应该实事求是、兼容并包。相比较而言,张浚的观点无疑更为平和、理性。

陈与义本来是偏于元祐之学的。如前所述,他的启蒙老师崔鶠是元符上书人,他所与交游者刘路、刘长言、吕钦问等都是元祐党人之后。宣和五年(1123),陈与义在太学博士任上,同官綦崈礼道合志一,力救文弊,废黜三舍偶俪体,去王氏之论,而尊用程氏之学③。胡稚因此评论道:"后人唯知渡江后赵元振尊尚程氏,殊不知陈、綦二公实有以唱之也。"④这是与义赞同元祐之学更明显的证据。南渡后,又有新的证据证明陈与义支持元祐之学。绍兴四年二月,陈与义任吏部侍郎,向高宗建议"再行搜访"入元祐党籍者及元符上书人的子孙后代,从而又升选了三十四人⑤。又如绍兴五年四月,时任给事中的陈与义向高宗建议"采用司马光之言申严立法,以幸元元",高宗接受了这个建议,"诏刑部

---

① 李心传:《建炎以来要录》卷86,"绍兴五年闰二月丁未"条,第1633页。
② 朱熹:《朱子全书·朱子语类》卷131《中兴至今日人物上》,第4105页。
③ 白敦仁:《陈与义年谱》卷2,第70页。
④ 《陈与义集》卷17,第273页。
⑤ 李心传:《建炎以来系年要录》卷73,"绍兴四年二月乙未"条,第1400页。

第一章　陈与义的家世、生平及其与党争

立法申尚书省"①。他这一建议显示了其对旧党领袖司马光的敬意。以上种种，足见与义在学术上是完全站在"元祐之学"这一边的。但有趣的是，与义却与推崇元祐之学的赵鼎不睦。大概与义的态度近于张浚，本着实事求是、兼容并包的立场，而不是对元祐党人、元祐之学失去理性的狂热推崇。

从绍兴二年四月到绍兴四年八月，陈与义由试中书舍人兼掌内制，拜吏部侍郎兼侍讲，权直学士院，改礼部侍郎，官位节节高升。四年八月，出知湖州。在朝期间作诗甚少，本集绍兴三年、四年、七年并无诗。与义自己的说法是："数年多病，意绪衰落，不复为诗矣。"②在《九日示大圆洪智》诗里也说："自得休心法，悠然不赋诗。"③但绍兴五年六月至六年五月及绍兴八年七月以后两次奉祠寓居青镇时期却写了不少诗词，则"多病""休心法"看来并非全部原因。董斯张《吴兴备志》卷一二《人物征》引《乌青志》云：

  叶懋字天经……少师陈简斋与义。……初，与义劝之仕，懋不答。及与义参知政事，动见格于执政，气抑郁不得伸，乃叹曰："吾今始知天经之高也！"④

可知与义与执政（赵鼎）的矛盾，而此矛盾由来已久，并不始于参知政事时。《系年要录》卷九○云："绍兴五年六月丁巳，给事中陈与义充显谟阁直学士、提举江州太平观。与义与赵鼎论事不合，故引疾求去。"⑤惜不知具体所论何事。《宋史》本传亦云："又以显谟阁直学士提举江州太平观，被召，会宰相有不乐与义者，复用为中书舍人、直学士院。"⑥所以与义不写诗更重要的原因，大概还是怕授人以柄。联系到宋代著名的

---

① 李心传：《建炎以来系年要录》卷88，"绍兴五年夏四月壬子"条，第1700页。
② 《虞美人·邢子友会上》胡注引《大生法帖》，《陈与义集·无住词十八首》，第487页。
③ 《陈与义集》卷29，第459页。
④ 董斯张：《吴兴备志》卷12，《吴兴丛书》本。
⑤ 李心传：《建炎以来系年要录》卷90，第1740页。
⑥ 脱脱等：《宋史》卷445，第13129、13130页。

"乌台诗案"和"车盖亭诗案"来看,与义这样的谨慎小心并不是多此一举。

绍兴五年(1135)二月,与义从湖州召试给事中。六月,又引疾求去,提举江州太平观,卜居青镇僧舍。六年六月又被召用为中书舍人兼侍讲、直学士院;九月,从帝幸平江。十一月,除翰林学士、知制诰。十二月,赵鼎罢,张浚独相。绍兴七年正月,与义参知政事。三月,从帝幸建康。八月,发生了淮西郦琼之变,张浚因而罢去。次年三月,与义亦上章引疾求去,再次出知湖州。与义与张浚共进退,盖因其交好张浚而见排于赵鼎。这次与义随着张浚的罢免而罢去参政就再没回朝,于本年十一月二十九日,卒于乌墩僧舍,年四十九。

需要指出的是,与义最后位至参政,这并非因为他的政治才具,而是因为他的文学才能。虽然他曾多次言事,也算尽心尽职。葛胜仲在《陈去非诗集序》中说:"今天子梦想名士,以台郎召还,以诗文被简注,便掌内外翰,无几何,遂以器业预政。"①"今天子"指高宗。《朱子语类》卷一四〇云:"高宗最爱简斋:'客子光阴诗卷里,杏花消息雨声中。'"②可见高宗确实很欣赏陈与义的文才。另外,与义能官至参知政事还因为张浚和赵鼎的斗争。与义与赵鼎不合,因此张浚对他极力推荐。如绍兴五年,陈与义就因与赵鼎论事不合而引疾求去③,奉祠闲居了一年。绍兴六年六月,陈与义被召,尽管赵鼎不乐意,但高宗还是复用陈与义为中书舍人兼侍讲直学士院,并谕曰"朕当以卿为内相"④。在这种情况下陈与义对张浚"遂倾心附之"⑤,张浚对与义也加以了援引。所以说,陈与义任参知政事,既是因为高宗欣赏他的文才,也是张浚荐引的结果。

---

① 《陈与义集》附录,第 540 页。
② 朱熹:《朱子全书·朱子语类》卷 140,第 4329 页。
③ 李心传:《建炎以来系年要录》卷 90,"绍兴五年六月丁巳"条,第 1740 页。
④ 李心传:《建炎以来系年要录》卷 102,"绍兴六年六月壬戌"条,第 1938 页。
⑤ 李心传:《建炎以来系年要录》卷 106,"绍兴六年十有一月辛未"条,第 1997 页。原注引《赵鼎事实》曰:"张浚既因群小离间,遂有见逼之意。会中书舍人陈与义不乐于鼎,遂倾心附之。"

第一章 陈与义的家世、生平及其与党争

和在北宋时被动地卷入王黼、蔡京的党争不同,这次与义是主动地站在了张浚的一边。至于张嵲在《墓志》中所云"立朝无所附丽",恐怕只是溢美之词。张浚志大才疏,在抗金问题上成事不足、败事有余,虽然后人对他较为肯定,甚至誉以"贤相"。赵鼎属主守派,而非主和派。在南宋初年,宋、金军事实力对比悬殊,敌强我弱情况下,主守是较为明智而务实的策略,守成而后战。陈与义之被张赏识,而为赵所排,可能是与义附和张浚的主战主张。而他之所以被高宗重用,除了文才出众外,恐怕也跟迎合高宗有关。如果上面的推测成立,那么陈与义之前主战以附和张浚,后来主和以迎合高宗,表现出的政治品质似有一定问题。

第二章　陈与义诗歌的继承和影响

陈与义为南渡诗人之冠，其诗在南北宋之交的诗坛占有重要地位，具有承前启后的作用。与义登上诗坛的时候，苏轼、黄庭坚、陈师道等人都已经去世。而且当时还有"不许士大夫读史作诗"的政令，以致"庠序之间，以诗为讳"①，正是诗坛青黄不接的时代。宣和五年（1123），与义以《墨梅》诗为徽宗所赏，擢至馆阁，诗名崭露头角。那年夏日偕五同舍集葆真池上避暑，分韵赋诗，诗成，出示座上，皆诧为擅场，京师无人不传写，名震一时。可以说，陈与义是政和到宣和十几年间，北宋诗坛上最重要的诗人。靖康乱后，与义从陈留避地南奔。所谓"国家不幸诗家幸，赋到沧桑句便工"②，其诗达到了更高境界。如四库馆臣所云："至于湖南流落之余，汴京板荡以后，感时抚事，慷慨激越，寄托遥深，乃往往突过古人。"③下面试述与义诗对前人的继承以及对后世的影响。

第一节　"诗宗已上少陵坛"

北宋诗坛，元祐（1086—1094）是极盛的时期。民国同光体诗论家陈衍（1856—1937）提出三元说，即"上元开元，中元元和，下元元祐"④，认为这是中国古典诗歌三个可以鼎足的高峰，可见元祐时期在诗歌史

---

① 洪迈：《容斋随笔·四笔》卷14，第804页。
② 赵翼：《题元遗山集》，《瓯北集》卷33，李学颖、曹光甫校点，上海古籍出版社1997年版，第772页。
③ 永瑢等：《四库全书总目》卷156，第1349页。
④ 陈衍：《石遗室诗话》卷1，张寅彭主编：《民国诗话丛编》本，上海书店出版社2002年版，第21页。

第二章 陈与义诗歌的继承和影响

上的地位。苏轼、黄庭坚无疑是当时影响最大的两位诗人，他们的诗风各有一大批追随者。比如"苏门四学士"中的张耒(1054—1114)就是学习苏轼的，而黄庭坚的影响更是风靡一时，形成了文学史上所谓江西诗派。南渡后饱经战乱之苦的陈与义则更重视直接向杜甫学习，相似的遭遇使异代文章知己发生共鸣。宋末文坛领袖刘克庄(1187—1269)云：

> 元祐后，诗人迭起，一种则波澜富而句律疏，一种则锻炼精而情性远，要之不出苏、黄二体而已。及简斋出，始以老杜为师。《墨梅》之类，尚是少作，建炎以后，避地湖峤，行路万里，诗益奇壮。……造次不忘忧爱，以简洁扫繁缛，以雄浑代尖巧，第其品格，故当在诸家之上。①

对陈与义可谓推崇倍至。对于学杜，陈与义本人亦有类似的议论：

> 近世诗家知尊杜矣，至学苏者乃指黄为强，而附黄者亦谓苏为肆。要必识苏黄之所不为，然后可以涉老杜之涯涘。②

可见他是自觉地以杜甫为师，而且认为要与苏、黄不同，才能真正学到老杜的精髓。"中兴四大家"之一的杨万里(1127—1206)对于与义的学杜，也是非常肯定的，称赞他"诗宗已上少陵坛"③。而且陈与义对杨万里有深刻的影响，这个问题放在后面详细论述。

唐代诗僧皎然(730—799)曾说诗有"三偷"：

> 偷语最为钝贼。如何汉定律令，厥罪不书？应为鄅侯务在匡佐，不暇采诗，致使弱手芜才，公行劫掠。若许贫道片言可折，此辈

---

① 刘克庄：《后村诗话》前集卷2，第26、27页。
② 晦斋：《简斋诗集引》，《陈与义集》卷首，第4页。
③ 杨万里：《跋陈简斋奏草》，《杨万里集笺校》卷24，中华书局2007年版，第1234页。

无处逃刑。其次偷意。事虽可恕，情不可原，若欲一例平反，诗教何设？其次偷势，才巧意精，若无朕迹。盖诗人阃域之中偷狐白裘之手，吾亦赏俊，从其漏网。①

可以借用皎然这个理论来说明陈与义对杜诗的学习。他的前期诗歌，还主要从艺术技巧方面学习杜甫，停留在"偷语""偷意"上。而靖康之变后，"遭遇到天崩地塌的大变动，在流离颠沛之中，才深切体会出杜甫诗里所写安史之乱的境界，起了国破家亡、天涯沦落的同感，先前只以为杜甫'风雅可师'，这时候更认识他是个患难中的知心伴侣。"②这时陈与义才写出了如杜诗般的苍凉悲壮的作品，他的学杜，进而上升到第三个阶段——"偷势"。这只是大致而言，并不是说与义前期就一定没有"偷势"的诗句，后期一定没有"偷语""偷意"的句子，只是说他的学杜是一个从初级到高级的过程。

一、偷语

（一）用字

与义在炼字上受到杜甫的影响，喜用老杜用过的"招牌"字。特别是所谓"诗眼"，经常袭用杜诗。比如：

《雨》："日晚蔷薇重，楼高燕子寒。"③

"重"字让人想起老杜的名句：

《春夜喜雨》："晓看红湿处，花重锦官城。"④

明人王嗣奭（1566—1648）评杜诗："'重'字妙，他人不能下。"⑤可见此字的精彩和独创性。陈与义此诗古人评价甚高。刘辰翁评"一时花带

---

① 释皎然：《诗式校注》卷1，李壮鹰校注，人民文学出版社2003年版，第59页。
② 钱钟书：《宋诗选注》，第212页。
③ 《陈与义集》卷13，第204页。
④ 仇兆鳌：《杜诗详注》卷10，中华书局1979年版，第799页。
⑤ 王嗣奭：《杜臆》卷4，上海古籍出版社1983年版，第131页。

第二章　陈与义诗歌的继承和影响

泪"二句:此集五言之最①。纪昀评:深稳而清切,简斋完美之篇②。但单就这个"重"字来说,还是过于现成。即使不是点金成铁,也不能算是出蓝之青。

《巴丘书事》:"四年风露侵游子,十月江湖吐乱洲。"③

老杜亦有:

《月》:"四更山吐月,残夜水明楼。"④

把山写得好像具有生命,可以吞吐明月。苏轼说:"杜子美云:'四更山吐月,残夜水明楼。'此殆古今绝唱也。因其句作五首,仍以'残夜水明楼'为韵。"⑤因为推崇杜甫这句诗,苏轼仿作了五首,从"一更山吐月"写到"五更山吐月",可见其激赏。陈与义此句把"江湖"写得有生命,可以吐出"乱洲"。高步瀛《唐宋诗举要》卷六评:言水落而洲出也,"吐"字下得奇警⑥。杜诗尚是单纯写景,陈诗作于南渡后,兼有家国身世之感,虽然字面袭用,但是意境还是有所变化的。

《年华》:"春生残雪外,酒尽落梅时。"⑦

这个"外"字的使用也像杜诗:

《冬日洛城北谒玄元皇帝庙》:"碧瓦初寒外,金茎一气旁。"⑧

清初诗论家叶燮(1627—1703)曾论及杜甫"碧瓦"这句诗:

> 逐字论之:言乎"外",与内为界也。"初寒"何物,可以内外界乎?将"碧瓦"之外,无"初寒"乎?"寒"者,天地之气也。是气也,尽宇宙之内,无处不充塞;而"碧瓦"独居其"外","寒"气独盘踞于"碧瓦"之内乎?"寒"而曰"初",将严寒或不如是乎?"初寒"无象无形,"碧瓦"有物有质;合虚实而分内外,吾不知其写"碧瓦"乎?

---

① 白敦仁:《陈与义集校笺》卷 13,第 372 页。
② 李庆甲:《瀛奎律髓汇评》卷 17,第 675 页。
③ 《陈与义集》卷 19,第 304 页。
④ 仇兆鳌:《杜诗详注》卷 17,第 1476 页。
⑤ 王文诰辑注:《苏轼诗集》卷 39,中华书局 1982 年版,第 2140 页。
⑥ 高步瀛:《唐宋诗举要》卷 6,第 686 页。
⑦ 《陈与义集》卷 4,第 52 页。
⑧ 仇兆鳌:《杜诗详注》卷 2,第 90 页。

写"初寒"乎？写近乎？写远乎？使必以理而实诸事以解之，虽稷下谈天之辩，恐至此亦穷矣！然设身而处当时之境会，觉此五字之情景，恍如天造地设，呈于象、感于目、会于心。意中之言，而口不能言；口能言之，而意又不可解。划然示我以默会想象之表，意若有内、有外、有寒、有初寒。特借"碧瓦"一实相发之，有中间，有边际，虚实相成，有无互立，取之当前而自得，其理昭然，其事的然也。昔人云"王维诗中有画"，凡诗可入画者，为诗家能事。如风、云、雨、雪，景象之至虚者，画家无不可绘之于笔；若初寒内外之景色，即董、巨复生，恐亦束手搁笔矣！天下惟理事之入神境者，固非凡庸人可模拟而得也。①

这是所谓"无理而妙"的一个典型例子，即诗语不可以逻辑思维和生活常理来推求，而只能设身处地进行审美感悟。陈与义此句与之类似，纪昀评曰"三句精诣，对亦可"②，对"春生残雪外"评价甚高。这句把"春"这个抽象名词形容成一个实体，可以在"残雪"之"外"，有其空间位置。兴象超妙，春意如在目前，形象地表现了新陈代谢。

（二）用词

除了用字学杜，用词上的学习则更为明显。比如：
《漫郎》："黑白半头明镜里，丹青千树恶风前。"③
"丹青""恶风"都有杜诗的影响：
《夔州歌十绝句》（其四）："枫林橘树丹青合，复道重楼锦绣悬。"④
《渼陂行》："鼍作鲸吞不复知，恶风白浪何嗟及。"⑤
"丹青"指树木，本有更早的出处，《西京杂记》："（终南山）有树直上百尺，无枝，上结丛条如车盖，叶一青一赤，望之班驳如锦绣。长安谓之丹

---

① 叶燮：《原诗》内篇下，霍松林校注，人民文学出版社1979年版，第30、31页。
② 李庆甲：《瀛奎律髓汇评》卷21，第870页。
③ 《陈与义集》卷11，第165页。
④ 仇兆鳌：《杜诗详注》卷15，第1303页。
⑤ 仇兆鳌：《杜诗详注》卷3，第179页。

第二章　陈与义诗歌的继承和影响

青树,亦云华盖树。"①此树叶一面青色,一面赤色,与青䌽、丹砂两种颜料颜色相近。不过杜甫使用"丹青"来形容树,只是用其字面,并非终南山这种树。杜甫所指是枫树和橘树,枫树是红,橘树是绿,丹青即是形容这两种颜色。陈与义使用"丹青"则更进一步,不再限于具体的树木,而泛指各种树。"恶风"也可追溯到《西京杂记》:"昔人有游东海者,既而风恶,船漂不能制,船随风浪,莫知所之。"②杜甫另有"恶竹""恶木":《将赴成都草堂途中有作先寄严郑公五首》(其四)云:"新松恨不高千尺,恶竹应须斩万竿。"③《恶树》云:"幽阴成颇杂,恶木剪还多。"④表达了鲜明的爱憎之情。

《张迪功携诗见过次韵谢之二首》(其一):"不嫌野外时迂盖,政要相从叩两端。"⑤

"不嫌野外"四字亦用杜诗:

《宾至》:"不嫌野外无供给,乘兴还来看药栏。"⑥

宋人罗大经(1196—1252 后)说:

> 近时赵紫芝诗云"一瓶茶外无祇待,同上西楼看晚山",世以为佳。然杜少陵云"莫嫌野外无供给,乘兴还来看药栏",即此意也。……作诗者岂故欲窃古人之语,以为己语哉!景意所触,自有偶然而同者。盖自开辟以至于今,只是如此风花雪月,只是如此人情物态。⑦

罗大经漏了与义模拟得更明显的这联。不过赵紫芝更近于"偷意",而陈与义则是"偷语",赵诗略优。如果像罗大经辩解的那样赵诗是暗合,

---

① 葛洪:《西京杂记》卷 1,周天游校注,三秦出版社 2006 年版,第 24 页。
② 周天游校注:《西京杂记》卷 5,第 250 页。
③ 仇兆鳌:《杜诗详注》卷 13,第 1108 页。
④ 仇兆鳌:《杜诗详注》卷 10,第 816 页。
⑤ 《陈与义集》卷 5,第 67 页。
⑥ 仇兆鳌:《杜诗详注》卷 9,第 741 页。
⑦ 罗大经:《鹤林玉露》卷 3 乙编,第 174 页。

则陈诗是明偷了。赵诗更近于师其意不师其语的"夺胎换骨",而陈诗虽用老杜字面却没做到"点铁成金",更像是"点金成铁"。

《书怀示友十首》(其一):"不难十里勤,畏借东家驴。"①
"东家驴"三字用杜诗:

《偪侧行赠毕四曜》:"东家蹇驴许借我,泥滑不敢骑朝天。"②

王嗣奭曰:"信笔写意,俗语皆诗,他人反不能到。真情实话,不嫌其俗。"③与义直接用"东家驴",则是有意学习杜甫俗语入诗这一方面。且此联以文为诗,不事修饰。明末清初学者黄生(1622—?)说:"杜五言力追汉魏,可谓毫发无憾,波澜老成矣。七言间有颓然自放,工拙互陈,宋儒自以才识所及,专取此种为诗派,终觉入眼尘气。"④似正为与义这类"偷语"之作而发,尽管与义这首是五言诗。

《初至陈留南镇夙兴赴县》:"行云弄月翳复吐,林间明灭光景奇。"⑤
"翳复吐"三字照搬杜诗:

《法镜寺》:"泄云蒙清晨,初日翳复吐。"⑥

前面提到与义"十月江湖吐乱洲"的"吐"是学习杜甫的"四更山吐月",这里则"翳复吐"三字全同。王嗣奭评:

> 山行而神伤,寺古而愁破,极穷苦中一见胜地,不顾程期,不取捷径,见此老胸中无宿物,于境遇外,别有一副心肠,搜冥而构奇也。⑦

与义作此诗虽然在南渡之前,不似杜甫在安史乱中那么危苦,但当时他贬官陈留,穷苦的心境同杜甫亦有相似处,而借景色来排解的行为也相

---

① 《陈与义集》卷3,第36页。
② 仇兆鳌:《杜诗详注》卷6,第467页。
③ 王嗣奭:《杜臆》卷2,第70页。
④ 仇兆鳌:《杜诗详注》卷6,第468页。
⑤ 《陈与义集》卷13,第195,196页。
⑥ 仇兆鳌:《杜诗详注》卷8,第682页。
⑦ 王嗣奭:《杜臆》卷3,第110页。

第二章 陈与义诗歌的继承和影响

仿佛。南宋词人刘辰翁(1233—1297)评价与义此诗说:"初谪至官,况味次第,甚怨不伤。"①这是符合儒家"怨而不伤"的精神的,所以显得温柔敦厚。同时,也看出了与义与杜甫相似的苦中作乐的安定情绪。民国学者顾随(1897—1960)说得好:

> 创作必有安定情绪。然则没有安定心情、安定生活便不能创作了吗?不然。没有安定生活也要有安定心情。要提得起放得下。在不安定生活下也要养成安定心情。许多伟人之成功都是如此。②

此论于老杜、简斋可证。

  以上所举皆对杜诗字词的模拟,按皎然的话说,可以归为"偷语"一类。清代"神韵派"领袖王士禛(1637—1711)说:"宋、明以来,诗人学杜子美者多矣。……陈简斋最下。"③又说:"去非之学杜,亦予所未解也。"④在王士禛之后的"肌理派"领袖翁方纲(1733—1818)也说:"简斋《葆真宫避暑》诗,一时推为擅场,人皆传写。然'清池不受暑''夜半啸烟艇',起结亦本杜句也。"⑤又说:"'平生老赤脚,每见生怒嗔','张子霜后鹰,眉目非凡曹','觉来迹便扫','韩公真躁人,顾用扰怀抱','乾坤进酒杯','片云无思极','我知丈人真','清池不受暑','惜无陶谢手','日动春浮木',以上诸句,简斋集中似此类者尚多,不可一一枚述。大约仿佛后山之学杜,而气韵又不逮。盖同一未得杜神,而后山尚有朴气,简斋则不免为伧气矣。"⑥翁另在《七言律诗钞》卷首又说:"简斋近于杜而全滞色相矣。虽云较后来之空同(李梦阳)苍老有骨,而其为假

---

① 白敦仁:《陈与义集校笺》卷13,第360页。
② 顾随:《顾随诗词讲记》,中国人民大学出版社2009年版,第37页。
③ 王士禛:《池北偶谈》卷16,中华书局1982年版,第391页。
④ 王士禛:《带经堂诗话》卷2引《香祖笔记》,人民文学出版社1963年版,第61页。
⑤ 翁方纲:《石洲诗话》卷4,《清诗话续编》本,郭绍虞编选、富寿荪校点,上海古籍出版社1983年版,第1432页。
⑥ 同上。

冒则一也。"①如果对于陈与义整体诗歌的创造成就，王、翁二人的话不无偏见的话，那么就简斋直接剥杜诗字词的诗句来说，以上的议论应该说是谈言微中的。

二、偷意

相对于字词的借用，陈与义对杜诗句型上的学习则更富于变化。这近于皎然所谓"偷意"，比"偷语"更高明一些。

《游道林岳麓》："耽耽衡山麓，翠气横古今。"②

这句让人联想到杜诗：

《登楼》："锦江春色来天地，玉垒浮云变古今。"③

宋人叶梦得(1077—1148)说：

> 七言难于气象雄浑，句中有力，而纡徐不失言外之意。自老杜"锦江春色来天地，玉垒浮云变古今"，与"五更鼓角声悲壮，三峡星河影动摇"等句之后，常恨无复继者。④

陈与义这联虽是五言，但却气象仿佛，能接武老杜。用词相似处也不少："玉垒""衡山"都是山名，"浮云""翠气"都是云气，"横古今"和"变古今"同中有异，后者强调变，前者强调不变。但和"偷语"不同的是没有用同样的字词。

《醉中》："两手尚堪杯酒用，寸心唯是鬓毛知。"⑤

不难看出杜诗的影响：

---

① 翁方纲：《七言律诗钞》卷首，转引自傅璇琮编：《黄庭坚和江西诗派资料汇编》，中华书局1978年版，第843页。
② 《陈与义集》卷23，第364页。
③ 仇兆鳌：《杜诗详注》卷13，第1130页。
④ 叶梦得：《石林诗话》卷下，《历代诗话》本，第432页。
⑤ 《陈与义集》卷28，第446页。

第二章　陈与义诗歌的继承和影响

《江畔独步寻花七绝句》（其二）："诗酒尚堪驱使在，未须料理白头人。"①
王嗣奭说："诗酒而曰'驱使'，白头人而曰'料理'，俱是奇语。"②与义此联新奇处似之，方回评论说："三、四绝妙，余意感慨深矣。"③两手唯堪把酒，见出无用武之地；寸心牢落，可从鬓毛看出。出语婉，感慨深。与义和老杜在句式上也有相近处，比如都有"尚堪"二字，都有"酒"，与义的"鬓毛"相当于老杜的"白头"。杜诗的"料理"为安排帮助义，此二字亦与义所喜用，但意义不同。比如《游岘山次韵三首》（其一）"安石未归山，却要山料理"④，为排遣义。《诸公和渊明止酒诗因同赋》"奈何刘伶妇，苦语见料理"⑤，则为诫阻义。

《江行晚兴》："曾听石楼水，今过邵州滩。"⑥
句法接近杜诗：

《登岳阳楼》："昔闻洞庭水，今上岳阳楼。"⑦
陈与义此时在湖南，想到杜甫的《登岳阳楼》诗是很自然的事。两诗在句式上都是今昔对比。《江行晚兴》艺术成就不如《登岳阳楼》，但与义在绍兴二年（1132）作的《渡江》却是名作。元人赵汸（1319—1369）盛称杜甫的《登岳阳楼》诗，并认为陈与义的《渡江》足以匹敌⑧。与义也有反用杜甫此诗的句子：

《舟泛邵江》："老去作新梦，邵江非旧闻。"⑨
正好同"昔闻洞庭水"意思相反。这里的"梦"，其实隐含了人生如梦的感慨。老来漂泊异乡，正如一段新的梦幻，而以前并未听说邵江。另外，与义《送吕钦问监酒受代归》有"盆盎三年梦"，即指三年任期，"梦"

---

① 仇兆鳌：《杜诗详注》卷10，第817页。
② 王嗣奭：《杜臆》卷4，第130页。
③ 李庆甲：《瀛奎律髓汇评》卷19，第737页。
④ 《陈与义集》外集，第506页。
⑤ 《陈与义集》卷8，第125页。
⑥ 《陈与义集》卷24，第382页。
⑦ 仇兆鳌：《杜诗详注》卷22，第1946页。
⑧ 仇兆鳌：《杜诗详注》卷2，第1948页。
⑨ 《陈与义集》卷24，第381页。

也是现实生活。此诗是一首拗体五律,如四句"川华分"三平,六句"孤舟溯归云"非律句,音节的拗峭正符合诗人不平的心境。虽然此诗的尾联是"快然心自足,不独避嚣纷",不过是诗人的自我排解罢了。

《舟次高舍书事》:"遥指长沙非谪去,古今出处两凄凉。"①杜诗则是:

《入乔口》:"贾生骨已朽,凄恻近长沙。"②

《入乔口》是杜甫晚年流落湖南所作,乔口在长沙西北不远处。赵汸注:"公至湖南,每怀贾谊,盖羁旅穷愁之感,神交冥漠之情,皆在于此,非泛拾故事成诗也。"③杜甫这里用贾谊典,着眼在去国之人,既伤贾谊,也伤自己。与义诗推进一层:不仅贬谪值得悲伤,出仕和归隐都同样凄凉。则既有沿袭又有创新。

《舟抵华容县》:"天地困腐儒,江湖托孤楫。"④

这两句分别从杜诗化出:

《江汉》:"江汉思归客,乾坤一腐儒。"⑤

《舟出江陵南浦奉寄郑少尹审》:"形骸元土木,舟楫复江湖。"⑥

"天地"和"乾坤"一个意思,只是把"一"改为"困"了。陈与义偏好用"腐儒"这个词,尚有《巴丘书事》"腐儒空白九分头"⑦,《留别康元质教授》"腐儒身世已百忧"⑧,《晚晴》"腐儒徒叹嗟"⑨,《夜赋》"腐儒忧平世"⑩,《游董园》"腐儒故多忧"⑪,等等。"孤楫"和"舟楫"亦同义,只是改了一个字,变为形容词,好同"腐儒"对仗。

---

① 《陈与义集》卷19,第301页。
② 仇兆鳌:《杜诗详注》卷22,第1974页。
③ 同上。
④ 《陈与义集》卷22,第338页。
⑤ 仇兆鳌:《杜诗详注》卷23,第2029页。
⑥ 仇兆鳌:《杜诗详注》卷22,第1920页。
⑦ 《陈与义集》卷19,第304页。
⑧ 《陈与义集》卷23,第355页。
⑨ 《陈与义集》卷22,第341页。
⑩ 同上书,第339页。
⑪ 《陈与义集》卷15,第243页。

第二章 陈与义诗歌的继承和影响

《观雨》:"不嫌屋漏无干处,正要群龙洗甲兵。"①
上下句皆从杜诗化出:
《茅屋为秋风所破歌》:"床头屋漏无干处,雨脚如麻未断绝。"②
《洗兵行》:"安得壮士挽天河,净洗甲兵长不用。"③
对与义此联,纪昀评曰:"前六句犹是常语,结二句自见身分。"④可见虽用杜语,不害其自出手眼,熔铸新词。和陈与义同时的江西派诗人曾几(1085—1166)亦有《苏秀道中自七月二十五日夜大雨三日秋苗以苏喜而有作》:"不愁屋漏床床湿,且喜溪流岸岸深。"⑤上句化用"床头屋漏无干处",下句亦化用杜甫《春日江村五首》(其一)"春流岸岸深"⑥。二诗同本杜诗,皆为名作。

《友人惠石两峰巉然取杜子美玉山高并两峰寒之句名曰小玉山》:"暮霭朝曦一生了,高天厚地两峰闲。"⑦
此联亦跟杜诗接近:
《白帝》:"高江急峡雷霆斗,翠木苍藤日月昏。"⑧
都是当句对。陈诗"朝曦"对"暮霭","厚地"对"高天";杜诗"急峡"对"高江","苍藤"对"翠木"。另外,陈诗"一生了""两峰闲",杜诗"雷霆斗""日月昏"都是主谓短语。两联意境皆雄阔。

《山中》:"白水春陂天澹澹,苍峰晴雪锦离离。"⑨
杜诗有:
《涪城县香积寺官阁》:"小院回廊春寂寂,浴凫飞鹭晚悠悠。"⑩
也都是当句对。陈诗"春陂"对"白水","晴雪"对"苍峰";杜诗"回廊"对

---

① 《陈与义集》卷26,第409页。
② 仇兆鳌:《杜诗详注》卷10,第832页。
③ 仇兆鳌:《杜诗详注》卷6,第519页。
④ 李庆甲:《瀛奎律髓汇评》卷17,第700页。
⑤ 曾几:《茶山集》卷5,《丛书集成初编》本,中华书局1985年版,第50页。
⑥ 仇兆鳌:《杜诗详注》卷14,第1205页。
⑦ 《陈与义集》卷9,第142页。
⑧ 仇兆鳌:《杜诗详注》卷15,第1350页。
⑨ 《陈与义集》卷24,第388页。
⑩ 仇兆鳌:《杜诗详注》卷12,第986页。

"小院","飞鹭"对"浴凫"。另外,陈诗的"澹澹""离离",杜诗的"寂寂""悠悠"都是叠字对。叶梦得说:

> 诗下双字极难,须使七言、五言之间除去五字、三字外,精神兴致,全见于两言,方为工妙。①

即要炼此"双字"为诗眼,表现"精神兴致"。"双字"即叠字,可见使用叠字的难度是非常大的。仇兆鳌说:

> 杨升庵谓:诗中叠字最难下,惟少陵用之独工。今按:……有用之句尾者,如"信宿渔人还泛泛,清秋燕子故飞飞","小院回廊春寂寂,浴凫飞鹭晚悠悠","客子入门月皎皎,谁家捣练风凄凄",是也。……声谐义恰,句句带仙灵之气,真不可及矣。②

也持与叶梦得类似的观点,所举用叠字典范就有"小院"这联。与义"白水"联的"澹澹""离离"能写出"精神兴致",与杜诗相较并不逊色,可嗣响少陵。

《夏夜》:"翻翻云渡汉,历历水浮星。"③

杜诗有:

《送严侍郎到绵州同登杜使君江楼宴》:"稍稍烟集渚,微微风动襟。"④这两联句法结构完全相同。"翻翻""历历""稍稍""微微"都是叠字,"云渡汉""水浮星""烟集渚""风动襟"都是主谓短语,而且"云""水""烟""风"都属于天文门或者地理门。是很工整的对仗,叠字也用得非常传神。"稍稍"读仄声,是渐渐的意思。

《汝州吴学士观我斋分韵得真字》:"月明泉声细,雨过竹色新。"⑤

---

① 叶梦得:《石林诗话》卷上,《历代诗话》本,第411页。
② 仇兆鳌:《杜诗详注》卷9,第744、745页。
③ 《陈与义集》卷25,第393页。
④ 仇兆鳌:《杜诗详注》卷11,第915页。
⑤ 《陈与义集》卷8,第112页。

第二章　陈与义诗歌的继承和影响

这联也同杜诗接近：

《后游》："野润烟光薄，沙喧日色迟。"①
这两联表面的句法结构相似，可以看出沿袭痕迹，但细绎微有不同。"雨过"和"竹色新"是因果关系，"沙喧"和"日色迟"则是并列结构。"烟光薄"和"日色迟"都是就视觉下笔，"泉声细"和"竹色新"则一属听觉一属视觉。因此就这两联而言，陈诗意蕴更丰富。

《贞牟书事》："苍山雨中高，绿草溪上丰。"②
近于杜诗此联：

《宿江边阁》："薄云岩际宿，孤月浪中翻。"③
这两联句法近似，不过陈诗是五古，杜诗是五律。杜诗化用何逊《入西塞示南府同僚》"薄云岩际出，初月波中上"④，出语更为警策。与陈与义同时的张戒说：

> 张巨山出去非诗卷，戒独爱其《征牟书事》一首云"神仙非异人，由来本英雄。……苍山雨中高，绿草溪上丰"者，而去非亦不自以为奇也。⑤

陈与义不自以为奇，而张戒则看出了这几句"平中见奇"，所以欣赏。但是语感上陈诗平缓，雍容不迫；杜诗奇崛，开阖动荡。这跟陈诗是古体而杜诗是近体有关。其区别一如清人陈祚明指出杜甫诗与其化用的何逊诗的不同：

> "宿"字较"出"字有作意。"孤月浪中翻""翻"字亦活，然与此自分古近。⑥

---

① 仇兆鳌：《杜诗详注》卷9，第787页。
② 《陈与义集》卷24，第387页。
③ 仇兆鳌：《杜诗详注》卷17，第1469页。
④ 何逊：《何逊集校注》卷2，李伯齐校注，中华书局2010年版，第121页。
⑤ 张戒：《岁寒堂诗话笺注》卷上，陈应鸾笺注，四川大学出版社1990年版，第106页。
⑥ 陈祚明评选：《采菽堂古诗选》卷26，李金松点校，上海古籍出版社2008年版，第834页。

杜诗更锤炼,何诗更自然,这也是近体、古体的分别。

从上面的例子看,陈诗的"偷意"比"偷语"明显更灵活了,但还没化尽痕迹。

三、偷势

陈与义对杜诗的学习最高明之处还体现在"偷势"上。所谓"偷势",指在整体风格上的逼近,并不是斤斤于字词和句式的相似。与义对于自然界的变化很敏感,擅长写雨。他的雨诗既多且好,试举一首来说明"偷势":

《细雨》:

> 避寇烦三老,那知是胜游。
> 平湖受细雨,远岸送轻舟。
> 天地悲深阻,山川慰久留。
> 参差发邻舫,未觉壮心休。①

纪昀评此诗称"亦近杜"②,这是就整体风格的近似而言。第二联是精致的景语,第三联则是壮阔的情语,这比较接近于杜甫的风格。比如杜甫的《登岳阳楼》③,颔联"吴楚东南坼,乾坤日夜浮"是精工的写景,颈联"亲朋无一字,老病有孤舟"则是大笔言情。陈诗尾联"未觉壮心休"语本杜甫《戏赠友二首》(其一)"壮心不肯已"④,风格亦近于杜诗之沉郁顿挫。除了与杜诗风格的逼近,亦有语词和句子的袭用。比如颔联的"受"字,杜甫《春归》诗有"轻燕受风斜"⑤,《上巳日徐司录林园宴集》

---

① 《陈与义集》卷21,第332页。
② 李庆甲:《瀛奎律髓汇评》卷17,第677页。
③ 仇兆鳌:《杜诗详注》卷22,第1946、1947页。
④ 仇兆鳌:《杜诗详注》卷11,第906页。
⑤ 仇兆鳌:《杜诗详注》卷13,第1110页。

第二章　陈与义诗歌的继承和影响

诗有"吹面受和风"①,近于"偷语"。颈联的"天地悲深阻"化用杜甫《宿青溪驿奉怀张员外十五兄之绪》诗"乾坤此深阻"②,近于"偷意"。下面再举一首雨诗:

《连雨赋书事四首》(其四):

白菊生新紫,黄芜失旧青。
俱含岁晚恨,并入夜深听。
梦寐连萧瑟,更筹乱晦冥。
云移过吴越,应为洗余腥。③

此首更近于杜。纪昀评曰:"起四句沉着,结亦切实,亦阔远。"④起四句全用对仗,是沉着的一个表现。清人许印芳(1832—1901)也评论说:"起二句新而不纤,且有寄托,故佳。"⑤首联是对仗句而且用了"白""紫""黄""青"四个颜色字,所以新。赋中有比兴,暗示国势的衰落、政局的动荡,所以有寄托。尾联则是明显化自杜甫《喜雨》诗"峥嵘群山云,交会未断绝。安得鞭雷公,滂沱洗吴越"⑥和《喜闻官军已临贼境二十韵》诗"谁云遗毒螫,已是沃腥臊"⑦。《喜雨》诗后有原注:"时浙右多盗贼。"朱鹤龄注:"按《旧唐书》:宝应元年八月,台州人袁晁反,陷浙东州郡。广德元年四月,李光弼讨之。此诗末后注语,正指袁晁也。"⑧与义此诗则指方腊事。白敦仁辨析说:

第四首"云移过吴越,应为洗余腥",胡注:"盖指庚子年事。"《瀛奎律髓》卷十七选此四首,方回评语:"当是宣和庚子时。"谓方

---

① 仇兆鳌:《杜诗详注》卷21,第1877页。
② 仇兆鳌:《杜诗详注》卷14,第1219页。
③ 《陈与义集》卷7,第105页。
④ 李庆甲:《瀛奎律髓汇评》卷17,第674页。
⑤ 同上。
⑥ 仇兆鳌:《杜诗详注》卷12,第1020页。
⑦ 仇兆鳌:《杜诗详注》卷5,第419页。
⑧ 朱鹤龄辑注:《杜工部诗集辑注》卷10,韩成武等点校,河北大学出版社2009年版,第388页。

腊起义事也。按《宋史·徽宗纪》,方腊以宣和二年(庚子)十月起义,三年四月庚戌,为辛兴宗所执,六月戊子,"童贯等俘方腊以献"。简斋此诗作于宣和三年(辛丑)九月,故有"余腥"之语。按本集写方腊起义,惟此诗及卷十五《邓州西轩书事》"东南鬼火成何事"数语。《律髓》以四诗为宣和庚子作,盖未细玩"余腥"二字语意,误矣。①

与杜甫《喜雨》的题材也接近,都是针对农民起义军,则不仅风格近似。

陈与义靖康之难后的诗更多在风格上逼近老杜,近于皎然所谓"偷势"。钱钟书指出:

> 靖康之难发生,宋代诗人遭遇到天崩地塌的大变动,在流离颠沛之中,才深切体会出杜甫诗里所写安史之乱的境界,起了国破家亡、天涯沦落的同感,先前只以为杜甫"风雅可师",这时候更认识他是个患难中的知心伴侣。王铚《别孝先》就说"平生尝叹少陵诗,岂谓残生尽见之";后来逃难到襄阳去的北方人题光孝寺壁也说"踪迹大纲王粲传,情怀小样杜陵诗",都可以证明身经离乱的宋人对杜甫发生了一种心心相印的新关系。诗人要抒写家国之痛,就常常自然而然效法杜甫这类苍凉悲壮的作品,前面所选吕本中和汪藻的几首五律就是例子,何况陈与义本来是个师法杜甫的人。他逃难的第一首诗《发商水道中》可以说是他后期诗歌的开宗明义:"草草檀公策,茫茫杜老诗!"他的《正月十二日自房州城遇虏至》又说"但恨平生意,轻了少陵诗",表示他经历了兵荒马乱才明白以前对杜甫还领会不深。他的诗进了一步,有了雄阔慷慨的风格。②

这个评价是准确的。陈与义本来希慕杜甫,遭遇的困穷,则是外助。试

---

① 白敦仁:《陈与义集校笺》卷7,第184页。
② 钱钟书:《宋诗选注》,第212、213页。

第二章 陈与义诗歌的继承和影响

看《发商水道中》这首他后期诗歌"开宗明义"的诗：

> 商水西门语，东风动柳枝。
> 年华入危涕，世事本前期。
> 草草檀公策，茫茫杜老诗。
> 山川马前阔，不敢计归时。①

胡谱："靖康元年丙午。正月，北虏入寇。复丁外艰。自陈留寻避地，出商水，由舞阳，次南阳。"②《墓志》："既王室始骚，丁外艰，避地襄汉。"③与义时在陈留，去汴京才五十里，故出奔也。刘辰翁评颔联："乱离多矣，何是公之能语也。"④又评颈联和尾联："经历如新，不可更读。"⑤表明了与义善写乱离，在气象上逼近杜诗，做到了神似老杜。诗云"茫茫杜老诗"，表明了处境似杜和向杜甫学习的决心。杜甫《南池》诗"干戈浩茫茫，地僻伤极目"⑥，又《惜别行送刘仆射判官》诗"九州兵革浩茫茫，三叹聚散临重阳"⑦，都是直接用"茫茫"形容干戈、兵革的。

另如《正月十二日自房州城遇虏至奔入南山十五日抵回谷张家》诗：

> 久谓事当尔，岂意身及之。避虏连三年，行半天四维。我非洛豪士，不畏穷谷饥。但恨平生意，轻了少陵诗。今年奔房州，铁马背后驰。造物亦恶剧，脱命真毫厘。南山四程云，布袜傲险巇。篱间老炙背，无意管安危。知我是朝士，亦复颦其眉。呼酒软客脚，菜本濯玉肌。穷途士易德，欢喜不复辞。向来贪读书，闭户生白

---

① 《陈与义集》卷14，第222页。
② 胡稚：《简斋先生年谱》，《陈与义集》卷首，第7页。
③ 张嵲：《陈公资政墓志铭》，《陈与义集》附录，第534页。
④ 白敦仁：《陈与义集校笺》卷14，第399页。
⑤ 同上。
⑥ 仇兆鳌：《杜诗详注》卷13，第1096页。
⑦ 仇兆鳌：《杜诗详注》卷22，第2005页。

髭。岂知九州内,有山如此奇。自宽实不情,老人亦解颐。投宿恍世外,青灯耿茅茨。夜半不能眠,涧水鸣声悲。"①

胡谱:"建炎二年戊申。正月,自邓往房州,遇虏,奔入南山,抵回谷,与孙信道、夏致宏、张巨山会于山中,有唱酬诗。至春末出山,至青溪,有《石壁》诗。"②诗云:"今年奔房州,铁马背后驰。造物亦恶剧,脱命真毫厘。"盖纪实也。刘辰翁评"久谓事当尔"二句:"恨恨无涯,又胜子厚《白发》,每见潸然。"③评"我非洛豪士"二句:"情语自别。"④评"亦复颦其眉"句:"隔世诵此,如对当日避世,常有此不能言。"⑤评末句:"转换余情,殆不忍读,欣悲多态,尚觉《北征》为烦。"⑥中斋云:"此诗尽艰难历落之态,杂悲喜忧畏之怀,玩物适意语,时见于奔走仓皇中,杜《北征》、柳《南涧》,盖兼之。"⑦可见对杜诗的学习和逼近。杜甫《北征》云:"青云动高兴,幽事亦可悦。山果多琐细,罗生杂橡栗。或红如丹砂,或黑如点漆。雨露之所濡,甘苦齐结实。"⑧即是"奔走仓皇中"尚能"玩物适意"。正如顾随指出:

> 一个诗人无论写什么皆须有一种有闲的心情。可以写痛苦、激昂、奋斗,然必须精神有闲,否则只是呼号不是诗。……韦庄之《秦妇吟》,写黄巢起义前后情形,所写事情尽管惨、乱,而韦庄写此总是抱有有闲心情。虽非最好的诗,然至少不是失败的诗。⑨

则与义非但学习了杜甫慷慨激昂的风格,同时也学习其"有闲的心情",

---

① 《陈与义集》卷17,第274页。
② 胡稚:《简斋先生年谱》,《陈与义集》卷首,第7页。
③ 白敦仁:《陈与义集校笺》卷17,第502页。
④ 同上。
⑤ 同上。
⑥ 同上。
⑦ 《陈与义集》卷17,第276页。
⑧ 仇兆鳌:《杜诗详注》卷5,第397页。
⑨ 顾随:《顾随诗词讲记·论小李杜》,第188页。

第二章　陈与义诗歌的继承和影响

从而创作出成功的诗。在本诗中，与义甚至直接写道"但恨平生意，轻了少陵诗"，表明对早年习诗的深刻反思。

又如《感事》这首五言排律：

> 丧乱那堪说，干戈竟未休。
> 公卿危左衽，江汉故东流。
> 风断黄龙府，云移白鹭洲。
> 云何舒国步，持底副君忧。
> 世事非难料，吾生本自浮。
> 菊花纷四野，作意为谁秋。①

关于此诗，刘克庄曾有评论：

> 徐师川（俯）《闻捷》云："时时传破虏，日日望修门。"又云："诸公宜努力，荆棘已千村。"陈简斋《感事》云："风断黄龙府，云移白鹭洲"，"菊花纷四野，作意为谁秋。"颇逼老杜。②

"风断"一联以天象喻人事，深得杜诗兴寄之妙。"断""移"炼字精警，确不可移。"菊花"联为结联，以景抒情，含不尽之意见于言外。方回评曰："'危''故'二字最佳。"③"危"是险些的意思，与义《同通老用渊明独酌韵》诗有"向来房州谷，采药危得仙"④，用法相同。"故"字加强语气，表明宋朝像江汉东流一样，不会灭亡。这两字的沉实近杜。纪昀评曰："此诗真有杜意，乃气味似，非面貌似也。"⑤则是见到了此诗忠爱之情、沉郁之风与杜诗达到了高度一致，已由"偷语""偷意"上升到"偷势"阶段。

---

① 《陈与义集》卷17，第269页。
② 刘克庄：《后村诗话》前集卷2，第27页。
③ 李庆甲：《瀛奎律髓汇评》卷32，第1355页。
④ 《陈与义集》卷19，第298页。
⑤ 李庆甲：《瀛奎律髓汇评》卷32，第1355页。

另如《晚晴野望》这首:

> 洞庭微雨后,凉气入纶巾。
> 水底归云乱,芦丛返照新。
> 遥汀横薄暮,独鸟度长津。
> 兵甲无归日,江湖送老身。
> 悠悠只倚杖,悄悄自伤神。
> 天意苍茫里,村醪亦醉人。①

这也是一首五言排律。作于建炎三年(1129)五月,时值诗人避乱入洞庭湖中。方回曰:"所圈句法,诗家高处。"②(按:方回在"兵甲无归日,江湖送老身"二句旁加密圈。)纪昀也说:"'兵甲'二句诚为高唱。"③这两句苍莽悲凉,确实近杜。李商隐《夜饮》诗有"江海三年客,乾坤百战场"④,和这联意境相似,都是学杜得髓的句子。所以纪昀评论说:"此首入之杜集,殆不可辨。"⑤又说:"结意沉挚。"⑥则结尾沉郁处亦近杜。杜甫《乐游园歌》的结联为"此身饮罢无归处,独立苍茫自咏诗"⑦,与此神似。不过杜诗作于早年,在安史乱前,尚是一己之悲欢;陈诗作于靖康乱后,则益之以家国之血泪。证以"苍茫"二字,仇兆鳌说:"《杜臆》谓苍茫咏诗,乃勃然得意兴,引公诗'苍茫兴有神'为证。今按:'上文语涉悲凉,末作发兴语,方见后劲。'"⑧有后劲,则语意不衰。与义的"苍茫"则是指天意难问,只得借酒消忧。村醪醉人,则是心之忧矣,酒不醉人人自醉,沉痛处更甚于杜诗。

类似的还有《雨中》:

---

① 《陈与义集》卷21,第336页。
② 李庆甲:《瀛奎律髓汇评》卷17,第678页。
③ 同上。
④ 冯浩:《玉溪生诗集笺注》卷2,上海古籍出版社1998年版,第366页。
⑤ 李庆甲:《瀛奎律髓汇评》卷17,第678页。
⑥ 同上。
⑦ 仇兆鳌:《杜诗详注》卷2,第103页。
⑧ 同上。

第二章　陈与义诗歌的继承和影响

>　　北客霜侵鬓，南州雨送年。
>　　未闻兵革定，从使岁时迁。
>　　古泽生春霭，高空落暮鸢。
>　　山川含万古，郁郁在樽前。①

　　颔联流水对，近于与义《寒食日游百花亭》诗："自闻鼙鼓聒，不恨岁月流。"②意为遭逢乱世，生无可乐，反愿光阴速逝。清人黄景仁(1749—1783)《绮怀》(其一六)有"茫茫来日愁如海，寄语羲和快着鞭"③，与此同一机杼，但偏于个人悲欢。尾联则"樽前"与"山川"小大相形，颇具张力。杜诗多用此种手法，如《衡州送李大夫七丈勉赴广州》诗"日月笼中鸟，乾坤水上萍"④，李商隐《安定城楼》诗"永忆江湖归白发，欲回天地入扁舟"⑤，同为学杜此种。纪昀评《雨中》曰："此首近杜。意境深阔。妙是自运本色，不似古人。"⑥则指其妙于"偷势"，不琐琐于"偷语""偷意"矣。

　　特别逼近老杜的还有陈与义避乱湖湘时的一系列七律，可谓雄浑悲壮、沉郁顿挫。如《登岳阳楼二首》(其一)：

>　　洞庭之东江水西，帘旌不动夕阳迟。
>　　登临吴蜀横分地，徙倚湖山欲暮时。
>　　万里来游还望远，三年多难更凭危。
>　　白头吊古风霜里，老木沧波无限悲。⑦

钱钟书在《宋诗选注》中说：

---

① 《陈与义集》卷29，第451页。
② 《陈与义集》卷21，第326页。
③ 黄景仁：《两当轩集》卷11，上海古籍出版社1983年版，第266页。
④ 仇兆鳌：《杜诗详注》卷22，第1942页。
⑤ 冯浩：《玉溪生诗集笺注》卷1，第115页。
⑥ 李庆甲：《瀛奎律髓汇评》卷17，第680页。
⑦ 《陈与义集》卷19，第302、303页。

> 这是建炎二年(公元一一二八年)秋天的诗,陈与义从靖康元年(公元一一二六年)春天开始逃难,所以说"三年"。要是明代的"七子"作起来,准会学杜甫的《送郑十八虔》《登高》《春日江村》第一首等诗,把"百年"来对"万里",正像他们自己一伙人所说:"'百年''万里'何其层见而叠出也!"(李梦阳《空同子集》卷六十二《再与何氏书》)①

即谓此诗颈联是从杜甫《登高》"万里悲秋常作客,百年多病独登台"化出,但又工于变化,不像明七子学得那么呆板。对此诗颔联,明代学者胡应麟(1551—1602)也颇有好评:"此雄丽冠裳,得杜调者也。"②认为学到了杜诗"雄丽"的特色。元代江西派诗论家方回(1227—1305)评曰:"简斋《登岳阳楼》凡三诗,又有《巴丘书事》一诗,皆悲壮激烈,如:'晚木声酣洞庭野,晴天影抱岳阳楼。四年风露侵游子,十月江湖吐乱洲。'又如:'乾坤万事集双鬓,臣子一谪今五年。'近逼山谷,远诣老杜。"③此诗即其中之一,被方回作为学杜成功的代表。云"悲壮激烈",可见近于杜甫的乱离诗,非仅从字句上学习,而是整体风格的逼近。所以爱同方回唱反调的纪昀这次也和他保持了一致,评论说:"意境宏深,真逼老杜。"④与义另一首登楼的后续之作《再登岳阳楼感慨赋诗》也是学杜的代表作:

> 岳阳壮观天下传,楼阴背日堤绵绵。
> 草木相连南服内,江湖异态栏干前。
> 乾坤万事集双鬓,臣子一谪今五年。
> 欲题文字吊古昔,风壮浪涌心茫然。⑤

---

① 钱钟书:《宋诗选注》,第219页。
② 胡应麟:《诗薮》外编卷5,第216页。
③ 李庆甲:《瀛奎律髓汇评》卷1,第41页。
④ 同上书,第42页。
⑤ 《陈与义集》卷19,第305、306页。

第二章 陈与义诗歌的继承和影响

与前诗不同之处是,这是一首拗体七律,可见简斋作诗求新求变。杜甫是最早写作拗体(又叫吴体)七律的诗人,他的《白帝城最高楼》是拗体七律的代表作。王嗣奭评论杜甫的拗体说:"愁起于心,真有一段郁戾不平之气,而因以拗语发之,公之拗体大都如是。"①盖因拗体诗适宜于表现郁怒不平的情绪。以黄庭坚为首的江西诗派着重学习杜甫拗体诗,比较而言,与义此种诗算是写得少的。与义前有《登岳阳楼二首》《巴丘书事》等诗,所以说再登。陈衍评曰:"江水浊黄,湖水清碧,第四句七字写尽。五、六学杜而得其骨者。"②和方回一样,特赏其颈联,认为肖杜。沈曾植评曰:"不让崔(颢)之《黄鹤楼》、李(白)之《凤凰台》,真不愧题中感慨二字矣。读之觉万象在旁,百端交集。"③崔、李二首都是名作,可见沈曾植对此诗评价之高。"乾坤"句即杜甫《登高》"艰难苦恨繁霜鬓"④之意。作者这时三十八岁,已生白发。"臣子"句,与义于宣和六年(1124)被贬,此诗作于建炎二年(1128),故云五年。刘辰翁评末句:"写得至此,气尽语达,乃不可复加。"⑤以"茫然"作结,眼中景、心中情浑然莫辨,可谓"篇终接混茫"⑥。另有《伤春》,亦是学杜入神之作:

  庙堂无策可平戎,坐使甘泉照夕烽。
  初怪上都闻战马,岂知穷海看飞龙。
  孤臣霜发三千丈,每岁烟花一万重。
  稍喜长沙向延阁,疲兵敢犯犬羊锋。⑦

这首诗是建炎四年(1130)与义避兵邵州(今湖南邵阳)时写的,正是在向子諲在潭州(今长沙)进行了保卫战之后。通篇风格沉郁顿挫,逼近

---

① 王嗣奭:《杜臆》卷7,第245页。
② 陈衍:《宋诗精华录》卷3,上海古籍出版社2008年版,第111页。
③ 郑骞:《陈简斋诗集合校汇注》卷19,第198页。
④ 仇兆鳌:《杜诗详注》卷20,第1766页。
⑤ 白敦仁:《陈与义集校笺》卷19,第556页。
⑥ 杜甫:《寄彭州高三十五使君适虢州岑二十七长史参三十韵》,仇兆鳌:《杜诗详注》卷8,第640页。
⑦ 《陈与义集》卷26,第404页。

杜诗。纪昀评论道:"此首真有杜意。"① 当代学者缪钺(1904—1995)指出:

> 第五、六两句用虚浑之法,既伤叹国事,又融入自己。……陈与义这里运化了李白、杜甫的诗句:李白《秋浦歌》第十五首:"白发三千丈,缘愁似个长。"杜甫《伤春》第一首:"关塞三千里,烟花一万重。"……杜甫《伤春五首》是他于代宗广德二年(764)在阆州所作,原注:"巴阆僻远,伤春罢始知春前已收宫阙。"原来在前一年,即是广德元年十月,吐蕃攻陷长安,代宗逃奔陕州,不久,郭子仪击退吐蕃,收复长安。杜甫作此诗时,因道远尚未听到收复的消息,所以他的诗中说:"天下兵虽满,春光日自浓。西京疲百战,北阙任群凶。关塞三千里,烟花一万重。"表达了深切的忧国之怀。"关塞"二句是说,阆州离长安很远,虽然心怀忧念,而听不到消息。这种情况与陈与义身居湖南而忧念远在江浙的朝廷危难恰好相似,所以他借用杜甫这句诗以托喻,可谓非常贴切,既能意蕴丰融,而又兴象华妙,由此可见陈与义诗艺之精。②

所以不仅是在字句上借用杜诗,而且用得非常贴切和巧妙。尾联从杜甫《诸将五首》(其三)"稍喜临边王相国,肯销金甲事春农"③化出,稳妥贴切。领联的"初怪""岂知"这种句法也类似《诸将》。

这样的佳作不胜枚举。方回评论说"简斋诗气势浑雄,规模广大"④,可谓这时期诗作的的评。刘克庄说他"造次不忘忧爱""以雄浑代尖巧"⑤,也是很准确的评论。从学习杜甫的文字语句到学习其精神气格,即从"偷语""偷意"上升到"偷势",陈与义因此成为南北宋之交最杰出的诗人,在某些方面甚至超越他的前辈黄庭坚和陈师道。

---

① 李庆甲:《瀛奎律髓汇评》卷32,第1369页。
② 缪钺:《诗词散论》,陕西师范大学出版社2008年版,第138页。
③ 仇兆鳌:《杜诗详注》卷16,第1367页。
④ 李庆甲:《瀛奎律髓汇评》卷24,第1091页。
⑤ 刘克庄:《后村诗话》前集卷2,第27页。

第二节 "旁参王维,上攀陶潜"

民国学者钱基博(1887—1957)评论陈与义说:

> 五古之作,尤工体物,融情入景,由质得妍,神情俱合,丽而为朗,旁参王维,上攀陶潜,而不仅为杜之学陶。五言绝亦然。其表侄张嵲为作墓志云:"公诗体物寓兴,清邃超特,纡余宏肆,高举横厉,上下陶、谢、韦、柳之间。"谢灵运滞闷而与义遒健,固为拟非其类;然陶、韦、柳,则体气相为出入,其论亦非无见。《宋史》本传采之,而《四库提要》必一笔抹倒,谓"以陶、谢、韦、柳拟之,殊为不类"。亦知其一而未知其二三也。①

这个评价是独具只眼的。不过,陈与义学习王维之作不仅仅是五古和五绝。对于"上下陶、谢、韦、柳之间",胡稚有类似的看法:"诗者……其正始之源,出于《风》《骚》,达于陶、谢,放于孟、王,流于韦、柳,而集于今简斋陈公。"②可以说,陈与义的诗,一种近于杜甫慷慨雄浑的风格,一种则近于陶渊明、王维、韦应物、柳宗元清徐淡远的风格。所以钱基博批评四库馆臣"知其一而未知二三"。至于"陶谢"并称,则是文学史上的习惯,如杜甫《夜听许十一诵诗爱而有作》有"陶谢不枝梧,风骚共推激"③,《江上值水如海势聊短述》有"焉得思如陶谢手,令渠述作与同游"④。实则张嵲并不一定认为陈与义诗近于谢灵运。因为陶、韦、柳"体气相为出入",这里举陶潜以概其余。王维则稍有不同,清绮华丽一些。

---

① 钱基博:《中国文学史》,第 528 页。
② 胡稚:《简斋诗笺叙》,《陈与义集》卷首,第 2 页。
③ 仇兆鳌:《杜诗详注》卷 3,第 247 页。
④ 仇兆鳌:《杜诗详注》卷 10,第 810 页。

一、学王维

钱基博最先提出陈与义学习王维,说"神情傅合,丽而为朗,旁参王维,上攀陶潜,而不仅为杜之学陶","清逎超逸,原本王维,而上下陶、韦、柳之间,其迹不可没也。"①在表现人与自然的和谐关系上,以及一些景语的用词上,与义确实接近王维。但他们也有不同之处,与义的诗意更明确而且更个性化。排除诗人个体的差异之外,这其实也是唐、宋诗的一个区别。如缪钺所论:"唐诗以韵胜,故浑雅,而贵蕴藉空灵;宋诗以意胜,故精能,而贵深折透辟。"②试看陈与义《雨》这首诗:

> 云物澹清晓,无风溪自闲。
> 柴门对急雨,壮观满空山。
> 春发苍茫内,鸟鸣篁竹间。
> 儿童笑老子,衣湿不知还。③

此诗的前面六句很接近王维。"清"和"澹"可以用来描述王维诗的风格,"闲"也是王诗的标志性语词,比如王维这些诗句:

《青溪》:"我心素已闲,清川澹如此。"④
《春日上方即事》:"北窗桃李下,闲坐但焚香。"⑤
《泛前陂》:"澄波澹将夕,清月皓方闲。"⑥
《登河北城楼作》:"寂寥天地暮,心与广川闲。"⑦
《登裴迪秀才小台作》:"落日鸟边下,秋原人外闲。"⑧

---

① 钱基博:《中国文学史》,第528页。
② 缪钺:《古典文学论丛·论宋诗》,第104页。
③ 《陈与义集》卷24,第384页。
④ 陈铁民:《王维集校注》卷1,中华书局1997年版,第90页。
⑤ 陈铁民:《王维集校注》卷7,第612页。
⑥ 陈铁民:《王维集校注》卷5,第458页。
⑦ 陈铁民:《王维集校注》卷1,第38页。
⑧ 陈铁民:《王维集校注》卷5,第434页。

第二章　陈与义诗歌的继承和影响

《鸟鸣涧》:"人闲桂花落,夜静春山空。"①
"我心"联以"我心"和"清川"作类比,其"闲""澹"则一。"心与广川闲"意思相同,但更为精练。杜甫《江亭》有"水流心不竞,云在意俱迟"②之句,则翻进一层说。水虽然流动,但心却不被带动。"闲坐"句则是写实,诗味略逊。"澄波"联以"波"和"月"对照,见出万籁俱寂。"秋原"句是移情写法,"人闲"句是静中观物。上举几例可见王维诗风格的一斑:极清极静,物我俱忘,连动也是静中之动。

"柴门""空山"也是王维爱用的词,如《辋川闲居赠裴秀才迪》"倚杖柴门外,临风听暮蝉"③,《鹿柴》"空山不见人,但闻人语响"④,《山居秋暝》"空山新雨后,天气晚来秋"⑤。和"柴门"同义的"柴扉",王维用得更多。如《山中送别》"山中相送罢,日暮掩柴扉"⑥,《送钱少府还蓝田》"今年寒食酒,应得返柴扉"⑦,《归辋川作》"东皋春草色,惆怅掩柴扉"⑧,《山居即事》"寂寞掩柴扉,苍茫对落晖。"⑨"柴扉"成了与外界的隔离物,是隐士生活的标志。

与义《雨》诗与王维相似之处不仅仅在于用词,更在于表现方式上。台湾学者叶维廉指出:

> 一般来说,一首诗中还是脱离不了"说明"(情或理)与"演出"两面。说明物我关系的如孟浩然的《春眠》:"春眠不觉晓,处处闻啼鸟。夜来风雨声,花落知多少?"最后一句是所谓"抒情""抒怀"句,把感受点出、说明。高友工和梅祖麟先在他们合著的一篇《唐诗中的语法、用字与意象》一文中,提出"意象"与"命题"两极,但如

---

① 陈铁民:《王维集校注》卷7,第637页。
② 仇兆鳌:《杜诗详注》卷10,第800页。
③ 陈铁民:《王维集校注》卷5,第429页。
④ 同上书,第417页。
⑤ 同上书,第451页。
⑥ 同上书,第465页。
⑦ 陈铁民:《王维集校注》卷6,第503页。
⑧ 陈铁民:《王维集校注》卷5,第448页。
⑨ 同上书,第450页。

果我们权衡这两极在中国诗中的比重,我们会发现"意象"部分(或景物、事件演出的部分)占我们感受网的主位,而属于"命题"的部分一般来说只占次要的位置,有时甚至被景物演出所吸收。①

接着叶维廉就举了王维的《山居秋暝》为例,指出前六句为"演出"或"意象"部分,最后二句为"说明"或"命题"部分。并说:"至于利用景物纯然的出现来构成'静境''逸境''清境'……者,在王维的诗中更是比比皆是。"②不过他犯了以偏概全的毛病,"意象"大于"命题"这个特点一般来说更适合唐诗,宋诗的主流恐怕还是"命题"大于"意象"的。宋人强调"诗当以意为主",正如当代学者周裕锴指出:

> 宋人……强调诗歌的"言志"功能,有意识用语序完整、类似散文的语言形式取代意象并置、语序省略的语言形式,以鲜明表达作者之"意"。③

与义虽然是宋人,但是他这首《雨》诗却近于唐人的手法,也就是"意象"大于"命题","演出"多于"说明"。可以说前六句都是"演出",只末二句作是"说明"。比如颔联"柴门对急雨",面对"急雨"的是"柴门",而不是"柴门"中的人,排除了人物的活动以及叙述者的直接介入,但是却提供了想象的空间。颈联"春发苍茫内"可谓"状难写之景如在目前",把抽象的"春""苍茫"具体化了,不但有动作,还能内外界,同样取消了人物的行为,是"演出"而非"说明",使诗歌具有更多戏剧性的因素。只有尾联"儿童笑老子,衣湿不知还"是"说明"。王维《山居秋暝》的结构也是如此,前三联是景句,是"景物事件的演出",只最后一句"王孙自可留"来自《楚辞·招隐士》"王孙游兮不归,春草生兮萋萋"④,是说明句。只是与义此诗的尾联相对于王维诗更质朴,接近陶渊明一些。

---

① 叶维廉:《中国古典诗中的传释活动》,《中国诗学》,人民文学出版社2006年版,第30页。
② 叶维廉:《中国古典诗中的传释活动》,《中国诗学》,第31页。
③ 周裕锴:《宋代诗学通论》,上海古籍出版社2007年版,第469页。
④ 洪兴祖:《楚辞补注》卷12,中华书局1983年版,第233页。

第二章　陈与义诗歌的继承和影响

又如《寒食》诗：

> 竹篱寒食节，微雨澹春意。
> 喧哗少所便，寂寞今有味。
> 空山花动摇，乱石水经纬。
> 倚杖忽已晚，人生本何冀。①

寒食节在清明节前一天，禁烟火，只吃冷食，所以叫寒食。寒食、清明有祭扫活动，是家族团聚的节日。陈与义涉及寒食的诗很多，除此之外，尚有《道中寒食二首》(其一)"飞絮春犹冷，离家食更寒"②，《海棠》"海棠已复动，寒食岂寂寞"③，《寒食》"浓阴花照野，寒食柳围村"④，《寒食日游百花亭》"微花耿寒食，始觉在他州"⑤，《清明》"寒食清明惊客意，暖风迟日醉梨花"⑥等诗。盖异乡为客，逢寒食更难以为怀，作诗排遣。韦应物《寒食寄京师诸弟》是寒食诗中的一首名作："雨中禁火空斋冷，江上流莺独坐听。把酒看花想诸弟，杜陵寒食草青青。"⑦同是离家思乡、对酒看花，不难看出与义寒食诗与之的联系，亦为与义诗"上下陶、谢、韦、柳"之一证。王维也有寒食诗，《送钱少府还蓝田》"今年寒食酒，应得返柴扉"⑧，则是预期对方寒食能回家团聚。

　　此首与上首不同在于，"说明"和"演出"平分秋色。首联和颈联是"演出"，颔联和尾联都是"说明"。首联的"澹"和颈联的"空山""乱石"让人想起王维。"澹"和"空山"已见前，"乱石"见王维《青溪》："声喧乱石中，色静深松里。"⑨近于"乱石水经纬"意境的则有《山居秋暝》"明月

---

① 《陈与义集》卷18，第288页。
② 《陈与义集》卷9，第139页。
③ 《陈与义集》卷15，第234页。又见外集，第519页。
④ 《陈与义集》卷13，第199页。
⑤ 《陈与义集》卷21，第326页。
⑥ 《陈与义集》卷18，第288页。
⑦ 陶敏、王友胜：《韦应物集校注》卷3，上海古籍出版社1998年版，第187页。
⑧ 陈铁民：《王维集校注》卷6，第503页。
⑨ 陈铁民：《王维集校注》卷1，第90页。

松间照,清泉石上流"①,《过香积寺》"泉声咽危石,日色冷青松"②。

与义此诗虽是五古,但中间两联却对仗。颔联"喧哗"和"寂寞"意思相反,所谓"反对为优"。"少所便"和"今有味"对得不算工,毕竟不是五律,不必严格要求,况且五律也有颔联不对仗的,比如王维《送贺遂员外外甥》"苍茫葭菼外,云水与昭丘"③、李白《与贾舍人于龙兴寺剪落梧桐枝望滟湖》"雨洗秋山净,林光澹碧滋"④都没对仗。谢灵运《过始宁墅诗》云:"拙疾相倚薄,还得静者便。"⑤"喧哗少所便"是"静者便"的反面着笔,算是在用词上有一点谢诗的影子。但这联的整体意味却不近谢灵运,也不近王维,而近于陶渊明的质朴和直抒胸臆,所以我们说是"说明"而非"演出"。宋诗更偏好"说明",陶渊明在宋代才受到普遍推崇,这大概是原因之一。颈联"空山花动摇"和"乱石水经纬"对得挺工整,而且每句内部也有相反成对的意味。空山愈形花之动摇,以静写动,同时又是用花之动摇来写山之空静,以动写静,近于"鸟鸣山更幽"的写法。"经纬"本指织物的纵线和横线,这里指水流平稳,和"乱石"形成对比。二字可谓平字见奇,是宋人化故为新的手段。王维"清泉石上流"则更为平易,"泉声咽危石"也只炼了一个"咽"字,把景物拟人化,和宋诗异趣。所以与义这联与王维诗也是同中有异。

又如《出山二首》(其二):

山空樵斧响,隔岭有人家。
日落潭照树,川明风动花。⑥

此诗同王维《鹿柴》很相似:

---

① 陈铁民:《王维集校注》卷5,第451页。
② 陈铁民:《王维集校注》卷7,第594页。
③ 陈铁民:《王维集校注》卷4,第348页。
④ 王琦注:《李太白全集》卷21,中华书局1977年版,第998页。
⑤ 黄节:《黄节注汉魏六朝诗六种·谢康乐诗注》卷2,人民文学出版社2008年版,第614页。
⑥ 《陈与义集》卷18,第287页。

第二章　陈与义诗歌的继承和影响

空山不见人，但闻人语响。

返景入深林，复照青苔上。①

"空山""人语响""返景""深林"分别对应陈与义诗中的"山空""樵斧响""日落""树"。另外，与义"隔岭有人家"的"隔"字常常出现在王维诗里，比如《终南山》"欲投人处宿，隔水问樵夫"②，《春夜竹亭赠钱少府归蓝田》"夜静群动息，时闻隔林犬"③等。这个字能产生一种距离感，而"距离产生美"。

值得指出的是，王维诗中夕阳意象甚多。除了此诗的"返景"，尚有"斜光""余照""落日""落晖"等词。如《渭川田家》"斜光照墟落，穷巷牛羊归"④，《木兰柴》"秋山敛余照，飞鸟逐前侣"⑤，《辋川闲居赠裴秀才迪》"渡头余落日，墟里上孤烟"⑥，《登裴迪秀才小台作》"落日鸟边下，秋原人外闲"⑦，《归嵩山作》"荒城临古渡，落日满秋山"⑧，《登河北城楼作》"高城眺落日，极浦映苍山"⑨，《使至塞上》"大漠孤烟直，长河落日圆"⑩，《送綦毋潜落第还乡》"远树带行客，孤村当落晖"⑪，《山居即事》"寂寞掩柴扉，苍茫对落晖"⑫，等等。王维之所以偏好描写夕阳，可能不仅仅出于审美，还跟他的佛教信仰有关。《观无量寿经》有这么一段：

佛告韦提希："汝及众生，应当专心，系念一处，想于西方。云何作想？凡作想者，一切众生自非生盲，有目之徒皆见日没。当起想

---

① 陈铁民：《王维集校注》卷5，第417页。
② 陈铁民：《王维集校注》卷2，第193页。
③ 陈铁民：《王维集校注》卷6，第502页。
④ 陈铁民：《王维集校注》卷7，第561页。
⑤ 陈铁民：《王维集校注》卷5，第418页。
⑥ 同上书，第429页。
⑦ 同上书，第434页。
⑧ 陈铁民：《王维集校注》卷2，第108页。
⑨ 陈铁民：《王维集校注》卷1，第38页。
⑩ 陈铁民：《王维集校注》卷2，第133页。
⑪ 陈铁民：《王维集校注》卷1，第27页。
⑫ 陈铁民：《王维集校注》卷5，第450页。

> 念,正坐西向,谛观于日欲没之处,令心坚住,专想不移,见日欲没状如悬鼓。既见日已,闭目开目皆令明了。是为日想,名曰'初观'。"①

这就是净土宗所谓"日想观"。拿这段经文跟前面所举王维诗对照,其中未必没有联系。日本汉学家小川环树(1910—1993)因此认为:"王维的自然观决非偶然产生。他诗中所表现与自然合一的感情,与其宗教信念是不可或分的。"②

陈与义虽然不如王维虔诚,也有较深的佛学修养。本集中多载他跟禅师交游酬赠的诗作,这些禅师包括天宁寺主僧觉心、天宁寺僧印老、善相僧超然、天宁永庆乾明金銮四老及大圆洪智禅师等。而且陈与义的一些文友,如葛胜仲也热衷学佛,与义给他的赠诗多有阐发禅理者。据释晓莹《罗湖野录》卷三:

> 大沩智禅师号"大圆叟",居秀州青镇之西庵。时参政陈公去非,相与过从,讲道为乐。因问以寂然不动时如何?智曰:"千圣不能觅其踪。"又问:"感而遂通,又怎么生?"智曰:"万化不能覆其体。"公欣然以谓闻所未闻,作小诗呈似于智以见意曰:"自得安心法,悠然不赋诗。忽逢重九日,无奈菊花枝。"一日,普净院范钟成,盛集缁素赞喜,公率智与焉。公曰:"老僧首安能着语而击哉?西庵老人不可吝法布施。"智遂操鲸曰:"长子罗睺罗,遵受如来敕。撞钟发大机,阿难圆信入。我今撞此钟,见闻获大益。上彻三千界,下透无穷极。尘劫迥寥寥,太空常寂寂。息苦与停酸,皆承此恩力。"于是四众欢呼为非常佛事。③

可见陈与义与禅师的交往以及学禅的提高。从上举与义《出山》诗看,不仅"落日"的意象受到王维影响,空山、回响、隔岭的人家无一不给人

---

① 《阿弥陀经》附《观无量寿经》,中州古籍出版社2010年版,第186页。
② 小川环树:《论中国诗·唐宋诗人杂谈》,贵州人民出版社2009年版,第118页。
③ 释晓莹:《罗湖野录》卷3,《全宋笔记》第44册,大象出版社2019年版,第279页。

第二章 陈与义诗歌的继承和影响

以空寂之感以及宗教的暗示性。陈诗的尾句更是逼似王维，正如"复照青苔上"的只是光影，"川明"已经暗示风吹动的不是实体之花，只是花在水中的倒影。这其实是宗教的观照，写出人生如梦、镜花水月的感觉。对于王维的《鹿柴》诗，刘辰翁评论说："无言而有画意。"①沈德潜评论说："佳处不在语言，与陶公'采菊东篱下，悠然见南山'同。"②《出山》诗也是如此，不仅在写景如画上，更在深层的宗教气息上契合王维。如果说苏轼《念奴娇》中"人生如梦"的感叹尚属"说明"，那么陈与义此诗则纯然是"演出"，诗人正如那个空山中不见之人，不动声色地展现自己的思想和感悟。

又如《道中》诗：

> 雨子收还急，溪流直又斜。
> 迢迢傍山路，漠漠满林花。
> 破水双鸥影，掀泥百草芽。
> 川原有高下，随处着人家。③

这首诗作于建炎四年(1130)春，离衡岳，去金潭道中。纪昀谓此诗"夷犹有致"④。夷犹即从容不迫，《九歌·湘君》有"君不行兮夷犹"⑤。民国学者顾随(1897—1960)说：

> 中国文字可表现两种风致：一、夷犹，二、锤炼。……夷犹，表现得最好的是《楚辞》，特别是《九歌》，愈读韵味愈深长。散文中则《左传》《庄子》为代表作。……用夷犹的笔调需天生即有幻想天才。⑥

---

① 陈铁民：《王维集校注》卷5，第417页。
② 沈德潜：《唐诗别裁集》卷19，上海古籍出版社1979年版，第611页。
③ 《陈与义集》卷24，第376页。
④ 李庆甲：《瀛奎律髓汇评》卷17，第678页。
⑤ 洪兴祖：《楚辞补注·九歌章句第二》，第59页。
⑥ 《顾随诗词讲记》，第42、43页。

可见夷犹看似不着力,其实是不易到的境界。颔联风格近似与义《试院书怀》:"疏疏一帘雨,淡淡满枝花。"①对于这一联,小川环树评论说:

> 在这里,既没有浓厚的色彩,也没有刺激性的内容;然而,在温和的语调之内,造出了明确的形象,吸引着读者,很适合五言句的诗型。②

五言诗相对于七言,更重内敛含蓄。这种温丽清深的风格是和王维接近的。

另外值得注意的是,此诗描写的客观性接近王维,特别尾联具有很大的开放性。换言之,"演出"大于"说明"的诗,其客观性往往更强。诗歌的尾联一般爱用"说明"揭示主题,如前所举《寒食》:"倚杖忽已晚,人生本何冀。"此诗尾联"川原有高下,随处着人家",却和前面一样是景语,是"演出",因此诗意就具有一定的模糊性。比如,"双鸥影"和"百草芽"不仅写出自然界的蓬勃自由,而且暗示了人事的局促拘束;"随处着人家"是羡慕居人的闲逸还是自伤羁旅?这就使题旨不确定,令整首诗具有更大的开放空间。

再看一首《早行》诗:

> 露侵驼褐晓寒轻,星斗阑干分外明。
> 寂寞小桥和梦过,稻田深处草虫鸣。③

此诗写作时间不详,虽然诗人作于靖康元年(1126)的《纵步至董氏园亭三首》(其三)有云:"客子今年驼褐宽,邓州三月始春寒。"④但没有证据表明这两首诗写于同一时候,除了都有"驼褐"二字。钱钟书指出:

---

① 《陈与义集》卷11,第176页。
② 小川环树:《宋诗研究序说》,《论中国诗》,第159页。
③ 《陈与义集》外集,第519页。
④ 《陈与义集》卷15,第234页。

第二章　陈与义诗歌的继承和影响

《南宋群贤小集》第十册张良臣《雪窗小集》里有首《晓行》诗，也选入《诗家鼎脔》卷上，跟这首诗大同小异："千山万山星斗落，一声两声钟磬清。路入小桥和梦过，豆花深处草虫鸣。"韦居安《梅磵诗话》卷上引了李元膺的一首诗，跟这首只差两个字："露"作"雾"，"分"作"野"。①

若韦说可信，则此诗有可能不是与义的作品。然而这么多雷同的诗作，可见其艺术性和受欢迎程度。这首诗的最突出的艺术特色，就表现在诗人通过各种感官的共同作用，描绘出一幅有特色的"早行"图，使读者有身临其境的感受。

此诗写法同王维诗相比，既有相似，也有不同。首先，结尾的开放性近于王维。以景结情，没有告诉作者的主观感受，是"演出"而非"说明"。其次，虽然此诗没有对仗句，但是处处体现了对称和均衡，这也和王维诗风格近似。比如，"侵"和"轻"，"阑干"和"分外明"，"寂寞小桥""稻田深处"和过桥的蹄声、草虫的鸣声。和王维诗的不同之处在于更注重细节的描写和个人化的体验，这就是宋诗的新特色。

二、学陶渊明

至于说陈与义"上攀陶潜"，是合陶、韦、柳而言之。张嵲《墓志》云："公尤邃于诗，体物寓兴，清邃超特，纡余闳肆，高举横厉，上下陶、谢、韦、柳之间。"②钱基博阐发说："然陶、韦、柳，则体气相为出入。"③刘克庄在《后村诗话》中说："薛能云：'诗深不敢论。'郑谷云：'暮年诗力在，新句更幽微。'诗至于深微极玄，绝妙矣，然二子皆不能践此言。唐人惟韦、柳，本朝惟崔德符、陈简斋能之。"④张嵲又有《赠陈符宝去非》："柳

---

① 钱钟书：《宋诗选注》，第224页。
② 张嵲：《陈公资政墓志铭》，《陈与义集》附录，第535页。
③ 钱基博：《中国文学史》，第528页。
④ 刘克庄：《后村诗话》续集卷2，第107页。

韦倘可作,论诗应定交。"①陈衍说:"宋人罕学韦、柳者,有之,以简斋为最。"②所见略同,都认为陈与义诗风与陶渊明、韦应物、柳宗元有类似处。

(一) 用陶韵

与义的学陶,首先表现在他用陶韵,如《同左通老用陶潜还旧居韵》《同通老用渊明独酌韵》《诸公和渊明止酒诗因同赋》等。写作和陶诗,最早是苏轼,这开启了追和古人诗的传统。张戒说:

> 韩退之之文,得欧公而后发明。陆宣公之议论,陶渊明、柳子厚之诗,得东坡而后发明。③

指出了苏轼对陶潜的宣扬之功。苏轼《与子由六首》(其五)云:

> 古之诗人,有拟古之作矣,未有追和古人者也。追和古人,则始于东坡。吾于诗人,无所甚好,独好渊明之诗。渊明作诗不多,然其诗质而实绮,癯而实腴,自曹、刘、鲍、谢、李、杜诸人,皆莫及也。④

把陶渊明提高到了无以复加的崇高地位,开启了宋人学陶的风气。

《诸公和渊明止酒诗因同赋》作于宣和四年(1122),是年与义三十三岁。白谱云:"陪诸公登南楼,啜新茶,有建除体一首,又同和陶渊明《止酒》诗。"⑤原诗如下:

> 爱河漂一世,既溺不能止。不如淡生活,吟诗北窗里。肺肝亦

---

① 《陈与义集》附录,第563页。
② 陈衍:《宋诗精华录》卷3,第110页。
③ 陈应鸾:《岁寒堂诗话笺注》卷上,第96页。
④ 苏轼:《苏轼文集》佚文汇编卷4,第2515页。
⑤ 白敦仁:《陈与义年谱》卷2,第64页。

第二章 陈与义诗歌的继承和影响

何罪,因此毛锥子。不如友曲生,是子差可喜。三杯取径醉,万绪散莫起。奈何刘伶妇,苦语见料理。不如一觉睡,浩然忘彼已。三十六策中,此策信高矣。政使江变酒,誓不涉其涘。尚须学王通,艺黍供祭祀。①

此诗典故密集,几乎句句用典,并不近于陶渊明,倒更像黄庭坚、陈师道等江西派的作风。特别末尾"尚须学王通,艺黍供祭祀"可谓"打猛诨出",正是江西诗法。同光体诗人沈曾植(1850—1922)在此二句下加圈,并云"妙"②。所以此诗的用陶韵,与其说主动学陶,倒不如说是受当时学陶风气的浸染。正如黄庭坚在《书陶渊明诗后寄王吉老》中所云:"血气方刚时读此诗,如嚼枯木。及绵历世事,知决定无所用智。每观此篇,如渴饮水,如欲寐得啜茗,如饥啖汤饼。今人亦有能同味者乎?但恐嚼不破耳。"③与义作此诗时正当壮年,恐怕难以和陶诗产生共鸣,而此时黄、陈诗风风靡一时,他受到影响就不足为奇了。

《同左通老用陶潜还旧居韵》《同通老用渊明独酌韵》两诗作于同一个时期。白谱云:"是夏,权摄知均州,有《均阳官舍》诸诗。……观《同通老用渊明独酌韵》云:'纷纷吏民散,还我以兀然。'又云:'向来房州谷,采药危得仙。忽驾太守车,出处宁非天。'"④作于建炎二年(1128),是年简斋三十九岁。虽然不算很老,但经历了陈留贬谪特别是靖康之乱,不仅仅是"绵历世事",可谓身逢沧桑之变。此时的和陶诗,不仅是形式上的韵脚相同,精神气质也相近了。

《同左通老用陶潜还旧居韵》:

> 故园非无路,今已不念归。秋入汉水白,叶脱行人悲。东西与南北,欲往还觉非。勿云去年事,兵火偶脱遗。可怜羚羝影,残岁

---

① 《陈与义集》卷 8,第 124、125 页。
② 郑骞:《陈简斋诗集合校汇注》卷 8,第 76 页。
③ 郑永晓:《黄庭坚全集辑校编年》第 8 辑,江西人民出版社 2011 年版,第 957、958 页。
④ 白敦仁:《陈与义年谱》卷 3,第 105 页。

聊相依。天涯一尊酒,细酌君勿推。持觞望江山,路永悲身衰。百感醉中起,清泪对君挥。①

开篇"故园非无路,今已不念归",见出兵戈满地,无家可归,奠定了全篇的基调。相对于陶渊明的《还旧居》诗,翻进一层说。与义《题画》有"万里家山无路入,十年心事有谁论"②,同一机杼。不过流亡的时间更久、感慨更深。"勿云去年事,兵火偶脱遗",见出乱世之中,全生亦偶然。"可怜伶俜影,残岁聊相依",则有陶渊明《杂诗十二首》(其二)"欲言无予和,挥杯劝孤影"③的影子。"天涯一尊酒"以下,用语质朴,潜气内转,亦近陶诗。刘辰翁评"可怜伶俜影"两句"短短语自可怜",又评末句"自然之然,不忍言好"④。许之以短语可爱,"自然之然",也正是陶诗的艺术特征。沈曾植评:"款款深深,淡而弥旨,拟陶可云神似。"⑤亦为的评。

《同通老用渊明独酌韵》:

纷纷吏民散,还我以兀然。悄悄今夕意,鸟影驰隙间。向来房州谷,采药危得仙。忽驾太守车,出处宁非天。何妨暂阅世,谋行要当先。西斋一壶酒,微雨新秋还。蛛网闪明晦,叶声饯岁年。呼儿具纸笔,录我醉中言。⑥

"出处宁非天",可谓此篇题旨。顺其自然的人生态度,与渊明近似。沈曾植评:"清微淡远,真得陶之妙。"⑦"蛛网闪明晦"写景精细,与义另有《春雨》云:"蛛丝闪夕霁,随处有诗情。"⑧顾随评论说:

---

① 《陈与义集》卷19,第297页。
② 《陈与义集》卷29,第456页。
③ 龚斌:《陶渊明集校笺》卷4,上海古籍出版社1996年版,第291页。
④ 白敦仁:《陈与义集校笺》卷19,第542页。
⑤ 郑骞:《陈简斋诗集合校汇注》卷19,第193页。
⑥ 《陈与义集》卷19,第298页。
⑦ 郑骞:《陈简斋诗集合校汇注》卷19,第194页。
⑧ 《陈与义集》卷15,第240页。

第二章 陈与义诗歌的继承和影响

　　唐人重感,宋人重观;一属于情感,一属于理智。宋人重观察,观察是理智的。简斋有句:"蛛丝闪夕霁,随处有诗情。"(《春雨》)诗即从观来,是理智。若其:"谈余日亭午,树影一时正。微波喜摇人,小立待其定。"(《夏日集葆真池上》)它则更是理智的矣,似不能与前"蛛丝"二句并论,盖"蛛丝"二句似感。而余以为"蛛丝"二句,仍为观而非感。必若老杜:"重露成涓滴,稀星乍有无。暗飞萤自照,水宿鸟相呼。"(《倦夜》)此四句,始为感。"暗飞萤自照",似观而实是感;"蛛丝闪夕霁"句太清楚,凡清楚的皆出于观。"暗飞"句则是一种憧憬,近于梦,此必定是感,似醉,是模糊,而不是不清楚。①

这涉及宋诗的一般特点,写景更凸显主体和客体之间的距离感,这是和唐诗包括杜诗不同的地方。

　　从以上的三首和陶诗看,第一首只是得陶之形,二、三首则是得陶之神。反映了与义学陶的逐步深入,这既是他主观努力的成效,又是客观环境作用下的结果,所谓"国家不幸诗家幸,赋到沧桑句便工"②。

(二) 对陶诗的袭用和点化

　　与义的学陶,其次表现在对陶诗的袭用和点化。如《次韵谢文骥主簿见寄兼示刘宣叔》"未知我露电,能复几寒暑"③,就是化用陶渊明《饮酒二十首》(其三)"一生复能几,倏如流电惊"④。《杂书示陈国佐胡元茂四首》(其二)"勿云千金躯,今视如埃尘"⑤,同陶渊明《饮酒二十首》(其十)"客养千金躯,临化消其宝"⑥非常接近。不仅"千金躯"字面相同,亦都有人生无常、土木形骸之意。《张迪功携诗见过次韵谢之二首》

---

① 顾随:《中国古典诗词感发》,北京大学出版社2012年版,第199页。
② 赵翼:《题元遗山集》,《瓯北集》卷33,第772页。
③ 《陈与义集》卷1,第13页。
④ 龚斌:《陶渊明集校笺》卷3,第216页。
⑤ 《陈与义集》卷2,第32页。
⑥ 龚斌:《陶渊明集校笺》卷3,第232页。

(其一)"久荒三径未得反,偶有一钱何足看"①,则是反用陶渊明《归去来兮辞》"三径就荒"②。《山斋二首》(其二)"日暮烟生岭,离离飞鸟还"③,用陶渊明《饮酒二十首》(其五)"山气日夕佳,飞鸟相与还"④。沈曾植评论说:"虽复蓬莱清浅,亦非俗尘可到。"⑤指出了此诗浅而不俗的特色,正有陶渊明之风。《题董宗禹园先志亭宗禹之父早失母万方求得之此其晚节色养之地也》"大松荫后楹,小松罗前轩"⑥,与陶渊明《归园田居五首》(其一)"榆柳荫后檐,桃李罗堂前"⑦近似,且所用动词"荫""罗"完全一样。《汝州吴学士观我斋分韵得真字》"静者乐山林,谓是羲皇人"⑧,用陶渊明《与子俨等疏》:"常言五六月中,北窗下卧,遇凉风暂至,自谓是羲皇上人。"⑨《暝色》"万化元相寻,幽子意自新"⑩,化自渊明《己酉岁九月九日》"万化相寻绎,人生岂不劳"⑪,取义于《庄子·田子方》:"且万化而未始有极也。"⑫《贞牟书事》"荣华信非贵,寂寞亦非穷"⑬,用渊明《拟古九首》(其四)"荣华诚足贵,亦复可怜伤"⑭,但同中有异。陶诗欲抑先扬,更显跌宕;陈诗直抒胸臆,齐物之论。《开壁置窗命曰远轩》之《再赋》"誓将老兹地,不复数晨夕"⑮,反用渊明《移居二首》(其一):"闻多素心人,乐与数晨夕。"⑯之《又赋》"易安生痛定,过

---

① 《陈与义集》卷5,第66页。
② 龚斌:《陶渊明集校笺》卷5,第391页。
③ 《陈与义集》卷26,第406页。
④ 龚斌:《陶渊明集校笺》卷3,第220页。
⑤ 郑骞:《陈简斋诗集合校汇注》卷26,第264页。
⑥ 《陈与义集》卷16,第257页。
⑦ 龚斌:《陶渊明集校笺》卷2,第73页。
⑧ 《陈与义集》卷8,第112页。
⑨ 龚斌:《陶渊明集校笺》卷7,第441页。
⑩ 《陈与义集》卷24,第385页。
⑪ 龚斌:《陶渊明集校笺》卷3,第202页。
⑫ 郭庆藩:《庄子集释》卷7下,中华书局2004年版,第714页。
⑬ 《陈与义集》卷24,第387页。
⑭ 龚斌:《陶渊明集校笺》卷4,第279页。
⑮ 《陈与义集》卷二五,页401。
⑯ 龚斌:《陶渊明集校笺》卷二,页114。

美出饥迫"①,上句用陶渊明《归去来兮辞》"审容膝之易安"②,下句字面用苏轼《次韵王郎子立风雨有感》"但恐陶渊明,每为饥所迫"③,但诗意是陶渊明《乞食》:"饥来驱我去,不知竟何之。"④苏诗也是化用此句。《次韵邢九思》"百年鼎鼎杂悲欢"⑤,袭用渊明《饮酒二十首》(其三):"鼎鼎百年内,持此欲何成。"⑥《题许道宁画》"此中有佳句,吟断不相关"⑦,则近于渊明《饮酒二十首》(其五):"此中有真意,欲辨已忘言。"⑧并有得意忘言之妙。另外,陈与义还有用陶诗成句的情况。陶渊明《诸人共游周家墓柏下》有"今日天气佳"⑨之句,陈与义就用了不止一次。比如《试院春晴》:"今日天气佳,忽思赋新诗。"⑩《登阁》:"今日天气佳,登临散腰脚。"⑪沈曾植评《登阁》云:"淡而真,故有味。"⑫"淡而真"正是渊明诗的特色,可见不仅是袭用其字句,也写出了其风格。又如《元夜》:"今夕天气佳,上天何澄穆。"⑬只是把"日"改为"夕"了。从上面所举众多例子看,与义受到渊明的沾溉是很深的。

(三) 善用语助

与义的学陶,再次表现在善用语助上。诗用虚字,刘勰《文心雕龙·章句》已有论述:"据事似闲,在用实切。巧者回运,弥缝文体,将令

---

① 《陈与义集》卷25,第402页。
② 龚斌:《陶渊明集校笺》卷5,第391页。
③ 王文诰辑注:《苏轼诗集》卷30,第1594页。
④ 龚斌:《陶渊明集校笺》卷2,第93页。
⑤ 《陈与义集》卷26,第419页。
⑥ 龚斌:《陶渊明集校笺》卷3,第216页。
⑦ 《陈与义集》卷4,第55页。
⑧ 龚斌:《陶渊明集校笺》卷3,第220页。
⑨ 龚斌:《陶渊明集校笺》卷2,第97页。
⑩ 《陈与义集》卷11,第175页。
⑪ 《陈与义集》卷30,第477页。
⑫ 郑骞:《陈简斋诗集合校汇注》卷30,第315页。
⑬ 《陈与义集》卷30,第469页。

数句之外,得一字之助矣。"①语助的作用近于老子所谓:"三十辐共一毂,当其无,有车之用。埏埴以为器,当其无,有器之用。"②钱钟书说"善用语助,有以文为诗、浑灏古茂之致",并说语助能"添迤逦之概"③。韩愈是"以文为诗"的大家,宋人将这条路子发扬光大。但"通文于诗",陶渊明已肇其端。钱钟书指出:

  唐以前惟陶渊明通文于诗,稍引厥绪,朴茂流转,别开风格。如"结庐在人境,而无车马喧","倒裳往自开,问子为谁欤","孰是都不营,而以求其安","理也可奈何,且为陶一觞","阿宣行志学,而不爱文术","馁也已矣夫,在昔余多师","日日欲止之,今朝真止矣"。④

"而以求其安","其"字当作"自",通行本皆无异文。"而""欤""也""矣""夫"都是语助,可谓下启韩愈。据《苕溪渔隐丛话》:"《蔡宽夫诗话》云:'退之诗豪健雄放,自成一家,世特恨其深婉不足。《南溪始泛》三篇,乃末年所作,独为闲远,有渊明风气。'"⑤《唐宋诗醇》云:"三首神似陶公,所谓'奸穷变怪得,往往造平淡'者。"⑥则韩愈不仅用虚字似渊明,连风格都有近似之篇。

  与义近承韩愈,远绍渊明,也有善用语助,"以文为诗"的倾向。用"而"的有:《陈叔易赋王秀才所藏梁织佛图诗邀同赋因次其韵》"画沙累土皆见佛,而况笔墨如此工"⑦、《题简斋》"不着散花女,而况使鬼兄"⑧;用"欤"的有:《粹翁用奇父韵赋九日与义同赋兼呈奇父》"乐哉未曾有,

---

① 詹锳:《文心雕龙义证》,上海古籍出版社1989年版,第1285页。
② 楼宇烈:《老子道德经注校释》上篇,中华书局2008年版,第26页。
③ 钱钟书:《谈艺录》,第174页。
④ 同上书,第177页。
⑤ 胡仔:《苕溪渔隐丛话》前集卷18,第119页。
⑥ 钱仲联:《韩昌黎诗系年集释》卷12,上海古籍出版社1994年版,第1283页。
⑦ 《陈与义集》卷8,第106、107页。
⑧ 《陈与义集》卷15,第237页。

第二章　陈与义诗歌的继承和影响

是梦其非欤"①,《寄题商洛宰令狐劢迎翠楼》"谁欤楼中客,俯仰与山期"②;用"也"的有:《居夷行》"愿闻群公张王室,臣也安眠送余日"③;用"矣"的有:《初至邵阳逢入桂林使作书问其地之安危》"老矣身安用,飘然计本疏"④,《次韵谢文骥主簿见寄兼示刘宣叔》"十年亦晚矣,请便事斯语"⑤,《次韵周教授秋怀》"误矣载书三十乘,东门何地不宜瓜"⑥,《同叔易于观我斋分韵得自字》"功名一画饼,甚矣痴儿计"⑦,《诸公和渊明止酒诗因同赋》"三十六策中,此策信高矣"⑧;用"哉"的有:《初识茶花》"伊轧篮舆不受催,湖南秋色更佳哉"⑨,《次南阳》"今日东北云,景气何佳哉"⑩,《次韵张矩臣迪功见示建除体》"建德我故国,归哉遄我驱"⑪,《粹翁用奇父韵赋九日与义同赋兼呈奇父》"乐哉未曾有,是梦其非欤"⑫,《渡江》"虽异中原险,方隅亦壮哉"⑬,《火后借居君子亭书事四绝呈粹翁》(其二)"祝融回禄意佳哉,挽我梅花树下来"⑭,《寄题康平老昈柯亭》"惜哉三径荒,滞彼天一隅"⑮,《九月八日登高作重九奇父赋三十韵与义拾余意亦赋十二韵》"奇哉古无有,未觉欠孟嘉"⑯,《开壁置窗命曰远轩》之《再赋》"乐哉此远俗,乱世免怀迫"⑰,《蒙示涉汝诗次韵》"异

---

① 《陈与义集》卷22,第350页。
② 《陈与义集》卷9,第132页。
③ 《陈与义集》卷20,第308页。
④ 《陈与义集》卷24,第381页。
⑤ 《陈与义集》卷1,第13页。
⑥ 同上书,第18页。
⑦ 《陈与义集》卷9,第129页。
⑧ 《陈与义集》卷8,第125页。
⑨ 《陈与义集》卷23,第359页。
⑩ 《陈与义集》卷14,第223页。
⑪ 《陈与义集》卷2,第19页。
⑫ 《陈与义集》卷22,第350页。
⑬ 《陈与义集》卷29,第452页。
⑭ 《陈与义集》卷20,第313页。
⑮ 《陈与义集》外集,第520页。
⑯ 《陈与义集》卷22,第347页。
⑰ 《陈与义集》卷25,第400页。

哉公殊嗜,记此两苦李"①,《偶成古调十六韵上呈判府兼赠刘兴州》"伟哉稚川裔,神交接朝夕"②,《汝州吴学士观我斋分韵得真字》"伟哉道山杰,滞此汝水滨"③,《书怀示友十首》(其七)"伟哉贾生书,开阖有耿光"④,《夙兴》"美哉木枕与菅席,无耐当兴戴朝帻"⑤,《题大龙湫》"小儒叹造化,办此何雄哉"⑥,《题董宗禹园先志亭宗禹之父早失母万方求得之此其晚节色养之地也》"伟哉是家事,作传堪千言"⑦,《夏日》"虽然不成雨,风起亦快哉"⑧,《夜赋》"书生惜日月,欹枕意茫哉"⑨,《咏青溪石壁》"惜哉太史公,意短遗此快"⑩,《咏西岭梅花》"折归无可赠,孤赏心悠哉"⑪,《游葆真池上》"无心与境接,偶遇信悠哉"⑫,《游秦岩》"异哉五里秘,发此一日狂"⑬,《游岘山次韵三首》(其一)"奇哉此一段,惊世无前轨"⑭,《游岘山次韵三首》之《再赋三首》(其一)"乐哉邦无事,那待猛政理"⑮,《用前韵再赋四首》(其二)"扬州云气郁佳哉,百虑方横吉语来"⑯;用"之"的有《陈叔易赋王秀才所藏梁织佛图诗邀同赋因次其韵》"维摩之室本自空,忽惊满月临丹宫",又"天女之孙擅天巧,经纬星宿超庸庸",又"重云之殿珠作帐,一朝入海奔雷公"⑰,《次韵富季申主簿梅

---

① 《陈与义集》外集,第505页。
② 同上书,第503页。
③ 《陈与义集》卷8,第112页。
④ 《陈与义集》卷3,第42页。
⑤ 《陈与义集》卷29,第452页。
⑥ 《陈与义集》卷28,第440页。
⑦ 《陈与义集》卷16,第257页。
⑧ 《陈与义集》卷11,第172页。
⑨ 《陈与义集》卷28,第444页。
⑩ 《陈与义集》卷18,第292页。
⑪ 同上书,第280页。
⑫ 《陈与义集》卷10,第151页。
⑬ 《陈与义集》卷27,第427页。
⑭ 《陈与义集》外集,第506页。
⑮ 同上书,第508页。
⑯ 《陈与义集》卷20,第314页。
⑰ 《陈与义集》卷8,第106页。

花》"东风知君将出游,玉人迥立林之幽"①,《登岳阳楼二首》(其一)"洞庭之东江水西,帘旌不动夕阳迟"②,《寄若拙弟兼呈二十家叔》"阿奴况自不碌碌,白鸥之盟可同诺"③,《某蒙示咏家弟所撰班史属辞长句三叹之余辄用元韵以示家弟谨布师席》"掇要虚烦四十篇,三卷之博能拟圣"④,《秋夜独酌》"凉秋佳夕天氛廓,河汉之涯秋漠漠"⑤,《同范直愚单履游浯溪》"潇湘之流碧复碧,上有铁立千寻壁"⑥,《以石龟子施觉心长老》"知君游世磨不磷,往作道人之石友"⑦,《游岘山次韵三首》(其三)"转路山突兀,众山之所望"⑧,《游紫逻洞》"廊庙之具千金躯,底事便着山岩里"⑨,《浴室观雨以催诗走群龙为韵得走字》"俗眼之所遗,此事当不朽"⑩,《元夜》"对此不能寐,步绕庭之曲"⑪,《杂书示陈国佐胡元茂四首》(其三)"巨源邦之栋,急士如拾珍"⑫,《正月十二日至邵州十三日夜暴雨滂沱》"邵州正月风气殊,鹖尾之南更山坞"⑬。

　　和渊明比,与义语助词使用范围更广、频率更高。从上面的例句看,古体诗的语助词又远远多于近体诗。这是因为古体诗更近于文的缘故,而近体诗受字数和格律限制,势必不能用太多语助。其中,"哉"和"之"的使用次数较多。"哉"字开口大,特别"伟哉""壮哉"往往能表现阔大的意境。钱钟书评论陈与义诗"雄伟苍楚,兼而有之"⑭,虽然仅就七律而言,其他诗体也有类似特征。这是和陶渊明同中有异的地方,

---

① 《陈与义集》卷8,第118页。
② 《陈与义集》卷19,第302页。
③ 《陈与义集》卷6,第77页。
④ 《陈与义集》外集,第526页。
⑤ 《陈与义集》卷29,第458页。
⑥ 《陈与义集》卷27,第422页。
⑦ 《陈与义集》卷9,第121页。
⑧ 《陈与义集》外集,第507页。
⑨ 同上书,第530页。
⑩ 《陈与义集》卷11,第169页。
⑪ 《陈与义集》卷30,第469页。
⑫ 《陈与义集》卷2,第33页。
⑬ 《陈与义集》卷24,第380页。
⑭ 钱钟书:《谈艺录》,第457页。

陶诗更质朴,高腔较少。"之"字则往往使"以文为诗"的意味更浓厚,其使用也只是在古体或者律诗的拗句中,故意追求拗峭的声调。这点也是与陶渊明不同的地方,而更近于江西诗派的作风,溯源则是杜甫的拗体七律,比如《白帝城最高楼》:"城尖径仄旌旆愁,独立缥缈之飞楼。"①

三、学韦应物

宋人傅自强的《韦斋集序》有这样一段记载:

> 故吏部员外郎韦斋先生朱公(松),建炎、绍兴间诗声满天下,一时名公巨卿,交口称荐,词人墨客,传写讽诵如不及。予少时学诗,尝以作诗之要扣公。公不以辈晚遇我,而许从游。间宿于闽部宪台从事官舍之东轩,夜对榻语,蝉联不休。比晨起,则积雨初霁,西风凄然。公因为予举简斋"开门知有雨,老树半身湿"及韦苏州"诸生时列坐,共爱风满林"之句,且言古之诗人贵冲口直致,盖与彭泽"把酒东篱下,悠然见南山"同一关捩。三人者出处穷达虽不同,诵此诗则可见其人之萧散清远,此殆太史公所谓难与俗人言者。②

从这段话可以看出陶渊明、韦应物、陈与义一脉相承的关系,这些诗句都有"冲口直致""萧散清远"的共同特点。明末清初人叶矫然(1614—1711)说:"韦诗古澹见致,本之陶令,人所知也。"③指出了韦应物和陶渊明的渊源关系。钱钟书说:"韦苏州于唐贤中,最有晋、宋间格,曾效陶二首,然《种瓜》一首,不言效陶,而最神似。"④点明了韦应物对陶渊明的学习模仿。

---

① 仇兆鳌:《杜诗详注》卷15,第1276页。
② 朱熹:《朱子全书外编·韦斋集》卷首,第1页。
③ 叶矫然:《龙性堂诗话续集》,《清诗话续编》本,第1008页。
④ 钱钟书:《谈艺录》,第219页。

第二章　陈与义诗歌的继承和影响

　　韦应物也是陈与义学习的对象。他对韦应物下了很深的功夫,很多诗句就直接化自韦诗。比如《游董园》"薄雨青众卉,深林耿微流"①,用韦应物《观田家》"微雨众卉新,一雷惊蛰始"②,"青"字更见锤炼功夫。《题崇山》"三老呼不置,我兴方未收"③,用韦应物《府舍月游》"心期与浩景,苍苍殊未收"④,韦诗合人与物、主客观而言,意蕴更丰富。《再游八关》"悠悠不同抱,悄悄就归途"⑤,用韦应物《林园晚霁》:"同游不同意,耿耿独伤魂。"⑥沈曾植评论《再游八关》诗说"颇似左司"⑦,可见与义不仅化用韦诗字句,也学习其风格。《月夜》"月下风起波,莽莽白龙鳞"⑧,似韦应物《夕次盱眙县》"浩浩风起波,冥冥日沉夕"⑨,沈曾植评:"一一如画。"⑩

　　此外,与义还有一首名作《夏日集葆真池上以绿阴生昼静赋诗得静字》,"绿阴生昼静"⑪是韦应物《游开元精舍》诗中的句子。陈衍对与义此诗评价很高:"陈简斋五言古,在宋人几欲独步,以宋人学常建、刘眘虚及韦、柳者鲜也。至《夏日葆真池上》一首,尤为压卷之作,厉樊榭(鹗)平生所心摹力追者,全在此种。"⑫则此诗不仅韵脚用韦诗,风格也近韦。韦诗"绿阴生昼静"也是名句,钱钟书曾作为通感的例子⑬,还举了陈与义《夜赋》"三更萤火闹,万里天河横"⑭的"闹"字说明通感⑮。一

---

① 《陈与义集》卷15,第243页。
② 陶敏、王友胜:《韦应物集校注》卷7,上海古籍出版社1998年版,第446页。
③ 《陈与义集》卷16,第259页。
④ 陶敏、王友胜:《韦应物集校注》卷7,第442页。
⑤ 《陈与义集》卷13,第200页。
⑥ 陶敏、王友胜:《韦应物集校注》卷6,第406页。
⑦ 郑骞:《陈简斋诗集合注汇校》卷13,第127页。
⑧ 《陈与义集》卷22,第340页。
⑨ 陶敏、王友胜:《韦应物集校注》卷6,第388页。
⑩ 郑骞:《陈简斋诗集合注汇校》卷22,第222页。
⑪ 陶敏、王友胜:《韦应物集校注》卷7,第456页。
⑫ 陈衍:《石遗室诗话》续编卷3,《民国诗话丛编》本,第556、557页。
⑬ 钱钟书:《七缀集·通感》,三联书店2007年版,第73页。
⑭ 《陈与义集》卷22,第339页。
⑮ 钱钟书:《七缀集·通感》,第67页。

"闹"—"静",都是视觉向听觉的转移,与义此诗通感的运用很可能受到韦应物的启发。

与义还在诗中直接提到韦应物。《香林四首》(其三)云:

谁见繁香度牖时,碧天残月映花枝。固应撩我题新句,压倒韦郎宴寝诗。①

"宴寝诗"指韦应物的名作《郡斋雨中与诸文士燕集》,其中有"兵卫森画戟,宴寝凝清香"②。《香林》诗既表现了与义对韦应物的倾慕,又可见他想跟韦一较高低的心理。刘辰翁评韦应物此诗:"起处十字,清绮绝伦,为富丽诗句之冠。"③拈出了"丽"的特色。与义此诗,"繁香""碧天""残月""花枝"等词汇也颇见雅丽。至于韦诗的整体风格,《苕溪渔隐丛话》引《吕氏童蒙训》云:"徐师川(俯)言:'人言苏州诗,多言其古淡,乃是不知言苏州诗。自李、杜以来,古人诗法尽废,惟苏州有六朝风致,最为流丽。'"④胡应麟也说:"韦左司大是六朝余韵,宋人目为流丽者得之。"⑤这里所谓宋人大概就是指徐师川。巧的是陈与义诗风也被目为"流丽",元人吴师道(1283—1344)《吴礼部诗话》云:"世称宋诗人,句律流丽,必曰陈简斋。"⑥如果说萧散清远是陶、韦、陈的共同特点,那么流丽则是韦应物和陈与义所共有的。

四、学柳宗元

苏轼《书黄子思诗集后》说:"李、杜之后,诗人继作,虽间有远韵,而才不逮意,独韦应物、柳宗元发纤秾于简古,寄至味于淡泊,非余子所及

---

① 《陈与义集》卷15,第236页。
② 陶敏、王友胜:《韦应物集校注》卷1,第55页。
③ 同上书,第57页。
④ 胡仔:《苕溪渔隐丛话》前集卷15,第99页。
⑤ 胡应麟:《诗薮》内编卷2,第36页。
⑥ 吴师道:《吴礼部诗话》,《历代诗话续编》本,第593页。

第二章 陈与义诗歌的继承和影响

也。"① 既把韦应物和柳宗元并称,又认为这两家的诗有汉魏以来的古风,非其他人能及。他在《评韩柳诗》中又说:"柳子厚诗在陶渊明下,韦苏州上。"② 在同时推崇的基础上又略有轩轾,认为柳高于韦。王士禛的评价则刚好相反,《分甘余话》云:"东坡谓柳柳州诗在陶彭泽下,韦苏州上。此言误矣。余更其语曰:韦诗在陶彭泽下,柳柳州上。余昔在扬州,作《论诗绝句》,有云:'风怀澄澹推韦柳,佳处多从五字求;解识无声弦指妙,柳州那得并苏州?'"③ 可以用钱钟书在《中国诗与中国画》里的一段话来说明对韦、柳评价分歧的原因:

> 例如谢灵运和柳宗元的风景诗都是刻画细致的,所以元好问《论诗绝句》说:"谢客风容映古今,发源谁似柳州深!"自注:"柳子厚,宋之谢灵运。"宋长白恰好把谢灵运的诗比于北宗画:"纪行诗前有康乐,后有宣城。譬之于画,康乐则堆金积粉,北宗一派也;宣城则平远闲旷,南宗之流也。"(《柳亭诗话》卷二八)若把元好问的话引申,柳宗元也就是"北宗一派"。无怪王士禛(禛)《戏仿元遗山论诗绝句》对柳宗元有贬词:"风怀澄淡推韦、柳,佳处多从五字求。解识无声弦指妙,柳州那得并苏州!""无声弦指妙"就是"不着一字,尽得风流"的另一说法。韦应物正是神韵派的远祖司空图推尊和王维并列的:"王右丞、韦苏州澄淡精致,格在其中,岂妨于遒举哉?"(《与李生论诗书》)"右丞、苏州,趣味澄敻。"(《与王驾评诗书》)④

所以韦、柳诗风是同中有异的,柳宗元近于画派的北宗,韦应物近于画派的南宗。王士禛标举神韵,自然更青睐韦应物。钱钟书又指出:"神韵派在旧诗史上算不得正统,不像南宗在旧画史上曾占有统治地

---

① 《苏轼文集》卷 67,第 2124 页。
② 同上书,第 2109 页。
③ 王士禛:《分甘余话》卷 3,中华书局 1989 年版,第 65 页。
④ 钱钟书:《七缀集·中国诗与中国画》,第 21、22 页。

位。"①并得出结论:"中国传统文艺批评对诗和画有不同的标准:论画时重视王世贞所谓'虚'以及相联系的风格,而论诗时却重视所谓'实'以及相联系的风格。因此,旧诗的'正宗''正统'以杜甫为代表。"②苏轼认为柳高于韦,似乎可以从旧诗的正统观来说明。另外,苏轼和柳宗元相同的贬谪背景,恐怕使之更具同情之理解。不过正如钱钟书所指出"他的《书黄子思诗集后》却流露出异端情绪","苏轼论诗似乎到头来也倾向于神韵派,和他论画很早就倾向于南宗,标准渐渐合拢了"③。

陈与义对韦、柳二人则无轩轾。他说"压倒韦郎",不过表示钦慕之忱。对于柳宗元,则说:"凡诗人,古有柳子厚,今有陈无己而已。"④可见对其推崇。他还在诗中两次提到"南涧":《散发》"南涧题诗风满面,东桥行药露沾衣"⑤,《游东岩》"不同南涧咏,悲慨满中肩"⑥。柳宗元有《南涧中题》诗。刘辰翁评《游东岩》"乘兴欲穷讨,会心还少停"云:"学'始至若有得'。"⑦"始至若有得,稍深遂忘疲"⑧是《南涧中题》诗中的句子。《吴礼部诗话》云:"柳柳州云:'微风一披拂,林影久参差。'陈简斋云:'微波喜摇人,小立待其定。'语有所自,而意不同。"⑨"微风"句也出自《南涧中题》,可见柳宗元对简斋的影响。另外,宋人罗志仁提到:"柳子厚《觉衰》一首,起语云:'久知老会至,不谓便见侵。'陈简斋《房州避难》,起语云:'久谓事当尔,岂意身及之。'事不同而情同,有吻合如此。"⑩亦看出了陈诗和柳诗的

---

① 钱钟书:《七缀集·中国诗与中国画》,第 22 页。
② 同上书,第 24 页。
③ 同上书,第 27 页。
④ 方勺:《泊宅编》卷 9,第 52、53 页。
⑤ 《陈与义集》卷 26,第 407 页。
⑥ 《陈与义集》卷 18,第 283 页。
⑦ 白敦仁:《陈与义集校笺》卷 18,第 512 页。
⑧ 王国安:《柳宗元诗笺释》卷 2,上海古籍出版社 1993 年版,第 181 页。
⑨ 吴师道:《吴礼部诗话》,《历代诗话续编》本,第 608 页。
⑩ 罗志仁:《姑苏笔记》,《永乐大典》卷 823,转引自《黄庭坚与江西诗派研究资料汇编》,第 817 页。

第二章 陈与义诗歌的继承和影响

联系。

试举与义《愚溪》诗为例：

> 小阁当乔木,清溪抱竹林。
> 寒声日暮起,客思雨中深。
> 行李妨幽事,栏干试独临。
> 终然游子意,非复昔人心。①

诗题"愚溪"即柳宗元所改名。胡注:"永州灌水之阳,有溪东流,入于潇水,曰冉溪;柳子厚谪为永州司马,因居焉,乃改名'愚溪'。"②宗元又有《愚溪诗序》和《八愚诗》,其中《八愚诗》已佚。纪昀评尾联云:"'人'字似当作'年'字,再校。"③"昔人"指柳宗元,不误。与义意谓自己只是远游,而不像柳宗元一样遭到贬谪。其实乃自我宽解之词,流离避难不比贬谪远窜来得更强,正如他在《正月十二日自房州城遇虏至奔入南山十五日抵回谷张家》中写道:"向来贪读书,闭户生白髭。岂知九州内,有山如此奇。自宽实不情,老人亦解颐。"④曾几《大藤峡》"不因深避地,何得饱看山"⑤,也是这个思路。

另如《雨晴徐步》:

> 百年几晴朝,徐步山径湿。
> 忽悟春已深,鸣禽飞相及。
> 雪消众绿净,雾罢群峰立。
> 涧边千巉岩,今日何复集。⑥

---

① 《陈与义集》卷 27,第 423 页。
② 同上。
③ 李庆甲:《瀛奎律髓汇评》卷 17,第 711 页。
④ 《陈与义集》卷 17,第 274 页。
⑤ 曾几:《茶山集》卷 4,第 40 页。
⑥ 《陈与义集》卷 18,第 284、285 页。

刘辰翁评："似可渐近晋人，酷欲复胜《南涧》，亦不可得，然已逼。"①"晋人"包括了陶渊明，《南涧》是柳宗元诗。这句是说虽然不能超过陶渊明和柳宗元，但是已经很逼近了。此诗确实既有陶渊明的萧散闲适，又有柳宗元的忧乐无端。其中，"雪消众绿净，雾罢群峰立"，近于柳宗元《晨谒超师院读禅经》"日出雾露余，青松如膏沐"②。

再如《同信道晚登古原》：

  幽怀忽牢落，起望登古原。
  微吹度修竹，半林白翻翻。
  日暮纷物态，山空销客魂。
  惜无一樽酒，与子醉中言。③

刘辰翁评："甚似，甚似。"④即指似陶渊明和柳宗元。"微吹度修竹，半林白翻翻"，似柳宗元《南涧中题》："回风一萧瑟，林影久参差。"⑤"惜无一樽酒，与子醉中言"，似陶渊明《饮酒二十首》（其五）："此中有真意，欲辨已忘言。"⑥整体风格亦近《南涧中题》。苏轼评《南涧》诗说："忧中有乐，乐中有忧，盖绝妙古今矣。"⑦移来评价与义此诗，亦复恰当。

再如《八关僧房遇雨》：

  脱履坐明窗，偶至晴更适。
  池上风忽来，斜雨满高壁。
  深松含岁暮，幽鸟立昼寂。
  世故方未阑，焚香破今夕。⑧

---

① 白敦仁：《陈与义集校笺》卷18，第515页。
② 王国安：《柳宗元诗笺释》卷2，第216页。
③ 《陈与义集》卷18，第285页。
④ 白敦仁：《陈与义集校笺》卷18，第514页。
⑤ 王国安：《柳宗元诗笺释》卷2，第181页。
⑥ 龚斌：《陶渊明集校笺》卷3，第220页。
⑦ 胡仔：《苕溪渔隐丛话》前集卷19，第123页。
⑧ 《陈与义集》卷14，第220页。

第二章　陈与义诗歌的继承和影响

刘辰翁评末句："太逼柳州。"①见出了此诗表达的复杂感情：欲忘世却牵挂世故(世事)。也即苏轼评柳宗元的"忧中有乐，乐中有忧"。白敦仁指出了当时的"世故"：

> 《宋史·徽宗纪》：是年夏四月庚申，蔡京复致仕。秋九月，河东言粘罕至云中，诏童贯复宣抚。冬十二月乙己，童贯自太原遁归京师。己酉，中山奏金人斡离不、粘罕分两道入攻。郭药师以燕山叛，北边诸郡皆陷。又陷忻、代等州，围太原府。丙辰，金兵犯中山府。庚申，诏内禅，皇太子即皇帝位。时北事孔急，诗云：'世故方未阑。'所慨深矣。②

清人冯煦(1842—1927)评论与义云："盖其一种萧寥逋峭之致，譬之缭硐邃壑，绝远尘壒。"③"萧寥逋峭"亦是柳宗元诗的特色。柳诗不但写景比韦诗刻露，情绪亦更复杂，不如韦诗平和。虽然与义同时学习韦柳，但似乎学柳多于学韦一些。当代学者艾思同说：

> 将简斋与'陶、谢、韦、柳'相比，他们的共同之处是，诗境清新、平淡、幽静，都善于在描绘自然美中抒写孤寂的思想感情。但陶诗恬适静穆，谢诗富丽精工，韦诗闲淡雅丽，相比之下，简斋诗更近柳宗元。柳诗多以南国清幽的山水景物抒发他被贬后忧伤悲戚的郁愤，其诗于清迥幽寂之中又具哀婉峻峭之致。而简斋则是以清迥幽寂之境寄寓既寥落孤寂、又自甘淡泊的意绪思致的。④

这段话颇有见地，可为定评。

---

① 白敦仁：《陈与义集校笺》卷14，第396页。
② 同上书，第395页。
③ 江宁蒋氏湖上草堂本《增广笺注简斋诗集》卷首，转引自《黄庭坚与江西诗派资料汇编》，第850页。
④ 艾思同：《论陈与义的诗歌》，《江西社会科学》1989年第1期。

第三节 "源出豫章""以后山体用后山"

陈与义诗,四库馆臣称"源出豫章"①,刘辰翁称"以后山体用后山"②,皆为有见之言。而与义自己曾说:

> 东坡赋才也大,故解纵绳墨之外,而用之不穷;山谷措意也深,故游泳[玩]味之余,而索之益远。大抵同出老杜,而自成一家,如李广、程不识之治军,龙伯高、杜季良之行己,不可一概诘也。③

把"苏黄"并称,对黄庭坚评价甚高。又说:"本朝诗人之诗……不可不读者陈无己也。"④对陈师道评价也很高。他本人则被方回称为江西派的一祖三宗之一,跟黄、陈齐名,他的创作也受到了黄、陈深刻的影响。

一、重锤炼

与义学黄、陈,首先是重锤炼。锤炼在诗歌中的具体表现是字法、句法、章法、声律、用韵、用事等方面,如黄庭坚《荆南签判向和卿用予六言见惠次韵奉酬四首》(其三)云:"覆却万方无准,安排一字有神。更能识诗家病,方是我眼中人。"⑤《跋欧阳元老诗》云:"此诗入陶渊明格律,颇雍容,使高子勉追之,或未能。然子勉作唐律五言数十韵,用事稳帖,置字有力,元老亦未能也。"⑥《跋高子勉诗》云:"高子勉作诗,以杜子美为标准,用一事如军中之令,置一字如关门之键,而充之以博学,行之以

---

① 永瑢等:《四库全书总目》卷156,第1349页。
② 刘辰翁:《简斋诗笺序》,《陈与义集》卷首,第3页。
③ 晦斋:《简斋诗集引》,《陈与义集》卷首,第4页。
④ 徐度:《却扫编》卷中,《宋元笔记小说大观》本,第4500页。
⑤ 任渊、史容、史季温:《黄庭坚集注·山谷诗集注》卷16,中华书局2003年版,第578页。
⑥ 郑永晓:《黄庭坚全集辑校编年》第11辑,第1531页。

温恭,天下士也。"①《论作诗文》云:"新诗日有胜句,甚可喜,要当不已,乃到古人下笔处。……如此作诗句,要须详略,用事精切,更无虚字也。"②陈师道《赠秦觏兼简苏迨二首》(其二)云:"文章从古不同时,诗语惊人笔亦奇。"③《魏衍见过》云:"魏侯有新语,高处近风骚。"④《和黄预感秋》云:"黄生多新诗,如盆茧抽绪。"⑤这些都是关于锤炼的议论。

陈与义也有类似的言论,他说:"唐人皆苦思作诗……故造语皆工,得句皆奇。"⑥苦思是锤炼的主体表现。他本人也在诗中表达重锤炼之意,如《感怀》"作吏不妨三折臂,搜诗空费九回肠"⑦,《雨晴》"尽取微凉供稳睡,急搜奇句报新晴"⑧,《周尹潜雪中过门不我顾遂登西楼赋诗见寄次韵谢之三首》(其二)"深知壮观增诗律,洗尽元和到建安"⑨,《送王周士赴发运司属官》"书生得句胜得官,风其少止尽人欢"⑩,《春日二首》(其一)"忽有好诗生眼底,安排句法已难寻"⑪。

二、忌俗

与义学黄、陈,其次是"忌俗"的诗学主张。江西诗派所谓的"俗",首先表现在诗人主体的精神境界。黄庭坚说:"士大夫处世可以百为,唯不可俗,俗便不可医也。"并指出:"视其平居无以异于俗人,临大节而不可夺,此不俗人也。"⑫这是独立不迁的人格修养与和光同尘的生活态度的统一。不俗的精神境界外化为诗歌,自然超迈流俗。具体到诗

---

① 郑永晓:《黄庭坚全集辑校编年》第11辑,第1531页。
② 同上书,第1627、1628页。
③ 冒广生:《后山诗注补笺》卷2,中华书局1995年版,第90、91页。
④ 冒广生:《后山诗注补笺》卷6,第224页。
⑤ 同上书,第238页。
⑥ 葛立方:《韵语阳秋》卷2,《历代诗话》本,第493页。
⑦ 《陈与义集》卷13,第201页。
⑧ 《陈与义集》卷11,第164页。
⑨ 《陈与义集》卷20,323页。
⑩ 《陈与义集》卷11,第174页。
⑪ 《陈与义集》卷10,第159页。
⑫ 黄庭坚:《书缯卷后》,郑永晓:《黄庭坚全集辑校编年》第11辑,第1569页。

歌创作来说,就是"宁律不谐,而不使句弱;用字不工,不使语俗"①。这虽然是黄庭坚评论庾信的话,也可以用在他自己的创作上。这两句互文见义,就是宁可"律不谐""用字不工",也不使"句弱""语俗"。换句话说,"句弱"即"语俗"。所忌之俗,不在字面本身,而在风格的儒缓平弱上。这是对晚唐诗风的反拨。宋代诗评家吴可在《藏海诗话》中说:"老杜句语稳顺而奇特,至唐末人,虽稳顺,而奇特处甚少,盖有衰陋之气。"②又说:"晚唐诗失之太巧,只务外华,而气弱格卑,流为词体耳。"③宋人对晚唐诗"稳顺"而"格卑"的指责尚多。黄庭坚所忌之俗正在于此,至于字面的俗语,则在所不忌,反为其"以俗为雅"之用。所以"忌俗"也包含了求新求变的诗学追求。

　　陈师道也主张"宁僻毋俗"④,而且喜用黄庭坚"以俗为雅"的创作手法,更证明江西诗派所忌之俗不在字面。陈师道常常援俗谚入诗,如《呜呼行》"青钱随赐费追呼,昔日剜创今补肉","不应远水救近渴,空仓四壁雀不鸣"⑤,《送杜侍御纯陕西转运》"巧手莫为无面饼,谁能留渴须远井"⑥,《次韵苏公西湖徙鱼三首》(其三)"小家厚敛四壁空,拆东补西裳作带"⑦,《大风》"经事长一智,中人所知识"⑧等。"昔日剜创今补肉""远水救近渴""巧手莫为无面饼""拆东补西裳作带""经事长一智"皆当时谚语,直到今天还在生活中使用,可见其生命力。谚语和诗句还有相互转化的关系。有些诗句浅俗易懂,成为谚语。诗人又用"以俗为雅"的手法,将之创作成为新的诗句。如谚语"今朝有酒今朝醉,明日愁来明日愁"⑨,就是唐代诗人罗隐《自遣》中的诗句。"昔日剜创今补肉",

---

① 黄庭坚:《题意可诗后》,郑永晓:《黄庭坚全集辑校编年》第 11 辑,第 1529 页。
② 吴可:《藏海诗话》,《历代诗话续编》本,第 330 页。
③ 同上书,第 331 页。
④ 陈师道:《后山诗话》,《历代诗话》本,第 311 页。
⑤ 冒广生:《后山诗注补笺》卷 2,第 55、56 页。
⑥ 同上书,第 60 页。
⑦ 冒广生:《后山诗注补笺》卷 3,第 109 页。
⑧ 冒广生:《后山诗注补笺·后山逸诗笺》卷上,第 489 页。
⑨ 雍文华校辑:《罗隐集·甲乙集》,中华书局 1983 年版,第 45 页。

也来自聂夷中《咏田家》："医得眼前疮,剜却心头肉。"①

陈与义同样有"忌俗"的主张。徐度《却扫编》云:"陈参政去非少学诗于崔鸥德符,尝请问作诗之要。崔曰:'凡做诗,工拙所未论,大要忌俗而已。'"②可谓少承师训,也可见作诗"忌俗"是一时风气。陈与义的朋友葛胜仲认为陈与义的诗"务一洗旧常畦径,意不拔俗,语不惊人,不轻出也"③,就是看到与义诗忌俗求新的特点。又据葛立方在《韵语阳秋》记载:

> 陈去非尝为余言:"唐人皆苦思作诗,所谓'吟安一个字,捻断数茎须','句向夜深得,心从天外归','吟成五字句,用破一生心','蟾蜍影里清吟苦,蚱蜢舟中白发生'之类是也。故造语皆工,得句皆奇,但韵格不高,故不能参少陵逸步。后之学诗者,倘或能取唐人语而掇入少陵绳墨步骤中,此连胸之术也。"④

即谓作诗既要锤炼,又要忌俗。宋人朱弁(1085—1144)《风月堂诗话》称黄庭坚"用昆体功夫,而造老杜浑成之地"⑤,亦是推许黄庭坚将锤炼与忌俗完美地结合在一起,即与义所谓"连胸之术"。

徐度《却扫编》还说:"去非亦尝语人,言本朝诗人之诗,有慎不可读者,有不可不读者。慎不可读者梅圣俞,不可不读者陈无己也。"⑥对梅尧臣的评价虽然不一定客观,但是反映了与义忌俗的诗观。梅诗用村野来矫正软熟,虽然俗的表现不同,但同失在俗,而不像黄、陈能"以俗为雅",宜其不为"句律流丽"的与义所喜。清人贺裳《载酒园诗话》云:

> 梅诗诚有品,但其拙恶者亦复不少。又因其名太重,常有厚望之意,既所见不副所闻,益增鄙夷。尝叹读杨、刘诸公诗,如入王、

---

① 彭定求等编:《全唐诗》卷636,中华书局1960年版,第7296页。
② 徐度:《却扫编》卷中,《宋元笔记小说大观》第4500页。
③ 葛胜仲:《陈去非诗集序》,《陈与义集》附录,第540页。
④ 葛立方:《韵语阳秋》卷2,《历代诗话》本,第493页。
⑤ 朱弁:《风月堂诗话》卷下,中华书局1988年版,第112页。
⑥ 徐度:《却扫编》卷中,《宋元笔记小说大观》,第4500页。

石绮疏绣闼,耳倦丝竹,口厌肥鲜,忽见葭墙艾席,菁羹橡饭者,反觉其高致。比欧公把臂入林,一时为之倾动也。诸人不明矫枉之意,盲推眯颂。如:"青苔井畔雀儿斗,乌桕树头鸦舅鸣。世事但知开口笑,俗情休要着心行",及蟹诗"满腹红膏肥似髓,贮盘青壳大于杯",诚为过朴,亦甚推之。风气既移,当日所为美谈,今时悉成笑柄。凡诗受累,大都不由于谤者,而由于誉者,类然耳。①

可见推崇梅诗过甚,只是一时风气,有矫枉过正之处。环境既变,便如刍狗已陈,到与义之时已少称赏者。诚如钱钟书所评:

> 都官力矫昆体之艳俗,而不免于村俗,盖使人憎者,未必不使人鄙也。如"看尽人间妇,无如美且贤。譬今愚者寿,何不假其年","水胫多长短,林枝有直横","魑魅或为患,猕猴常可嫌","逆上燕迎雨,将生鹅怕雷","桃根有妹犹含冻,杏树为邻尚带枯","水边攀折此中女,马上嗅寻何处郎","行袂相朋接,游肩与贱摩";俚野者居集中几半。《后殿书事》云:"林果鸟应衔去后,燕窠虫有落来余",荒冷语如何可赋九天宫阙、五云楼阁。杜牧之《华清宫》诗固有:"鸟啄摧寒木,蜗涎蠹画梁",然所咏乃寥落古行宫,故不嫌其凄凉寂寞。钟伯敬《辛亥元日早朝》诗曰:"残雪在帘如落月,轻烟半树信柔风",王渔洋《古夫于亭杂录》卷五尚讥为"措大寒乞相,将易金华殿为土阶茅茨",不知睹宛陵此联,又将何说。宛陵赋《雨》曰"长杨静响千重瓦,太液寒生几寸波",岂不堂皇名贵,移此笔咏入直,庶几可乎?宫廷之什,例皆课虚,不是征实,所谓"若画得似,是甚模样"者也。《道山诗话》载林特语。②

与义诗不但"句律流丽",而且态度娴雅、风流华贵,完全和梅尧臣的"俚野""荒冷"异路。方回评陈与义《怀天经智老因访之》之"客子光阴诗卷

---

① 贺裳:《载酒园诗话》,《清诗话续编》本,第414页。
② 钱钟书:《谈艺录》,第449、450页。

里,杏花消息雨声中"联云:"后山'老形已具臂膝痛,春事无多樱笋来'一联,极其酸苦,而此联有富贵闲雅之味。后山穷,简斋达,亦可觇云。"①与义《观雪》诗云"开门倚杖移时立,我是人间富贵人"②,夫子自道,洵非虚语。

三、对黄、陈诗句的点化

再次,与义学黄、陈,表现在对黄、陈诗句的点化上。例如《次韵谢文骥主簿见寄兼示刘宣叔》"堂堂吾景方,去作泉下土"③,化自黄庭坚《和邢惇夫秋怀十首》(其七):"世方用俊髦,先成泉下土。"④山谷《次韵高子勉十首》(其一)"德人泉下梦,俗物眼中埃"⑤,后山《寄黄充》"俗子推不去,可人费招呼"⑥,与义融汇黄、陈,写出了《书怀示友十首》(其一):"俗子令我病,纷然来座隅。贤士费怀思,不受折简呼。"⑦吴子良评论说:"后山诗'俗子推不去,可人费招呼',气象浅露,绝少含蓄。陈简斋又模而衍之曰:'俗子令我病,纷然来座隅。贤士费怀思,不受折简呼。'可谓短于识而拙于才也。"⑧这个评价不一定客观,但可看出与义此句与后山诗的联系。方回说:"刘章《秭志》疑陈简斋集二诗为非简斋所作,其一:'敲门俗子令我病,面有三寸康衢埃。风饕雨虐君驰去,蓬户那无酒一杯。'其一:'宁食三斗尘,有手不揖无诗人。'予谓此二诗怒詈诚太露,然诗人每恶俗人。山谷云:'德人泉下梦,俗物眼中埃。'下一句不已甚乎?刘评诗不当者甚多。"⑨所举诗性质同前,则可看出与山

---

① 李庆甲:《瀛奎律髓汇评》卷 26,第 1145 页。
② 《陈与义集》卷 29,第 462 页。
③ 《陈与义集》卷 1,第 13 页。
④ 任渊、史容、史季温:《黄庭坚诗集注·山谷诗集注》卷 4,第 168 页。
⑤ 任渊、史容、史季温:《黄庭坚诗集注·山谷诗集注》卷 16,第 565 页。
⑥ 冒广生:《后山诗注补笺》卷 9,第 342 页。
⑦ 《陈与义集》卷 3,第 36 页。
⑧ 吴子良:《荆溪林下偶谈》卷 1,《宋人诗话外编》本,中华书局 2017 年版,第 1508 页。
⑨ 方回:《读刘章秭志》,《桐江集》卷 3,转引自傅璇琮:《黄庭坚和江西诗派资料汇编》,第 820 页。

谷诗的联系。

与义《蜡梅》云"只愁繁香欺定力,薰我欲醉须人扶"①,黄庭坚也有类似的句子,如《次韵答马中玉三首》(其一)"锦江春色薰人醉,也到壶公小隐天"②,《以椰子小冠送子予》:"浆成乳酒醺人醉,肉截鹅肪上客盘"③。钱钟书说:

> 黄庭坚爱花香而自责"平生习气",释氏所谓"染着"也;故宫藏其行书七绝,即见《竹坡诗话》所引者,首句"花气薰人欲破禅",可相发明。此意诗中常见,如白居易《榴花》"香尘拟触坐禅人",刘禹锡《牛相公见示新什谨依本韵次用》"花撩欲定僧",陈与义《蜡梅》"只恐繁香欺定力",朱熹《题西林壁》"却嫌宴坐观心处,不奈檐花抵死香",方德亨《梅花》"老夫六贼消磨尽,时为幽香一败禅"(《后村大全集》卷一八〇《诗话》引)。纳兰性德《净业寺》"花香暗入定僧心",着"暗"字,遂若"破""败""欺""撩"而僧尚蒙然不自觉焉。又按《山谷内集》卷九《出礼部试院王才元惠梅花》之三"百叶缃梅触拨人",任渊注:"'触拨'字,一作'料理',王立之《诗话》曰:'初作故恼'。"足征山谷用"料理"字有"恼"意,即《王充道水仙花》所谓"坐对真成被花恼"也。④

则此类用法尚多,但与义此句在字面上受山谷影响最明显。

与义《次韵张元方春雪》云"斜斜既可人,整整亦不恶"⑤,化用黄庭坚《咏雪奉呈广平公》"夜听疏疏还密密,晓看整整复斜斜"⑥,写雪情态逼真。方回评论黄诗此联:

---

① 《陈与义集》卷2,第28页。
② 任渊、史容、史季温:《黄庭坚诗集注·山谷诗集注》卷15,第541页。
③ 同上书,第536页。
④ 钱钟书:《管锥编》第5册《管锥编增订》,中华书局1986年版,第68页。
⑤ 《陈与义集》卷2,第29页。
⑥ 任渊、史容、史季温:《黄庭坚诗集注·山谷诗集注》卷6,第215页。

第二章　陈与义诗歌的继承和影响

"夜听""晓看"一联,徐师川有异论。东坡家子弟亦疑之,以问坡,谓黄诗好在何处？坡却独称许之。以余味之,亦无不可。元祐诗人诗,既不为杨、刘"昆体",亦不为"九僧"晚唐体,又不为白乐天体,各以才力雄于诗。山谷之奇,有"昆体"之变,而不袭其组织。其巧者如作谜然,此一联亦雪谜也,学者未可遽非之。①

黄庭坚原作巧于状物,与义此联因袭而已,流于一般。

《述怀呈十七家叔》云"浮生万事蚁旋磨,冷官十年鱼上竿"②,也是化用黄庭坚诗。钱钟书说：

黄庭坚《僧景宗相访寄法王航禅师》"一丝不挂鱼脱渊,万古同归蚁旋磨",《演雅》"气陵千里蝇附骥,枉过一生蚁旋磨",又《罗汉南公升堂颂》"黑蚁旋磨千里错"（参观陈与义《简斋诗集》卷九《述怀呈十七家叔》"浮生万事蚁旋磨,冷官十年鱼上竿"）。皆谓奔波竞攘而实则未进分寸,原地不离,故我依然。"③

看到了与义此诗所受山谷的影响。"蚁旋磨"原始出处则是《晋书·天文志》："譬之于蚁行磨石之上,磨左旋而蚁右去,磨疾而蚁迟,故不得不随磨以左回焉。"④

《道山宿直》云："人间路绝窗扉语,天上云空阁影移。"⑤化用陈师道《和郑户部宝集丈室二首》（其二）："冲风窗自语,浼壁虫成字。"⑥《升庵诗话》云："'中庭有树自语,梧桐摧枝布叶。'陈后山诗'梧桐尽黄陨,风过自成语',又'冲风窗自语,浼壁蜗成字',皆用此事。"⑦指出陈师道

---

① 李庆甲：《瀛奎律髓汇评》卷 21,第 886 页。
② 《陈与义集》卷 9,第 127 页。
③ 钱钟书：《管锥编》,第 928、929 页。
④ 房玄龄等：《晋书》卷 11,中华书局 1974 年版,第 279 页。
⑤ 《陈与义集》卷 11,第 163 页。
⑥ 冒广生：《后山诗注补笺》卷 8,第 307 页。
⑦ 杨慎：《升庵诗话》卷 7,《历代诗话续编》本,第 765 页。

此句的来源是古乐府《神弦曲》,但从树变为窗,可谓夺胎换骨。与义云"窗扉语",则是直接渊源后山。苏轼《大风留金山两日》云"塔上一铃独自语,明日颠风当断渡"①,也是类似手法,用拟人赋予非生物以言说的能力。苏诗语本《晋书·佛图澄传》:"勒死之年,天静无风,而塔上一铃独鸣,澄谓众曰:'铃音云,国有大丧,不出今年矣。'既而勒果死。"②

《雨晴》云"天缺西南江面清,纤云不动小滩横"③,亦用黄诗。钱钟书《宋诗选注》指出和黄庭坚的联系:

> 天空一小块云像江面一个小滩。陈与义在《晚步》诗里也说:"停云甚可爱,重叠如沙汀。"《山谷内集》卷六《咏雪和广平公》"连空春雪明如洗,忽忆江清水见沙",任渊注"沙以喻雪",手法相同。④

而山谷此联亦有所本。刘禹锡《浪淘沙九首》(其七)云:"须臾却入海门去,卷起沙堆似雪堆。"⑤刘是明喻,黄和陈是暗喻,更有意味。

《纵步至董氏园亭三首》(其二)云"自移一榻西窗下,要近丛篁听雨声"⑥,从陈师道《斋居》化出。《斋居》诗云:"青奴白牯静相宜,老罢形骸不自持。一枕西窗深闭阁,卧听丛竹雨来时。"⑦与义诗加上"要近"二字,更为主动刻意。后山诗则语本贾岛《宿村家亭子》:"宿客未眠过半夜,独闻山雨到来时。"⑧

《道中书事》云"易破还家梦,难招去国魂"⑨,袭用陈师道《野望》:

---

① 王文诰辑注:《苏轼诗集》卷18,第943页。
② 房玄龄等:《晋书》卷95,第2487页。
③ 《陈与义集》卷11,第164页。
④ 钱钟书:《宋诗选注》,第217页。
⑤ 瞿蜕园:《刘禹锡集笺证》卷27,上海古籍出版社1989年版,第864页。
⑥ 《陈与义集》卷15,第233页。
⑦ 冒广生:《后山诗注补笺》卷3,第127页。
⑧ 齐文榜:《贾岛集校注》卷10,中华书局出版社2020年版,第600页。
⑨ 《陈与义集》卷16,第251页。

"剩寄还乡泣，难招去国魂。"①其中"还家梦"又化用陈师道《宿齐河》："还家只有梦，更着晓寒侵。"②后山此联则化用杜甫《东屯月夜》："天寒不成寐，无梦寄归魂。"③

《心老久许为作画未果以诗督之》云"秋入无声句"④，化自黄庭坚《次韵子瞻子由题憩寂图二首》(其一)："李侯有句不肯吐，淡墨写出无声诗。"⑤黄庭坚是以诗喻画，与义是以诗喻景。东坡《韩干马》诗亦有"少陵翰墨无形画，韩干丹青不语诗"⑥，同一机杼。这还反映了宋人诗画同质的观念。日本汉学家浅见洋二指出：

> 将诗歌称作"有声画""无形画"，将绘画称作"无声诗""有形诗"等说法的出现也是在宋代(顺便说一下，这些例子正充分说明诗画的同质性与"声""形"有无的异质性处于一种互为表里的关系)。另外，宋以前对于诗歌通常是使用"言""叙""赋""咏"这种动词的。但在宋代，正如南宋张戒《岁寒堂诗话》卷下评论杜甫《秦州杂诗二十首》其十八(仇兆鳌《杜诗详注》卷七)"塞云多断续，边日少光辉"诗句时说的那样，"此两句画出边塞风景也"，本来用于绘画方面的"画"一类动词也开始用于诗歌方面了。这一现象此前未必为学者们所注意。此外如杨万里《新路店道中》(《诚斋集》卷三四)云"急将描取入诗筒"，范成大《两虫》(《石湖居士诗集》卷一三)云"天崖羁思难绘画"，均针对诗歌使用了"描""绘画"这种动词。此类动词在宋代十分普及。⑦

综上可知，陈与义化用黄庭坚、陈师道诗句的例子甚多，则方回"一

---

① 冒广生：《后山诗注补笺》卷11，第412页。
② 同上书，第419页。
③ 仇兆鳌：《杜诗详注》卷20，第1770页。
④ 《陈与义集》外集，第502页。
⑤ 任渊、史容、史季温：《黄庭坚诗集注·山谷诗集注》卷9，第355页。
⑥ 王文诰辑注：《苏轼诗集》卷48，第2630页。
⑦ 浅见洋二：《距离与想象·关于"诗中有画"》，上海古籍出版社2005年版，第114页。

祖三宗"之说,其来有自,并非空穴来风。至于化用的得失,则利钝互陈,"点铁成金"者虽多,"点金成铁"者亦往往可见。

第四节 "已开诚斋先路"

作为一个"承前启后"的诗人,陈与义不仅广泛地学习前人,还对后人有深刻影响。简斋诗名在当时就很大,葛胜仲《陈去非诗集序》云:

> 会兵兴抢攘,避地湘广,泛洞庭,上九疑、罗浮,虽流离困厄,而能以山川秀杰之气益昌其诗,故晚年赋咏尤工。搢绅士庶争传诵,而旗亭传舍,摘句题写殆遍,号称新体。①

其诗流传的盛况,几乎可媲美"凡有井水处,皆能歌柳词"的柳永。宋人黄升在《玉林诗话》中说:

> 先君尝于逆旅间录一诗云:"山行险而修,老我骖且羸。独驱六月暑,蹑此千仞梯。世故不贷人,牵去复挽归。茗碗参世味,甘苦常相持。白云抱溪石,令人心愧之。岂无跌座处,逸固不疗饥。大叫天上人,凉风为吹衣。"盖举简斋诗法者,莫知为何人作也。②

这首旅店诗在意境和句法上都模仿陈与义避乱中作的《北征》,不难想象与义诗在当时的广受欢迎程度。朱熹之父朱松和龚颐正之父都学习过与义诗③。张嵲是与义表侄,其《紫薇集》中诗亦多学与义。特别是南宋的陈晞颜,次韵和了与义五百多首诗④,此事可与东坡和陶诗相

---

① 《陈与义集》附录,第540页。
② 魏庆之:《诗人玉屑》卷19,中华书局2007年版,第630页。
③ 龚颐正:《芥隐笔记》,《全宋笔记》第62册,第172页;傅自强:《未斋集序》,《朱子全书外编·韦斋集》卷首,第1页。
④ 杨万里:《陈晞颜和简斋诗集序》,《杨万里集笺校》卷79,第3215页。

第二章　陈与义诗歌的继承和影响

比,数量则倍之。杨万里称赞与义"诗宗已上少陵坛"①,朱熹"叹其词翰之绝伦"②,楼钥称他"少在洛下,已称诗俊"③,陈振孙称他"独以诗鸣"④,刘克庄称他为南渡诗中的"大家数"⑤,"第其品格,故当在诸家之上"⑥,罗大经说"自黄陈之后,诗人无逾陈简斋"⑦。类似的评价尚多,足见与义诗在宋人心目中的地位。

宋代以后,与义诗也不乏追随者,并没有随着时代的推移而被忘却。元人吴澄(1249—1333)说"近世往往尊其诗"⑧,而不像大多数宋代诗人一样遭到元人冷遇。吴师道(1283—1344)说:"世称宋诗人,句律流丽,必曰陈简斋。"⑨"句律流丽",绰有唐诗余妍,正是受元人喜爱的原因。仇远(1247—1326)的《读陈去非集》则从思想和艺术两方面高度评价了与义诗:"简斋吟集是吾师,句法能参杜拾遗。宇宙无人同叫啸,公卿自古叹流离。穷途劫劫谁怜汝?遗恨茫茫不在诗。莫道墨梅曾遇主,黄花一绝更堪悲。"⑩盖元人被异族统治,于与义南渡后诗更易发生共鸣。明人大都鄙弃宋诗,但对陈与义倒还觉得顺眼。李开先(1502—1568)说:"薛西原诗能逼唐,后会马西玄于濠梁,曰:'古来诗人,唯一陈简斋。'"⑪胡应麟说:"大抵南宋古体当推朱元晦,近体无出陈去非。"⑫都对与义有好评。阮大铖(1587—1687)虽然名声不好,但在诗歌上却是一作手,民国学者胡先骕(1894—1968)甚至称阮为"有明一代唯一之诗人"⑬。阮大铖《咏怀堂诗》就受与义诗沾溉甚深,特别是

---

① 杨万里:《跋陈简斋奏章》,《杨万里集笺校》卷24,第1234页。
② 朱熹:《跋陈简斋帖》,《朱子全书·晦庵先生朱文公文集》卷81,第3852页。
③ 楼钥:《简斋诗笺叙》,《陈与义集》卷首,第1页。
④ 陈振孙:《直斋书录解题》卷20,上海古籍出版社1987年版,第601页。
⑤ 刘克庄:《中兴绝句续选》,辛更儒:《刘克庄集笺校》卷97,中华书局2011年版,第4086页。
⑥ 刘克庄:《后村诗话》前集卷2,第27页。
⑦ 罗大经:《鹤林玉露》卷6,第105页。
⑧ 吴澄:《董震翁诗序》,《全元文》卷482,江苏古籍出版社1998年版,第254页。
⑨ 吴师道:《吴礼部诗话》,《历代诗话续编》本,第593页。
⑩ 仇远:《仇远集》卷9,浙江大学出版社,第143页。
⑪ 李开先:《闲居集序》,《李开先集》,中华书局1959年版,第1页。
⑫ 胡应麟:《诗薮》杂编卷5,第316页。
⑬ 胡先骕:《读阮大铖咏怀堂诗集》,《咏怀堂诗集》附录,黄山书社2006年版,第532页。

其中的五古。清代诗人对前人诗能兼容并包,所以清诗各种风格都具备,可谓集大成。在这种背景下,与义受到更多的关注就很自然了。宋濂云"陈去非虽晚出,乃能因崔德符而归宿于少陵,有不为流俗之所移易"①,厉鹗称赞与义"殁而身名焜耀于无穷"②,陈衍亦赞赏"陈简斋欲自别于苏、黄之外,在花卉中为山茶、腊梅、山矾"③。在创作方面,编《宋诗纪事》的厉鹗、作《诗比兴笺》的陈沆(1785—1826)以及"同光体"诗人俞明震(1860—1918)都以学与义而闻名。

下面详细比较陈与义与"中兴四大家"之一杨万里的关系。陈衍《宋诗精华录》选录了陈与义的《春日二首》,其一云:"朝来庭树有鸣禽,红绿扶春上远林。忽有好诗生眼底,安排句法已难寻。"并点评道:"已开诚斋先路。"④看出了陈与义对杨万里的影响。与义的诗当时号为"新体",这主要是相对于流行的江西诗风而言。虽然与义受江西诗风濡染甚深,但他有一些异质的东西,即严羽所谓"亦江西之派而小异"。但"新体"一词并非与义诗的专称,杨万里诗也被称为"新体"。元人欧阳玄(1283—1357)《罗舜美诗序》云:"江西诗,在宋东都时宗黄太史,号江西诗派,然不皆江西人也。南渡后,杨廷秀好为新体诗,学者亦宗之。虽杨宗少于黄,然诗亦小变。"⑤足证"新体"是对于江西诗派比较固定的诗风而言的。严羽也说:"以人而论,则有……陈简斋体、杨诚斋。"⑥可见陈与义和杨万里都擅长创新,具有强烈的个性。

一、对灵感的重视

陈与义对杨万里的影响首先表现在对灵感的重视。杨万里《答建康府大军库监门徐达书》云:

---

① 宋濂:《答章秀才论诗书》,《宋濂全集·潜溪后集》卷4,浙江古籍出版社2014年版,第339页。
② 厉鹗:《汪司马半舫集序》,《樊榭山房集·文集》卷3,上海古籍出版社2012年版,第748页。
③ 陈衍:《石遗室诗话》卷23,《民国诗话丛编》本,第317页。
④ 陈衍:《宋诗精华录》卷3,第109页。
⑤ 欧阳玄:《欧阳玄全集·圭斋文集》卷8,四川大学出版社2010年版,第160页。
⑥ 郭绍虞:《沧浪诗话校释》,第59页。

第二章　陈与义诗歌的继承和影响

> 大抵诗之作也，兴上也，赋次也，赓和不得已也。我初无意于作是诗，而是物是事适然触乎我，我之意亦适然感乎是物。是事触先焉感随焉，而是诗出焉，我何与哉？天也，斯之谓兴。①

这里的兴即杜甫所谓"苍茫兴有神"②，不同于《诗经》的兴，更近于灵感。相比之下，江西派重锻炼，往往先有作诗之心，杨万里则更重视灵感自来。

陈与义诗集中重视灵感成诗的例子甚多。比如《对酒》"新诗满眼不能裁，鸟度云移落酒杯"③，《后三日再赋》"落日留霞知我醉，长风吹月送诗来"④，《赴陈留二首》（其一）"城中那有此，触处皆新诗"⑤，《即席重赋且约再游二首》（其二）"诗情不与岁情阑，春气犹兼水气寒"⑥，《试院春晴》"今日天气佳，忽思赋新诗"⑦，《春雨》"蛛丝闪夕霁，随处有诗情"⑧，《题酒务壁》"佳句忽堕前，追摹已难真"⑨，《送王因叔赴试》"不须惜别作酸然，满路新诗付吾子"⑩，等等。

对灵感的重视，这是陈、杨两家突破江西藩篱而回归唐人传统的一个表现。所以杨万里《读唐人及半山诗》云："半山便遣能参透，犹有唐人是一关。"⑪但这不同于"明七子"的简单模拟，而是经过江西诗法历练后更高层次的回归。

二、善于写生

其次，陈与义诗作对杨万里的影响表现在善于写生上。钱钟书说：

---

① 辛更儒：《杨万里集笺校》卷67，第2841页。
② 杜甫：《上韦相二十韵》，仇兆鳌：《杜诗详注》卷3，第227页。
③ 《陈与义集》卷12，第189页。
④ 《陈与义集》卷12，第190页。
⑤ 《陈与义集》卷13，第192页。
⑥ 《陈与义集》卷5，第69页。
⑦ 《陈与义集》卷11，第175页。
⑧ 《陈与义集》卷15，第240页。
⑨ 《陈与义集》卷13，第207页。
⑩ 《陈与义集》卷22，第353页。
⑪ 辛更儒：《杨万里集笺校》卷8，第479页。

> 以入画之景作画,宜诗之事赋诗,如铺锦增华,事半而功则倍,虽然非拓境宇、启山林手也。诚斋、放翁,正当以此轩轾之。人所曾言,我善言之,放翁之与古为新也;人所未言,我能言之,诚斋之化生为熟也。放翁善写景,而诚斋擅写生。放翁如画图之工笔;诚斋则如摄影之快镜,兔起鹘落,鸢飞鱼跃,稍纵即逝而及其未逝,转瞬即改而当其未改,眼明手捷,踪矢蹑风,此诚斋之所独也。①

非常准确地说出了陆游和杨万里诗作的神理,特别称赞了诚斋善于写生的特点。下面举诚斋诗来说明:

《小池》:

> 泉眼无声惜细流,树阴照水爱晴柔。
> 小荷才露尖尖角,早有蜻蜓立上头。②

三、四句"才""早"写出了动态,正可谓写生。如钱钟书所谓"如摄影之快镜,兔起鹘落,鸢飞鱼跃,稍纵即逝而及其未逝,转瞬即改而当其未改,眼明手捷,踪矢蹑风",捕捉到这妙趣横生的一瞬。

《新柳》:

> 柳条百尺拂银塘,且莫深青只浅黄。
> 未必柳条能蘸水,水中柳影引他长。③

三、四句是绝妙写生。不说柳条蘸水,却说被柳影所牵引,可谓想落天外,不落窠臼。这里已不是简单拟人,而是消除物我,传神写照,妙趣横生地刻画出大自然的勃勃生机。陈衍评论此诗:"用心而不吃力。"④即能用心观察大自然,见人之所未见,写作的时候却并不费力,显得自然。

---

① 钱钟书:《谈艺录》,第298页。
② 辛更儒:《杨万里集笺校》卷7,第408页。
③ 辛更儒:《杨万里集笺校》卷8,第475页。
④ 陈衍:《宋诗精华录》,第140页。

第二章 陈与义诗歌的继承和影响

《闲居初夏午睡起二绝句》：

> 梅子留酸软齿牙，芭蕉分绿与窗纱。
> 日长睡起无情思，闲看儿童捉柳花。

> 松阴一架半弓苔，偶欲看书又懒开。
> 戏掬清泉洒蕉叶，儿童误认雨声来。①

南宋词人周密(1232—1298)评第一首云："极有思致。诚斋亦自语人，曰：'功夫只在一捉字上。'"②"捉"字可谓诗眼。罗大经云："杨诚斋丞零陵日，有《春日》绝句云：'梅子留酸软齿牙，芭蕉分绿与窗纱。日长睡起无情思，闲看儿童捉柳花。'张紫岩见之曰：'廷秀胸襟透脱矣！'"③则可谓小诗见道。正因为透脱，所以写得毫无拘执，更能充分地传神写真。第二首三、四句写得生动。与义《又两绝》（其一）"不记墙西有修竹，夜风还作雨来声"④，《夜赋》"不知药鼎沸，错认雨声来"⑤，与之同一手法。类似的还有黄庭坚《六月十七日昼寝》："马啮枯萁喧午枕，梦成风雨浪翻江。"⑥都是写错觉。晁端友《宿济州西门外旅馆》云："小雨愔愔人假寐，卧听疲马啮残刍。"⑦黄诗从晁诗脱化而来，可谓夺胎换骨。

《舟过谢潭》（其三）：

> 碧酒时倾一两杯，船门才闭又还开。
> 好山万皱无人见，都被斜阳拈出来。⑧

---

① 辛更儒：《杨万里集笺校》卷3，第189、190页。
② 周密：《浩然斋雅谈》卷中，中华书局2010年版，第41页。
③ 罗大经：《鹤林玉露》甲编卷4，第60页。
④ 《陈与义集》卷15，第245页。
⑤ 《陈与义集》卷28，第444页。
⑥ 任渊、史容、史季温：《黄庭坚诗集注·山谷诗集注》卷11，第403页。
⑦ 吕祖谦：《宋文鉴》卷28，中华书局2018年版，第431页。
⑧ 辛更儒：《杨万里集笺校》卷15，第762页。

中国画常着力描绘山的皱褶,这里用"万皱"形象山,正是用画法形容诗。不过尾句才是重心所在。平常山的皱褶是不被注意的,但当有阳光的照耀,则毕露无遗。写得非常生动传神,可谓绝妙的写生。诚斋善于捕捉转瞬即逝、不为一般人注意的自然景观,用准确生动的语言表现出来。

《桑茶坑道中》(其七):

> 晴明风日雨干时,草满花堤水满溪。
> 童子柳阴眠正着,一牛吃过柳阴西。①

牧童在柳阴"眠正着",而牛则是"吃过柳阴西",一静一动,相形成趣,非常富有生活气息。金人刘祁(1203—1250)云:

> 李屏山教后学为文,欲自成一家,每日当别转一路,勿随人脚跟。故多喜奇怪。然其为文亦不出庄、左、柳、苏,诗不出卢仝、李贺,晚甚爱杨万里说,曰:"活泼刺底,人难及也。"②

指出了诚斋体"活泼"的特点。

杨万里的写生手法可以追溯到陈与义,比如下面这首《雨晴》:

> 天缺西南江面清,纤云不动小滩横。
> 墙头语鹊衣犹湿,楼外残雷气未平。
> 尽取微凉供稳睡,急搜奇句报新晴。
> 今宵绝胜无人共,卧看星河尽意明。③

首联把天空比喻为江面、纤云比喻为小滩甚有新意。颔联纪昀评价道:

---

① 辛更儒:《杨万里集笺校》卷34,第1750页。
② 刘祁:《归潜志》卷8,中华书局1983年版,第87页。
③ 《陈与义集》卷11,第164页。

"三、四眼前景,而写来新警。"①"犹""未"二字把景物写活了,并抓住了雨后初晴的特征,可谓绝妙写生。颈联、尾联亦写得活泼真切。再如《中牟道中二首》:

> 雨意欲成还未成,归云却作伴人行。
> 依然坏郭中牟县,千尺浮屠管送迎。
>
> 杨柳招人不待媒,蜻蜓近马忽相猜。
> 如何得与凉风约,不共尘沙一并来。②

雨意欲成未成,写出了动态。千尺浮屠句则暗用东坡《南乡子》词:"谁似临平山上塔,亭亭。迎客西来送客行。"③同是拟人手法。与义在《至陈留》诗中也说:"烟际亭亭塔,招人可得回。"④与此类似。"杨柳"二句,钱钟书解释说:"风里柳条向人飘袅,仿佛轻狂得很,没等人介绍就来讨好的样子;蜻蜓飞近,忽然似有猜疑,又飞远去了。"⑤写得很有生活气息。"如何"二句则有讽喻之意。

总之,陈、杨的善于写生是对江西诗法过于依靠书本的纠正和反拨,也是对吕本中"活法"一端的实践。陈与义初具规模,而杨万里蔚为大观。

三、对"味"的重视

再次,陈与义诗对杨万里的影响,表现为对"味"的重视。杨万里突破了宋人写诗"以意为主"的说法,而特重"味"。他在《颐庵诗集序》中说:

---

① 李庆甲:《瀛奎律髓汇评》卷17,第698页。
② 《陈与义集》卷10,第147页。
③ 邹同庆、王宗堂:《苏轼词编年校注》正编,中华书局2007年版,第85页。
④ 《陈与义集》卷13,第194页。
⑤ 钱钟书:《宋诗选注》,第216页。

> 夫诗何为者也？尚其词而已矣。曰善诗者去词,然则尚其意而已矣。曰善诗者去意,然则去词去意,则诗安在乎？曰去词去意而诗有在矣。然则诗果焉在？曰尝食夫饴与荼乎？人孰不饴之嗜也？初而甘,卒而酸。至于荼也,人病其苦也。然苦未既而不胜其甘,诗亦如是而已矣。
>
> 昔者暴公谮苏公,而苏公刺之。今求其诗,无刺之之词,亦不见刺之之意也。乃曰:"二人从行,谁为此祸？"使暴公闻之,未尝指我也。然非我其谁哉？外不敢怒,而其中愧死矣。《三百篇》之后,此味绝矣,惟晚唐诸子差近之。《寄边衣》曰:"寄到玉关应万里,戍人犹在玉关西。"《吊古战场》曰:"可怜无定河边骨,犹是春闺梦里人。"《折杨柳》曰:"羌笛何须怨杨柳,春光不度玉门关。"《三百篇》之遗味,黯然犹存也。近世惟半山老人得之,予不足以知之,予敢言之哉？①

杨万里认为诗既不在"词",也不在"意",而在"味",这个味近于"言外之意"。他特别推崇晚唐诗和王安石,显然跟宋诗推崇"以意为主"的主流不同。《读唐人及半山诗》诗云"半山便遣能参透,犹有唐人是一关"②,也反映了这样一个观点。他在《江西宗派诗序》中也使用了"味"这个概念:

> 江西宗派者,诗江西也,人非皆江西也。人非皆江西,而诗曰江西者何？系之也。系之者何？以味不以形也。东坡云:"江瑶柱似荔子。"又云:"杜诗似太史公书。"不惟当时闻者吃然,阳应曰诺而已,今犹吃然也。非吃然者之罪也,舍风味而喻形似,故应吃然也,形焉而已矣。高子勉不似二谢,二谢不似三洪,三洪不似徐师川,师川不似陈后山,而况似山谷乎？味焉而已矣。酸咸异和,山

---

① 辛更儒:《杨万里集笺校》卷83,第3332页。
② 辛更儒:《杨万里集笺校》卷8,第479页。

第二章 陈与义诗歌的继承和影响

海异珍,而调胹之妙出乎一手也。似与不似,求之可也,遗之亦可也。①

就是说江西派之所以成为江西派,不在于形,而在于味。这里的味跟上面有所不同,近于所谓气息。虽然在谈论诗文时讲滋味、韵味自六朝就已经开始,但是杨万里将之赋予本体意义,提到前所未来有地步,反映了宋人向唐诗的回归以及对江西诗法的反动。

陈与义论诗,也有重味的主张。《食蘁》云:"诗中有味甜如蜜,佳处一哦三鼓腹。"②语本《四十二章经》:"譬如食蜜,中边皆甜,吾经亦尔。"③苏轼《安州老人食蜜歌》:"小儿得诗如得蜜,蜜中有药治百疾。"④又《和钱安道寄惠建茶》:"此诗有味君勿传,空使时人怒生瘿。"⑤与义又有《送王周士赴发运司属官》云:"宁饮三斗醋,有耳不听无味句。"⑥推崇诗中之味。另外,他还有《偶成古调十六韵上呈判府兼赠刘兴州》:"谁能不饮此,识味亦可录。"⑦虽然不是直接论诗,但对"味"的推崇是一致的。此联语本黄庭坚《赣上食莲有感》诗:"食莲谁不甘,知味良独少。"⑧这个"味"同钟嵘的"滋味"说和司空图的"韵味"说一脉相承,并影响到杨万里。钟嵘《诗品序》说:

> 夫四言,文约意广,取效《风》《骚》,便可多得。每苦文烦而意少,故世罕习焉。五言居文词之要,是众作之有滋味者也,故云会于流俗。岂不以指事造形,穷情写物,最为详切者邪!⑨

---

① 辛更儒:《杨万里集笺校》卷79,第3230、3231页。
② 《陈与义集》卷8,第114页。
③ 《四十二章经》第39章,中华书局2010年版,第76页。
④ 王文诰辑注:《苏轼诗集》卷32,第1708页。
⑤ 王文诰辑注:《苏轼诗集》卷11,第531页。
⑥ 《陈与义集》卷11,第173页。
⑦ 《陈与义集》外集,第503页。
⑧ 任渊、史容、史季温:《黄庭坚诗集注·山谷诗集注》卷1,第61页。
⑨ 曹旭:《诗品笺注》,人民文学出版社2009年版,第23页。

"滋味"即诗味,如刘勰《文心雕龙·声律》篇:"是以声画妍蚩,寄在吟咏,滋味流于下句,风力穷于和韵。"①颜之推《颜氏家训·文章》:"至于陶冶性灵,从容讽谏,入其滋味,亦乐事也。"②钟嵘将"指事造形,穷情写物,最为详切"作为诗歌有"滋味"的界定。在司空图那里,"滋味"过渡到"韵味"。《与李生论诗书》说:

> 古今之喻多矣,愚以为辨于味而后可以言诗也。……近而不浮、远而不尽,然后可以言韵外之致耳。……倘复以全美为工,即知味外之旨矣。③

认为好诗必须有"韵外之致""味外之旨",而这味应该是"近而不浮,远而不尽",给读者留下联想与回味的空间。到宋代,则是"韵味"说大行的时期,陈与义和杨万里对"味"的讲究自有呈递关系。

因此,我们认为陈与义属于江西诗派,其依据即在于其味,即使其面貌已"小异"。对味的强调,使诗歌从有形的桎梏中解放出来,向空灵的境界开拓,从而克服了江西诗法的弊端。在这个努力的方向上,杨万里无愧于陈与义的后继者。他还进了一步,更多的向唐人之"味"回归,而摆脱了江西藩篱。

---

① 詹锳:《文心雕龙义证》,第1226页。
② 王利器:《颜氏家训集解》卷4,中华书局1993年版,第237页。
③ 祖保泉、陶礼天:《司空表圣诗文集笺校·文集笺校》卷2,安徽大学出版社2002年版,第193、194页。

第三章　陈与义诗歌的类别

前面从历时性的角度考察了陈与义诗歌的渊源和影响,本章讨论在相同类型的诗歌中陈与义与其他著名诗人的异同。方回在《瀛奎律髓》中将律诗分作四十九类,虽然不免繁琐,却有助于对照同一类型的不同诗作。这里将陈与义的某几类有特色的诗特别提出,跟其他诗人作一对照,以更好地理解其作品。

第一节　登　览　类

"登高作赋"是中国文人的传统,陈与义也不例外,他喜欢登高、游览,集中登览之作众多,如本集卷八《陪诸公登南楼啜新茶家弟出建除诗公既和余因次韵》《龙门》《游葆真池上》《游玉仙观以春风吹倒人为韵得吹字》《夏日集葆真池上以绿阴生昼静赋诗得静字》,卷九《游慧林寺以三伏炎蒸定有无为韵得定字是日欲逃暑阁下而守阁童子持不可》《登天清寺塔》,卷一三《游八关寺后池上》《再游八关》《初夏游八关寺》,卷一四《寓居刘仓廨中晚步过郑仓台上》,卷一五《登城楼》《游董园》《邓州城楼》,卷一六《题崇山》,卷一八《游南嶂同孙信道》《游东岩》《同信道晚登古原》,卷一九《登岳阳楼二首》《再登岳阳楼感慨赋诗》《又登岳阳楼》《晚登燕公楼》,卷二三《游道林岳麓》,卷二七《同范直愚单履游浯溪》《游秦岩》《与大光同登封州小阁》《登海山楼》《雨中再赋海山楼诗》《题长乐亭》,卷二八《题大龙湫》等诗。此类题材南渡之前多为朋友酬唱、流连光景之作,其思想内容受佛道影响较深,常有人生如梦、随缘任运之意;南渡后则变为慷慨苍凉、百端交集,关心国家命运和前途。

集中最著名的登览类诗歌应为登岳阳楼的作品。据《舆地纪胜》卷六九"岳州景物"下：

> 岳阳楼。《寰宇记》云："唐开元四年，唐张说自中书令为岳州刺史，常与才士登此楼，有诗百余篇，列于楼壁。"《岳阳风土记》曰："岳阳楼，城西门楼也。下瞰洞庭，景物宽广。"①

又《方舆胜览》卷二九"湖北路岳州"：

> 岳阳楼。在郡治西南。西面洞庭，左顾君山，不知创始为谁。唐开元四年，中书令张说出守是邦，日与才士登临赋咏，自尔名著。滕宗谅作而新之，范希文为之记，苏子美书其丹，邵疏篆其首，时称"四绝"。②

据此，岳阳楼自唐开元中就已著名，孟浩然和杜甫就分别写出了登岳阳楼的名作，至宋代，范仲淹脍炙人口的《岳阳楼记》更使岳阳楼著称于世，诗人学者、迁客骚人有关登临岳阳楼的诗文不计其数。下面试分析比较几首写岳阳楼的名作。

先看孟浩然《岳阳楼》诗：

> 八月湖水平，含虚混太清。
> 气蒸云梦泽，波动岳阳城。
> 欲济无舟楫，端居耻圣明。
> 坐观垂钓者，空有羡鱼情。③

此诗《文苑英华》作"望洞庭湖上张丞相"④，是一首希望得到引荐的诗。

---

① 王象之：《舆地纪胜》卷69，第2481页。
② 祝穆：《方舆胜览》卷29，中华书局2003年版，第514页。
③ 佟培基：《孟浩然诗集笺注》卷上，上海古籍出版社2000年版，第105、106页。
④ 李昉等：《文苑英华》卷250，中华书局1966年版，第1262页。

第三章 陈与义诗歌的类别

纪昀评:"此襄阳求荐之作。原题下有'献张相公'四字,后四句方有着落,去之非是。前半望洞庭湖,后半献张相公,只以望洞庭托意,不露干乞之痕。"①可见深于比兴。方回评:"予登岳阳楼。此诗大书左序毯门壁间,右书杜诗,后人自不敢复题也。刘长卿有句云:'叠浪浮元气,中流没太阳。'世不甚传,他可知也。"②对此诗评价甚高。颔联"气蒸云梦泽,波动岳阳城"尤为人所传诵,不过也不是没有非议者。皎然批评道:"又有三字物名之句,仗语而成,用功殊少,如襄阳孟浩然云:'气蒸云梦泽,波撼岳阳城。'自天地二气初分,即有此六字;假孟生之才加其四字,何功可伐,即欲索入上流邪?"③就是看到孟诗此联有"云梦泽""岳阳城"两个现成词,可见皎然对作诗创意造语要求之高。冯班则为孟浩然辩护:"此联毕竟妙,与寻常作壮语不同。皎然议之,亦近太刻。"④此诗首句是拗句,许印芳指出:"起用拗调,'北阙休上书'亦然,盛唐人有此拗法,盖三、四字平仄互换耳。亦有用作中联者,王右丞诗'胜事空自知'是也。此外尚多,不可枚举。"⑤即"仄仄仄平平"变为"仄仄平仄平"。但举王维那个例子不恰当,"胜事空自知"出《终南别业》,整首诗拗句很多,不仅仅是这句。无名氏(乙)评:"三、四雄奇,五、六遒浑又过之。起结都含象外之意景,当与杜诗俱为有唐五律之冠。"⑥推奖可谓至矣,但颈联实不及颔联。孟浩然的诗本来以清旷冲淡见长,这首却写得雄豪阔大、气象峥嵘。

再看杜甫《登岳阳楼》诗:

昔闻洞庭水,今上岳阳楼。
吴楚东南坼,乾坤日夜浮。
亲朋无一字,老病有孤舟。

---

① 李庆甲:《瀛奎律髓汇评》卷1,第5页。
② 同上书,第4页。
③ 李壮鹰:《诗式校注》卷1,第93页。
④ 李庆甲:《瀛奎律髓汇评》卷1,第5页。
⑤ 同上书,第5页。
⑥ 同上书,第6页。

戎马关山北,凭轩涕泗流。①

杜甫此诗作于大历三年(768),时年五十七岁,漂泊湖湘一带。患肺病及风痹症,左臂偏枯,右耳已聋。方回云:"岳阳楼天下壮观,孟、杜二诗尽之矣。"②杜诗甚至可谓后来居上,如清诗人查慎行(1650—1727)所云:"杜作前半首由近说到远,阔大沉雄,千古绝唱。孟作亦在下风,无论后人矣。"③黄生评:"前半写景,如此阔大,五、六自叙,如此落寞,诗境广狭顿异。"④这就是所谓粗细对照,更增张力。另外,颔联极精工,颈联造语则求粗拙,工拙相半,反而有味,此杜诗擅场处。诚如宋人范温所说:"老杜诗,凡一篇皆工拙相半,古人文章类如此。皆拙固无取,使其皆工,则峭急无古气,如李贺之流是也。"⑤此诗时间上抚今追昔,空间上涵盖乾坤。其身世之悲,家国之忧,与洞庭水势浩茫一片,形成悲壮博大的意境。

陈与义《登岳阳楼二首》亦无愧前人:

洞庭之东江水西,帘旌不动夕阳迟。
登临吴蜀横分地,徙倚湖山欲暮时。
万里来游还望远,三年多难更凭危。
白头吊古风霜里,老木沧波无限悲。

天入平湖晴不风,夕帆和雁正浮空。
楼头客子杪秋后,日落君山元气中,
北望可堪回白首,南游聊得看丹枫。
翰林物色分留少,诗到巴陵还未工。⑥

---

① 仇兆鳌:《杜诗详注》卷22,第1946、1947页。
② 李庆甲:《瀛奎律髓汇评》卷1,第6页。
③ 同上书,第7页。
④ 仇兆鳌:《杜诗详注》卷22,第1947页。
⑤ 范温:《潜溪诗眼》,《宋诗话全编》本,江苏古籍出版社1998年版,第1250页。
⑥ 《陈与义集》卷19,第302、303页。

第三章 陈与义诗歌的类别

此二诗作于高宗建炎二年(1128)秋。靖康之变后,诗人四处逃难,上此楼来,百感交集,写下了足以接武孟、杜岳阳楼诗的千古名篇。方回评论道:

> 简斋《登岳阳楼》凡三诗,又有《巴丘书事》一诗,皆悲壮激烈,如:"晚木声酣洞庭野,晴天影抱岳阳楼。四年风露侵游子,十月江湖吐乱洲。"又如:"乾坤万事集双鬓,臣子一谪今五年。"近逼山谷,远诣老杜。今全取此首,乃建炎中避地时诗也。①

纪昀同意方回的意见,说:"意境宏深,真逼老杜。"②许印芳(1893—1901)评论第一首:"首句用古调,唐人每有此格。五、六乃折腰句,意味深厚。"③所谓"古调",是说第一句"洞庭之东江水西"是拗句。此句平仄为:仄平平平平仄平,其中第二字"庭"应仄而平。李商隐的七律《二月二日》首句"二月二日江上行"④也是拗句,平仄为:仄仄仄仄平仄平,第四字"日"应平而仄,所以许印芳说"唐人每有此格"。颈联的意味深厚体现在善于学杜而能变化。钱钟书评论颈联说:"要是明代的'七子'作起来,准会学杜甫的《送郑十八虔》《登高》《春日江村》第一首等诗,把'百年'来对'万里',正像他们自己一伙人所说:'"百年""万里"何其层见而叠出也!'(李梦阳《空同子集》卷六二《再与何氏书》)"⑤陈与义用时空对并不生搬硬套,而是恰如其分,表明了逃难的路程和时间。与义从靖康元年(1126)春天开始逃难,至此恰好三年。另外,"万里"对"三年"有小大相形之妙,更具张力。此首在结构上还有特色。一、三、五句从水平方向写,二、四、六句从垂直角度写,具有很强的空间感。"洞庭之东""吴楚横分地""万里""无限"是空间上从小到大的推进,而"夕阳迟""欲暮时""三年""吊古"则是时间上由小到大的推进。其中,颔联很

---

① 李庆甲:《瀛奎律髓汇评》卷1,第41页。
② 同上书,第42页。
③ 同上。
④ 冯浩:《玉溪生诗集笺注》卷2,第515页。
⑤ 钱钟书:《宋诗选注》,第219页。

自然地让人想起杜甫的"吴楚东南坼,乾坤日夜浮",不过杜诗这两句都着眼于空间,虽然有"日夜"二字,不过表明永恒之意,旨在写洞庭之大。手法同其《望岳》的"阴阳割昏晓"①。陈诗则上句写空间,下句写时间。"湖山欲暮"既是写实景,又是象征当时国家乱后的飘摇残破。和杜甫的《登岳阳楼》比,此诗虽然缺乏杜甫写洞庭湖那样的名句,在时空的结合上还胜过一筹。

次首不如前一首有名,但亦不俗。翁方纲说:"'楼头客子杪秋后,日落君山元气中'二语,亦不愧学杜。"②而且此联"客子"对"君山"是一我一物,一情一景,近于方回所谓"变体类"。"楼头"和"日落"似对非对,亦妙。沈曾植评:"二首如画,风格亦高骞可喜。"③则总括两首而言。"如画"是写景逼真,"高骞"是气格遒上。古人往往说与义诗格高,即是此意。与此相对,则是晚唐诗的格卑。"北望可堪回白首",中原沦陷,"干戈衰谢两相催"④,是以不堪回首。此句让人想起杜甫《白帝城最高楼》的结句"泣血迸空回白头"⑤。"南游聊得看丹枫",则通过游览来排解愁绪,即曾几《大藤峡》"不因深避地,何得饱看山"⑥之意。尾联胡注:"老杜游岳麓、道林二寺,见宋之问所作,故云:'宋公放逐曾题壁,物色分留与老夫。'李太白有题此楼诗,故先生用是事。"⑦与义此联用了宋之问、杜甫、李白三人事,而语气比老杜谦逊。

另如《再登岳阳楼感慨赋诗》:

> 岳阳壮观天下传,楼阴背日堤绵绵。
> 草木相连南服内,江湖异态栏干前。
> 乾坤万事集双鬓,臣子一谪今五年。

---

① 仇兆鳌:《杜诗详注》卷1,第4页。
② 翁方纲:《石洲诗话》卷4,《清诗话续编》本,第1433页。
③ 郑骞:《陈简斋诗集合注汇校》卷19,第196页。
④ 杜甫:《九日五首》(其一),仇兆鳌:《杜诗详注》卷20,第1764页。
⑤ 仇兆鳌:《杜诗详注》卷15,第1276页。
⑥ 曾几:《茶山集》卷4,第40页。
⑦ 《陈与义集》卷19,第304页。

第三章　陈与义诗歌的类别

欲题文字吊古昔,风壮浪涌心茫然。①

此首是再登岳阳楼时所作。前四句写景,后四句写情,交融时空,境界甚大。刘辰翁评"草木相连南服内"句:"时事隐约。"②周代制度,以土地距国都远近分为五服,南服指南方地区。当时因为国土残破,但湖湘尚在宋朝领域,故作者有此感慨。陈衍评"江湖异态栏杆前"句:"江水浊黄,湖水清碧,第四句七字写尽。"③不但写景有概括力,生动传神,而且也是象征。当时国家残破,烽火四起,有为国尽忠的,有变节投降的,可谓清浊异流。与义《刘大资挽词二首》(其一)云:"当时如有继,犹足变危机。"④就是感叹死国之人太少,以致无力扭转败局。颈联陈衍评为:"五、六学杜而得其骨者。"⑤与义自宣和六年(1124)甲辰冬自符宝郎谪监陈留酒税,至此已有五年。五年之中,天翻地覆。靖康之难,宋室南迁,诗人也颠沛流离,到处流浪。是年,虽然诗人年仅三十九岁,但头发已经白了大半,在他的诗里多处提到,应非夸张。如《登岳阳楼二首》(其一)"白头吊古风霜里,老木沧波无限悲"⑥,《巴丘书事》"未必上流须鲁肃,腐儒空白九分头"⑦,《晚步湖边》"终然动怀抱,白发风中搔"⑧。与义此时的处境和安史之乱后的杜甫接近,故能学杜得骨。此联时间对空间,是"时空对"。另外,"臣子"对"乾坤",个人和整个社会相对,小大相形,更增张力。尾联"欲题"句指贾谊谪长沙时过湘水吊屈原事,跟上句"臣子一谪今五年"绾合起来了。而"风壮浪涌心茫然",终于无言,则此时处境比贾谊更坏。不仅是一己贬谪的悲欢,而且是国家的残破,人民的流离。刘辰翁评论末句:"写得至此,气尽语达,乃不可

---

① 《陈与义集》卷19,第305、306页。
② 白敦仁:《陈与义集校笺》卷19,第556页。
③ 陈衍:《宋诗精华录》卷3,第111页。
④ 《陈与义集》卷29,第460页。
⑤ 陈衍:《宋诗精华录》卷3,第111页。
⑥ 《陈与义集》卷19,第303页。
⑦ 同上书,第304页。
⑧ 同上书,第305页。

复加。"①此结尾逼肖李白的《行路难三首》(其一)"停杯投箸不能食,拔剑四顾心茫然"②和杜甫的《乐游园歌》"此身饮罢无归处,独立苍茫自咏诗"③。与登岳阳楼诗第一首结尾"白头吊古风霜里,老木沧波无恨悲"接近,境界都很壮阔广大,心绪都很悲伤迷茫。微不足道的个人融入无穷无尽的自然之中,更觉苍茫。这个自然界又是纷繁动乱社会的象征。此诗是拗体律诗,在音节上亦有特色,更能表现欲言又止、抑塞难平的思想感情,与杜甫《白帝城最高楼》等拗体律诗格调相似。王嗣奭评价杜甫拗体诗说:"愁起于心,真有一段郁戾不平之气,而因以拗语发之。公之拗体,大都如是。"④与义此诗亦可作如是观。此诗不逊色于前面两首岳阳楼诗,沈曾植评论说:"不让崔之《黄鹤楼》、李之《凤凰台》,真不愧题中感慨二字矣。读之觉万象在旁,百端交集。"⑤甚至认为不在崔颢《黄鹤楼》诗、李白《凤凰台》诗两首名作之下。

　　陈与义尚有《渡江》一诗,虽然不是登岳阳楼之作,却堪与杜甫的岳阳楼诗相媲美。元人赵汸(1319—1369)评杜甫《登岳阳楼》说:"公此诗,同时惟有孟浩然临洞庭所赋,足以相敌。后则简斋渡江,及朱文公登定王台所赋,最迫近之。"⑥下面分别看看陈诗和朱诗:

　　　　江南非不好,楚客自生哀。
　　　　摇楫天平渡,迎人树欲来。
　　　　雨余吴岫立,日照海门开。
　　　　虽异中原险,方隅亦壮哉。⑦

此诗为移跸而作⑧。首联"楚客"系自指,与义虽是洛阳人,但辗转襄

---

① 白敦仁:《陈与义集校笺》卷19,第556页。
② 王琦注:《李太白全集》卷3,第189页。
③ 仇兆鳌:《杜诗详注》卷2,第103页。
④ 王嗣奭:《杜臆》卷7,第245页。
⑤ 郑骞:《陈简斋诗集合校汇注》卷19,第198页。
⑥ 仇兆鳌:《杜诗详注》卷22,第1948页。
⑦ 《陈与义集》卷29,第452页。
⑧ 说详白敦仁:《陈与义集校笺》卷29,第797、798页。

第三章 陈与义诗歌的类别

汉、湖湘等地长达五年,所以自称"楚客"。颔联写景入神。"天平渡"见出天水无际,开阔苍茫。"树欲来"符合人在舟中的感觉,写得生动传神。颈联气象壮阔。既是写景,又象征国运如雨后初晴。尾联纪昀评:"末言虽属偏安,然形胜如是,天下事尚可为,而惜当时之无能为也。"①七句与次句相应,末句与首句相应,抑扬相间,章法甚密。沈曾植评:"五律中金科玉律。清远之思,雄健之笔,卓然大家。"②评价恰如其分。全诗以开阔景象来写此行的欣喜,却不直说,使外景和内心一致,用笔高妙。

再看朱熹《登定王台》诗:

> 寂寞番君后,光华帝子来。
> 千年遗故国,万事只空台。
> 日月东西见,湖山表里开。
> 从知爽鸠乐,莫作雍门哀。

方回评:"朱文公诗迫近后山,此诗尾句,虽后山亦只如此。乾道二年丁亥,文公访南轩于长沙所赋。用事命意,定格下字,悉如律令,杂老杜、后山集中可也。"③定王台为西汉景帝之子长沙定王刘发所筑。首联"番君"指秦代番阳令吴芮,"帝子"指刘发。颔联见出怀古之意,时空相对,小大相形。颈联甚壮阔,查慎行评:"第三联轩豁呈露。"④尾联"爽鸠"指爽鸠氏,传说为少暤氏的司寇。无名氏(乙)评此诗:"公诗瘦健,有冲和之气,由涵养而成,非诗人可逾,而公实留心于诗,非不学而径诣此,其所以远也。"⑤另外,此诗通首对仗,也是其特色。

可以看出,孟浩然《岳阳楼》、杜甫《登岳阳楼》、陈与义《渡江》、朱熹《登定王台》相同处都是五律,写景都很壮阔,所以赵汸将之并称。但在

---

① 李庆甲:《瀛奎律髓汇评》卷1,第20页。
② 郑骞:《陈简斋诗集合校汇注》卷29,第298页。
③ 李庆甲:《瀛奎律髓汇评》卷1,第19页。
④ 同上。
⑤ 同上书,第20页。

121

艺术水准上,孟、杜两诗还是高出一筹,有"气蒸云梦泽,波动岳阳城""吴楚东南坼,乾坤日夜浮"两联千古名句,而且杜诗更是通体匀称,整首高妙,水平最高。陈比朱好一些,写景更传神。朱诗虽然豪壮,则有空套的毛病,如纪昀所批评的:"中四句有古迹山川处便可用,最为滥套。"①

第二节 旅 况 类

陈与义在早年求学、仕宦时旅况诗不算多,如本集卷四《襄邑道中》、卷九《归洛道中》、卷一〇《中牟道中二首》、卷一三《赴陈留二首》《初至陈留南镇夙兴赴县》等诗。历经靖康之变后,颠沛流离,辗转大半个中国,则此类题材诗明显增多,如卷一四《发商水道中》《次舞阳》《次南阳》、卷一六《北征》《将次叶城道中》《晓发叶城》《山路晓行》、卷一九《均阳舟中夜赋》《舟次高舍书事》《石城夜赋》、卷二二《舟抵华容县》、卷二四《江行夜宿寄大光》《衡岳道中四首》《金谭道中》《甘棠道中》《初至邵阳逢入桂林使作书问其地之安危》《夜抵贞牟》、卷二七《度岭》、卷二八《自黄岩县舟入台州》《过下杯渡》《泛舟入前仓》等诗。如与义《冬至二首》(其二)所云"不须行年记,异代寻吾诗"②,他的诗集是按时间排序且记下了自己的行程。只看诗题,他避乱南奔的路径就历历在目了。

一、"已吟子美湖南句,更拟东坡岭外文"

陈与义《度岭》诗云"已吟子美湖南句,更拟东坡岭外文","湖南句""岭外文"分别指杜甫、苏轼的老成之作。下面就各选一首杜、苏晚年诗与与义此诗作一比较。

杜甫《江汉》:

---

① 李庆甲:《瀛奎律髓汇评》卷1,第20页。
② 《陈与义集》卷12,第188页。

第三章 陈与义诗歌的类别

> 江汉思归客，乾坤一腐儒。
> 片云天共远，永夜月同孤。
> 落日心犹壮，秋风病欲苏。
> 古来存老马，不必取长途。①

此诗是杜甫晚年漂泊湖湘时所作。方回评："中四句用'云天''夜月''落日''秋风'，皆景也，以情贯之。'共远''同孤''犹壮''欲苏'八字绝妙。"②纪昀评："前四句是思归。'片云'二句紧承思归说出。后四句乃壮心斗发。'落日'二句提笔振起，呼出末二句，语气截然不同。"③又说："'落日'二字乃景迫桑榆之意，借对'秋风'，非实事也。"④元人赵汸评："中四句，情景混合入化。云天夜月，落日秋风，景也。与天共远，与月同孤，心视落日而犹壮，病遇秋风而欲苏，情也。他诗多以景对景，情对情，其以情对景者已鲜，若此之虚实一贯，不可分别，效之者尤鲜。近惟汪古逸有句云'年争飞鸟疾，云共此生浮'，近此四句意。"⑤《古今诗话》云："杨大年不喜杜诗，谓之'村夫子'，有乡人以杜诗强大年，大年不服，因曰：公试为我续'江汉思归客'一句，大年亦为属对，乡人曰：'乾坤一腐儒。'大年似少屈。"⑥西昆派的杨亿可能因为爱用华丽辞藻，所以不喜欢杜诗，认为杜甫"村"，但是对此诗也不得不服气。顾随评论杜诗说：

> 古所谓"村"，即今北平所谓"土"。杜诗便令人有此感。闻一多说一个诗人只要肯用心用力去写，现在也许别人不承认为诗，但将来后人一定尊为好诗。所以写得不像诗也不要紧。老杜在当时

---

① 仇兆鳌：《杜诗详注》卷23，第2029页。
② 李庆甲：《瀛奎律髓汇评》卷29，第1259页。
③ 同上。
④ 同上书，第1260页。
⑤ 仇兆鳌：《杜诗详注》卷23，第2029页。
⑥ 同上书，第2030页。

就如此。①

又说：

> 中、晚唐诗只会"俊扮"，不会"丑扮"，老杜诗有"丑扮"。李义山诗："黄叶仍风雨，青楼自管弦。"(《风雨》)原是很凄凉的事，而写得真美，圆润，是俊扮；而老杜的"丑扮"便是"俊扮"，丑便是美。如杨小楼唱金钱豹，勾上脸，满脸兽的表情，可怕而美。
> 晚唐诗是要表现"美"，老杜是表现"力"。②

顾随以京剧和诗歌作类比，来说明杜诗的特色。杨亿能欣赏李商隐而不能欣赏杜甫，是只知"美"之为诗，而不知"力"之为诗。这首《江汉》同样充满了力量，所以查慎行说："牢落之况，经子美写出，气概亦自高远。"③

苏轼《次韵江晦叔二首》(其二)：

> 钟鼓江南岸，归来梦自惊。
> 浮云时事改，孤月此心明。
> 雨已倾盆落，诗仍翻水成。
> 二江争送客，木杪看桥横。④

此诗是建中靖国元年(1101)苏轼从海南放还途中所作，此后不久，他便在常州去世。元人赵汸云："东坡自岭外归，次江晦叔诗云：'浮云世事改，孤月此心明。'语意高妙，亦是善摹杜句者。"⑤即谓此诗颔联受杜甫《江汉》诗"片云天共远，永夜月同孤"的影响。胡仔评东坡这联："语意

---

① 顾随：《驼庵诗话·分论之部》，《顾随诗词讲记》，第96页。
② 同上书，第97页。
③ 李庆甲：《瀛奎律髓汇评》卷29，第1259页。
④ 王文诰辑注：《苏轼诗集》卷45，第2445页。
⑤ 仇兆鳌：《杜诗详注》卷23，第2029页。

第三章　陈与义诗歌的类别

高妙,有如参禅悟道之人,吐露胸襟,无一毫滞碍也。"①王应麟也认为此联"见东坡公之心"②,并说:"坡公晚年所造深矣。"③都能评到关键。颔联见道语,兴象亦好。颈联上句用杜甫《陪诸贵公子丈八沟携妓纳凉晚际遇雨二首》(其一)"片云头上黑,应是雨催诗"④,下句用韩愈《寄崔二十六立之》"文如翻水成,初不用意为"⑤。上句说大雨催诗,下句说写诗敏捷。陈与义《游岘山次韵三首》(其一)亦有"先生一笑领,得句易翻水"⑥之句,同是从韩愈诗化出。杜甫《江汉》诗是"思归",苏轼此诗则是"归来",已在归途,虽然不久就去世,但总比杜甫境况略好了。杜甫是"落日心犹壮",苏轼是"诗仍翻水成",虽然同在老境,杜是心雄万夫,苏是才思不减。

陈与义《度岭》:

> 年律将穷天地温,两州风气此横分。
> 已吟子美湖南句,更拟东坡岭外文。
> 隔水丛梅疑是雪,近人孤嶂欲生云。
> 不愁去路三千里,少住林间看夕曛。⑦

所度之岭据白敦仁考证是萌渚岭⑧,在广东省。"子美湖南句"即指杜甫晚年诗,包括上面讨论的《江汉》。王洙《杜工部集序》:"起太平时,终湖南所作。"⑨吕大防《杜少陵年谱后记》:"考其辞力,少而锐,壮而肆,老而严,非妙于文章,不足以至此。"⑩沈曾植评:"简斋'湖南'之句亦不

---

① 胡仔:《苕溪渔隐丛话》后集卷26,人民文学出版社1962年版,第191页。
② 王应麟:《困学纪闻》卷18,上海古籍出版社2008年版,第1966页。
③ 同上书,第1968页。
④ 仇兆鳌:《杜诗详注》卷3,第172页。
⑤ 钱仲联:《韩昌黎诗系年集释》卷8,第860页。
⑥ 《陈与义集》外集,第506页。
⑦ 《陈与义集》卷27,第426、427页。
⑧ 白敦仁:《陈与义集校笺》卷27,第754页。
⑨ 仇兆鳌:《杜诗详注》附编,第2240页。
⑩ 白敦仁:《陈与义集校笺》卷27,第755页。

减工部。"①"东坡岭外文"也是苏轼晚年所作。魏庆之《诗人玉屑》云:
"余观东坡自南迁以后诗,全类子美夔州以后诗,正所谓老而严者也。
子由云:'东坡谪居儋耳,独善为诗,精深华妙,不见老人衰惫之气。'鲁
直亦云:'东坡岭外文字,读之使人耳目聪明,如清风自外来也。'观二公
之言如此,则余非过论矣。"②上举东坡《次韵江晦叔》诗,作于南迁放还
途中,即是"精深华妙"之作的代表。颔联表现了与义以杜、苏二人作为
自己榜样,"落日心犹壮"的情怀,也是以诗笔老成之境自期自许。颈联
"丛梅疑雪",用苏子卿《梅花落》:"只言花是雪,不悟有香来。"③王安石
曾做翻案文章,作《梅花》诗云:"遥知不是雪,为有暗香来。"④"孤嶂生
云",用杜甫《假山》诗:"望中疑在野,幽处欲生云。"⑤尾联抒发了诗人
旷达之情,自宽自慰,诗境弥高。

二、夜景

下面看一组写夜景的旅况诗:
杜甫《旅夜书怀》:

> 细草微风岸,危樯独夜舟。
> 星垂平野阔,月涌大江流。
> 名岂文章著,官应老病休。
> 飘飘何所似,天地一沙鸥。⑥

此诗作于唐代宗永泰元年(765)舟经渝州、忠州途中。上四旅夜,下四
书怀。清代学者浦起龙(1679—1762)评:"起不入意,便写景,正尔凄

---

① 郑骞:《陈简斋诗集合校汇注》卷27,第278页。
② 魏庆之:《诗人玉屑》卷17,第557页。
③ 郭茂倩编:《乐府诗集》卷24,中华书局1979年版,第350页。
④ 李壁:《王荆文公诗笺注》卷40,上海古籍出版社2010年版,第1023页。
⑤ 仇兆鳌:《杜诗详注》卷1,第28页。
⑥ 仇兆鳌:《杜诗详注》卷14,第1229页。

绝。三、四开襟旷远,五、六揣分谦和,结再即景自况,仍带定'风岸''夜舟',笔笔高老。"①颈联貌似自谦,其实自负,第六句也是牢骚。此诗的显著特点还在于其"演出性",当代学者叶维廉说得好:

  有不少读者有这样的倾向,由后面四句的"命题"出发去解释前面的景,而集中在"危樯独夜舟"一句,作为作者"沙鸥飘飘"的自况。这样的解读过程虽不能说错,但有显著的不足。这首诗,像其他的中国古典诗一样,是依从一种近似电影镜头活动的方式向我们呈示,在我们接触之初,"危樯独夜舟"是一种气氛,有许多可能意义的暗示。独,在我们初触之际,只是一种状态的直描,是独一,但不马上就提供"孤零零"的含义。到"星垂平野阔""月涌大江流",使原来较凝滞的状态,忽然活跃起来。而在这空间活泼的展开里,我们仿佛被镜头引带着朝向开阔明亮的夜之际,一个声音响起"名岂文章著,官应老病休,飘飘何所似",一个带感情、活泼泼的戏剧的声音(不是一个人平白地向你说教),而此际,镜头一转"天地一沙鸥",由于前面有开阔的空间和自然活泼的活动,这只沙鸥,一面承着"飘飘何所似",有了"孤零漂泊"的暗示,但也兼含了广阔空间自然活动的状态——休官后的自由。由此可见,景物演出可以把枯燥的说理提升为戏剧性的声音。②

顾随《漫议 S 氏论中国诗》有类似的说法:

  希腊的抒情诗都是些警句。此所谓"警句",非好句之意,乃是说出后读者须想想,不可滑口读过,其中有作者的智慧、哲学。虽亦有感情、感觉,而其写出皆曾经理智之洗礼。……中国诗是与警句相反的,中国诗在于引起印象。……此印象又非和盘托出,而只

---

① 浦起龙:《读杜心解》卷3,中华书局1961年版,第490页。
② 叶维廉:《中国古典诗中的传释活动》,《中国诗学》,第33、34页。

做一开端,引起读者情思。①

杜甫的《旅夜书怀》正是引起印象。不过初唐的宫廷诗确实有一些属于所谓警句的,比如唐太宗的《咏烛二首》(其一):

> 焰听风来动,花开不待春。
> 镇下千行泪,非是为思人。②

此诗后两句即警句,正如美国著名汉学家宇文所安所说:"用烛花代替春花的构思,使这个已经被前代诗人用旧了的双关语出现了新的、近乎奇异的曲折含义。"③而王勃的绝句则确定了"引起印象"的诗歌模式,《山中》正是这样一首"引起印象"的名作:

> 长江悲已滞,万里念将归。
> 况属高风晚,山山黄叶飞。④

此诗含蓄蕴藉,在于引起人印象,尾句的黄叶印象"又非和盘托出,而只作一开端,引起读者情思"。宇文所安指出:

> 我们在王勃的许多绝句中,也可以看到对宫廷风格的修正。宫廷绝句与较长的诗歌一样,运用了修饰的语言,但更多地依靠妙语,使得绝句几乎变成警句。在后面将要讨论的两种主要结尾形式中,绝句的结尾日益为曲折的妙语所占据,近似于西方滑稽故事的结尾妙语。王勃最早运用了一种出色的含蓄表达手法,以单独的意象或描写句结束全诗,这一手法使得绝句结尾呈开放性和暗

---

① 顾随:《中国古典诗词感发》卷3,第329—331页。
② 彭定求等编:《全唐诗》卷1,第18页。
③ 宇文所安:《初唐诗》,三联书店2014年版,第44页。
④ 蒋清翊:《王子安集注》卷3,上海古籍出版社1995年版,第101页。

第三章　陈与义诗歌的类别

示性,后来在八九世纪成为诗歌结尾的主要形式之一。

在其后的中国诗歌史上,警句般的绝句与含蓄蕴藉的绝句并存发展,但中国的绝句是在后一种形式上获得真正的伟大成就。①

从杜甫的《旅夜书怀》这首五律可以看出,中国诗歌不仅仅是绝句,也不仅仅是结尾采用了开放式和暗示性的"引起印象"的手法。

陈与义《石城夜赋》:

> 初月光满江,断处知急流。
> 沉沉石城夜,漠漠西汉秋。
> 为客寐常晚,临风意难收。
> 三更柁楼底,身世入搔头。②

此诗作于建炎二年(1128),同杜甫《旅夜书怀》一样,都作于夜晚舟中。石城是鄂州子城,东、北、南三面基墉皆天造,正西绝壁,下临汉江。与义建炎三年(1129)所作《粹翁用奇父韵赋九日与义同赋兼呈奇父》诗:"去年鄂州岸,孤楫对坏郭。"又云:"亦复跻荒戍,日暮野踟蹰。"③即咏经石城事。此诗亦是"引起印象"的"演出性"写法:首联描写身边的景物,次联写更为广阔的视域,颈联转到作者自身。与杜诗不同之处在于尾联,虽然都是非常形象的句子,但杜诗是向外的,将微小的作为自身的隐喻和象征的沙鸥置于广阔的天地之间;陈诗是向内的,将描写的镜头转回到船中自身这一小点。第六句虽说"意难收",最终却收回来了。杜诗"沙鸥"和"天地"是小大相形;陈诗"身世"和"搔头"则是置大于小,令人想起李商隐的《安定城楼》:"永忆江湖归白发,欲回天地入扁舟。"④顾随说:"老杜诗偏于放射,义山学杜最有功夫。但绝不相同者,杜的自我中心是放射的、动的,壮美,义山的自我中心是吸纳的、静的,

---

① 宇文所安:《初唐诗》,第101、102页。
② 《陈与义集》卷19,第302页。
③ 《陈与义集》卷22,第350页。
④ 冯浩:《玉溪生诗集笺注》卷1,第115页。

优美。"①与义《石城夜赋》近于义山之"吸纳"和向内,而杜甫《旅夜书怀》则是"放射"和向外的。

苏轼《舟中夜起》:

> 微风萧萧吹菇蒲,开门看雨月满湖。舟人水鸟两同梦,大鱼惊窜如奔狐。夜深人物不相管,我独形影相嬉娱。暗潮生渚吊寒蚓,落月挂柳看悬蛛。此生忽忽忧患里,清境过眼能须臾。鸡鸣钟动百鸟散,船头击鼓还相呼。②

此诗为七古,是苏轼于宋神宗元丰二年(1079)赴湖州知州任途中所作,亦作于夜晚舟中。"微风"二句纪昀评:"初听风声,疑其是雨,开门视之,月乃满湖。此从'听雨寒更尽,开门落叶深'化出。"③风吹菇蒲之声,错听为雨,开门却见月满平湖,极有诗意。陈与义《又两绝》(其一)有"不记墙西有修竹,夜风还作雨来声"④,与之同一机杼。"舟人"句尧卿评:"人鸟相忘,同为一梦,若庄周之梦蝴蝶也。"⑤也写得极有诗味。后面写诗人观赏夜景,写景如画。方东树评此诗:"空旷奇逸,仙品也。"⑥可谓知言。"清境"暂为劳生之安慰,虽然"鸡鸣钟动",又开始新的纷扰,但诗人和他周围的世界是和谐的。下面与义这首《江行野宿寄大光》诗却相反:

> 樯乌送我入蛮乡,天地无情白发长。
> 万里回头看北斗,三更不寐听鸣榔。
> 平生正出元子下,此去还经思旷傍。

---

① 顾随:《驼庵诗话》,《顾随诗词讲记》,第6页。
② 王文诰辑注:《苏轼诗集》卷18,第942页。
③ 同上。
④ 《陈与义集》卷15,第245页。
⑤ 王文诰辑注:《苏轼诗集》卷18,第942页。
⑥ 方东树:《昭昧詹言》卷12,人民文学出版社1961年版,第299页。

投老相逢难衮衮,共恢诗律撼潇湘。①

此诗是与义离长沙、赴衡岳时作。第五句用《世说新语·品藻》:"殷侯既废,桓公语诸人曰:'少时与渊源共骑竹马,我弃去,已辄取之,故当出我下。'"②元子是桓温字。此句是自谦,以桓温比席益,以殷浩自比。第六句用《晋书·阮籍传》附《阮裕传》:"裕字思旷。……成帝崩,裕赴山陵,事毕便还。诸人相与追之,裕亦审时流必当逐己,而疾去,至方山不相及。刘惔叹曰:'我入东,正当泊安石渚下耳,不敢复近思旷傍。'"③与义因为席益已先在衡岳,故有此语。诗中的"蛮乡""无情""鸣榔"写出了诗人与环境的不协调,正与苏轼诗相反。

三、早行

下面比较一组早行五律,分别是苏轼、黄庭坚和陈与义的:
苏轼《太白山下早行至横渠镇书崇寿院壁》:

马上续残梦,不知朝日升。
乱山横翠幛,落月澹孤灯。
奔走烦邮吏,安闲愧老僧。
再游应眷眷,聊亦记吾曾。④

首句写早行的状态很逼真,因为疲倦,在马上继续睡着了。陈与义亦有《早行》"寂寞小桥和梦过,稻田深处草虫鸣"⑤,也是起得太早,在马上睡过去了。纪昀曰:"查初白谓'乱山'句从'残梦'生出。"⑥因为在梦中

---

① 《陈与义集》卷24,第366页。
② 龚斌:《世说新语校释》卷中,上海古籍出版社2011年版,第1033、1034页。
③ 房玄龄等:《晋书》卷49,第1367、1368页。
④ 王文诰辑注:《苏轼诗集》卷3,第129页。
⑤ 《陈与义集》外集,第519页。
⑥ 王文诰辑注:《苏轼诗集》卷3,第129页。

恍惚觉得"乱山"是床上的"翠幛"一般,错觉写得很真切。四句把"落月"比喻为"孤灯",令人想起他的《新城道中二首》(其一):"岭上晴云披絮帽,树头初日挂铜钲。"①把"初日"比喻为"铜钲",手法类似。尾句"聊亦记吾曾",与义也有类似的表达,比如《题伯时画温溪心等贡五马》"题诗记着今朝事,同看联翩五匹龙"②,《题崇山》"下山事复多,题诗记曾游"③,《纵步至董氏园亭三首》(其一)"莽莽樽前事,题诗记独游"④。而且跟东坡此诗一样,都在诗歌的尾联,因此可以看作是一种套路,虽然并不是一种很好的模式。

黄庭坚《早行》:

> 失枕惊先起,人家半梦中。
> 闻鸡凭早晏,占斗辨西东。
> 辔湿知行露,衣单觉晓风。
> 秋阳弄光影,忽吐半林红。⑤

此诗是熙宁元年(1068)去叶县赴任作。三句是压缩句,意思是"凭闻鸡(知)早晏"。四句用《淮南子·齐俗训》:"夫乘舟而惑者,不知东西,见斗极则寤矣。"⑥最精彩的是尾联,"弄"字和"吐"字可谓境界全出,让人想起张先《天仙子》"云破月来花弄影"⑦和杜甫《法镜寺》"初日翳复吐"⑧。陈与义《巴丘书事》"十月江湖吐乱洲"⑨中"吐"字用法也与之类似。尾联是对以上六句的一个转折,诗境由阴暗和逼仄变为光明和开阔。

陈与义《赴陈留二首》(其二):

---

① 王文诰辑注:《苏轼诗集》卷9,第436页。
② 《陈与义集》卷29,第455页。
③ 《陈与义集》卷16,第259页。
④ 《陈与义集》卷15,第232页。
⑤ 任渊、史容、史季温:《黄庭坚诗集注·山谷诗外集补》卷3,第1642页。
⑥ 刘文典:《淮南鸿烈集解》卷11,中华书局1989年版,第352页。
⑦ 吴熊和、沈松勤:《张先集编年校注》,上海古籍出版社2012年版,第8页。
⑧ 仇兆鳌:《杜诗详注》卷8,第682页。
⑨ 《陈与义集》卷19,第304页。

> 马上摩挲眼,出门光景新。
> 鸦鸣半陂雪,路转一林春。
> 旧岁有三日,全家无十人。
> 平生鹦鹉盏,今夕最关身。①

此诗是宣和六年(1124)自符宝郎谪监陈留酒税途中所作。首联见出是早行,颔联写景如画,颈联见出是新年前夕,尾联则是借酒浇愁之意。白居易《感春》诗:"除非一杯酒,何物更关身。"②与义即用白意。首联"马上摩挲眼"所写情景近于黄庭坚之"失枕惊先起","出门光景新"近于苏轼之"不知朝日升"。与义还有《早起》云:"晓寒生木枕,窗白梦难续。"③则明显受到苏诗"马上续残梦"的影响。中两联对仗工整,用了"半""一""三""十"四个数词而不觉累赘,颇见功力。而且都用了拗救,音节比较峭拔。颔联"鸦鸣"句"半"和"陂"平仄互换,即王力所谓"特拗"④。颈联"有"字应平而仄,"无"字应仄而平以作补救。尾联"平生"句有意味,让人觉得"鹦鹉盏"似乎是诗人的老朋友。"关身"除了字面上用白诗,还包括《世说新语·任诞》"使我有身后名,不如即时一杯酒"⑤,和杜甫《绝句漫兴九首》(其四)"莫思身外无穷事,且尽生前有限杯"⑥的语意。

第三节 节 序 类

陈与义诗涉及节序的甚多,不再一一列出。"节序"二字也在诗里频频出现,如《粹翁用奇父韵赋九日与义同赋兼呈奇父》"安隐轻节序,

---

① 《陈与义集》卷13,第193页。
② 谢思炜:《白居易诗集校注》卷18,中华书局2006年版,第1467页。
③ 《陈与义集》卷14,第217页。
④ 王力:《汉语诗律学》,中华书局2015年版,第110页。
⑤ 龚斌:《世说新语校释》卷下,第1437页。
⑥ 仇兆鳌:《杜诗详注》卷9,第789页。

艰难惜欢娱"①,《金潭道中》"客行惊节序,回眼送桃花"②,《十月》"病夫搜句了节序,小斋焚香无是非"③,《元日》"汀草岸花知节序,一身千恨独霑衣"④。与义作诗有记录行年之意,自然特别留意节序。他在诗里还常常提到"行年"二字,如《冬至二首》(其二)"不须行年记,异代寻吾诗"⑤,《留别康元质教授》"腐儒身世已百忧,此去行年岂堪记"⑥,《山居二首》(其一)"点检行年书阀阅,山中共赋几篇诗"⑦,《重阳》"如许行年那可记,谩排诗句写新愁"⑧。比较有特色的是除夕、寒食、重阳三类。

一、除夕

先看一组除夕诗,以同为江西诗派"三宗"的二陈作比较。

陈师道《除夜》:

> 七十已强半,所余能几何。
> 悬知暮景促,更觉后生多。
> 遁世名为累,留年睡作魔。
> 西归端着便,老子不婆娑。⑨

方回评:"前四句即'四十明朝过,飞腾暮景斜'之意。乐天亦云:'行年三十九,岁暮日斜时。'前辈竞辰如此,晚辈可不勉哉!'留年睡作魔',绝佳,谓不寐以守岁,而不耐困也。"⑩"四十明朝过"是杜诗,师道此联

---

① 《陈与义集》卷22,第349页。
② 《陈与义集》卷24,第376页。
③ 《陈与义集》卷11,第164、165页。
④ 《陈与义集》卷24,第374页。
⑤ 《陈与义集》卷12,第188页。
⑥ 《陈与义集》卷23,第355页。
⑦ 《陈与义集》卷26,第414页。
⑧ 《陈与义集》卷17,第268页。
⑨ 冒广生:《后山诗注补笺》卷5,第209页。
⑩ 李庆甲:《瀛奎律髓汇评》卷16,第573页。

第三章　陈与义诗歌的类别

比杜甫更衰飒。《后山诗话》云："余每还里，而每觉老，复得句云'坐下渐人多'，而杜云'坐深乡里敬'，而语益工。乃知杜诗无不有也。"①与此处"更觉后生多"不同，《诗话》恐是初稿。"老子不婆娑"，则反用《晋书·陶侃传》："未亡一年，欲逊位归国，佐吏等苦留之。……将出府门，顾谓悉期曰：'老子婆娑，正坐诸君辈。'"②"婆娑"意为奔波劳碌。

陈师道《除夜对酒赠少章》：

> 岁晚身何托，灯前客未空。
> 半生忧患里，一梦有无中。
> 发短愁催白，颜衰酒借红。
> 我歌君起舞，潦倒略相同。③

此诗颈联对仗工整，遣词精炼，色彩对照鲜明，"借酒"倒装为"酒借"，更觉生新有力，所以"当时盛称其工"④。《王直方诗话》云："乐天有诗云：'醉貌如霜叶，虽红不是春。'东坡有诗云：'儿童误喜朱颜在，一笑那知是酒红。'郑谷有诗云：'衰鬓霜供白，愁颜酒借红。'老杜有诗云：'发少何劳白，颜衰更肯红！'无己诗云：'发短愁催白，颜衰酒借红。'借相类也。然无己初出此一联，大为当时诸公所称赏。"⑤又《冷斋夜话》卷一云："乐天诗曰：'临风杪秋树，对酒长年身。醉貌如霜叶，虽红不是春。'东坡《南中作》诗云：'儿童误喜朱颜在，一笑那知是酒红。'凡此之类，皆夺胎法也。"⑥《优古堂诗话》云："程文简公《饮酒戴花》诗云：'衰颜红易借，短发白难遮。'乃知陈无己'发短愁催白，颜衰酒借红'盖本诸此。"⑦陈师道此联可谓在前人基础上夺胎换骨。胡仔对此联也颇为推

---

① 陈师道：《后山诗话》，《历代诗话》本，第315页。
② 房玄龄等：《晋书》卷66，第1778、1779页。
③ 冒广生：《后山诗注补笺·后山逸诗笺》卷上，第506页。
④ 李庆甲：《瀛奎律髓汇评》卷16，第574页。
⑤ 魏庆之：《诗人玉屑》卷18，第567页。
⑥ 惠洪：《冷斋夜话》卷1，中华书局1988年版，第16页。
⑦ 吴开：《优古堂诗话》，《历代诗话续编》本，第261页。

重,说:"古今诗人,以诗名世者或只一句,或只一联,或只一篇。……陈无己有'发短愁催白,颜衰酒借红'。"①纪昀则认为整首诗"神力完足,斐然高唱,不但五、六佳也"②。

陈与义《除夜》:

畴昔追欢事,如今病不能。
等闲生白发,耐久是青灯。
海内春还满,江南砚不冰。
题诗饯残岁,钟鼓报晨兴。③

此诗作于绍兴元年(1131)除夕,其时与义四十一岁,任起居郎。领联与陈师道"发短愁催白,颜衰酒借红"一样,也有颜色对,而且都出现了白发。以"白发""青灯"作对,有"人生非金石,岂能长寿考"④之意,不过后山锤炼,简斋飘逸。查慎行评:"简斋与后山才力相近,而烹炼不及后山,观其全集自见。"⑤尽管如此,与义诗在自然上却更胜一筹。沈曾植评此联:"如人意所欲出,自成千古名语。"⑥即"人人心中所有,笔下所无"之句。方回评"海内春还满"云:"此一句壮甚。"⑦此句意境略同唐人王湾《次北固山下》"海日生残夜,江春入旧年"⑧,反映了新陈代谢。纪昀则说:"此句有偏安之感,非壮语也。"⑨亦有道理,"满"字透露出个中消息。春意不分南北,但是神州沦陷,朝廷却偏安一隅了。颈联"砚"对"春",小大相形,更具张力,非如纪昀所谓"偏枯"⑩。

---

① 胡仔:《苕溪渔隐丛话》后集卷2,第10、11页。
② 李庆甲:《瀛奎律髓汇评》卷16,第574页。
③ 《陈与义集》卷29,第451页。
④ 《古诗十九首》,沈德潜:《古诗源》卷4,中华书局2006年版,第79页。
⑤ 李庆甲:《瀛奎律髓汇评》卷1,第20页。
⑥ 郑骞:《陈简斋诗集合校汇注》卷29,第297页。
⑦ 李庆甲:《瀛奎律髓汇评》卷16,第574页。
⑧ 彭定求:《全唐诗》卷115,第1170页。
⑨ 李庆甲:《瀛奎律髓汇评》卷16,第575页。
⑩ 同上。

第三章 陈与义诗歌的类别

陈与义《除夜二首》(其一)：

城中爆竹已残更,朔吹翻江意未平。
多事鬓毛随节换,尽情灯火向人明。
比量旧岁聊堪喜,流转殊方又可惊。
明日岳阳楼上去,岛烟湖雾看春生。①

此诗作于建炎二年(1128)除夕,时与义在岳阳。缪钺评论其颔联说："'鬓毛随节换''灯火向人明',本是平常的诗句,但是加上'多事'与'尽情',就把人的感受注入无知的'鬓毛'与'灯火',显得意思深而句法活了。"又说："'聊'与'又'字互相呼应,表现出忧喜交错之情。"②可见与义善于用抑扬顿挫之笔。所以许印芳评："律诗为排偶所拘,最易板滞。欲求生动,贵用抑扬顿挫之笔。此诗中四句可以为法。"③尾联一扫前六句的凄怆,转出"看春生",见出前景之有望。纪昀称赞此诗"气机生动,语亦清老,结有神致",又说"末二句闲淡有味"④。沈曾植评价更高,说："情景交融,纯是神味。"⑤

上举四首除夕诗,共同点是都出现了"暮景"或"白发"的意象,当时二陈都不过四十来岁,说明早衰。另外,出句和对句往往都抑扬相间,顿挫有味。不过,正如方回评价陈与义《怀天经智老因访之》"客子光阴诗卷里,杏花消息雨声中"这联所说："后山'老形已具臂膝痛,春事无多樱笋来'一联,极其酸苦,而此联有富贵闲雅之味。后山穷,简斋达,亦可觇云。"⑥陈与义这组除夕诗在愁苦中不失希望,用笔也飘逸。比如"等闲生白发,耐久是青灯"就不似"发短愁催白,颜衰酒借红"那么酸苦。特别是尾联,与义换笔换意,表现对将来的展望,寄托对未来的希

---

① 《陈与义集》卷20,第310页。
② 缪钺:《名诗赏析》,《诗词散论》附录,第134页。
③ 李庆甲:《瀛奎律髓汇评》卷16,第608页。
④ 同上。
⑤ 郑骞:《陈简斋诗集合校汇注》卷20,第202页。
⑥ 李庆甲:《瀛奎律髓汇评》卷26,第1145页。

望。"题诗饯残岁,钟鼓报晨兴""明日岳阳楼上去,岛烟湖雾看春生",都有新陈代谢,予人大有可为之感。而后山"我歌君起舞,潦倒略相同",虽然强打精神,终不免"潦倒"到底。

二、寒食

再看一组寒食诗,以杜甫和陈与义作比较:
杜甫《一百五日夜对月》:

> 无家对寒食,有泪如金波。
> 斫却月中桂,清光应更多。
> 仳离放红蕊,想象颦青蛾。
> 牛女漫愁思,秋期犹渡河。①

此诗作于至德二载(757)寒食节,时杜甫在长安,正值安史之乱。《荆楚岁时记》云:"去冬至节一百五日,即有疾风甚雨,谓之寒食。"②不说寒食,而说一百五日,见出离家之久和思亲之切。首联即用对仗,"金波"指月光,这里形容流泪之多。颔联想象奇特,无理而妙,更见出思乡之情。此联境界阔大,诚如罗大经所云:"李太白云:'划却君山好,平铺湘水流。'杜子美云:'斫却月中桂,清光应更多。'二公所以为诗人冠冕者,胸襟阔大故也。此皆自然流出,不假安排。"③《诗人玉屑》举此诗作为"偷春格"的例子:"其法颔联虽不拘对偶,疑非声律;然破题已的对矣。谓之'偷春格',言如梅花偷春色而先开也。"④律诗正格是颔联、颈联必须对仗,首联、尾联不必对。这里颔联未对而首联对,称为"偷春格"。颈联"红蕊"承"月中桂"而言,"青蛾"明系嫦娥,暗指妻子。尾联是自我安慰,把自己和妻子比喻成"牛女",即牛郎、织女,说不要太过忧愁,等

---

① 仇兆鳌:《杜诗详注》卷4,第324页。
② 宗懔:《荆楚岁时记》,中华书局2018年版,第29页。
③ 罗大经:《鹤林玉露》乙编卷3,第171页。
④ 魏庆之:《诗人玉屑》卷2,第43页。

第三章　陈与义诗歌的类别

到秋天七夕的时候尚能渡河相见。"漫"即"莫"意。

此诗在声律上亦有特色。首句是平平仄平仄，"对"和"寒"平仄互换。次句是仄仄平平平，"如"字处应仄而平，三平尾了。其实"如"字改为"似"字平仄就合了，可见杜甫是故意用三平调，以求高古拗峭。三句是仄仄仄平仄，"月"字处拗了，四句是平平平仄平，"应"字作副词为平声，以救"月"字之拗。五句为平平仄平仄，"放"和"红"平仄互换，和首句的拗救相同。六句仄仄平平平，和次句的格式一样，也是三平尾。七句平仄仄平仄，"牛"字处本来可平可仄，"漫"字拗了，应平而仄。尾句平平平仄平，"犹"字处应仄而平，补救"漫"字。简言之，拗救的频率相当高，首句和五句使用了王力所谓"特拗"，颔联和尾联都使用了对句拗救。甚至出现了律诗的大忌——三平调，二句和六句都是三个平声字收尾。拗峭的声调对应诗人不平的情绪，形式和内容很好地结合在一起了。此种多用拗救甚至出现三平的五律即王力所谓"齐梁体"①。

杜甫《小寒食舟中作》：

> 佳辰强饮食犹寒，隐几萧条戴鹖冠。
> 春水船如天上坐，老年花似雾中看。
> 娟娟戏蝶过闲幔，片片轻鸥下急湍。
> 云白山青万余里，愁看直北是长安。②

此诗作于大历五年（770），时杜甫从岳阳到潭州。"小寒食"指寒食后一日，从首句"食犹寒"可知，"鹖冠"指隐者之冠。"春水船如天上坐"，从沈佺期《钓竿篇》"人疑天上坐"③化出，而语益工。次句接以"老年花似雾中看"，则形成春色和老境的强烈对照，艺术效果甚佳。颈联杨伦云："二句以蝶鸥往来自在，反兴已欲归长安而不得也。"④所评甚确，正所

---

① 王力：《汉语诗律学》，第 482 页。
② 仇兆鳌：《杜诗详注》卷 23，第 2062 页。
③ 陶敏、易淑琼：《沈佺期集校注》卷 4，中华书局 2001 年版，第 259 页。
④ 杨伦：《杜诗镜铨》卷 20，上海古籍出版社 1998 年版，第 1018 页。

谓:"过闲幔,兴己之飘零。下急湍,伤己之淹泊。"①尾联语本沈佺期《遥同杜员外审言过岭》"两地江山万余里,何时重谒圣明君"②,但表达的感情更为深刻复杂。沈诗不过是贬谪之感,杜诗则饱含家国之情。而且用了"白"和"青"两个颜色字,更直观和形象。

陈与义《道中寒食二首》:

飞絮春犹冷,离家食更寒。
能供几岁月,不办了悲欢。
刺史葡萄酒,先生苜蓿盘。
一官违壮节,百虑集征鞍。

斗粟淹吾驾,浮云笑此生。
有诗酬岁月,无梦到功名。
客里逢归雁,愁边有乱莺。
杨花不解事,更作倚风轻。③

二诗作于宣和四年(1122)归洛道中。首句的"飞絮"有象征漂泊之意。"离家食更寒"可见从杜诗"佳辰强饮食犹寒"脱化的痕迹,前面着"离家"二字,则此"寒"兼写心情。纪昀评:"此诗逼近后山。冯抹'食更寒'三字,七言中老杜'佳辰强饮食犹寒'句又不敢抹,此全以人之唐、宋为诗之工拙。"④指出与杜诗的联系和冯班的偏见。此诗消沉处确近后山,如颔联、尾联。颈联"刺史"指葛胜仲,属借用。特点是通首皆为对仗,"葡萄""苜蓿"皆西域之物,对仗甚工;"一官""百虑"则小大相形,有参差之美。另外,"了悲欢"之"了"亦与义所习用,如《出山道中》"乘除了身世,未恨落房州"⑤,《初至陈留南镇夙兴赴县》"只将乘除了吾事,

---

① 仇兆鳌:《杜诗详注》卷23,第2062页。
② 陶敏、易淑琼:《沈佺期集校注》卷2,第85页。
③ 《陈与义集》卷9,第139页。
④ 李庆甲:《瀛奎律髓汇评》卷16,第591页。
⑤ 《陈与义集》卷18,第291页。

推去木枕收此诗"①,《次韵家弟所赋》"定知来者倾三叹,共了流年费几诗"②,《登城楼》"几梦即了我,一笑城西楼"③,《冬至二首》(其一)"闭户了冬至,日长添数珠"④,《方城陪诸兄坐心远亭》"客中日食三斗尘,北去南来了今岁"⑤,《观我斋再分韵得下字》"一慵缚两脚,闭户了晨夜"⑥,《江行晚兴》"生身后圣哲,随俗了悲欢"⑦,《漫郎》"漫郎功业大悠然,拄笏看山了十年"⑧,等等。

次首首句"斗粟淹吾驾",用陶渊明"不为五斗米折腰"意。次句"浮云笑此生"为"笑此生如浮云"之意,和"飞絮"一样都是形容漂泊不定。"有诗酬岁月"见出诗囊甚丰,岁月并未虚度。与义《冬至二首》(其二)云:"不须行年记,异代寻吾诗。"⑨以诗为行年记,亦此意。"无梦到功名"见出本无功名之念,"一官专为口",呼应"斗粟"句。五句见"归雁"而归思愈切,六句闻"乱莺"而心绪愈乱。尾联"杨花"既象征自身的漂泊,又增加心情的缭乱,所以说"不解事"。花本无知,所谓无理而妙。纪昀甚赏此诗,说:"后四句意境笔路皆佳。绰有工部神味,而又非相袭。"⑩指出与义学杜遗貌取神的特色。

陈与义《寒食》:

> 草草随时事,萧萧傍水门。
> 浓阴花照野,寒食柳围村。
> 客袂空佳节,莺声忽故园。

---

① 《陈与义集》卷13,第196页。
② 《陈与义集》外集,第523页。
③ 《陈与义集》卷15,第242页。
④ 《陈与义集》卷12,第187页。
⑤ 《陈与义集》卷16,第254页。
⑥ 《陈与义集》卷9,第131页。
⑦ 《陈与义集》卷24,第382页。
⑧ 《陈与义集》卷11,第165页。
⑨ 《陈与义集》卷12,第188页。
⑩ 李庆甲:《瀛奎律髓汇评》卷16,第592页。

>不知何处笛,吹恨满清尊。①

此诗作于宣和七年(1125)初至陈留的寒食节。首联即用对仗句,"时事"明指节气,暗指贬谪。"草草"见出匆促,"萧萧"写出冷清。颔联"花"对"柳"、"野"对"村",对仗精工。颈联有王维《九月九日忆山东兄弟》"独在异乡为异客,每逢佳节倍思亲"②之感,着"空""忽"二字则显得流动。沈曾植评:"六句亦是神来之妙。"③此句跟杜甫《月夜忆舍弟》"月是故乡明"④机杼类似,杜诗云眼前月色跟故乡一样明亮,陈诗云耳边莺声跟故园一样清脆,同是反映思乡之情。尾联化抽象为具体,把无形之"恨"形容为酒一般可"满清尊",亦警策。

这五首寒食诗的共同之处是都在客途,所以都反映了思乡之情。杜甫的两首诗都作于安史乱后,五律是思念妻子,七律除了伤老之外,亦有家国之感。陈与义三首诗作于靖康乱前,主要是感怀个人身世。从结尾看,杜甫的两首都以大景结束,似乎是把哀愁放大了,显得有力。特别那首七律,从颈联的小景跳到尾联的大景,很有戏剧效果。正如顾随评杜甫:"老杜在唐诗中是革命的,因他打破了历来酝酿之传统。他表现的不是'韵',而是'力'。"⑤陈诗的结尾都是小景,是内敛的写法,更注意情景的交融。如果套用顾随的话,与义诗表现的不是"力",而是"韵"。从声律看,杜甫那首五律多用拗句,有一种不平的效果。七律虽然拗句少,但倒数第二句用了王力所谓"特拗",就是把五字和六字的平仄互换,产生拗峭的效果。这种句式以尾联居多,杜甫用在这里算是比较习见的情况。陈与义《道中寒食二首》虽然没有像杜甫那样出现三平调,却有三仄的情况,如"能供几岁月"和"杨花不解事"这两句。《寒食》则未用拗救,声律可称流美,所以沈曾植说:"此等句法固胜黄、陈,以不

---

① 《陈与义集》卷13,第199页。
② 陈铁民:《王维集校注》卷1,第3页。
③ 郑骞:《陈简斋诗集合校汇注》卷13,第126页。
④ 仇兆鳌:《杜诗详注》卷7,第589页。
⑤ 顾随:《驼庵诗话》,《顾随诗词讲记》,第95页。

费力而饶远致也。"①恐正是未用拗救，跟黄庭坚、陈师道"宁律不谐，不使句弱"的作风大异其趣。沈的评价不一定客观，但很准确地看出了区别。此诗自然流美，富有远神，更近于唐诗的风格，这正是崇唐黜宋的明人对与义另眼相看的原因。正如钱钟书所说："那些推崇盛唐诗的明代批评家对'苏门'和江西诗派不甚许可，而看陈与义倒还觉得顺眼。"②从对仗看，杜甫五律用了偷春格，比较少见。七律则颔联开合较大，颈联距离较近，颇有参差之美。与义《道中寒食二首》（其一）通首对仗，亦有特色。颔联对得较宽，如"了悲欢"对"几岁月"，颈联则对得较严，"苜蓿盘"对"蒲萄酒"可谓的对，这即是所谓工拙相半的做法。第二首则前三联皆对，比一般律诗多出了首联的对仗。《寒食》诗亦是前三联对仗，并有叠字对，甚见功力，因为叠字很难用得传神。老杜那首七律的颈联亦有叠字对，与义或许是有意学习。

三、重阳

除夕、寒食之外，重阳诗更蔚为大观，名作也很多。比如"满城风雨近重阳"这句北宋江西派诗人潘大临的残句就妇孺皆知，流传甚广。下面试比较杜甫、陈师道和陈与义的重阳诗。

杜甫《九日蓝田崔氏庄》：

老去悲秋强自宽，兴来今日尽君欢。
羞将短发还吹帽，笑倩旁人为正冠。
蓝水远从千涧落，玉山高并两峰寒。
明年此会知谁健，醉把茱萸子细看。③

北宋江西派诗人陈师道（1053—1102）评："孟嘉落帽，前世以为胜绝。

---

① 郑骞:《陈简斋诗集合校汇注》卷13，第126页。
② 钱钟书:《宋诗选注》，第213页。
③ 仇兆鳌:《杜诗详注》卷6，第490页。

杜子美《九日》诗云:'羞将短发还吹帽,笑倩旁人为正冠。'其文雅旷达,不减昔人。故谓诗非力学可致,正须胸肚中泄尔。"①认为杜甫风度不减孟嘉,而诗笔之高正因胸襟之高。杨万里评:"唐七言律,句句字字皆奇。如杜《九日》诗,绝少。首联对起,方说悲忽说欢,顷刻变化。颔联,将一事翻腾作二句。嘉以落帽为风流,此以不落为风流,最得翻案妙法。入至颈联,笔力多衰,复能雄杰挺拔,唤起一篇精神。结联,意味深长,悠然无穷矣。"②此评甚切。首联用对仗句,"尽君欢"语本《礼记·曲礼》上"君子不尽人之欢"③,为反用,仇注失注。从悲说到欢,正写出复杂的心情。颔联一事化为两句,手法新,亦反用孟嘉落帽事。顾嗣立评韩愈诗说:"公诗句句有来历,而能务去陈言者,全在于反用。……解得此秘,则臭腐化为神奇矣。"④杜甫已经善用此法,韩愈更将此法发扬光大了。颈联写眼前景,造语警拔,振起全篇。尾联闲雅有味,蕴藉无穷。《西京杂记》云:"九月九日,佩茱萸,食蓬饵,饮菊华酒,令人长寿。"⑤茱萸传有辟邪、长寿之效,"醉把茱萸"绾合"知谁健"。李商隐《即日》云:"重吟细把真无奈,已落犹开未放愁。"⑥蕴藉处亦似此联。

杜甫《九日五首》(其二):

> 旧日重阳日,传杯不放杯。
> 即今蓬鬓改,但愧菊花开。
> 北阙心长恋,西江首独回。
> 茱萸赐朝士,难得一枝来。⑦

此组诗作于大历二年(767),其时杜甫在夔州。此章思朝事,上四伤老,

---

① 陈师道:《后山诗话》,《历代诗话》本,第302页。
② 仇兆鳌:《杜诗详注》卷6,第491页。
③ 孔颖达:《礼记正义》卷4,上海古籍出版社2008年版,第95页。
④ 钱仲联:《韩昌黎诗系年集释》卷2,第237页。
⑤ 周天游校注:《西京杂记》卷3,第146页。
⑥ 冯浩:《玉溪生诗集笺注》卷2,第498页。
⑦ 仇兆鳌:《杜诗详注》卷20,第1765页。

第三章　陈与义诗歌的类别

下四怀君。如果说上首七律尚只是身世之悲,此首则更深家国之感。王嗣奭云:"'传杯不放杯',见古人只用一杯,诸客传饮,非若今人各自一杯也。"①见出当时风俗。颔联一我一物,一情一景,即方回所谓"变体"之滥觞。北阙指朝廷,西江指夔州。尾联甚见韵致。唐制:九日赐宴及茱萸,杜诗往往以应景之赐物逗起思君之情。另如《野人送朱樱》:

> 西蜀樱桃也自红,野人相赠满筠笼。
> 数回细写愁仍破,万颗匀圆讶许同。
> 忆昨赐沾门下省,退朝擎出大明宫。
> 金盘玉箸无消息,此日尝新任转蓬。②

樱桃亦是朝廷所赐。此诗睹樱桃而思故君,九日诗逢重阳而忆茱萸,则是两诗不同处。韩偓有《恩赐樱桃分寄朝士》诗,继承了杜诗思君的传统,而当晚唐危亡之际,处境更为艰难:

> 未许莺偷出汉宫,上林初进半金笼。
> 蔗浆自透银杯冷,朱实相辉玉碗中。
> 俱有乱离终日恨,贵将滋味片时同。
> 霜威食檗应难近,宜在纱窗绣户中。③

连用韵都和杜诗同一韵部,可见其影响。"贵将滋味片时同",则是朝不保夕,但永今日之感。

陈师道《九日寄秦觏》:

> 疾风回雨水明霞,沙步丛祠欲暮鸦。
> 九日清尊欺白发,十年为客负黄花。

---

① 王嗣奭:《杜臆》卷9,第320页。
② 仇兆鳌:《杜诗详注》卷11,第902页。
③ 吴在庆:《韩偓集系年校注》卷1,中华书局2015年版,第64页。

> 登高怀远心如在，向老逢辰意有加。
> 淮海少年天下士，可能无地落乌纱。①

此诗作于元祐二年(1087)，其时陈师道由苏轼、傅尧俞等人推荐，以布衣充任徐州教授，重阳节正在赴任途中。首句"回""明"都是炼字处，写得形象生动。"水明霞"从杜诗"残夜水明楼"化出。次句用字经济，将"欲暮"和"鸦"并置在一起，意为欲暮之时，群鸦乱飞。诚如元人刘埙所云："后山翁之诗，世或病其艰涩，然擎敛锻炼之工，自不可及。……语短而意长，若他人必费尽多少言语摹写，此独简洁峻峭，而悠然深味，不见其际，正得费长房缩地之法，虽寻丈之间，固自有万里山河之势也。凡人才思泛滥者，宜熟读后山诗文以药之。"②颔联"清尊"对"为客"不算工，这跟后山对仗追求自然健举有关。作为补救，"九日"句使用了当句对，"清尊"对"白发"。同时又是借对，"清尊"之"清"借为颜色之"青"与"白发"之"白"相对。"九日"对"十年"则是时间点和时间段相对，小大相形，颇具张力。"欺""负"是炼字处，把"清尊""黄花"写得跟人一样具有感情，抒发了诗人年华老去、客路奔波的愁绪。后四句如纪昀所评："言己已老，兴尚不浅，况以秦之豪俊，岂有不结伴登高者乎？乃因此以寄相忆耳。"③尾句亦用孟嘉落帽之典。纪昀评通首云："诗不必奇，自然老健。"④洵为的评。

陈师道《次韵李节推九日登南山》：

> 平林广野骑台荒，山寺鸣钟报夕阳。
> 人事自生今日意，寒花只作去年香。
> 巾欹更觉霜侵鬓，语妙何妨石作肠。
> 落木无边江不尽，此身此日更须忙？⑤

---

① 冒广生：《后山诗注补笺》卷2，第52页。
② 刘埙：《隐居通议》卷8，转引自傅璇琮：《黄庭坚和江西诗派资料汇编》，第519页。
③ 李庆甲：《瀛奎律髓汇评》卷16，第636页。
④ 同上书，第637页。
⑤ 冒广生：《后山诗注补笺》卷2，第75页。

此诗作于元祐四年(1089)的重阳节,其时诗人仍在徐州。首联写景,点出时地:黄昏之时,荒凉之景。"骑台"即戏马台。"报"字生动传神,把"鸣钟"拟人化了,令人想起苏轼《大风留金山两日》:"塔上一铃独自语:'明日颠风当断渡。'"①颔联抒情,浅语有深致。"人事"年年不同,而"寒花"却如去年一样,以大自然的不变来映衬人事的变动不居。意思类似于刘希夷《代悲白头翁》"年年岁岁花相似,岁岁年年人不同"②,语言更为顿挫有味,可谓夺胎换骨。颈联写登高赋诗。"巾欹"句暗用孟嘉落帽典,"语妙"句用宋璟赋梅花事。皮日休《桃花赋序》云:"余尝慕宋广平之为相,贞姿劲质,刚态毅状,疑其铁肠石心,不解吐婉媚辞,然睹其文而有《梅花赋》,清便富艳,得南朝徐庾体,殊不类其为人也。"③尾联写游赏后的感想。七句将杜甫《登高》:"无边落木萧萧下,不尽长江滚滚来"④压缩为一句。尾句"言节物可念,政须行乐,尚须汲汲于世故耶"⑤,即及时行乐之意。方回评曰:"重九诗自老杜之外,便当以杜牧之《齐山》诗为亚,已入'变体'诗中。陈简斋一首亦然。陈后山二首,诗律瘦劲,一字不轻易下,非深于诗者不知,亦当以亚老杜可也。"⑥揭示出后山诗语言简朴、意味深厚的特点,评价是相当到位的。

陈与义《重阳》:

去岁重阳已百忧,今年依旧叹羁游。
篱底菊花唯解笑,镜中头发不禁秋。
凉风又落宫南木,老雁孤鸣汉北州。
如许行年那可记,谩排诗句写新愁。⑦

---

① 王文诰辑注:《苏轼诗集》卷18,第943页。
② 彭定求等编:《全唐诗》卷82,第886页。
③ 董诰等编:《全唐文》卷796,中华书局1983年版,第8346页。
④ 仇兆鳌:《杜诗详注》卷20,第1766页。
⑤ 冒广生:《后山诗注补笺》卷2,第75页。
⑥ 李庆甲:《瀛奎律髓汇评》卷16,第636页。
⑦ 《陈与义集》卷17,第268页。

此诗作于建炎元年(1127),时与义在邓州。建炎三年(1129)在岳州和《粹翁用奇父韵赋九日》诗云:"前年邓州城,风雨倾客居。何尝疏曲生,曲生自我疏。岂无登高地,送目与云俱。门生及儿子,劝我升篮舆。出门复入门,戈旆填街衢。"①所记即今年重阳事。颔联无名氏(乙)评:"次联粗朴,却妍细。"②粗朴是指用"菊花""头发"等词。纪昀说:"'头发'二字不雅,此避'黄花''白发'耳。"③不用"黄花""白发",是为了避熟就生,即陈师道所谓"宁朴毋华,宁粗毋弱"④。妍细是指拟人手法的使用和对仗工稳。李商隐《即日》云"夭桃惟是笑"⑤,苏轼《新城道中》(其一)云"野桃含笑竹篱短"⑥,同一机杼。颔联亦从杜甫《九日》诗"即今蓬鬓改,但愧菊花开"翻窠换臼,以物的欣欣向荣来反衬人的叹老伤秋。颈联刘辰翁评曰"可感"⑦,系指以比兴手法写出时事隐约。尾联总结上文,指出作诗有"行年纪"之用,并以写愁怀,但艺术上稍嫌逊色。与义每有结尾粗率之病,草草收场,乏风神远韵。

以上五首重阳诗都写出了人和自然的不和谐,菊花开放如故,人却渐渐老去。景语都较少,不超过一联,以情语为主。杜甫《九日南田崔氏庄》是强作旷达,《九日五首》(其二)是依恋乡国;陈师道《九日寄秦觏》是自慰兼劝人,《次韵李节推九日登南山》则宣扬及时行乐;陈与义《重阳》正当国破逃难之时,最为悲凉。

第四节　晴　雨　类

陈与义善于写自然气候,笔下多阴晴变化。此类包括本集卷三《风

---

① 《陈与义集》卷22,第349、350页。
② 李庆甲:《瀛奎律髓汇评》卷26,第1147页。
③ 同上。
④ 陈师道:《后山诗话》,《历代诗话》本,第311页。
⑤ 冯浩:《玉溪生诗集笺注》卷1,第206页。
⑥ 王文诰辑注:《苏轼诗集》卷9,第437页。
⑦ 白敦仁:《陈与义集校笺》卷17,第484页。

雨》、卷四《雨》《连雨不能出游怀同年陈国佐》、卷七《连雨赋书事四首》、卷一〇《秋雨》、卷一一《雨晴》《浴室观雨以催诗走群龙为韵得走字》《试院春晴》、卷一三《雨》、卷一四《八关僧房遇雨》、卷一五《春雨》《雨》《夏雨》《积雨喜霁》、卷一八《雨晴徐步》《雨》、卷一九《观江涨》、卷二〇《雨》、卷二一《细雨》《晚晴野望》《雨中》、卷二二《晚晴》、卷二四《立春日雨》《正月十二日至邵州十三日夜暴雨滂沱》、卷二四《雨》、卷二五《雷雨行》、卷二六《观雨》、卷二八《喜雨》《雨》、卷二九《雨中》等诗。其中雨诗既多且好，光是诗题为"雨"的就有七首之多。简斋的雨诗有时还兼有象征的意思，表现对时事的喜悦，如《雷雨行》等。下面将他与杜甫、苏轼、黄庭坚的同类诗作一比较。

一、江涨

先看一组写江涨的诗：
杜甫《江涨》：

> 江发蛮夷涨，山添雨雪流。
> 大声吹地转，高浪蹴天浮。
> 鱼鳖为人得，蛟龙不自谋。
> 轻帆好去便，吾道付沧洲。[①]

浦起龙评："上写'江涨'，气势汹涌。五、六赋而兼比。结见避地东游之兴，远脉在上四，近旨却由五、六也。山贼煽动，时时有之，首句及第三联必非突然而下。"[②]指出杜甫此诗的微意，不仅仅是写江涨，还关系时事。王嗣奭说："此时必有羌戎滑夏，或奸宄窃发，因感江涨而起兴，故结有'轻帆好去'之语。非咏江涨也。"[③]也看到了杜甫的微意，但说非

---

① 仇兆鳌：《杜诗详注》卷10，第813页。
② 浦起龙：《读杜心解》卷3之6，第570、571页。
③ 王嗣奭：《杜臆》卷4，第136页。

咏江涨又太绝对,寄托正在有意无意之间。仇兆鳌说:"次联句意警拔,全在'吹蹴'两字,下得奇隽。"①指出句眼所在。尾联见出全身远引之意,有"道不行,乘桴浮于海"之慨。

杜甫《江涨》:

> 江涨柴门外,儿童报急流。
> 下床高数尺,倚杖没中洲。
> 细动迎风燕,轻摇逐浪鸥。
> 渔人萦小楫,容易拔船头。②

这是一首同题诗。王嗣奭评:"三、四顶'急流'来,儿童相报,遂起而下床;已高数尺,因出门倚杖而望。水没中洲,何其骤也! 五、六燕、鸥,亦望中所见,而动之摇之者水也。动曰'细',摇曰'轻',固燕、鸥之得趣,而亦若水使之然也。燕本无关于水,而翻飞水上,无情中看出有情,不可以行迹拘也。渔人系舟,必翘首于滩上,公诗有'倚滩舟'可证。今水涨几及船头,故不拔而自下也。俱眼前一时之景,却有喜意在。"③仇兆鳌评:"上四江涨,下写涨时景物。方下床而水高数尺,及倚杖而水没中洲,是急涨之势。迎风之燕,贴近水面,水微动而燕不惊。逐浪之鸥,浮泛水中,水轻摇而鸥自适。此见江流平满,波浪不兴。'容易拔船头',亦见江水宽而渔人乐。"④杨伦评:"写出水势迅疾,后四句更添颊毫。"⑤就是说后半首通过景物和人物的细节描写,烘托出水势,更为生动传神。和上一首相比,此诗纯写江涨,并无寄托。

苏轼《连雨江涨二首》:

> 越井冈头云出山,牂牁江上水如天。

---

① 仇兆鳌:《杜诗详注》卷10,第813页。
② 仇兆鳌:《杜诗详注》卷9,第747页。
③ 王嗣奭:《杜臆》卷4,第124页。
④ 仇兆鳌:《杜诗详注》卷9,第747页。
⑤ 杨伦:《杜诗镜铨》卷7,第320页。

第三章　陈与义诗歌的类别

床床避漏幽人屋，浦浦移家蜑子船。
龙卷鱼虾并雨落，人随鸡犬上墙眠。
只应楼下平阶水，长记先生过岭年。

急雨萧萧作晚凉，卧闻榕叶响长廊。
微明灯火耿残梦，半湿帘栊浥旧香。
高浪隐床吹瓮盎，暗风惊树摆琳琅。
先生不出晴无用，留与空阶滴夜长。①

这两首是苏轼被贬到岭南所作。第一首首联直写雨景，"越井冈""牂牁江"都是当地的地名。云飞雨落，天水相接，见出雨势之大。第三句语本杜甫《茅屋为秋风所破歌》："床床屋漏无干处，雨脚如麻未断绝。"②第四句语本郑谷《淮上渔者》："白头波上白头翁，家逐船移浦浦风。"③蜑子即蜑人，南方少数民族。颈联用夸张的手法写江涨。尾联则设想以后的回忆，来冲淡此刻处境的艰难，反映了苏轼豁达的人生态度。

第二首首联写听雨。颔联体物深细，"耿""浥"是锤炼处。颈联"隐床"义同殷床，指声彻于床。"吹瓮盎""摆琳琅"比喻生动，令人想起苏轼《新城道中二首》（其一）"岭上晴云披絮帽，树头初日挂铜钲"④，同样妙于设喻。尾联亦是自我安慰，尾句化用何逊《临行与故游夜别》："夜雨滴空阶，晓灯暗离室。"⑤这首不同于上首，主要从侧面写雨势，与雨更有距离感。

陈与义《观江涨》：

涨江临眺足消忧，倚杖江边地欲浮。

---

① 王文诰辑注：《苏轼诗集》卷39，第2120、2121。
② 钱谦益：《钱注杜诗》卷4，上海古籍出版社2009年版，第128页。
③ 严寿澂、黄明、赵昌平：《郑谷诗集笺注》卷2，上海古籍出版社2009年版，第221页。
④ 王文诰辑注：《苏轼诗集》卷9，第436页。
⑤ 李伯齐：《何逊集校注》卷2，第170页。

> 叠浪并翻孤日去，两津横卷半天流。
> 鼋鼍杂怒争新穴，鸥鹭惊飞失故洲。
> 可为一官妨快意，眼中唯觉欠扁舟。①

纪昀评为"雄阔称题"②，此诗确实写出了江涨的气势。许印芳评："中四句全寓宋家南渡之感，六句喻清流失所，结语紧跟此句说。凡结联固要收拾通篇，尤宜紧跟五、六句来，或单跟第六句。如此则气脉联贯，神不外散。"③则指出了此诗言外的寄托意义，并分析了章法结构。第三句从杜甫《宿江边阁》"孤月浪中翻"④而来，第五句语本木华《海赋》"或屑没于鼋鼍之穴"⑤，颇多点化前人之处。

以上五首诗都写出了江涨的恢弘气势。其中有三首写到鱼、虾等水中生物失所，特别是杜甫和陈与义的诗象征了局势的混乱和人民的流离。面对江涨的情况，杜甫第一首诗想的是飘然远去，离开这个混乱的现实。诗中有对时局的影射、叛乱的象征。第二首是纯粹写江涨，怀着愉悦的心情，抱着欣赏的态度。苏轼第一首通过幽默的态度淡化苦难，并设想以后的追忆，来减轻此时的不堪。第二首则是通过旁观者的感觉写江涨，也是通过距离感淡化艰难的处境。与义诗的结尾近于杜甫第一首诗，也是想归隐，诗中的象征也近于杜甫。

二、雨

再看一组写雨的：
杜甫《春夜喜雨》：

> 好雨知时节，当春乃发生。

---

① 《陈与义集》卷19，第296、297页。
② 李庆甲：《瀛奎律髓汇评》卷17，第701页。
③ 同上。
④ 仇兆鳌：《杜诗详注》卷17，第1469页。
⑤ 萧统编：《文选》卷12，上海古籍出版社1986年版，第548页。

第三章 陈与义诗歌的类别

> 随风潜入夜,润物细无声。
> 野径云俱黑,江船火独明。
> 晓看红湿处,花重锦官城。①

仇兆鳌评:"曰'潜',曰'细',写得脉脉绵绵,于造化发生之机,最为密切。"②"潜""细"二字可谓诗眼。纪昀亦评价颇高:"此是名篇,通体精妙,后半尤有神。'随风'二句虽细润,中、晚人刻意或及之。后四句传神之笔,则非余子所可到。"③王嗣奭也认为:"束语'重'字妙,他人不能下。"④此诗有远景,有近景,有所闻,有所见,并深具理趣,扣住"春"和"夜"来写,可谓化工之笔。

苏轼《有美堂暴雨》:

> 游人脚底一声雷,满座顽云拨不开。
> 天外黑风吹海立,浙东飞雨过江来。
> 十分潋滟金樽凸,千杖敲铿羯鼓催。
> 唤起谪仙泉洒面,倒倾蛟室泻琼瑰。⑤

此诗通首描写暴雨,前半用赋,后半用比。首联写出雨前的气氛,雷声忽起,浓云密集。颔联"海立"语本杜甫《朝献太清宫赋》:"九天之云下垂,四海之水皆立。"⑥三句写想象,四句写亲见。五句从视觉写雨势之豪,六句从听觉写雨声之急。尾联则用李白的故事作比,层层深入,把暴雨写得穷形尽相。查慎行评:"通首都是摹写暴雨,章法亦奇。"⑦就是看出了前赋后比的章法特点。纪昀评:"纯以气胜。"⑧也揭示出这篇

---

① 仇兆鳌:《杜诗详注》卷10,第799页。
② 同上。
③ 李庆甲:《瀛奎律髓汇评》卷17,第649页。
④ 王嗣奭:《杜臆》卷4,第131页。
⑤ 王文诰辑注:《苏轼诗集》卷10,第483页。
⑥ 仇兆鳌:《杜诗详注》卷24,第2114页。
⑦ 李庆甲:《瀛奎律髓汇评》卷17,第693页。
⑧ 同上。

诗的显著特色。

陈与义《雨》：

> 萧萧十日雨，稳送祝融归。
> 燕子经年梦，梧桐昨暮非。
> 一凉恩到骨，四壁事多违。
> 衮衮繁华地，西风吹客衣。①

首联点出雨。"祝融"是夏神，这里说萧萧之雨将炎热的夏天送走了。颔联离开雨说，但又是从雨中想出，笔法新颖，视角独特。诗人的怀旧之思、失志之慨，借燕子、梧桐抒发。颈联写诗人在雨中的感受，造句烹炼。尾联则宕开去说，言外有"冠盖满京华，斯人独憔悴"之意。方回对陈与义写雨的五律评价甚高："简斋五言律为雨而作者，选十九首。诗律精妙，上迫老杜，仰高钻坚。世之斯文自命者，皆当在下风。后山之后，有此一人耳。"②所以晴雨类五律所选与义诗最多，这里但录一首，亦尝一脔而知鼎味之意。郑骞对方回此评加了按语："简斋于气候转变甚为敏感，故集中写晴雨之作，多而且佳。"③这跟与义内敛敏感的诗人气质有关。查慎行评："诗学杜，中又自出手眼，言浅而意深。集中登选者甚多，无出此上者矣。"④对此首评价最高。纪昀评："三、四妙在即离之间。"⑤正如咏物诗要不黏不脱才好，此诗颔联也是做到了不即不离。传神写照，不死于言下。善用侧面烘托，是宋人不同于唐人处。难怪晚清同光体（即宋诗派）浙派领袖沈曾植（1850—1922）会对此诗赞不绝口："幽微可思，味之无极。"⑥

陈与义《观雨》：

---

① 《陈与义集》卷4，第53页。
② 李庆甲：《瀛奎律髓汇评》卷17，第672页。
③ 郑骞：《陈简斋诗集合校汇注》卷4，第34页。
④ 李庆甲：《瀛奎律髓汇评》卷17，第672页。
⑤ 同上。
⑥ 郑骞：《陈简斋诗集合校汇注》卷4，第34页。

第三章　陈与义诗歌的类别

> 山客龙钟不解耕,开轩危坐看阴晴。
> 前江后岭通云气,万壑千林送雨声。
> 海压竹枝低复举,风吹山角晦还明。
> 不嫌屋漏无干处,正要群龙洗甲兵。①

此诗写暴雨之势,近于苏轼那首。增注云:"杜子美《太清宫赋》:'四海之水皆立。'坡诗:'天外黑风吹海立。'此云'海压竹枝',正用其字以为奇耳。"②看到了两首诗用字和意象的联系。许印芳评:"首联叫起后文,次联承上'阴'字,写雨来是从宽处写。三联承上'晴'字,写雨止,是从窄处写。而第五句跟四句'千林'来,第六句跟三句'后岭'来,此两联写雨十分酣足。尾联恰好结出洗兵,而'屋漏'句应起处坐轩。'洗兵'句应起处不解耕,言意不在灌田,而在洗兵也。'群龙'二字收三、四句,连五、六句包在内。前三联归宿在结句中,滴水不漏。全诗法脉大概如此,其余炼字、炼句、炼气、炼笔,又当别论。"③详细地分析了此诗章法。又说:"结语用老杜'床头屋漏无干处'及《洗兵马》诗意。大处落笔,固见作家身分。中四句笔力雄健,五、六尤新。"④笔力雄健处亦近于苏轼《有美堂瀑布》,结句则关系时局,和东坡纯写暴雨不同。

　　上面四首写雨的诗都是名作。杜甫扣着"春"和"夜"来写,准确传神,并深含理趣。李子德云:"诗非读书穷理,不至绝顶,然一堕理障书魔,脱泥带水,宋人远逊晋人矣。公深入其中,掉臂而出,飞行自在,独有千古。"⑤指出了杜诗有理趣而无理障。苏诗兼用赋和比的手法,将暴雨写得穷形尽相。程千帆指出:"暴雨是谁都经历过的,但只有诗人,才能够将生活中这种常见的、但又是稍纵即逝的景物赋予永恒的意义,从而显示了它的美。值得注意的还在于他写的是在一座近海城市的山上看到的暴雨,而不是在其他什么别的地方看到的;他写的是一位诗人

---

① 《陈与义集》卷26,第409页。
② 同上书,第410页。
③ 李庆甲:《瀛奎律髓汇评》卷17,第700页。
④ 同上。
⑤ 杨伦:《杜诗镜铨》卷8,第344页。

的想象和感受,而不是其他什么别的人的想象和感受。"①这段话指出了苏轼作为诗人的才能和其诗的准确性。陈与义那首五律善于侧面着笔,"他并不单纯地描写雨中景物,而是写动物、植物以及诗人在雨中的感受,透过数层,从深处拗折,在空中盘旋。"②写雨不黏不脱,妙在即离之间。七律写暴雨之气势近于东坡,尾联绾合时局,兼用杜甫《茅屋为秋风所破歌》和《洗兵马》诗意,更见胸怀。

三、晴

下面看一组写晴的:
杜甫《晴二首》(其一):

> 久雨巫山暗,新晴锦绣文。
> 碧知湖外草,红见海东云。
> 竟日莺相和,摩霄鹤数群。
> 野花干更落,风处急纷纷。③

浦起龙评:"此章通首写景,而下峡东游心事,却从景中跃出。'草''碧',想到湖外。'云''红',望入海东。'莺相和',己则孤矣。'鹤''摩霄',身则滞矣。此皆跃出之神也。结则对景无赖矣。妙是语语新晴。"④所谓景语即情语,而都扣住新晴在写。仇兆鳌评:"'碧'字、'红'字,另读,与'青惜峰峦过,黄知橘柚来'句法相同。"⑤这种其实不是真正的倒装句,反而符合人的认知顺序,先见其颜色,后知其性质。

黄庭坚《自巴陵略平江临湘入通城无日不雨至黄龙谒清禅师继而晚晴邂逅禅客戴道纯款语作长句呈道纯》:

---

① 程千帆、沈祖棻:《古诗今选》,凤凰出版社 2010 年版,第 466 页。
② 缪钺:《诗词散论》,第 131 页。
③ 仇兆鳌:《杜诗详注》卷 15,第 1337 页。
④ 浦起龙:《读杜心解》卷 3 之 5,第 527 页。
⑤ 仇兆鳌:《杜诗详注》卷 15,第 1337 页。

第三章 陈与义诗歌的类别

> 山行十日雨沾衣,幕阜峰前对落晖。
> 野水自添田水满,晴鸠却唤雨鸠归。
> 灵源大士人天眼,双塔老师诸佛机。
> 白发苍颜重到此,问君还是昔人非。①

此诗前半写景,后半写情。方回评颔联:"梅圣俞诗云'高田水入低田流',此云'野水自添田水满',尤妙。"②杜甫《曲江对酒》"桃花细逐梨花落,黄鸟时兼白鸟飞"③,同一机杼。都是当句对,而且句中故意重字。纪昀也欣赏此联,说:"三、四偶然得之,亦好。"④写雨后之景甚真切。"灵源大士"指黄龙清禅师,"双塔老师"指晦堂心禅师,皆黄庭坚禅友。尾联为参禅的感悟。

陈与义《晚晴野望》:

> 洞庭微雨后,凉气入纶巾。
> 水底归云乱,芦丛返照新。
> 遥汀横薄暮,独鸟度长津。
> 兵甲无归日,江湖送老身。
> 悠悠只倚杖,悄悄自伤神。
> 天意苍茫里,村醪亦醉人。⑤

这是一首五言排律,前半写景,后半抒情。景语能扣住晚晴来写,清新有致,但更出色的是后半的情语。方回认为"兵甲"联句法为"诗家高处"⑥。李商隐《夜饮》"江海三年客,乾坤百战场"⑦,与之类似。雄浑高

---
① 任渊、史容、史季温:《黄庭坚诗集注·山谷诗集注》卷16,第586、587页。
② 李庆甲:《瀛奎律髓汇评》卷17,第696页。
③ 仇兆鳌:《杜诗详注》卷6,第449页。
④ 李庆甲:《瀛奎律髓汇评》卷17,第696页。
⑤ 《陈与义集》卷21,第336页。
⑥ 李庆甲:《瀛奎律髓汇评》卷17,第678页。
⑦ 冯浩:《玉溪生诗集笺注》卷2,第366页。

健,都是善于学杜的例子。所以纪昀说:"此首入之杜集,殆不可辨。'兵甲'二句诚为高唱。"又说:"结意沉挚。"①尾联确实写得沉郁,有"酒不醉人人自醉"之意,然此醉非快乐,乃痛苦,如《王风·黍离》之"中心如醉"②。沈曾植评:"真景真情,与杜为化,排律之杰也。"③揭示出此诗真切和善于学杜并能变化的特点。杜甫是排律大家,纵横排奡。与义的排律虽然数量不多,篇幅不大,但这篇却是很出色的。

陈与义《雨晴》:

> 天缺西南江面清,纤云不动小滩横。
> 墙头语鹊衣犹湿,楼外残雷气未平。
> 尽取微凉供稳睡,急搜奇句报新晴。
> 今宵绝胜无人共,卧看星河尽意明。④

此诗首联意为天空一小块云像江面一个小滩。陈与义在《晚步》诗中写得更显豁:"停云甚可爱,重叠如沙汀。"⑤这种手法是从黄庭坚那里学来的。黄庭坚《咏雪奉呈广平公》"连空春雪明如洗,忽忆江清水见沙",任渊注:"沙以喻雪。"⑥这里是江比喻天,滩比喻云。杨万里《明发栖隐寺》云:"银河到晓烂不收,皎如江练横天流,中流点缀金沙洲。……天光淡青日光白,道是云汉也则得。云师强很赶不奔,堆作沙洲是碎云。"⑦把云比喻成沙洲,也是同一手法,可见一脉相承的关系。领联如纪昀所说:"三、四眼前景,而写来新颖。"⑧而且用了拟人手法,弥觉亲切。颈联写出诗人的喜悦心情。尾联则更进一层写,如冯舒所评:"真

---

① 李庆甲:《瀛奎律髓汇评》卷17,第678页。
② 程俊英、蒋见元:《诗经注析》,中华书局1991年版,第196页。
③ 郑骞:《陈简斋诗集合校汇注》卷21,第218页。
④ 《陈与义集》卷11,第164页。
⑤ 《陈与义集》卷14,第214页。
⑥ 任渊、史容、史季温:《黄庭坚诗集注·山谷诗集注》卷6,第215页。
⑦ 辛更儒:《杨万里集笺校》卷34,第1726页。
⑧ 李庆甲:《瀛奎律髓汇评》卷17,第698页。

写得尽。"①沈曾植评："脱口而出,自然入神,所谓'文章本天成,妙手偶得之'也。"②正是情景凑泊,下笔不隔,得此好诗。

比较这几首诗,杜甫诗虽然通篇写景,但是言外寄托了自己的漂泊迟暮之感。黄庭坚诗是半景半情,颔联真切。陈与义的五排亦是半景半情,写情能接武杜甫,感情真挚,句法高妙。七律则新颖灵活,一气流转,诚为名作。

第五节 送 别 类

古人舟车不便,一别经年,再见难期,故送别诗往往动人。与义交游广阔,所以送别诗很多,包括本集卷一《送吕钦问监酒受代归》、卷四《送张仲宗押戟归闽中》、卷五《送张迪功赴南京掾二首》、卷一一《送王周士赴发运司属官》、卷一二《送善相僧超然归庐山》、卷一七《送客出城西》《送大光赴石城》、卷二一《王应仲欲附张恭甫舟过湖南久不决今日忽闻遂登舟作诗送之并简恭甫》、卷二二《送王因叔赴试》、卷二三《别伯共》、卷二四《别大光》、卷二八《送熊博士赴瑞安令》等。与义南渡后的送别诗相较以前又多时事之感,情绪更为沉重苍凉,不仅仅写出友情而已。试以杜甫、陈师道、陈与义的此类题材作比较。

杜甫《奉济驿重送严公四韵》：

> 远送从此别,青山空复情。
> 几时杯重把,昨夜月同行。
> 列郡讴歌惜,三朝出入荣。
> 江村独归处,寂寞养残生。③

---

① 郑骞:《陈简斋诗集合校汇注》卷11,第102页。
② 同上。
③ 仇兆鳌:《杜诗详注》卷11,第916页。

方回评:"此知己之别也。'远送从此别',此一句极酸楚。末句尤觉彷徨无依。"①黄生评:"上半叙送别,已觉声嘶喉哽。下半说到别后情事,彼此悬绝,真欲放声大哭。送别诗至此,使人不忍再读。"②颔联尤为人所注意。查慎行评:"三、四说两头,空着中间,与'眼复几时暗,耳从前月聋'同一句法。"③纪昀评:"三、四对法活。义山马嵬、飞卿苏武诗,俱从此出。"④指李商隐《马嵬二首》(其二)"此日六军同驻马,当时七夕笑牵牛"⑤和温庭筠《苏武庙》"回日楼台非甲帐,去时冠剑是丁年"⑥两联。许印芳进一步阐明:"第四句乃逆挽法。老杜惯用此法,学杜者亦多用之,不独温、李二家。'重'字义从平声,音从去声。"⑦逆挽、倒挽、倒插,皆同一个意思。"重"作"再"的意思时,唐人多读为仄声,此不同后世。申凫盟评:"三、四别绪凄然,若下句意在前,则索然矣。"⑧则指出倒插法的好处。

杜甫《送路六侍御入朝》:

> 童稚情亲四十年,中间消息两茫然。
> 更为后会知何地,忽漫相逢是别筵。
> 不分桃花红胜锦,生憎柳絮白于绵。
> 剑南春色还无赖,触忤愁人到酒边。⑨

明代诗评家王嗣奭(1566—1648)评:"四十年相知,后会不可期,而相逢即别,真不可堪,写得曲折条达。'桃花''柳絮',寻常景物,句头添两虚字,桃柳遂为我用。桃柳春色也,出自剑南,更觉无赖;至触忤愁人,欲

---

① 李庆甲:《瀛奎律髓汇评》卷24,第1029页。
② 仇兆鳌:《杜诗详注》卷11,第916页。
③ 李庆甲:《瀛奎律髓汇评》卷24,第1029页。
④ 同上。
⑤ 冯浩:《玉溪生诗集笺注》卷3,第604页。
⑥ 刘学锴:《温庭筠全集校注》卷8,中华书局2007年版,第724页。
⑦ 李庆甲:《瀛奎律髓汇评》卷24,第1029页。
⑧ 同上。
⑨ 仇兆鳌:《杜诗详注》卷12,第985页。

第三章　陈与义诗歌的类别

藉酒以消愁而不可得也。"① 既曲折又条达,正是不可及处。普闻《诗论》云:"天下之诗,莫出乎二句,一曰意句,二曰境句。境句则易琢,意句难制;境句人皆得之,独意句不得其妙者盖不知其旨也。陈去非诗云:'一官不办作生涯,几见秋风卷岸沙。'境也。着'几见'二字,便成意句。"② 普闻此论亦可移评此诗颈联,"桃花红胜锦""柳絮白于绵",境句也,着"不分""生憎"二字,变成意句。宋人论诗"以意为主",普闻此论正是典型的宋人诗论。清诗人查慎行(1650—1727)评:"第四句方入题。何等缠绵委婉!"③ 与上首五律一样使用了倒插法,更为曲折。明代"后七子"领袖王世贞(1526—1590)对此评价甚高:"七言律篇法,有起有束,有放有敛,有唤有应,大抵一开则一阖,一扬则一抑,一象则一意,无偏用者;句法有直下者,有倒插者,倒插最难,非老杜不能也。"④ 虽然说非老杜不能太绝对了些,但老杜倒插法确实用得很好,观此诗可知。

陈师道《寄送定州苏尚书》:

> 初闻简策侍前旒,又见衣冠送作州。
> 北府时清惟可饮,西山气爽更宜秋。
> 功名不朽聊通袖,海道无违具一舟。
> 枉读平生三万卷,貂蝉当复自兜牟。⑤

此是师道送苏轼诗。方回云:"元祐八年九月东坡出知定州,时宣仁上仙,时事已变,劝东坡省事高退,其意深矣。明年乃有惠州之谪,久之又谪海外。然当是时,坡虽欲退身,殆亦无地自藏矣。此乃国家大气数也。"⑥ 揭示出此诗的写作背景。纪昀评:"语虽直致,而东坡、后山之交

---

① 王嗣奭:《杜臆》卷5,第161、162页。
② 白敦仁:《陈与义集校笺》卷1,第34页。
③ 李庆甲:《瀛奎律髓汇评》卷24,第1069页。
④ 杨伦:《杜诗镜铨》卷10,第440页。
⑤ 冒广生:《后山诗注补笺》卷4,第147、148页。
⑥ 李庆甲:《瀛奎律髓汇评》卷24,第1087页。

情,安危之际,自不暇更作婉转,此又当论其世也。"①强调知人论世。其实此诗老健,并非质直。此诗善用虚字,如首联的"初""又",颔联的"惟""更",表现了时间和程度的递进。颈联似对非对,亦有特色。刘辰翁在《刘孚斋诗序》指出:"作诗如作字,凡一斋第一,类欲以少许对多多许,然气骨适称,识者盖深许之。'桑麻深雨露,燕雀半生成',以'生成'对'雨露',字意政等,怨而不伤,使皆如'青归柳叶'、'红入桃花',上下语脉无甚惨黯,即与村学堂对属何异。后山识此,故云'功名不朽聊通袖,海道无违具一舟',几无一字偶切。简斋识此,故云'一凉恩到骨,四壁事多违',此今人所谓偏枯失对者,安知妙意政在阿堵中。"②从偏枯对这个角度也能看出杜甫、陈师道、陈与义一脉相承的关系。

陈与义《别伯共》:

> 樽酒相逢地,江枫欲尽时。
> 犹能十日客,共出数年诗。
> 供世无筋力,惊心有别离。
> 好为南极柱,深慰旅人悲。③

伯恭,向子諲字,《宋史》卷三七七有传。首联对仗领起,时间对地点,甚工整。后半如纪昀所评:"后四句言已已衰朽,不得报国,惟以立功望故人耳。四句连读,方见其意。"④此诗沉郁顿挫,颇似老杜。沈曾植评:"真情真识,百讽不厌。"⑤陈与义《送客出城西》:

> 邓州谁亦解丹青,画我羸骖晚出城。
> 残年政尔供愁了,末路那堪送客行。
> 寒日满川分众色,暮林无叶寄秋声。

---

① 李庆甲:《瀛奎律髓汇评》卷24,第1087页。
② 刘辰翁:《须溪集》卷6,《豫章丛书》集部5,江西教育出版社2004年版,第682页。
③ 《陈与义集》卷23,第361、362页。
④ 李庆甲:《瀛奎律髓汇评》卷24,第1064页。
⑤ 郑骞:《陈简斋诗集合注汇校》卷23,第235页。

第三章 陈与义诗歌的类别

> 垂鞭归去重回首,意落西南计未成。①

首联用"画我"这种写法更具疏离感,反映宋人的理性和客观。与义这类句子尚多,比如《和王东卿绝句四首》(其一)"说与虎头须画我,三更月里影崚嶒"②,《同继祖民瞻游赋诗亭二首》(其二)"只今那得王摩诘,画我凭栏觅句图"③,等等。颔联"政尔""那堪"虚字得力,宋诗风调。颈联出色,方回评:"五、六一联绝妙,'分'字、'寄'字奇。"④"分""寄"可谓诗眼。唐人善于炼名词,宋人善于炼动词,于此可见。纪昀又做了补充评论:"简斋风骨自不同。六句警绝,前人未道。以'分'字、'寄'字取之,浅矣。"⑤其实只是着眼点不同,方回所评未必浅。与义此句从杜牧《登乐游原》"五陵无树起秋风"⑥化出,亦有所本,并非前人未道。此诗颔联和首联失黏,与杜甫《咏怀古迹》之"摇落深知宋玉悲"那首情况相同,正如与义在《舟次高舍书事》诗自注云:"唐人多有此体,盖书生之便宜也。"⑦

陈与义《送熊博士赴瑞安令》:

> 衣冠衮衮相逢地,草木萧萧未变时。
> 聚散同惊一枕梦,悲欢各诵十年诗。
> 山林有约吾当去,天地无情子亦饥。
> 笑领铜章非失计,岁寒心事欲深期。⑧

首联以工整的对仗领起。"衮衮"二字为与义所习用,比如《次韵家叔》

---

① 《陈与义集》卷17,第270页。
② 《陈与义集》卷19,第294页。
③ 《陈与义集》卷16,第258页。
④ 李庆甲:《瀛奎律髓汇评》卷24,第1091页。
⑤ 同上。
⑥ 吴在庆:《杜牧集系年校注》卷2,中华书局2008年版,第229页。
⑦ 《陈与义集》卷19,第301页。
⑧ 《陈与义集》卷28,第443页。

"衮衮诸公车马尘"①,《次韵周教授秋怀》"天机衮衮山新瘦"②,《对酒》"是非衮衮书生老"③,《江行野宿寄大光》"投老相逢难衮衮"④,《题江参山水横轴画俞秀才所藏二首》(其一)"卷中衮衮溪山去"⑤,《雨》"衮衮繁华地"⑥,等等。颔联上句化用苏轼《至济南李公择以诗相迎次其韵二首》(其二)"聚散细思都是梦"⑦,下句化用白居易《岁暮寄元微之三首》(其二)"灯前读尽十年诗"⑧,剪裁得当,语有现成之妙。颈联分写双方,甚有意味。尾联则写对方出处皆宜,"岁寒"呼应次句"草木萧萧",针法甚密。连挑剔的纪昀也评此诗:"语语沉着。"⑨沈曾植更为倾倒,说:"含蕴几许,有味乎言之。集中此种,尤令人百讽不厌。"⑩方回亦以此诗为例,进行总评:"简斋诗气势浑雄,规模广大。老杜之后,有黄、陈,又有简斋,又其次则吕居仁之活动,曾吉甫之清峭,凡五人焉。"⑪当然他是以江西派的眼光来评论的,俨然一副简要的宗派图。

以上这几首送别诗,杜甫五律凄凉酸楚,令人不忍卒读;七律感情激烈,一气呵成,几乎不分说话作诗。两首倒插法都用得出色,所以既曲折又条达。陈师道诗因为是规劝东坡,写得直接,但造语老健,颈联似对非对,尤见宋诗特点。陈与义五律沉郁顿挫又一气盘旋,颇似老杜;七律意味隽永,情景交融,兼有唐、宋诗的特色,既高远又沉着。

---

① 《陈与义集》卷5,第70页。
② 《陈与义集》卷1,第18页。
③ 《陈与义集》卷12,第189页。
④ 《陈与义集》卷24,第366页。
⑤ 《陈与义集》卷29,第462页。
⑥ 《陈与义集》卷4,第53页。
⑦ 王文诰辑注:《苏轼诗集》卷15,第716页。
⑧ 谢思炜:《白居易诗集校注》卷24,第1902页。
⑨ 李庆甲:《瀛奎律髓汇评》卷24,第1091页。
⑩ 郑骞:《陈简斋诗集合校汇注》卷28,第290页。
⑪ 李庆甲:《瀛奎律髓汇评》卷24,第1091页。

第六节 忠 愤 类

　　陈与义此类诗甚有名,甚至作为后期诗风的代表,包括本集卷一七《有感再赋》《感事》、卷一九《巴丘书事》、卷二〇《居夷行》、卷二一《次韵尹潜感怀》、卷二二《夜赋》、卷二六《伤春》等。四库馆臣云:"至于湖南流落之余,汴京板荡以后,感时抚事,慷慨激越,寄托遥深,乃往往突过古人。"①其中就以忠愤诗最为突出。下面试比较与义与其他诗人的诗作:

　　杜甫《春望》:

> 国破山河在,城春草木深。
> 感时花溅泪,恨别鸟惊心。
> 烽火连三月,家书抵万金。
> 白头搔更短,浑欲不胜簪。②

　　此诗上四写景,下四抒情。司马光云:"古人为诗,贵于意在言外,使人思而得之,故言之者无罪,闻之者足以戒。近世唯杜子美,最得诗人之体,如《春望》诗'国破山河在',明无余物矣;'城春草木深',明无人迹矣。花鸟平时可娱之物,见之而泣,闻之而悲,则时可知矣。他皆类此。"③揭示出此诗意在言外,含蓄委婉的特点。方回评:"此第一等好诗。想天宝、至德以至大历之乱,不忍读也。"④伤时悯乱,忧国思家,具有深刻的艺术感染力。纪昀评:"语语沉着,无一毫做作,而自然深至。"⑤可谓化境,无愧名作。

---

① 永瑢等:《四库全书总目》卷156,第1349页。
② 仇兆鳌:《杜诗详注》卷4,第320页。
③ 同上书,第321页。
④ 李庆甲:《瀛奎律髓汇评》卷32,第1347页。
⑤ 同上。

杜甫《恨别》：

> 洛城一别四千里，胡骑长驱五六年。
> 草木变衰行剑外，干戈阻绝老江边。
> 思家步月清宵立，忆弟看云白日眠。
> 闻道河阳近乘胜，司徒急为破幽燕。①

首联对仗起，以时对地，句法雄健。"四"字拗而不救，更为高古。颔联三句承首句，四句应次句。"剑外"指剑门关外，即四川，对"江边"，工巧。颈联出色。近人许印芳（1832—1901）评："此二句全在转换处用意，盖'清宵'本是眠时，偏说'立'而'步月'；'白日'本是'立'时，偏说'眠'而'看云'。所以见思家、忆弟之无时不然也。沈归愚云：'若说如何思，如何忆，情事易尽。步月看云，有不言神伤之妙。'此又见措词浑含，为诗人之极轨矣。"②所评甚切，颔联错综见意且含蓄不尽。尾联为全篇结穴，亦有深旨。浦起龙评："人知上六为恨别语，至结联，则曰望切寇平而已。岂知《恨别》本旨，乃正在此二句结出，而其根苗，已在次句伏下也。公之长别故乡，由东都再乱故也。解者不察，则七、八句为游骑矣。"③

韩偓《乱后春日途经野塘》：

> 世乱他乡见落梅，野塘晴暖独徘徊。
> 船冲水鸟飞还住，袖拂杨花去却来。
> 季重旧游多丧逝，子山新赋极悲哀。
> 眼看朝市成陵谷，始信昆明是劫灰。④

此诗前半景后半情，沉郁苍凉。明代著名文学批评家金圣叹（1608—

---

① 仇兆鳌：《杜诗详注》卷9，第772页。
② 李庆甲：《瀛奎律髓汇评》卷32，第1360页。
③ 浦起龙：《读杜心解》卷4之1，第617页。
④ 吴在庆：《韩偓集系年校注》卷2，第516页。

1661)评:"'见落梅',言又开春也。'独徘徊',言一无所依,一无所事也。'飞还止''去又来',虽写水鸟杨花,然皆自比徘徊野塘,无聊无赖也。看他一、二,'乱世'下又接'他乡'字,'他乡'上又加'乱世'字,'乱世他乡'下又对'野塘晴日'字,使读者心头眼头,一片荒荒凉凉,直是试想不得。魏文帝《与吴季重书》:'昔年疾疫,亲故罹灾,徐、陈、应、刘,一时俱逝。'庾子山序《哀江南赋》:'不无危苦之辞,惟以悲哀为主。'言此二篇之论,今日恰与我意怅然有当也。'眼看',妙!'始信',妙!不是眼看,亦不始信,此极伤痛之声也。"①颈联尤其精警沉郁。钱谦益《西湖杂感》(其二)"而今纵会空王法,知是前尘也断肠"②,抒发亡国之恨,与此尾联异曲同工。纪昀云:"致尧难得此沉实之作。"③可谓的评。

吕本中《兵乱后杂诗》(其一):

> 晚逢戎马际,处处聚兵时。
> 后死翻为累,偷生未有期。
> 积忧全少睡,经劫抱长饥。
> 欲逐范仔辈,同盟起义师。④

这组诗是宋代江西派诗人吕本中(1084—1145)的名作。钱钟书说:"这些诗大约是靖康二年四月里金兵退尽后,吕本中回到汴梁时所作。方回选了五首,还举出些沉痛的断句,像'报国宁无策,全躯各有词'这一联,把'曲线救国'者的丑态写得惟妙惟肖。这些诗的风格显然学杜甫,'报国'这一联也就从杜甫《有感》第五首的'领郡辄无色,之官皆有词'脱胎,真可算'点铁成金'了!"⑤可见善于学习杜甫。纪昀在称赞中有所保留:"五首全摹老杜,形模亦略似之,而神采终不及也。三、四好,结

---

① 金圣叹:《金圣叹批唐才子诗》卷8下,中华书局2010年版,第227、228页。
② 钱谦益:《牧斋有学集》卷3,上海古籍出版社1996年版,第91页。
③ 李庆甲:《瀛奎律髓汇评》卷32,第1366页。
④ 韩西山:《吕本中诗集校注·东莱诗外集校注》卷3,中华书局2017年版,第1650页。
⑤ 钱钟书:《宋诗选注》,第188页。

太率意。此欲为老杜而失之者。"①颔联对仗工稳,感情沉痛,确实是佳联。结联第七句全用仄声,本来应该在第八句的三字救,这里拗而未救,可能是为了表现不平之气,但粗犷过甚,所以纪昀说率意。相对于陈与义的同类作品,吕本中就相形见绌了。陈能得杜之神,而吕能得其形,神采略乏,可以看成是从杜到陈之间的过渡。

陈与义《感事》:

> 丧乱那堪说,干戈竟未休。
> 公卿危左衽,江汉故东流。
> 风断黄龙府,云移白鹭洲。
> 云何舒国步,持底副君忧。
> 世事非难料,吾生本自浮。
> 菊花纷四野,作意为谁秋?②

这是一首五言排律。首联用对仗起,"丧乱那堪说",见出内心悲愤且一言难尽。次联"公卿"句见出安危一发,"江汉"句见出信心仍在。方回评:"'危''故'二字最佳。"③这两字确实是句眼,宋人善于炼虚字,于此可见一斑。第三联方回云:"'黄龙府'谓二帝北狩,'白鹭洲'谓高庙在金陵。"④此实关系驻跸问题。白敦仁说:"按驻跸问题,实建炎初政一大事,李纲尝以去就争之。大抵宗泽主都汴京;李纲议先驻跸襄、邓,以系中原之望,俟两河就绪,即还汴京。其议与宗泽不悖,皆上策也。而黄潜善、汪伯彦之流力持幸东南,意在逃窜,李纲之议,格而不行。南宋之不竞,兆于此矣。简斋时在襄、邓间,于李纲经营襄、邓之议,当所习闻。诗云'云移白鹭洲',盖有慨于朝局之中变也。盖当时虽有移驻江宁之议(卫尉少卿卫肤敏亦请驻跸建康。又是年八月,'徙诸宗室于江、

---

① 李庆甲:《瀛奎律髓汇评》卷32,第1353页。
② 《陈与义集》卷17,第269页。
③ 李庆甲:《瀛奎律髓汇评》卷32,第1355页。
④ 同上。

淮以避敌,于是南宫北宅皆移江宁府'。又李纲罢相后,诏书亦有'可检会李纲乞都江宁奏状榜示,以解众惑'之语,是李纲初亦有移驻江宁之奏),然本年实未移跸金陵。至九月己酉,诏'暂驻淮西',十月丁巳朔,'登舟幸淮甸',其后遂入扬州矣。"①指出了当时情势。第四联写出忧国之情,唯觉上下句意近。第五联身世交感,对此茫茫。尾联以景结情,余味无穷。刘克庄云:"徐师川《闻捷》云:'时时传破虏,日日问修门。'又云:'诸公宜努力,荆棘已千村。'陈简斋《感事》云:'风断黄龙府,云移白鹭洲','菊花纷四野,作意为谁秋。'颇逼老杜。"②纪昀评:"此诗真有杜意,乃气味似,非面貌似也。"③沈曾植评:"公处杜之时世,有杜之心事,其诗安得不杜。此等非声音笑貌之似也。"④都认为此诗近杜,且作了高度评价。前面纪昀认为吕本中只得杜诗面貌,可见他对陈、吕二人的轩轾是很明显的。

陈与义《次韵尹潜感怀》:

> 胡儿又看绕淮春,叹息犹为国有人。
> 可使翠华周宇县,谁持白羽静风尘。
> 五年天地无穷事,万里江湖见在身。
> 共说金陵龙虎气,放臣迷路感烟津。⑤

建炎元年(1127)冬至二年(1128)春,金兵三路南犯,将宋高宗赶到扬州。二年冬至三年(1129)春,金兵又大举南下,连陷徐、泗、楚三州,直逼扬州,高宗仓皇渡江,经镇江、常州、吴江、秀州等地,到达杭州。此诗作于建炎三年,抒发了诗人的忧国之情。首联次句用贾谊《治安策》"犹为国有人乎"⑥,本来是否定的意思,此处省略了"乎"字。颔联"翠华"

---

① 白敦仁:《陈与义集校笺》卷17,第488、489页。
② 刘克庄:《后村诗话》前集卷2,第27页。
③ 李庆甲:《瀛奎律髓汇评》卷32,第1355页。
④ 郑骞:《陈简斋诗集合注汇校》卷17,第174页。
⑤ 《陈与义集》卷21,第329页。
⑥ 班固:《汉书》卷48,第2240页。

是皇帝仪仗中用翠鸟羽为饰的旗,这里指皇帝。"周宇县"是到处奔逃的委婉说法。"白羽"是白羽扇,魏晋人常持白羽扇指挥三军。"风尘"比喻战乱。颈联时空对,振起全篇,悲壮有力。上句言国多战乱,下句言身久飘零。自宣和七年(1125)金灭辽攻宋,到建炎三年,五年天翻地覆,变乱相仍。纪昀特意称赞了此联,说:"五、六警动。"①尾联语气委婉,但表达了陈与义希望定都在南京的主张,含蓄地表达了对投降派南奔的不满。沈曾植云:"入之杜集,竟可无别。有此忠悃,乃有此厚气,山谷后山所不及也。"②对此诗评价甚高。

以上诸诗,杜甫诗作于安史之乱中,韩偓诗作于唐末快亡国之时,吕本中、陈与义诗作于靖康之乱后,可见忠愤诗多出于外界环境的激发,才能言之有物,发之动人。此类动乱题材吕本中、陈与义所作风格近于杜甫,然吕诗只得其形貌,陈则形神兼备。韩偓诗虽然不似杜诗之形,但沉郁苍凉的感情与杜诗相通。

---

① 李庆甲:《瀛奎律髓汇评》卷32,第1369页。
② 郑骞:《陈简斋诗集合校汇注》卷21,第215页。

第四章　陈与义诗歌的修辞

虽然相对于杜甫、黄庭坚等注重修辞的诗人来说，陈与义诗歌的修辞手法不算丰富，但是也颇具特色。"一祖三宗"之论，洵非虚誉。总的来说，陈与义既有合乎规则的所谓江西诗法，又有强调创新的所谓活法。既贯彻了江西诗派的避俗主张，又纠正了江西末流的佶屈之弊。这些特点在其修辞艺术上都有所体现。需要指出的是，笔者是在广义上使用"修辞"这个词，传统诗话中所谓"字法""句法"等概念也包括在内，目的是为了更准确地揭示其艺术特色。下面就与义修辞突出的方面举例说明：

第一节　对　　仗

形成于唐代的律诗要求中间两联必须对仗。换句话说，对仗不仅是一种修辞手段，还是律诗的内在要求。而且，一首律诗，虽然只有中间两联是必须对仗的，但是诗人们有时把首联或尾联甚至全首诗四联都做成了对仗句。这样一来，水平一般的诗歌写作者易弄巧成拙，画蛇添足，因为不恰当的对仗可能使诗歌显得呆板；然而，高明的诗人却是因难见巧，锦上添花，能恰到好处地提升诗歌的表现力。除此之外，不难发现，近体诗中的绝句甚至古体诗也有大量应用对仗句的。绝句又称截句，郎瑛《七修类稿》引《诗法源流》云："绝句者，截句也，如后两句对者是截律诗前四句，前两句对者是截律诗后四句，皆对者是截中四句，皆不对者则截前后各两句也。"[①]虽然有人不同意这种说法，谓绝句

---

① 郎瑛：《七修类稿》卷29，上海书店2009年版，第310页。

在律诗之前即已存在,比如胡应麟说"五、七言绝句,盖五言短古,七言歌之变也",他认为"谓截近体首尾或中二联者,恐不足凭。五言绝起两京(两汉),其时未有五言律。七言绝起四杰,其时未有七言律也。"①王夫之也反对截句的说法,说:"五言绝句自五言古诗来,七言绝句自歌行来,此二体本在律诗之前;律诗从此出,演令充畅耳。有云绝句者,截取律诗一半,或绝前四句,或绝后四句,或绝首尾各二句,或绝中两联。审尔,刭头刖足,为刑人而已。"②这是从诗体发展演变的先后关系来看。但是从绝句大量应用对仗的角度上说,认为是截取了律诗的一部分也有其合理性。很多古体诗也有对仗句。古体诗的对仗句比近体诗宽松,因为不需要考虑平仄,只要词性和结构相对就可以看作对仗了。

为什么在诗歌中对仗的应用会如此广泛呢?对仗产生的原因,根本在于事物具有相互对立、相互依存的现象。刘勰说"造物赋形,支体必双,神理为用,事不孤立。夫心生文辞,运裁百虑,高下相须,自然成对",并举出《虞书·大禹谟》中对仗的例子③。另外,对仗有一个发展的过程。谢榛说:"《诗》曰'觏闵既多,受侮不少',初无意于对也。《十九首》云'胡马依北风,越鸟巢南枝',属对虽切,亦自古老。六朝惟渊明得之,若'芳草何茫茫,白杨亦萧萧'是也。"④这还只是偶然的例子,而且声韵并不协调。要经过南朝沈约等人的声韵理论和初唐沈佺期、宋之问等的创作实践,律诗才把对仗和平仄结合在一起,而对仗也内化为律诗的要求。

宋诗相比唐诗,对仗出现了一些新特点。缪钺说:"唐人律诗,其对偶已较六朝为工,宋诗于此,尤为精细。"⑤并概括出宋诗所贵的数点——工切,匀称,自然,意远。当代学者周裕锴指出:"在对偶问题上宋人要和唐诗抗衡,只有两条路可走:一是变本加厉,在贴切精巧、工整

---

① 胡应麟:《诗薮》内编卷6,第105页。
② 王夫之:《姜斋诗话》卷2,人民文学出版社1961年版,第162页。
③ 詹锳:《文心雕龙义证》卷7,第1294—1296页。
④ 谢榛:《四溟诗话》卷1,《四溟诗话·姜斋诗话》,第6页。
⑤ 缪钺:《论宋诗》,《古典文学论丛》,第106页。

严密方面超越唐人；二是改弦易辙，化切对为宽对，解构唐诗过分工整的对偶结构。"①第一条路近于工切和匀称，第二条路近于自然和意远。陈与义诗中两种对仗都有。工切的如《伤春》："孤臣霜发三千丈，每岁烟花一万重。"②自然的如《怀天经智老因访之》："客子光阴诗卷里，杏花消息雨声中。"③比较有特色的对仗有下面这些类型。

一、时空对

我国古代哲学虽然没有"时空"这一术语，但用"宇宙"这词来表现时空。《文子·自然》云："往古来今谓之宙，四方上下谓之宇。"④宙，指时间。宇，指空间。《淮南子·齐俗训》也有相同的句子⑤。《尸子》也说："天地四方曰宇，往古来今曰宙。"⑥二字连用，则始见于《庄子·齐物论》："奚旁日月，挟宇宙？"⑦从以上例子可以看出，古代哲人很早就对时空这一对范畴感兴趣。诗人也是如此，体现在诗歌对仗中就是时空对的大量应用。陈与义诗歌也不例外，其时空对根据特点又可以分为以下几种：

（一）将两种时态词并置或者对比

《夜步堤上三首》（其二）："十月雁背高，三更河流去。"⑧

这一联是五言古体诗中的对仗句。"十月"和"三更"都是时态词。"十月"是时间段，"三更"是时间点。同时，"雁背"在天上，"河流"在地下，暗含了空间概念。时间概念一大一小，空间概念一上一下，小大、上

---

① 周裕锴：《宋代诗学通论》戊编，第478页。
② 《陈与义集》卷26，第404页。
③ 《陈与义集》卷30，第470页。
④ 王利器：《文子疏义》卷8，中华书局2000年版，第346页。
⑤ 刘文典：《淮南鸿烈集解》卷11，第362页。
⑥ 尸佼：《尸子》卷下，华东师范大学出版社2009年版，第37页。
⑦ 郭庆藩：《庄子集释》卷1下，第100页。
⑧ 《陈与义集》卷14，第211页。

下相形,形成张力。这正是刘勰所谓"反对"①,符合"意远"的特点。

《又和岁除感怀用前韵》:"鬓色定从今夜改,梅花已判隔年看。"②

这是一首七律中的颔联。"今夜""隔年"一小一大的两个时态词。因为是除夕,"一年将尽夜"③,夜和年这两个小大不侔的词就统一起来,隔夜就是隔年,用得很巧妙。这一联"一我一物,一情一景"④,是陈与义的擅场,对于这种对仗,在后面的"活对"那节还有详细讨论。

(二) 用过去和未来对照,将以前跟现在对比

《友人惠石两峰巉然取杜子美玉山高并两峰寒之句名曰小玉山》:"从来作梦大槐国,此去藏身小玉山。"⑤

"大槐国",典出李公佐《南柯太守记》,又见《太平广记》卷四七五引《异闻录》,形容人生如梦,世事无常。陈与义似乎对这个典故有偏爱,在《送张迪功赴南京掾二首》其二中又有"功名大槐国"之句⑥,但这里用得更为含蓄有味。"小玉山"即友人所赠之石。"藏身小玉山",胡稚、白敦仁、郑骞皆无注,笔者以为此处暗用佛典。《杂阿含经》卷一六云:"有诸天阿修罗兴四种军(象车、马军、车军、步军),战于空中。时,诸天得胜,阿修罗军败,退入彼池一藕孔中。"⑦此用典所谓夺胎换骨,"师其意,不师其辞"⑧。从陈与义的诗看,他爱读佛经,也爱同僧人交往,所以很可能是在暗用此佛典。

《题许道宁画》:"向来万里意,今在一窗间。"⑨

---

① 刘勰云:"反对为优,正对为劣。""反对者,理殊趣合者也。"见詹锳:《文心雕龙义证》卷7,第1304页。
② 《陈与义集》卷5,第66页。
③ 戴叔伦:《除夜宿石头驿》,蒋寅:《戴叔伦诗集校注》卷2,上海古籍出版社2010年版,第193页。
④ 李庆甲:《瀛奎律髓汇评》卷26,第1145页。
⑤ 《陈与义集》卷9,第142页。
⑥ 《陈与义集》卷5,第74页。
⑦ 《杂阿含经》卷16,宗教文化出版社1999年版,第347页。
⑧ 韩愈:《答刘岩夫书》,载刘真伦、岳珍:《韩愈文集汇校笺注》卷8,中华书局2010年版,第865页。
⑨ 《陈与义集》卷4,第55页。

第四章　陈与义诗歌的修辞

这是一首题画五律。这联是暗赞画作的高明：一幅在窗间，即可饱览山水，不用万里跋涉去登临了。杜甫赞扬朋友的画作，就有"咫尺应须论万里"之句①，构思略同。《南史》卷四四《萧贲传》云："能书善画，于扇上图山水，咫尺之内，便觉万里为遥。"②杜诗、陈诗皆用此。句法则是化自黄庭坚《以椰子茶瓶寄德孺二首》（其二）："往时万里物，今在篱落间。"③与义此联不但在时间上是今昔的对比，"万里""一窗"在空间上还是大小的对比，意蕴甚为丰厚。郁达夫认为"辞断意连""粗细对称"是作诗的秘诀，举了龚自珍的诗句和杜甫《咏怀古迹》咏王昭君的那首为例，说用了此法，"句子就觉得非常生动了"④。这联正是辞断意连，两句意思一气贯注的流水对⑤。而且此联上句"万里"是"粗"，下句"一窗"是"细"，正是粗细对称的手法。"意"和"间"虽然对得不工，但因为是流水对，个别字可以放宽。如叶梦得所云："意所到处，虽语有不伦，亦复不问。"⑥

（三）将人事、自然并置，表达自然规律不受人事的影响

《金潭道中》："海内兵犹壮，村边岁自华。"⑦

此联意味接近杜甫《春望》"国破山河在，城春草木深"⑧，虽然国家残破，但山河依旧，而且"春来还发旧时花"⑨，不受人事的影响。有情之人对无情之物，情何以堪！陈与义这联也是如此：海内兵燹未消，但自然界却不受丝毫影响，依旧桃李春风（尾句作"回眼送桃花"）。这一联同时包含了时间和空间，"岁自华"是时间，"海内"指全国，是一个大范围，"村边"只是一个小地点，这样就形成了大小、粗细的对照，增强了

---

① 杜甫：《戏题王宰画山水图歌》，仇兆鳌：《杜诗详注》卷 9，第 756 页。
② 李延寿：《南史》卷 44，中华书局 1975 年版，第 1106 页。
③ 《黄庭坚诗集注》卷 20，第 705 页。
④ 《郁达夫诗全编》，浙江文艺出版社 1990 年版，第 326、327 页。
⑤ 流水对，见王力《汉语诗律学》，第 190 页。
⑥ 叶梦得：《石林诗话》卷上，《历代诗话》本，第 407 页。
⑦ 《陈与义集》卷 24，第 376 页。
⑧ 仇兆鳌：《杜诗详注》卷 4，第 320 页。
⑨ 岑参：《同》，《岑嘉州诗笺注》卷 7，中华书局 2004 年版，第 779 页。

诗句的表现力。

《衡岳道中四首》(其一):"世乱不妨松偃蹇,村空更觉水潺湲。"①

这联与上联不同的是,人事与自然的对照不是分属上下句,而是在同一句之内,显得更为集中。如果不考虑格律的因素,让唐人来写,很可能会是"世乱松偃蹇,村空水潺湲"。因为唐诗更喜欢意象的直接呈现,不作逻辑性的说明。宋诗有"以文为诗"的倾向,更注意意脉的流畅和意思的明晰。所以与义这联有"不妨""更觉"二字,有助于疏通文义。

(四) 表现人事和自然同处于变化之中

《雨》:"燕子经年梦,梧桐昨暮非。"②

纪昀谓此联"妙在即离之间"③。王士禛说:"咏物之作,须如禅家所谓不黏不脱,不即不离,乃为上乘。"④此联可谓得之。缪钺曾撰有专文赏析此诗,论及此联,说"离开雨说,而又是从雨中想出,其意境凄迷深邃,决非常人意中所有"⑤,可为纪昀所云"妙在即离之间"的注脚。缪先生又说:

> 陈诗用"燕子""梧桐",并非写燕子与梧桐在雨中的景象,而是写燕子与梧桐在雨中的感觉。秋燕将南归,思念前迹,恍如一梦;梧桐经雨凋落,已与昨暮不同。其实,燕子与梧桐并无此种感觉,乃是诗人怀旧之思、失志之慨,借燕子、梧桐以衬托出来而已。⑥

燕子和梧桐因此成为象征的意象。如果说前面的例子表现的是物是人非,那么这联表现的则是人物俱非,可谓"加一倍写法"⑦。此联非常典

---

① 《陈与义集》卷24,第369页。
② 《陈与义集》卷4,第53页。
③ 李庆甲:《瀛奎律髓汇评》卷17,第672页。
④ 王士禛:《带经堂诗话》卷12,第305页。
⑤ 缪钺:《诗词散论》,第131页。
⑥ 同上。
⑦ 施补华:《岘佣说诗》,《清诗话》本,上海古籍出版社1999年版,第974页。

型地体现了宋诗"透过数层,从深处拗折,在空中盘旋"的特点①。

《寓居刘仓廨中晚步过郑仓台上》:"世事纷纷人老易,春阴漠漠絮飞迟。"②

纪昀评此联曰:"三、四两句意境深微。"③不但世事纷纷,人生易老,连自然界都春阴漠漠,柳絮为迟。诗人和春天同时老去。这联是王国维所谓"有我之境":"以我观物,故物皆著我之色彩。"④此诗被方回划为变体类,依据就是这一联,所谓"一句情,一句景"⑤。

(五) 把时间和空间两者结合起来

《别孙信道》:"万里鸥仍去,千年鹤未归。"⑥

《纵步至董氏园亭三首》(其一):"百年今日胜,万里此身浮。"⑦

上一联"万里""千年"作对,下一联"百年""万里"作对。这样的对仗可以追溯杜甫《登高》中的名句"万里悲秋常作客,百年多病独登台"⑧。钱钟书说:"世所谓'杜样'者,乃指雄阔高浑,实大声弘。"⑨后面的例句就举了《登高》这联。钱又说陈与义"学杜得皮,举止大方,五律每可乱楮叶"⑩。上举五律中的两联可谓与义学杜的代表。"万里鸥仍去",化自杜甫《奉赠韦左丞丈二十二韵》"白鸥没浩荡,万里谁能驯"⑪。"万里此身浮",化自杜甫《重题》"宇宙此身浮"⑫。从风格来看,学杜得皮而不是得骨,如钱先生所云"山谷、后山诸公仅得法于杜律之韧瘦者,

---

① 缪钺:《诗词散论》,第 131 页。
② 《陈与义集》卷 14,第 219 页。
③ 李庆甲:《瀛奎律髓汇评》卷 26,第 1146 页。
④ 王国维:《人间词话》,人民文学出版社 1960 年版,第 191 页。
⑤ 李庆甲:《瀛奎律髓汇评》卷 26,第 1146 页。
⑥ 《陈与义集》卷 23,第 363 页。
⑦ 《陈与义集》卷 15,第 232 页。
⑧ 仇兆鳌:《杜诗详注》卷 20,第 1766 页。
⑨ 钱钟书:《谈艺录》,第 455 页。
⑩ 同上书,第 457 页。
⑪ 仇兆鳌:《杜诗详注》卷 1,第 77 页。
⑫ 仇兆鳌:《杜诗详注》卷 22,第 1918 页。

于此等畅酣饱满之什,未多效仿"①,而与义则多有此"雄阔高浑,实大声弘"一格。或因为此,严羽才称简斋体"亦江西之派而小异"②。

(六) 较隐晦的时间、空间作对

《己酉九月自巴丘过湖南别粹翁》:"江湖尊前深,日月梦中疾。"③

这是五古中的一联。"江湖"是地,"日月"是时。诗人选择了两个典型的场景,反映了追念昔游的欢乐和岁月易逝的感慨。这里日月理解成岁月,其实是一种借对。即用太阳和月亮的字面,表达岁月的意思,这样才能跟江湖对得工稳。

《愚溪》:"寒声日暮起,客思雨中深。"④

此诗《瀛奎律髓》题作《雨思》,纪昀评曰:"亦闲雅。"⑤"日暮"是时间,"雨中"是空间。上一句写雨声,透过时间词,描绘得更具体;下一句写雨思,通过空间词,化抽象为具体。

二、颜色对

王力在《汉语诗律学》中说:"形容词中,只有颜色和数目(如果把数目认为形容词的话)是自成种类的,其余也没有细分。"⑥又说:"对仗很难字字工整;但只有每联有一大半的字是工对,其他的字虽差些,也已经令人觉得很工。尤其是颜色、数目和方位,如果对得工了,其余各字就跟着显得工。"⑦所论甚是,诗中颜色对能使对仗增色,在对仗中具有重要作用。

晚清"同光体"诗论家陈衍(1856—1937)说:

---

① 钱钟书:《谈艺录》,第456页。
② 郭绍虞:《沧浪诗话校释·诗体》,第59页。
③ 《陈与义集》卷23,第354页。
④ 《陈与义集》卷27,第423页。
⑤ 李庆甲:《瀛奎律髓汇评》卷17,第679页。
⑥ 王力:《汉语诗律学》,第163页。
⑦ 同上书,第181页。

第四章 陈与义诗歌的修辞

  诗贵风骨,然亦要有色泽,但非寻常脂粉耳;亦要有雕刻,但非寻常斧凿耳。有花卉之色泽,有山水之色泽,有彝鼎图书种种之色泽。王右丞金碧楼台山水也;陈后山淡淡靛青峦头耳;黄山谷则加赭石,时复着色朱砂;陈简斋欲自别于苏、黄之外,在花卉中为山茶、腊梅、山矾。①

揭示出陈与义诗色泽的特点:不是大红大紫,而是清丽一路。用他的名作《和张规臣水墨梅五绝》(其一)中一句诗来评价,就是"此花风韵更清姝"②。其颜色对大致可分为如下几类:

(一) 描绘客观景象

《酴醾》:"青天映妙质,白日照繁香。"③
《岸帻》:"乱云交翠壁,细雨湿青林。"④
《夜抵贞牟》:"夜半青灯屋,篱前白水陂。"⑤
《山中》:"白水春陂天澹澹,苍峰晴雪锦离离。"⑥

  以上几联都是对客观景象的描绘。"青天"对"白日","白水"对"苍峰","青灯"对"白水",色彩对比鲜明,景物如画。相比较而言,"翠壁"对"青林"就要逊色一些,因为颜色过于接近,近于刘勰所谓"正对"。所以刘辰翁评"乱云交翠壁"二句云:"此以上句胜。"⑦可能就是看到了下句对仗颜色过于接近的毛病。即使如此,此联朱熹也颇有好评,仍然当作警句:

  古人诗中有句,今人诗更无句,只是一直说将去。这般诗,一

---

① 陈衍:《石遗室诗话》卷23,《民国诗话丛编》本,第317页。
② 《陈与义集》卷4,第55页。
③ 同上书,第52页。
④ 《陈与义集》卷18,第285页。
⑤ 《陈与义集》卷24,第383页。
⑥ 同上书,第388页。
⑦ 白敦仁:《陈与义集校笺》卷18,第515页。

日作百首也得。如陈简斋诗"乱云交翠壁,细雨湿青林""暖日薰杨柳,浓阴醉海棠",他是什么句法!①

(二) 同时包含描绘和象征

《以事走郊外示友》:"黄尘满面人犹去,红叶无言秋又归。"②

《次韵乐文卿北园》:"梅花不是人间白,日色争如酒面红。"③

"黄尘"不仅是说尘土是黄色的,还象征着官场的污浊和谋生的艰辛。"梅花"联陈衍评曰:"五、六濡染大笔,百读不厌。"④"白"不仅仅是梅花的颜色,还象征其高洁,所以说"不是人间白"。

特别值得注意的是陈与义诗歌中屡屡出现的白头、白发、白首等意象。

《西风》:"梦断头将白,诗成叶自黄。"⑤

《除夜》:"等闲生白发,耐久是青灯。"⑥

《次韵家叔》:"黄花不负秋风意,白发空随世事新。"⑦

《谢杨工曹》:"客居最负青春好,世事空随白发新。"⑧

《漫郎》:"黑白半头明镜里,丹青千树恶风前。"⑨

《登岳阳楼二首》(其二):"北望可堪回白首,南游聊得看丹枫。"⑩

《寄若拙弟兼呈二十家叔》:"政须青山映白发,顾着皂盖争黄埃。"⑪

---

① 朱熹:《朱子全书·朱子语类》卷140,第4329页。
② 《陈与义集》卷4,第62页。
③ 《陈与义集》卷8,第111页。
④ 陈衍:《宋诗精华录》卷3,第109页。
⑤ 《陈与义集》卷4,第54页。
⑥ 《陈与义集》卷29,第451页。
⑦ 《陈与义集》卷5,第70页。
⑧ 《陈与义集》卷7,第98页。
⑨ 《陈与义集》卷11,第165页。
⑩ 《陈与义集》卷19,第303页。
⑪ 《陈与义集》卷6,第77页。

第四章 陈与义诗歌的修辞

前面六联的白头、白发、白首都表现了人生易老的感慨;最后一联的白发意味则不同,表现了安贫乐道的思想。

《西风》联的"白头"和"黄叶"对举,具有深刻的象征意义。"黄叶"和"白头"都是迟暮的象征,不过一属自然,一属人事而已。如杜甫《凭孟仓曹将书觅土娄旧庄》"北风黄叶下,南浦白头吟"①、韦应物《淮上遇洛阳李主簿》"窗里人将老,门前树已秋"②、白居易《途中感秋》"树初黄叶日,人欲白头时"③、司空曙《喜外弟卢纶见宿》"雨中黄叶树,灯下白头人"④。谢榛评韦、白、司空这三联,却漏掉了杜诗,云:"三诗同一机杼,司空为优:善状目前之景,无限凄感,见乎言表。"⑤原因正在于司空图这联剔除了虚字,让意象直接呈现,使读者有更大的想象空间。与义这联既有继承又有发展,"诗成叶自黄"不仅表现迟暮,似还有人诗俱老的意思。

《除夜》联"白发"和"青灯"对仗,既是颜色的鲜明对照,又是人和物的对比。《古诗十九首》有"人生忽如寄,寿无金石固"⑥,"人生非金石,岂能长寿考"⑦,同一机杼,只是与义诗用意象来表现,说得更为含蓄。

《次韵家叔》联与《谢杨功曹》联"白发空随世事新"与"世事空随白发新"意同,大概是与义得意之句,所以重复使用。"白发"和"黄花",是人和物的对比;"白发"和"青春",是人和时的对比。

《漫郎》联"黑白半头明镜里"见出早生二毛,"丹青千树恶风前"则隐射了当时险恶的政治环境。"黑白"和"丹青"有四种颜色,意蕴丰富。

《登岳阳楼》联"白首"和"丹枫"颜色对比鲜明,"可堪"和"聊得"两个虚词斡旋有力。

《寄若拙弟》联反映的是归隐的思想,有"青""白""皂""黄"四个颜

---

① 仇兆鳌:《杜诗详注》卷 20,第 1760 页。
② 陶敏、王友胜:《韦应物集校注》卷 5,第 356 页。
③ 谢思炜:《白居易诗集校注》卷 15,第 1218 页。
④ 彭定求等编:《全唐诗》卷 293,第 3334 页。
⑤ 谢榛:《四溟诗话》卷 1,第 12 页。
⑥ 萧统编:《文选》卷 29,第 1348 页。
⑦ 同上书,第 1347 页。

色字。"青"和"白"象征了高洁的理想之境,"皂"和"黄"则代表了污浊的现实人生。

(三) 声色交织的隐晦颜色对

《雨》:"青春望中色,白涧晚来声。"①

《汝州吴学士观我斋分韵得真字》:"月明泉声细,雨过竹色新。"②

《元方用韵寄若拙弟邀同赋元方将托若拙觅颜渊之五十亩故诗中见意》:"囊间已办青芒屦,桑下想闻黄栗留。"③

《送客出城西》:"寒日满川分众色,暮林无叶寄秋声。"④

上面的例子都是一句颜色一句声音。"白涧晚来声",既有声音也有颜色。"雨过竹色新"虽然没出现颜色字,但是"竹色新"三字不难想见其翠绿。"桑下想闻黄栗留","黄栗留"即黄鹂,此句既有声音也有颜色。"寒日"联,方回评曰:"五、六一联绝妙,'分'字、'寄'字奇。"纪昀评曰:"简斋风骨自不同。六句警绝,前人未道。"⑤声色交织是此联成功的原因之一。

三、当句对

当句对又称"句中自对"。洪迈云:"唐人诗文,或于一句中自成对偶,谓之'当句对'。当句对盖起于《楚辞》'蕙烝兰藉''桂酒椒浆''桂棹兰枻''斫冰积雪'。"⑥严羽称为"就句对",举了杜甫"小院回廊春寂寂、浴凫飞鹭晚悠悠"、李嘉祐"孤云独鸟川光暮,万里千山海气秋"为例⑦。李商隐有一首《句中有对》非常典型:"密迩平阳接上兰,秦楼鸳瓦汉宫

---

① 《陈与义集》卷18,第286页。
② 《陈与义集》卷8,第112页。
③ 《陈与义集》卷6,第83页。
④ 《陈与义集》卷17,第270页。
⑤ 李庆甲:《瀛奎律髓汇评》卷24,第1091页。
⑥ 洪迈:《容斋随笔·续笔》卷3,第250页。
⑦ 郭绍虞:《沧浪诗话校释·诗体》,第74页。

盘。池光不定花光乱,日气初涵露气干。但觉游蜂饶舞蝶,岂知孤凤忆离鸾!三星自转三山远,紫府程遥碧落宽。"冯浩注曰:"八句皆自为对,创格也。"① 值得注意的是,早在律诗形成之前,已经有当句对这个名目了。《文镜秘府论》把对仗分为二十九种,第二十种便是当句对,举了鲍照的"熏歇烬灭,光沉响绝"为例②。

闻一多在《律诗底研究》中也提到当句对,把它称为"就对":"就对者,就本句中自以为对也。有字与字为对者,有词与词为对者。"③下面分别举与义诗中这两类当句对。

(一) 词与词为对

《清明》:"寒食清明惊客意,暖风迟日醉梨花。"④

《观雨》:"前江后岭通云气,万壑千林送雨声。"⑤

《十月》:"欲诣热官忧冷语,且求浊酒寄清欢。"⑥

《雨中对酒庭下海棠经雨不谢》:"天翻地覆伤春色,齿豁头童祝圣时。"⑦

《康州小舫与耿伯顺李德升席大光郑德象夜话以更长爱烛红为韵得更字》:"天阔路长吾欲老,夜阑酒尽意还倾。"⑧

《友人惠石两峰巉然取杜子美玉山高并两峰寒之句名曰小玉山》:"暮霭朝曦一生了,高天厚地两峰闲。"⑨

除了上下句的对仗外,《清明》联"寒食"对"清明","暖风"对"迟日";《观雨》联"前江"对"后岭","万壑"对"千林";《十月》联"热官"对"冷语","浊酒"对"清欢";《雨中》联"天翻"对"地覆","齿豁"对"头童";

---

① 冯浩:《玉溪生诗集笺注》卷3,第730页。
② 卢盛江:《文镜秘府论汇校汇考·东·二十九种对》,中华书局2006年版,第784页。
③ 闻一多:《律诗底研究》,《闻一多选集》,四川文艺出版社1987年,第293页。
④ 《陈与义集》卷18,第288页。
⑤ 《陈与义集》卷26,第409页。
⑥ 《陈与义集》卷5,第63页。
⑦ 《陈与义集》卷20,第324页。
⑧ 《陈与义集》卷27,第431、432页。
⑨ 《陈与义集》卷9,第142页。

《康州》联"天阔"对"路长","夜阑"对"酒尽";《友人》联"暮霭"对"朝曦","高天"对"厚地"。其中,上下句的对仗是宽对,句中自对是工对。

(二) 字与字为对

《茅屋》:"时序添诗卷,乾坤进酒杯。"①

《道中寒食二首》(其一):"能供几岁月,不办了悲欢。"②

《雨》:"春发苍茫内,鸟鸣篁竹间。"③

《瓶中梅》:"红绿两重袂,殷勤满面春。"④

《次韵谢表兄张元东见寄》:"林泉入梦吾当隐,花鸟催诗岁不留。"⑤

《十月》:"病夫搜句了节序,小斋焚香无是非。"⑥

《对酒》:"官里簿书无日了,楼头风雨见秋来。"⑦

《先寄邢子友》:"欲见旧交惊岁月,剩排幽话说艰虞。"⑧

《怀天经智老因访之》:"客子光阴诗卷里,杏花消息雨声中。"⑨

《茅屋》联"时"对"序","乾"对"坤";《道中寒食》联"岁"对"月","悲"对"欢";《雨》联"苍"对"茫","篁"对"竹";《瓶中梅》联"红"对"绿","殷"对"勤";《次韵》联"林"对"泉","花"对"鸟";《十月》联"节"对"序","是"对"非";《对酒》联"簿"对"书","风"对"雨";《先寄》联"岁"对"月","艰"对"虞";《怀天经智老》联"光"对"阴","消"对"息"。这样的当句对还可以举出很多。可以说,凡是包含并列式词组的联句都可以看作"字与字为对"的当句对。但是这样的对仗,上下两句之间往往宽泛,特别是《雨》联"苍茫"对"篁竹",《瓶中梅》联"红绿"对"殷勤"。

---

① 《陈与义集》卷4,第52页。
② 《陈与义集》卷9,第139页。
③ 《陈与义集》卷24,第384页。
④ 《陈与义集》卷28,第449页。
⑤ 《陈与义集》卷6,第79页。
⑥ 《陈与义集》卷11,第164、165页。
⑦ 《陈与义集》卷12,第189页。
⑧ 《陈与义集》卷24,第379页。
⑨ 《陈与义集》卷30,第470页。

第四章　陈与义诗歌的修辞

著名语言学家王力在《汉语诗律学》中曾指出："有些对仗,看来颇像宽对,其实是工对或邻对,因为先在出句里用并行语作为颇工的对偶,然后在对句里也用并行语作为颇工的对偶,这样,既自对而又相对,虽宽而亦工。"①这里要解释下工对和邻对。王力说:"对仗的范畴越小,就越工整。……所谓对仗的范畴,差不多也就是名词的范畴。诗人们对于名词,却分得颇为详细。在同一类相为对仗者,叫作工对;否则可以叫作宽对。"②又说:"邻对虽比工对略逊一等,也还算是近于工整的一方面的。一般的邻对,大约可分为二十类:第一,天文与时令;第二,天文与地理;……"③这里所谓并行语,既包括了字与字对,也包括了词与词对。

(三) 字数上不相等的当句对

王力说:"这种句中自对,和同义反义的连用字稍有不同;它至少用两个字和另两个字相对。如系五言,往往是上两字和下三字相对;如系七言,往往是上四字和下三字相对。这样,虽然在字数上不相等,在意义上却是颇工整的对仗。"④这种对仗只能出现在律诗的首联或者尾联。在陈与义诗中这两种对仗都有。如以下几首出现在首联:
《雨晴》:"天缺西南江面清,纤云不动小滩横。"⑤
《江行野宿寄大光》:"樯乌送我入蛮乡,天地无情白发长。"⑥
《度岭》:"年律将穷天地温,两州风气此横分。"⑦
《登岳阳楼二首》(其一):"洞庭之东江水西,帘旌不动夕阳垂。"⑧
《雨晴》联"纤云不动"与"小滩横"对仗;《江行》联"天地无情"与"白发长"对仗;《度岭》联"年律将穷"与"天地温"对仗,再细分一下,"年"与

---

① 王力:《汉语诗律学》,第185页。
② 同上书,第163页。
③ 同上书,第181、182页。
④ 同上书,第191页。
⑤ 《陈与义集》卷11,第164页。
⑥ 《陈与义集》卷24,第366页。
⑦ 《陈与义集》卷27,第426页。
⑧ 《陈与义集》卷19,第302页。

"律"对仗,"天"与"地"对仗;《登岳阳楼》联"洞庭之东"与"江水西"对仗,"帘旌不动"与"夕阳垂"对仗,上下句各自为对。《雨晴》为名作,此联写景生动;后三首为晚期作品,气格高古,感慨深沉。

出现在尾联的有:

《次韵谢吕居仁时寓贺州》:"倘可卜邻吾欲住,草茅为盖竹为梁。"①

《道山宿直》:"遥想王戎烛下算,百年辛苦一生痴。"②

《送善相僧超然归庐山》:"酒酣更欲烦公说,黄叶漫山锡杖飞。"③

《感怀》:"子房与我同羁旅,世事千般酒一觞。"④

《次韵谢吕居仁》联"草茅为盖"与"竹为梁"对仗;《道山》联"百年辛苦"与"一生痴"对仗;《送善相僧》联"黄叶漫山"与"锡杖飞"对仗;《感怀》联"世事千般"与"酒一觞"对仗。首例"草茅"和"竹"都是植物,属于正对;后三例都属于"小大相形"的对仗,则属反对,意味深长。

(四) 包含数字的当句对

《次韵乐文卿北园》:"四壁一身长客梦,百忧双鬓更春风。"⑤

《春日二首》(其二):"万事一身双鬓发。"⑥

《香林四首》(其一):"一林清露百般春。"⑦

《雨中》:"五湖七泽经行遍。"⑧

《次韵乐文卿》联"四壁"对"一身","百忧"对"双鬓";《春日》联"万事""一身""双鬓发"互为对仗;《香林》联"一林清露"与"百般春"对仗;《雨中》联"五湖"对"七泽"。

---

① 《陈与义集》卷27,第429页。
② 《陈与义集》卷11,第163页。
③ 《陈与义集》卷12,第182页。
④ 《陈与义集》卷13,第201页。
⑤ 《陈与义集》卷8,第111页。
⑥ 《陈与义集》卷10,第159页。
⑦ 《陈与义集》卷15,第235页。
⑧ 《陈与义集》卷21,第336页。

四、活对

生活在南北宋之交与陈与义同时代的诗人吴可在《藏海诗话》中说："凡诗切对求工，必气弱。宁对不工，不可使气弱。"①吴可这话说得虽有些绝对，但不无道理。晚唐人往往因为过于追求对仗的工整，而使诗丧失了生气，正如宋人批评的那样："晚唐诗句尚切对，然气韵甚卑。郑棨《山居》云：'童子病归去，鹿麂寒入来。'自谓铢两轻重不差。"②所以连以属对精工著称的王安石也说："凡人作诗，不可泥于对属。如欧阳公作《泥滑滑》云：'画帘阴阴隔宫烛，禁漏杳杳深千门。''千'字不可以对'宫'字，若当时作'朱门'，虽可以对，而句力便弱耳。"③苏门四学士之一的张耒《明道杂志》记有这么一则：

> 苏长公（轼）有诗云："身行万里半天下，僧卧一庵初白头。"黄九（庭坚）云"初日头"，问其义，但云："若此僧负暄于初日耳。"余不然。黄甚不平，曰："岂有用白对天乎？"余异日问苏公，公曰："若是黄九要改作日头，也不奈他何。"④

苏轼此联出之以动宕，饱含生气，宁肯牺牲工整。黄庭坚的观点则有些拘泥了。

王力《汉语诗律学》也有这样的见解："在诗句里，不工的对仗也并不是没有。有时候，工整的对仗和高雅的诗意不能两全的时候，诗人宁愿牺牲对仗来保存诗意。"⑤这样的对仗就是所谓活对。陈与义诗有不少活对：

---

① 吴可：《藏海诗话》，《历代诗话续编》本，第331页。
② 魏庆之：《诗人玉屑》卷7，第232页。
③ 同上书，第237页。
④ 张耒：《明道杂志》，《宋人诗话外编》本，中华书局2017年版，第303页。
⑤ 王力：《汉语诗律学》，第187页。

《雨》:"一凉恩到骨,四壁事多违。"①

"凉"对"壁","骨"对"违",一实一虚,都不工整。刘辰翁云:"此今人所谓偏枯失对者,安知妙意正阿堵中。"②所谓"妙意",就是以灵活的对仗避俗、避熟,增加语词的张力。缪钺赏析道:

"凉"上用"一"字形容,已觉新颖矣,而"一凉"下用"恩"字,"恩"下又用"到骨"二字,真是剥肤存液,迥绝恒蹊。陈诗造句之熹炼如此。第六句是说穷居寥落之感。《史记·司马相如传》写相如贫穷,"家徒四壁立",陈诗借此说他自己贫居失志,万事不顺心。③

可见虽不工整,却生新有味。刘辰翁评"一凉恩到骨"句:"反语。"④这个评语笔者觉得不是很准确。尾联作"衮衮繁华地,西风吹客衣",分明是杜甫"冠盖满京华,斯人独憔悴"之意⑤。所以此处的"恩"不必理解为反语,自然之多恩正反衬出人世之寡恩。方回对这首诗评价很高:"诗律精妙,上追老杜,仰高钻坚,世之斯文自命者皆当在下风,后山之后,有此一人耳。"⑥可见对仗不工不但无损反而增益了此诗的艺术性。

《夜雨》:"棋局可观浮世理,灯花应为好诗开。"⑦

"理"对"开"不工。王力曾提到这种情况:"上半句或前四字用对仗,下半句或末字不用对仗的情形较为常见,这显然受了韵字的影响。因为要押韵,有时候不能不牺牲对仗。"⑧这一联跟上面那联不一样,如果说上一联是为了追求气韵生动有意为之的话,这联纯粹是因为押韵的原因对得不工。这联两句都从杜诗化来,上句语本《秋兴八首》(其

---

① 《陈与义集》卷4,第53页。
② 白敦仁:《陈与义集校笺》卷4,第96页。
③ 缪钺:《诗词散论》,第131、132页。
④ 白敦仁:《陈与义集校笺》卷4,第96页。
⑤ 杜甫:《梦李白二首》(其二),仇兆鳌:《杜诗详注》卷7,第558页。
⑥ 李庆甲:《瀛奎律髓汇评》卷17,第672页。
⑦ 《陈与义集》卷4,第58、59页。
⑧ 王力:《汉语诗律学》,第187页。

第四章　陈与义诗歌的修辞

四)"闻道长安似弈棋,百年世事不胜悲"①,下句语本《独酌成诗》"灯花何太喜？酒绿正相亲。醉里从为客,诗成觉有神"②。棋局是大千世界的微观表象,棋局的相争亦如人世的争斗；在写诗的过程中物我两忘,达到天人合一之境。这两句表现对世事的静观和超脱。为了押韵对得不工的对仗句尚有《若拙弟说汝州可居已约卜一丘用韵寄元东》"陶潜迷路已良远,张翰思归那待秋"③。"良远"是偏正,"待秋"是动宾。且"远"是形容词,"秋"是名词。

《登岳阳楼二首》(其二):"楼头客子杪秋后,日落君山元气中。"④

"楼头"和"日落"对得不工。"楼头"是名词加方位词短语,"日落"是主谓短语。值得注意的是,这样的对仗在陈与义诗集里还不止一处。他的《和张规臣水墨梅五绝》(其四)有"含章檐下春风面,造化功成秋兔毫"⑤,《次韵谢表兄张元东见寄》有"灯里偶然同一笑,书来已似隔三秋"⑥。"檐下"对"功成","灯里"对"书来",也是这种类型的对仗。可见名词以外的对仗是很宽松的,这也是古人写诗的惯例。诚如王力《汉语诗律学》所说:

> 诗人们对于动词、副词、代名词等,都没有详细的分类；形容词中,只有颜色和数目(如果把数目认为形容词的话)是自成种类的,其余也没有细分。因此,所谓对仗的范畴,差不多也就是名词的范畴。⑦

方回在《瀛奎律髓》里专辟一门曰"变体类",选了与义六首七律,都是"用一句说景,用一句说情"的例子⑧,亦是所谓活对。兹举其中几例

---

① 仇兆鳌:《杜诗详注》卷17,第1489页。
② 仇兆鳌:《杜诗详注》卷5,第384页。
③ 《陈与义集》卷6,第80页。
④ 《陈与义集》卷19,第303页。
⑤ 《陈与义集》卷4,第57页。
⑥ 《陈与义集》卷6,第79页。
⑦ 王力:《汉语诗律学》,第163页。
⑧ 李庆甲:《瀛奎律髓汇评》卷26,第1128页。

如下：

《怀天经智老因访之》："客子光阴诗卷里，杏花消息雨声中。"①

方回评曰：

> 以"客子"对"杏花"，以"雨声"对"诗卷"。一我一物，一情一景，变化至此，乃老杜"即今蓬鬓改，但愧菊花开"，贾岛"身事岂能遂，兰花又已开"，翻案换白，至简斋而益奇矣。后山"老形已具臂膝痛，春事无多樱笋来"一联，极其酸苦，而此联有富贵闲雅之味。后山穷，简斋达，亦可觇云。②

指出了这一联的主要特色及其渊源关系，甚至把诗风跟人的命运联系起来，虽不免附会，但可为"风格即人"之注脚。另外，"光阴"和"消息"还可看作"字与字为对"的当句对，"光"对"阴"，"消"对"息"。这联得到了高宗的称赏③，魏庆之也很推崇此联，以之为宋朝警句④。陈衍还把这联同陆游《临安春雨初霁》"小楼一夜听春雨，深巷明朝卖杏花"相比较⑤，认为"气韵侗乎远矣"⑥，可见历代对其评价之高。

《寓居刘仓廨中晚步过郑仓台上》："世事纷纷人老易，春阴漠漠絮飞迟。"⑦

方回评曰："以'世事'对'春阴'，以'人老'对'絮飞'。一句情，一句景，与前'客子''杏花'之句，律令无异。"⑧即云与上面一联同一机杼。纪昀甚至认为这联更佳："三、四句意境深微，胜'客子''光阴'二句。"⑨比较这两联，上联写闲居情味，高雅悠远；这联写人生感触，阔大

---

① 《陈与义集》卷30，第470页。
② 李庆甲：《瀛奎律髓汇评》卷26，第1145页。
③ 朱熹：《朱子全书·朱子语类》卷140，第4329页。
④ 魏庆之：《诗人玉屑》卷3，第116页。
⑤ 钱仲联：《剑南诗稿校注》卷17，上海古籍出版社2005年版，第1347页。
⑥ 陈衍：《宋诗精华录》卷3，第112页。
⑦ 《陈与义集》卷14，第219页。
⑧ 李庆甲：《瀛奎律髓汇评》卷26，第1146页。
⑨ 同上。

第四章　陈与义诗歌的修辞

浑涵。一时瑜亮,未易轩轾,纪评不算公允。

《对酒》:"官里簿书无日了,楼头风雨见秋来。是非衮衮书生老,岁月匆匆燕子回。"①

方回评曰:"此诗中两联俱用变体,各以一句说情,一句说景,奇矣。坡词有云:'官事何时毕?风雨处,无多日。'即前联意也。后联即与'世事纷纷''春阴漠漠'一联用意亦同,是为变体。"②这一例的活对比前面的多出一联。一般的律诗一联景一联情,此诗"官里""是非"两句说情,"楼头""岁月"两句说景,分属两联,所以为奇。前联化用苏轼《满江红·东武会流杯亭》词,当作:"官里事,何时毕。风雨外,无多日。"③后联用叠字与前例相似。

《陪粹翁举酒于君子亭亭下海棠方开》:"春风浩浩吹游子,暮雨霏霏湿海棠。去国衣冠无态度,隔帘花叶有辉光。"④

方回评曰:"此诗中四句皆变,两句说己,两句说花,而错综用之。意谓花自好,人自愁耳。亦其才能驱驾,岂若琐琐镌砌者之诗哉!"⑤纪昀评曰:"此从杜诗'风吹客衣日杲杲,树搅离思花冥冥'化出,却无痕迹。三、四二句又胜'世事纷纷'一联。"⑥"春风""去国"两句说己,"暮雨""隔帘"两句说花。同一风雨,于人则狼狈,于花则光辉,对比中见理趣,所谓"花自好,人自愁"。纪昀所引杜诗为《醉歌行》⑦,是一首七古。另外,杜甫《铁堂峡》有"山风吹游子"之句⑧,是"春风浩浩吹游子"句法所本。

从上面的例子来看,与义的活对可概括为两种情况。一种是为了符合押韵、对仗等规则,对格律的妥协;一种则是求新求变,对既定规则的超越。

---

① 《陈与义集》卷12,第189页。
② 李庆甲:《瀛奎律髓汇评》卷26,第1147页。
③ 邹同庆、王宗堂:《苏轼词编年校注》正编,第168页。
④ 《陈与义集》卷20,第317、318页。
⑤ 李庆甲:《瀛奎律髓汇评》卷26,第1148页。
⑥ 同上。
⑦ 仇兆鳌:《杜诗详注》卷3,第242页。
⑧ 仇兆鳌:《杜诗详注》卷8,第677页。

第二节 用 典

用典是中国诗文创作的基本手法。在刘勰《文心雕龙·事类》中，已经有对用典的讨论："事类者，盖文章之外，据事以类义，援古以证今者也。"①事类即指用典。《文心雕龙·才略》云：

> 自卿（司马相如）、渊（王褒）已前，多役才而不课学；雄（扬雄）、向（刘向）已后，颇引书以助文。②

《事类》篇说得更明确：

> 观夫屈宋属篇，号依诗人，虽引古事，而莫取旧辞。唯贾谊《鵩赋》，始用《鹖冠》之说，相如《上林》，撮引李斯之书，此万分之一会也。及扬雄《百官箴》，颇酌于《诗》《书》，刘歆《遂初赋》，历叙于纪传，渐渐综采矣。③

可见，文章大量用典是从西汉末年扬雄、刘向开始的。魏晋南北朝时期，用典在诗文中进一步发展。钟嵘在《诗品·总论》中，对用典过多的情况作出了批评：

> 颜延、谢庄，尤为繁密，于时化之。故大明、泰始中，文章殆同书钞。近任昉、王元长等，词不贵奇，竞须新事，尔来作者，寖以成俗。遂乃句无虚语，语无虚字，拘挛补衲，蠹文已甚。④

---

① 詹锳：《文心雕龙义证》卷9，第1407页。
② 詹锳：《文心雕龙义证》卷10，第1796页。
③ 詹锳：《文心雕龙义证》卷8，第1413—1415页。
④ 陈延杰：《诗品注》，人民文学出版社1961年版，第4页。

第四章　陈与义诗歌的修辞

唐、宋时期,用典不但更为普遍,而且技巧更为成熟。杜甫是个中高手。与陈与义同时代的张戒云:"诗以用事为博,始于颜光禄(延之),而极于杜子美。"①学习杜甫的李商隐更是变本加厉:"多检阅书册,鳞次堆积,时号'獭祭鱼'。"②但其诗颇具象征意味,能传达深微的感受,决非"书钞"可比。所以梁启超评论《锦瑟》诗说:"拆开一句一句地叫我解释,我连文义也解不出来,但我觉得他美,读起来令我精神上得一种新鲜的愉快。"③宋代诗人更是提倡和实践"以才学为诗"。且不说"挦扯义山"的西昆体④,看看王安石、苏轼、黄庭坚三大诗坛巨擘的言论,就知道宋人是如何强调用典了。苏轼云:"诗须要有为而作,用事当以故为新,以俗为雅。"⑤他批评孟浩然诗"韵高而才短,如造内法酒手而无材料"⑥。就是针对孟诗所用书卷少、典故少而言。黄庭坚云:"老杜作诗,退之作文,无一字无来处,盖后人读书少,故谓韩、杜自作此语耳。古之能为文章者,真能陶冶万物,虽取古人陈言入于翰墨,如灵丹一粒,点铁成金也。"⑦强调化用前人的"陈言",也就是用典。同时,注重用典的技巧,反对如"书钞"般的"编事"。对此,王安石的意见比较有代表性:"诗家病使事太多,盖皆取其与题合者类之,如此乃是编事,虽工何益!若能自出己意,借事以相发明,变态错出,则用事虽多,亦何所妨!"⑧就是说用典要归结到以意为主,这是与西昆体不同的地方。西昆体的用典难求其意,只是烘托一种氛围,下者沦为"编事"。

以黄庭坚为中心的江西诗派更以用典著称。任渊称黄庭坚、陈师道二家之诗:"一字一句有历古人六七作者。盖其学该通乎儒、释、老、

---

① 陈应鸾:《岁寒堂诗话笺注》卷上,第44页。
② 杨亿:《杨文公谈苑》,《宋元笔记小说大观》本,第486页。
③ 梁启超:《中国韵文里头所表现的情感》,《饮冰室合集》之37,中华书局1989年版,第120页。
④ 刘攽:《中山诗话》,《历代诗话》本,第287页。
⑤ 苏轼:《题柳子厚诗二首》,《苏轼文集》卷67,第2109页。
⑥ 陈师道:《后山诗话》,《历代诗话》本,第308页。
⑦ 黄庭坚:《答洪驹父书三首》(其三),郑永晓:《黄庭坚全集辑校编年》,第733页。
⑧ 魏庆之:《诗人玉屑》卷七引《蔡宽夫诗话》,第202页。

庄之奥,下至于医、卜、百家之说,莫不尽摘其英华,以发之于诗。"①用典的范围大大拓宽。许尹序山谷、后山诗亦云:"二公之诗皆本于老杜而不为者也。其用事深密,杂以儒、佛,虞初稗官之说,《隽永》《鸿宝》之书,牢笼渔猎,取诸左右,后生晚学此秘未睹者,往往苦其难知。"②"本于老杜而不为",即指取杜诗的精神而不袭其面貌。而用事之博,则寒冰焉,以至于"后生晚学"读起来吃力。黄庭坚的诗论也强调用典,除上面已举那句,他还说:"诗意无穷,而人之才有限;以有限之才,追无穷之意,虽渊明、少陵不得工也。然不易其意而造其语,谓之换骨法;窥入其意而形容之,谓之夺胎法。"③这就是文学批评史上著名的"点铁成金"和"夺胎换骨"理论。析言之,点铁成金近于"师其辞不师其意",夺胎换骨近于"师其意不师其辞"。浑言之,都是强调书卷和典故,以故为新。

陈与义被方回称为江西诗派的"三宗"之一④,自然不能在此风气之外。但是陈与义诗有新的特色和个性,所以被目为"新体"⑤。严羽则称之为"陈简斋体",认为"亦江西之派而小异"⑥。陈与义少年时代曾向崔鶠学诗,崔鶠教导他"天下书虽不可不读,然慎不可有意于用事"⑦。所以跟其他江西派诗人不同,陈与义"以才学为诗"的习气并不是那么严重,很少有作为学问展览的用典。下面就其诗歌用典情况略作分析。

---

① 任渊:《黄陈诗集注序》,《黄庭坚诗集注》卷首,第1页。
② 许尹:《豫章后山诗解序》,郑永晓:《黄庭坚全集辑校编年》附录6,第1781页。
③ 惠洪:《冷斋夜话》卷1引黄庭坚语,第15、16页。周裕锴在《惠洪与夺胎换骨法——一桩文学批评史公案的重判》(《文学遗产》2003年第6期)中认为这不是黄庭坚而是惠洪的话。本文按照通常看法,仍归之于黄庭坚。即便此话是惠洪提出,也不悖于黄庭坚的诗学思想。
④ 方回:"古人诗人当以老杜、山谷、后山、简斋四家为一祖三宗,余可预配飨者有数焉。"见李庆甲:《瀛奎律髓汇评》卷26《清明》诗后评语,第1149页。
⑤ 葛胜仲:《陈去非诗集序》"搢绅士庶争传诵,而旗亭传舍题写殆遍,号为'新体'。"见白敦仁:《陈与义集校笺》附录5,第1013页。
⑥ 郭绍虞:《沧浪诗话校释·诗体》,第59页。
⑦ 徐度:《却扫编》卷中,《宋元笔记小说大观》,第4500页。

第四章　陈与义诗歌的修辞

一、用典与人物形象

（一）王羲之父子

陈与义喜用魏晋时代的典故，诗中出自《世说新语》和《晋书》的典故很多，大概是魏晋风度对他具有强烈的影响力吧。与义多次用王羲之父子的典故，如《观我斋再分韵得下字》："还须酒屡费，不用牛心炙。"①牛心炙为王羲之事。《晋书·王羲之传》："年十三，尝谒周顗，顗察而异之。时重牛心炙，坐客未啖，顗先割啖羲之，于是始知名。"②牛心炙用在这里，说明主人对客人的推重。前面缀以"不用"二字，则是陈与义表示谦虚。这里有两层意思：一是希望主人不必破费，有酒喝就好，不需要牛心炙这么珍贵的食物。二是表明自己才德有限，比不了王羲之，不值得主人像周顗这样给予特殊待遇。这种用典对于典故出处来说是反用，可谓翻案法，是宋人擅长的。与义《玉延赋》云"合堂逸少之炙"③，也是用此典故。

又如《书怀示友十首》（其十）："子猷幸见过，一洗声色尘。"④子猷即王徽之，王羲之第五子。《晋书·王徽之传》："时吴中一士大夫家有好竹，欲观之，便出坐舆造竹下，讽啸良久。"⑤其好竹非常有名。另一处相关的典故是《寄题赵景温筠居轩》："当时仓黄意，亦可无此君。"⑥"此君"出《世说新语·任诞》："王子猷尝暂寄人空宅住，便令种竹。或问：'暂住何烦尔？'王啸咏良久，直指竹曰：'何可一日无此君。'"⑦自此以后，"此君"就成为竹子的代称了。苏轼《於潜僧绿筠轩》诗云："可使食无肉，不可居无竹。无肉令人瘦，无竹令人俗。人瘦尚可

---

① 《陈与义集》卷9，第131页。
② 房玄龄等：《晋书》卷80，第2093页。
③ 《陈与义集》卷1，第5页。
④ 《陈与义集》卷3，第44页。
⑤ 房玄龄等：《晋书》卷80，第2103页。
⑥ 《陈与义集》卷17，第266页。
⑦ 龚斌：《世说新语校释》卷下，第1477页。

肥,俗士不可医。"① 将竹作为高雅的象征,与脱俗联系起来。南宋人陈郁(? —1275)则进一步议论道:

> 竹为植物,出地不肤寸,与凡草木同,及解箨,柯叶横出,干三四丈,畸焉! 盖凡卉,秋受霜,冬被雪,破折毁裂如无生,独此君方婵娟整秀,坐视霜雪而自若,岂凡草木比哉? 故君子亦若是,平居应接交游,诩诩怡怡,若庸人也,倏事有不可于心,人皆戚戚,我独愕愕,物悉流矣,身独止焉,是亦此君之不以霜雪而改柯易叶也。子猷曰:"不可一日无此君。"苏长公曰:"无竹令人俗。"岂为观美耶? 借竹以养性,不为俗子之归耳。古今诗人风流意度,清节高趣,政自不凡,如竹可爱,使人一见,洒然意消。余得《俗子》之诗曰:"俗子俗到骨,一揖已溷人。不知此曹面,何得有许尘。"正子猷、长公之所畏避者也。②

指出竹子独立不迁、不畏霜雪的品性,认为君子"借竹以养性"。与义爱用此典,可见其高逸出尘的风度。其《书怀示友十首》(其一)云:"俗子令我病,纷然来座隅。"③《送王周士赴发运司属官》云:"宁食三斗尘,有手不揖无诗人。"④同陈郁《俗子》诗一样,表现了疾俗的思想。

又如《棋》:"幸未逢重霸,何妨着猷之。"⑤ 王献之是王羲之第七子,在书法史上与其父并称"二王"。此典出《晋书·王献之传》:"(献之)年数岁,尝观门生摴蒲,曰:'南风不竞。'门生曰:'此郎亦管中窥豹,时见一斑。'献之怒曰:'远惭荀奉倩,近愧刘真长。'遂拂衣而去。"⑥ 这里"献之"指观棋者。"重霸",则见《北梦琐言》卷一:"蜀简州刺史安重霸黠货

---

① 王文诰辑注:《苏轼诗集》卷9,第448页。
② 陈郁:《藏一话腴》外编卷下,《豫章丛书》子部2,江西教育出版社2002年版,第44页。
③ 《陈与义集》卷3,第36页。
④ 《陈与义集》卷11,第173页。
⑤ 《陈与义集》卷12,第184页。
⑥ 房玄龄等:《晋书》卷80,第2104页。

第四章　陈与义诗歌的修辞

无厌。"①乃以下棋为名索贿者。以重霸入诗,颇见谐趣。此诗首联云："长日无公事,闲围李远棋。"典出《幽闲鼓吹》:

> 宣宗坐朝次,对官趋至,必待气息平均,然后问事。令狐相进李远为杭州,宣宗曰:"比闻李远诗云:'长日唯销一局棋。'岂可以临郡哉?"对曰:"诗人之言,不足有实也。"仍荐远廉察可任,乃俞之。②

与义用此典,表现下棋者的悠闲自得、高雅脱俗,这和晋人以不理事为高的做法是一致的。但李远貌似闲旷,实则为能吏,他后来的工作效率让宣宗刮目相看,这却和晋人不同。与义也是如此,他在《山中》诗中写道:"风流丘壑真吾事,筹策庙堂非所知。"③其后官至参知政事,多有建言,并非不能筹策庙堂者。只是"诗人之言"、晋人做派而已。黄庭坚《奕棋二首呈任公渐》也是著名的棋诗,其一云"坐隐不知岩穴乐,手谈胜与俗人言"④,同样表现了疾俗之意。其二更是名作,体物深至,用典精切。这些,对与义的棋诗无疑具有深刻的影响。

涉及王羲之一门的典故用了这么多,可见与义的偏爱。不管看竹还是下棋,都是文人雅事,又可见与义的兴趣趋向。提到王氏父子,自然少不了书法。如《跋外祖存诚子帖》:"乱眼龙蛇起平陆,前身羲献已黄垆。"⑤"羲献"即王羲之、王献之父子,此处比喻与义外祖张友正。友正,字义祖,号存诚子,张士逊之幼子。徐度《却扫编》卷中云:"自少学书,常居一小阁上,杜门不治他事。积三十年不辍,遂以善书名。神宗尝评其草书为宋朝第一。……每幅不过数十字便了,词语皆如晋、宋间人。"⑥可见以王羲之父子作比不但是称赞外祖的书法造诣,而且切合

---

① 孙光宪:《北梦琐言》卷1,中华书局2002年版,第21页。
② 张固:《幽闲鼓吹》,中华书局2019年版,第64页。
③ 《陈与义集》卷24,第388页。
④ 任渊、史容、史季温:《黄庭坚诗集注·山谷外集诗注》卷2,第781页。
⑤ 《陈与义集》卷9,第143页。
⑥ 徐度:《却扫编》卷中,《宋元笔记小说大观》,第4495页。

其书风性情。与义的书法学自外祖，从故宫博物院藏与义手书诗稿看，书风亦濡染魏晋甚深，盖其书法取径亦是其偏爱王氏父子的原因之一。

（二）竹林七贤

竹林七贤指魏晋时代阮籍、嵇康、山涛、向秀、刘伶、王戎、阮咸等七位名士。《世说新语·任诞》云："陈留阮籍、谯国嵇康、河内山涛三人年皆相比，康年少亚之。预此契者，沛国刘伶、陈留阮咸、河内向秀、琅邪王戎。七人常集于竹林之下，肆意酣畅，故世谓'竹林七贤'。"①陈与义诗中经常用到与之相关的典故。《杂书示陈国佐胡元茂四首》（其三）："定知柳下锻，远胜崔史陈。绝交虽已隘，益见叔夜真。"②叔夜是嵇康的字。《晋书·嵇康传》："性绝巧而好锻。宅中有一柳树甚茂，乃激水圜之，每夏月，居其下以锻。"③嵇康有《绝交书》，亦见《嵇康传》："山涛将去选官，举康自代，康乃与涛书告绝。"④又如《谨次十七叔去郑诗韵二章以寄家叔一章以自咏》（其三）："叔夜本非堪作吏，元龙今悔不求田。"⑤嵇康《与山巨源绝交书》云："有必不堪者七。"⑥又云："又闻道士遗言，饵术黄精，令人久寿，意甚信之。游山泽，观鱼鸟，心甚乐之。一行作吏，此事便废，安能舍其所乐，而从其所惧哉！"⑦用嵇康典，表现的是任性率真的形象，热爱自然，不耐拘束。

《寄若拙弟兼呈二十家叔》："竹林步兵非俗流，为道此意思同游。"⑧阮籍与兄子咸为竹林之游。《晋书·阮籍传》云："籍闻步兵厨营人善酿，有贮酒三百斛，乃求为步兵校尉。"⑨故称阮步兵。这里把弟弟

---

① 龚斌：《世说新语校释》卷下，第1406页。
② 《陈与义集》卷2，第33页。
③ 房玄龄等：《晋书》卷49，第1372页。
④ 房玄龄等：《晋书》卷49，第1370页。
⑤ 《陈与义集》卷7，第102页。
⑥ 萧统编：《文选》卷43，第1926页。
⑦ 萧统编：《文选》卷43，第1927页。
⑧ 《陈与义集》卷6，第77页。
⑨ 房玄龄等：《晋书》卷49，第1360页。

第四章　陈与义诗歌的修辞

与能比作阮咸,二十叔陈援比作阮籍。而《述怀呈十七家叔》:"竹林步兵亦忍辱,长安闭门出无仆。"①"竹林步兵"则是指十七叔陈振。阮籍在竹林七贤中较为年长,七贤中的阮咸又是其侄,所以与义往往用他来比喻叔叔。

《六言二首》(其一)"为妇读刘伶传,教儿书宁戚经"②及《诸公和渊明止酒诗同赋》"奈何刘伶妇,苦语见料理"③。《晋书·刘伶传》载:"(伶)尝渴甚,求酒于其妻。妻捐酒毁器,涕泣谏曰:'君酒太过,非摄生之道,必宜断之。'伶曰:'善!吾不能自禁,惟当祝鬼神自警耳。便可具酒肉。'妻从之。伶跪祝曰:'天生刘伶,以酒为名。一饮一斛,五斗解酲。妇儿之言,慎不可听。'仍引酒御肉,隗然复醉。"④与义好饮酒,所以屡用刘伶自比。刘伶还是旷达的典型,《刘伶传》云:"常乘鹿车,携一壶酒,使人荷锸而随之,谓曰:'死便埋我。'其遗形骸如此。"⑤虽然七贤皆作达,刘伶尤为突出。除好酒外,与义当暗用了旷达这一层意思。

七贤中的山涛、王戎,与义则颇有微词。如《八音歌》(其一):"竹林固皆贤,山王以官累。"⑥《宋书·颜延之传》云:"延之甚怨愤,乃作《五君咏》以述竹林七贤,山涛、王戎以贵显被黜。"⑦这反映了与义不慕荣利的思想。他在诗中多次否定了"热官",如《十月》:"欲诣热官忧冷语,且求浊酒寄清欢。"⑧《六言二首》(其二):"何必思之烂熟,热官无用分明。"⑨《积雨喜霁》:"热官岂办此,何必思烂熟。"⑩"热官"典出《北齐书·王晞传》:"帝欲以晞为侍中,苦辞不受,或劝晞勿自疏。晞曰:'我少年以来,阅要人多矣,充诎少时,鲜不败绩。且性实疏缓,不堪时务,

---

① 《陈与义集》卷 9,第 127 页。
② 《陈与义集》卷 6,第 87 页。
③ 《陈与义集》卷 8,第 125 页。
④ 房玄龄等:《晋书》卷 49,第 1376 页。
⑤ 同上。
⑥ 《陈与义集》卷 2,第 21 页。
⑦ 沈约:《宋书》卷 73,中华书局 1974 年版,第 1893 页。
⑧ 《陈与义集》卷 5,第 63 页。
⑨ 《陈与义集》卷 6,第 88 页。
⑩ 《陈与义集》卷 15,第 246 页。

人主恩私，何由可保，万一披猖，求退无地。非不爱作热官，但思之烂熟耳。'"①特别对于王戎，虽然也是竹林七贤之一，陈与义是持否定态度的。如《道山宿直》："遥想王戎烛下算，百年辛苦一生痴。"②《晋书·王戎传》云："(戎)性好兴利，广收八方园田、水碓，周遍天下。积实聚钱，不知纪极。每自执牙筹，昼夜算计，恒若不足。而又俭啬，不自奉养，天下人谓之膏肓之疾。"③又《世说新语·俭啬》云："司徒王戎既贵且富，区宅、僮牧、膏田、水碓之属，洛下无比。契疏鞅掌，每与夫人烛下散筹算计。"④则王戎不仅作热官，而且好财，热衷聚敛。陈与义《食蘁》诗云："君不见领军家有鞋一屋，相国藏椒八百斛。士患饥寒求免患，痴儿已足忧不足。"⑤对这种不知餍足的聚敛是持鄙夷和批判立场的。"鞋一屋"，出《颜氏家训·治家》："邺下有一领军，贪积已甚，家童八百，誓满一千；朝夕每人肴膳，以十五钱为率，遇有客旅，更无以兼。后坐事伏法，籍其家产，麻鞋一屋，弊衣数库，其余财宝，不可胜言。"⑥"藏椒八百斛"，出《新唐书·元载传》：谓元载"及死，行路无嗟隐者。籍其家，钟乳五百两，诏分赐中书、门下台省官，胡椒至八百石，它物称是"⑦。黄庭坚也曾用"胡椒八百斛"的典故，如《梦中和觞字韵》："何处胡椒八百斛，谁家金钗十二行。"⑧亦与义学黄之一证。周密《齐东野语》卷一六"多藏之戒"条值得注意：

> 王黼盛时，库中黄雀鲊自地积至栋，凡满二楹。蔡京对客，令点检蜂儿见在数目，得三十七秤。童贯既败，籍其家，得剂成理中丸几千斤，传纪载之，以为谈柄。……"胡椒八百斛，领军鞋一屋"，

---

① 李百药：《北齐书》卷31，中华书局1972年版，第421页。
② 《陈与义集》卷11，第163页。
③ 房玄龄等：《晋书》卷43，第1234页。
④ 龚斌：《世说新语校释》卷下，第1676、1677页。
⑤ 《陈与义集》卷8，第114页。
⑥ 王利器：《颜氏家训集解》卷1，第45页。
⑦ 欧阳修、宋祁：《新唐书》卷145，中华书局1975年版，第4714页。
⑧ 任渊、史容、史季温：《黄庭坚诗集注·山谷诗集注》卷18，第622页。

第四章　陈与义诗歌的修辞

不足多也。①

北宋末年贪腐之风,可见一斑。与义诗用的是王戎、参军、元载的典故,却是针砭现实,有感而发。

(三) 管宁

陈与义还经常用到漂泊者的典故。比如管宁,在集中屡次出现:《寄季申》:旧时邺下刘公干,今日辽东管幼安。②

此句指宣和初与富直柔同在汝州依葛胜仲时事。刘桢,字公干,建安七子之一。《三国志·管宁传》:"管宁字幼安,北海朱虚人也。……天下大乱,闻公孙度令行于海外,遂与原及平原王烈等至于辽东。度虚馆以候之。既往见度,乃庐于山谷。时避难者多居郡南,而宁居北,示无迁志,后渐来从之。"③陈与义逢靖康之变,颠沛流离。身处乱世,跟管宁经历相似。这里虽然是把富直柔比作管宁,但两人经历相似,又何尝不是自比。典故用得很贴切。

黄庭坚《以梅馈晁深道戏赠二首》(其二)云:"前身邺下刘公干,今日江南庾子山。"④是与义此联句法所本。元好问《鹧鸪天》云:"旧时邺下刘公干,今日家中白侍郎。"⑤则径用与义成句,可见其渊源和影响。写词用诗中成句是宋词的传统,贺铸和周邦彦都是此道高手。周密《浩然斋雅谈》卷下云:

> 周美成长短句,纯用唐人诗句,如"低鬟蝉影动""私语口脂香",此乃元、白全句。贺方回尝言:"吾笔端驱使李商隐、温庭筠,常奔走不暇。"则亦可谓能事矣。⑥

---

① 周密:《齐东野语》卷16,中华书局1983年版,第297页。
② 《陈与义集》卷17,第263页。
③ 陈寿:《三国志》卷11,中华书局1982年版,第354页。
④ 任渊、史容、史季温:《黄庭坚诗集注·山谷诗集注》卷11,第391页。
⑤ 赵永源:《遗山乐府校注》卷3,凤凰出版社2006年版,第405页。
⑥ 周密:《浩然斋雅谈》卷下,第59页。

不仅不以之为剽窃，反而称赞有加。"拿来主义"最有名的例子大概算晏几道的《临江仙》了，"落花人独立，微雨燕双飞"①，直接用五代翁宏《春残》诗颔联。无独有偶，其父晏殊《浣溪沙》的名句："无可奈何花落去，似曾相识燕归来"，则是袭用他本人的一首七律颈联②。不过元好问不但词中好用成句，诗中沿袭亦复不少，难免被人以"才大气粗"讥之。

《夜赋寄友》："卖药韩康伯，谈经管幼安。"③

后汉韩康，字伯休。"尝采药名山，卖于长安市，口不二价，三十余年。时有女子从康买药，康守价不移。女怒曰：'公是韩伯休那？乃不二价乎？'康叹曰：'我本欲避名，今小女子皆知有我，焉用药为？'乃遁入霸陵山中。"④管宁谈经事，见《管宁传》注："《傅子》曰：'宁往见度，语惟经典，不及世事……遂讲《诗》《书》，陈俎豆，饰威仪，明礼让，非学者无见也。'"⑤这首诗所寄友人不可考，但将其比作韩康和管宁来看，当是一个既有才学又淡泊名利之人，而且像与义一样漂泊异乡。

《春夜感怀寄席大光》："管宁白帽且蹒跚，孤鹤归期难计年。"⑥

《三国志·管宁传》："宁常着皂帽、布襦裤、布裙，随时单复。"⑦此处为"皂帽"，不同于"白帽"。杜甫《严中丞枉驾见过》云："扁舟不独如张翰，皂（一作白）帽还应似管宁。"⑧此为《杜诗详注》，作"皂帽"，而《钱注杜诗》作"白帽"⑨，则"皂""白"两见。"白帽"当另有所据。"孤鹤"，典出《搜神记》卷一："辽东城门有华表柱，忽有一白鹤集柱头。时有少年举弓欲射之，鹤乃飞，徘徊空中而言曰：'有鸟有鸟丁令威，去家

---

① 张草纫：《二晏词笺注·小山词笺注》，上海古籍出版社2008年版，第282页。
② 张宗橚：《词林纪事》卷3，成都古籍书店1982年版，第74页。
③ 《陈与义集》卷20，第319页。
④ 范晔：《后汉书》卷83《逸民传》，中华书局1965年版，第2770、2771页。
⑤ 陈寿：《三国志》卷11，第354页。
⑥ 《陈与义集》卷20，第318页。
⑦ 陈寿：《三国志》卷11，第358页。
⑧ 仇兆鳌：《杜诗详注》卷11，第889页。
⑨ 钱谦益：《钱注杜诗》卷12，第402页。

千岁今来归,城郭如故人民非,何不学仙冢累累?'遂高飞冲天而去。"①与义这里用管宁来比席益。"辽东鹤"之典常常用在久别重回故乡的场合,这里是反用,有归去无期之意,同时又有沧海桑田之感。

《王应仲欲附张恭甫舟过湖南久未决今日忽闻遂登舟作诗送之并简恭甫》:"子鱼独留滞,坐送管邴迁。"②

与义自注:"华歆与管宁、邴原相友善,管、邴同县人也。及还辽东,而子鱼独不与。应仲、恭甫亦同县人也。"《世说新语·德行》注引《魏志》:"歆字子鱼,平原高唐人。"又引《魏略》:"灵帝时,与北海邴原、管宁俱游学相善,时号三人为一龙。谓歆为龙头,宁为龙腹,原为龙尾。"③这里与义自比华歆,而以管宁、邴原属王铎(字应仲)、张叔献(字恭甫)。

《初至邵阳逢入桂林使作书问其地之安危》:"管宁辽海上,何得便安居?"④

这首诗的管宁是自指。首联为"湖北弥年所,长沙费月余"。与义自建炎二年(1128)正月自邓州往房州遇金兵奔入南山,至三年九月别巴丘,自南洋,抵湘潭,其间凡一年又八九月,故曰"湖北弥年所"。其在湘潭,有与向伯恭诸诗;继而复自长沙过衡岳。据《玉刚卯》诗"仲冬吉日"之语,其抵湘潭,盖在三年十月;至十一月即离湘潭赴衡岳,故曰"长沙费月余"。漂泊无定,所以引出难得安居的感叹。

(四) 张翰

张翰,西晋文学家,字季鹰。在诗文中,张翰形象具有旷达、思归、知机等多种特点。陈与义经常用到有关他的典故:

《次韵谢表兄张元东见寄》:"平生张翰极风流,好事工文妙九州。"⑤

---

① 李剑国:《新辑搜神记》卷1,中华书局2007年,第39页。
② 《陈与义集》卷21,第327页。
③ 龚斌:《世说新语校释》卷上,第26页。
④ 《陈与义集》卷24,第381页。又见《外集》,第509、510页。
⑤ 《陈与义集》卷6,第79页。

《晋书·文苑传·张翰传》:"张翰字季鹰,吴郡吴人也。……翰有清才,善属文,而纵任不拘,时人号为'江东步兵'。"又谓:"翰任心自适,不求当世。或谓之曰:'卿乃可纵适一时,独不为身后名邪?'答曰:'使我有身后名,不如即时一杯酒。'时人贵其旷达。"①李白《金陵送张十一再游东吴》云:"张翰黄花句,风流五百年。"②则是与义诗"风流"二字所本。张翰《杂诗》云:"青条若总翠,黄华如散金。"③即李白诗所谓"黄花"句。与义用张翰来比张元东,和李白一样,扣住了对方的姓,用得很贴切。正如赵翼所云:"宋人诗,与人赠答,多有切其人之姓,驱使典故,为本地风光者。"④

《若拙弟说汝州可居已约卜一丘用韵寄元东》:"陶潜迷路已良远,张翰思归可待秋?"⑤

陶潜《归去来兮辞》:"实迷途其未远,觉今是而昨非。"⑥《晋书·张翰传》:"翰因见秋风起,乃思吴中菰菜、莼羹、鲈鱼脍,曰:'人生贵得适志,何能羁宦数千里以要名爵乎!'遂命驾而归。"⑦与义以陶潜、张翰的归去来反衬自己的未能归家,抒发思亲之情。

《粹翁用奇父韵赋九日与义同赋兼呈奇父》:"何言知机早,正尔因鲈鱼。"⑧

《世说新语·识鉴》:"张季鹰辟齐王东曹掾,在洛,见秋风起,因思吴中菰菜羹、鲈鱼脍,曰:'人生贵得适意尔,何能羁宦数千里以要名爵?'遂命驾便归。俄而齐王败,时人皆谓为见机。"⑨苏轼《戏书吴江三贤画像三首》(其二)云:"不须更说知机早,直为鲈鱼也自贤。"查注:"王赞《过吴江》诗云:'因想季鹰当日事,归来未必为莼鲈。'意谓翰度时不

---

① 房玄龄等:《晋书》卷92,第2384页。
② 王琦注:《李太白全集》卷17,第822页。
③ 萧统编:《文选》卷29,第1377页。
④ 赵翼:《瓯北诗话》卷12,人民文学出版社1963年,第176页。
⑤ 《陈与义集》卷6,第80页。
⑥ 龚斌:《陶渊明集校笺》卷5,第391页。
⑦ 房玄龄等:《晋书》卷92,第2384页。
⑧ 《陈与义集》卷22,第350页。
⑨ 龚斌:《世说新语校释》卷中,第767页。

可有为,故飘然远去也。东坡即其意而反之,更高一格。"①与义诗即是祖述东坡之意,"为鲈鱼"之意说得更为肯定。这里以张翰自比,不言"知机",隐有自谦之意。

其他用张翰事的地方尚有《次韵谢文骥主簿见寄兼示刘宣叔》"思莼久未决,食荠转觉苦"②,《次韵光化宋唐年主簿见寄二首》(其二)"会有梅花堪寄远,可因莼菜便怀归"③,《题长冈亭呈德升大光》"既非还吴张,亦异赴洛陆"④,等等。

(五) 陆机、陆云兄弟

陆机,字士衡,吴郡华亭人。祖父陆逊,父亲陆抗。吴亡后,闭门读书近十年之久。太康十年(289),陆机与弟弟陆云一起到晋都洛阳,其文才为当时士大夫所推重。与义诗经常用到陆机、陆云"三间瓦屋"的典故,表达手足之情:

《寄若拙弟兼呈二十家叔》:"三间瓦屋亦易求,着子东头我西头。"⑤

《世说新语·赏誉》:"陆机兄弟住参佐廨中,三间瓦屋,士龙住东头,士衡住西头。"⑥这里陈与义把他弟弟陈与能比作陆云,自比陆机,"三间瓦屋"则是比喻兄弟共处的居所。

其他用此典故的尚有:《再用景纯韵咏怀二首》(其一):"路断赤墀青琐贤,士龙同此屋三间。"⑦《谢杨工曹》:"借屋三间稍离尘,携书一束漫娱身。"⑧《寓居刘仓廨中晚步过郑仓台上》:"士衡去国三间屋,子美登台七字诗。"⑨《邓州西轩书事十首》(其三):"瓦屋三间宽有余,可怜

---

① 王文诰辑注:《苏轼诗集》卷11,第565页。
② 《陈与义集》卷1,第13页。
③ 《陈与义集》卷7,第95页。
④ 《陈与义集》卷27,第437页。
⑤ 《陈与义集》卷6,第77页。
⑥ 龚斌:《世说新语校释》卷中,第860页。
⑦ 《陈与义集》卷7,第96页。
⑧ 同上书,第98页。
⑨ 《陈与义集》卷14,第219页。

小陆不同居。"①可见其偏爱。

(六) 陶渊明

陈与义厌恶官场,向往隐逸,所以诗里经常用关于陶渊明的典故。

《谨次十七叔去郑诗韵二章以寄家叔一章以自咏》(其二):"赋就柳州聊解祟,诗成彭泽要归田。"②

陶渊明有《归园田居》诗五首,陈与义以陶比十七叔陈振。其人大概为官不得意,有归隐之念。此联上句用柳宗元事,柳被贬谪后,作《解祟赋》。

《寄题商洛宰令狐励迎翠楼》:"遥知五斗粟,未办买山资。"③

《宋书·陶潜传》云:"郡遣督邮至,县吏白应束带见之。潜叹曰:'我不能为五斗米折腰向乡里小人。'即日解印绶去职。赋《归去来》"。④这就是著名的"不为五斗米折腰"的典故。

还有《若拙弟说汝州可居已约卜一丘用韵寄元东》:"陶潜迷路已良远,张翰思归那待秋。"⑤《道中寒食二首》(其二):"斗粟淹吾驾,浮云笑此生"。⑥《次韵谢天宁老见贻》:"是身堪底用,况乃五斗粟。"⑦《元方用韵见寄次韵奉谢兼呈元东二首》(其二):"不辞彭泽腰常折,却得邯郸梦少留。"⑧等。反映了与义淡泊名利、向往归隐的思想。

(七) 三径

与归隐的思想相关,与义还常常用到"三径"的典故:

《王应仲欲附张恭甫舟过湖南久未决今日忽闻遂登舟作诗送之》:

---

① 《陈与义集》卷15,第227页。
② 《陈与义集》卷7,第101页。
③ 《陈与义集》卷9,第132页。
④ 沈约:《宋书》卷93,第2287页。
⑤ 《陈与义集》卷6,第80页。
⑥ 《陈与义集》卷9,第139页。
⑦ 同上书,第134页。
⑧ 《陈与义集》卷6,第82页。

"披君三径草,分我一味禅。"①

《三辅决录》:"蒋栩归乡里,荆棘塞门,舍中有三径不出,唯羊仲、求仲从之游。"②嵇康《高士传》:"求仲、羊仲,皆治车为业,挫廉逃名。蒋元卿之去兖州,还杜陵,荆棘塞门,舍中有三径,不出。惟二人从之游,时人谓之'二仲'。"③陶渊明《归去来兮辞》用到了这个典故:"三径就荒,松菊犹存。"④所以"三径"往往又跟陶渊明联系在一起。

与义用到此典的诗句还有:《书怀示友十首》(其五)"是中三益友,不减二仲贤"⑤,《张迪功携诗见过次韵谢之二首》(其一)"久荒三径未得返,偶有一钱何足看"⑥,《寄题康平老晒柯亭》"惜哉三径荒,滞彼天一隅"⑦,《徙舍蒙大成赐诗》"三径蓬蒿犹恨浅,九流宾客未嫌贫"⑧,等等。

(八) 苜蓿盘

陈与义常用反映清贫生活的"苜蓿盘"典故。

《次韵张迪功春日》:"争新游女幡垂鬓,依旧先生日照盘。"⑨

《唐摭言》云:"薛令之,闽中长溪人,神龙二年及第,累迁左庶子。时开元,东宫官僚清淡,令之以诗自悼,复纪于公署曰:'朝旭上团团,照见先生盘。盘中何所有?苜蓿长阑干。饭涩匙难绾,羹稀箸易宽。无以谋朝夕,何由保岁寒?'上因幸东宫,览之,索笔判之曰:'啄木嘴距长,凤凰羽毛短。若嫌松桂寒,任逐桑榆暖。'令之因此谢病东归。诏以长溪岁赋资之,令之计月而受,余无所取。"⑩"苜蓿盘"出此。

---

① 《陈与义集》卷21,第327页。
② 赵岐:《三辅决录》卷1,三秦出版社2006年版,第14页。
③ 郑骞:《陈简斋诗集合校汇注》卷3,第24页。
④ 龚斌:《陶渊明集校笺》卷5,第391页。
⑤ 《陈与义集》卷3,第39页。
⑥ 《陈与义集》卷5,第66页。
⑦ 《陈与义集》外集,第520页。
⑧ 同上书,第523页。
⑨ 《陈与义集》卷5,第65页。
⑩ 陶绍清:《唐摭言校证》卷15,中华书局2021年版,第642页。

用到此典的尚有:《道中寒食二首》(其一)"刺史葡萄酒,先生苜蓿盘"①,《粹翁用奇父韵赋九日与义同赋兼呈奇父》"先生守苜蓿,朝士夸茱萸"②,《答元方述怀作》"今之敢恨松桂冷,君叔但伤蒲柳秋"③,等等。"蒲柳秋",出《晋书·殷浩传》附:"顾悦之,字君叔,少有义行。与简文同年,而发早白。帝问其故。对曰:'松柏之姿,经霜犹茂;蒲柳常质,望秋先零。'简文悦其对。"④悦之即画家顾恺之之父。

(九) 使鬼钱

还有"使鬼钱"的典故,也是反映生活清贫和讽刺社会势利的。

《书怀示友十首》(其六):"有钱可使鬼,无钱鬼揶揄。"⑤

《晋书·鲁褒传》引《钱神论》云:"谚曰:'钱无耳,可使鬼。'"⑥《世说新语·任诞》注引《晋阳秋》:"(罗友)始仕荆州,后在温府,以家贫乞禄……友答曰:'民性饮酒嗜味,昨奉教旨,乃是首且出门,于中路逢一鬼,大见揶揄云:我只见汝送人作郡,何以不见人送汝作郡!'"⑦以"有钱"和"无钱"作鲜明的对比。俗话说"有钱可使鬼推磨",即有钱可使鬼之意。无钱鬼都会揶揄,其为人所轻则不言自明了。

《食蘁》:"伯龙平生受鬼笑,无钱可使宜见渎。"⑧

《南史·刘粹传》:"宗人有刘伯龙者,少而贫薄,及长,历位尚书左丞,少府,武陵太守,贫窭尤甚。常在家慨然,召左右将营十一之方,忽见一鬼在傍抚掌大笑。伯龙叹曰:'贫穷固有命,复为鬼所笑也。'遂止。"⑨无钱除了被鬼揶揄的,还有被鬼取笑的。

用此典故的尚有《元方用韵见寄次韵奉谢兼呈元东二首》(其

---

① 《陈与义集》卷9,第139页。
② 《陈与义集》卷22,第349页。
③ 《陈与义集》卷6,第85页。
④ 房玄龄等:《晋书》卷77,第2048页。
⑤ 《陈与义集》卷3,第40页。
⑥ 房玄龄等:《晋书》卷94,第2438页。
⑦ 龚斌:《世说新语校释》卷下,第1467页。
⑧ 《陈与义集》卷8,第114页。
⑨ 李延寿:《南史》卷10,中华书局1975年版,第482页。

二)"有句惊人虽可喜,无钱使鬼故宜休"①,《漫郎》"星霜屡费惊人句,天地元须使鬼钱"②,《题简斋》"不着散花女,而况使鬼兄"③,等等。

(十) 谢屐和阮屐

陈与义喜爱大自然,集中登临之作沉沉夥颐。他的诗提到了谢灵运和阮孚。谢灵运除了是著名文学家外,还以好登山临水闻名。为了便于登山,他特制了一种"上山去其前齿,下山去其后齿"的木屐,后人称为"谢公屐"。阮孚则以好收藏木屐闻名,自然也是好登山的。

《寄题商洛宰令狐励迎翠楼》:"便携灵运屐,不待德璋移。"④

《南史·谢灵运传》:"寻山陟岭,必造幽峻,岩嶂数十重,莫不备尽。登蹑常着木屐,上山则去其前齿,下山去其后齿。"⑤下一句则是反用《北山移文》典。德璋,孔稚圭字。这一联表现了与义向往归隐的思想。

《题简斋》:"未知阮遥集,几屐了平生。"⑥

《晋书·阮孚传》:"或有诣阮,正见自蜡屐,因自叹曰:'未知一生当着几量屐!'神色甚闲畅。"⑦此事亦见《世说新语·雅量》:"祖士少好财,阮遥集好屐,并恒自经营。同是一累,而未判其得失。人有诣祖,见料视财物,客至,屏当未尽,余两小簏,着背后,倾身障之,意未能平。或有诣阮,见自吹火蜡屐,因叹曰:'未知一生当着几量屐。'神色闲畅,于是胜负始分。"⑧这里与义以阮遥集自比,反映了登山临水的胜情。后面接以"领军一屋鞋,千载笑绝缨",作一鲜明的对比。"领军鞋"已见上文,乃贪鄙的象征。同是收集鞋子,则泾渭分明,清浊异流。另外,《与

---

① 《陈与义集》卷6,第82页。
② 《陈与义集》卷11,第165页。
③ 《陈与义集》卷15,第237页。
④ 《陈与义集》卷9,第133页。
⑤ 李延寿:《南史》卷19,第540页。
⑥ 《陈与义集》卷15,第237页。
⑦ 房玄龄等:《晋书》卷49,第1365页。
⑧ 龚斌:《世说新语笺疏》卷中,第703、704页。

伯顺饭于文纬大光出宋汉杰画秋山》云:"履上十年蜡,未散腰脚顽。"①也是用此典。

二、用典的翻新出奇:夺胎换骨

"夺胎换骨"是宋人颇有影响的理论,最早见于惠洪《冷斋夜话》卷一记载:

> 山谷云:"诗意无穷,而人之才有限;以有限之才,追无穷之意,虽渊明、少陵不得工也。然不易其意而造其语,谓之换骨法;窥入其意而形容之,谓之夺胎法。"②

"夺胎换骨"原为道家语,谓脱去凡骨而换为圣胎仙骨,黄庭坚用以喻师法前人而不露痕迹,并能创新。"夺胎"与"换骨"本是两个不同的概念。《诗宪》云:"夺胎者,因人之意,触类而长之。……换骨者,意同而语异也。"③"夺胎"是在别人原有诗意的基础上深化,"换骨"只是借用别人的诗意而换成自己的语言。但是在宋诗话的具体使用中,二者常被混为一谈。因此,本文在以下的论述中也不加区别。

陈与义被认为是江西诗派的诗人,对黄庭坚、陈师道多有学习,自然也擅长"夺胎换骨"之法。陈善《扪虱新话》云:

> 客有诵陈去非《墨梅》诗于予者,且曰:"信古人未曾道此。"予摘其一曰:"'粲粲江南万玉妃,别来几度见春归。相逢京洛浑依旧,只是缁尘染素衣。'世以简斋诗为新体,岂此类乎?"客曰:"然。"予曰:"此东坡句法也。坡《梅花》绝句云:'月地云阶漫一樽,玉奴终不负东昏。临春结绮荒荆棘,谁信幽香是返魂?'简斋亦善夺胎

---

① 《陈与义集》卷12,第185页。
② 惠洪:《冷斋夜话》卷1,第15、16页。
③ 阙名:《诗宪》,《宋诗话全编》本,第10785页。

第四章 陈与义诗歌的修辞

耳。简斋又有《腊梅》诗曰:'奕奕金仙面,排行立晓晴。殷勤夜来雪,少住作珠缨。'亦此法也。"①

苏轼诗把梅花比作人,涉及东昏妃潘氏玉儿(玉奴)、陈后主妃张丽华(临春、结绮)、汉武帝李夫人(返魂)等。纪昀评论说:"全不是梅花典故,而非梅花不足以当之。"②这就是用典不拘、遗貌取神的手法。陈与义效法了这种手法,把梅花比作仙女玉妃、仙人金仙,写出了梅花的清高绝俗,可以说是借用苏轼的诗意而换了不同的比喻,所以陈善称他善于夺胎。

"夺胎换骨"还体现在对前人诗意的深化和转化。如《复斋漫录》云:

> 郑谷《蜀中海棠》诗二首,前一云:"秾丽最宜新着雨,妖娆全在欲开时。"然欧公以郑诗为格卑,近世陈去非尝用郑意赋海棠云:"海棠默默要诗催,日暮紫绵无数开。欲识此花奇绝处,明朝有雨试重来。"虽本郑意,便觉才力相去不侔矣。③

郑谷诗在体物命意上也颇可观,但是诗格卑弱。所以纪昀批评说:"三、四(即秾丽联)似小有致,终是卑靡之音。"④陈与义着力表现海棠的精神气质,在诗格上有所提升,化卑为健。

与义另一首写海棠的《春寒》诗也是如此:

> 二月巴陵日日风,春寒未了怯园公。
> 海棠不惜胭脂色,独立蒙蒙细雨中。⑤

---

① 陈善:《扪虱新话》上集卷4,《儒学警悟》本,中华书局2000年版,第734页。
② 苏轼:《次韵杨公济奉议梅花十首》(其四),《苏轼诗集》卷33,第1737页。
③ 魏庆之:《诗人玉屑》卷8,第252页。
④ 李庆甲:《瀛奎律髓汇评》卷27,第1183页。
⑤ 《陈与义集》卷20,第322页。

陈与义诗歌研究

钱钟书评论道:"陈与义《陪粹翁举酒君子亭下》说'暮雨霏霏湿海棠',不过像杜甫《曲江对雨》所谓'林花着雨胭脂湿',比不上这首诗的意境。宋祁《锦缠道》词的'海棠经雨胭脂透'和王雱《倦寻芳》词的'海棠着雨胭脂透',也只是就杜甫的成句加上炼字的工夫,没有陈与义这首诗的风致。"①可见此诗虽然和杜甫、宋祁、王雱诗一样用到了"胭脂"二字,但是用拟人的手法,把海棠的精神气度表现出来了,所以特有风致。

与义的茶花诗也是点化前人、夺胎换骨。如吴开《优古堂诗话》云:

> 陈去非《茶花》诗后两句云:"青裙白面初相识,十月茶花满路开。"盖用白乐天《江岸梨花》诗意:"梨花有思缘和叶,一树江头恼杀君。最似霜闺少年妇,白妆素面碧纱裙。"②

陈与义集中对白居易诗句点化处尚多,夺胎后句更健,格更高。这也是宋人学习白诗的普遍现象。《优古堂诗话》另有一则谈到陈与义对罗邺诗句的点化:

> 近时称陈去非诗"案上簿书何日了,楼头风月又秋来"之句,或者曰此东坡"官事无穷何日了,菊花有信不吾欺"耳。予以为本唐人罗邺《仆射陂晚望》诗:"身事未知何日了,马蹄惟觉到秋忙。"③

"夺胎换骨"还体现在前人诗意的否定和翻转。黄庭坚称之为"翻着袜法",杨万里《诚斋诗话》称之为"翻案法",严有翼《艺苑雌黄》称之为"反用故事法"。与义对这种手法也得心应手。

《题江参山水横轴画俞秀才所藏二首》(其一):

> 卷中衮衮溪山去,笔下明明开辟初。

---

① 钱钟书:《宋诗选注》,第220页。
② 吴开:《优古堂诗话》,《历代诗话续编》本,第233页。
③ 同上书,第238、239页。

第四章 陈与义诗歌的修辞

不肯一裈为妇计,俞郎作计未全疏。①

第三句用《世说新语·德行》:"宣洁行廉约,韩豫章遗绢百匹,不受。减五十匹,复不受。如是减半,遂至一匹,既终不受。韩后与范同载,就车中裂二丈与范,云:'人宁可使妇无裈邪?'范笑而受之。"②这里"夺胎换骨"体现在典故的反用上。陈与义以玩笑的口气说俞秀才收藏画绢,而不像范宣那样考虑妻子的裤子。当然这只是朋友间的调侃,俞秀才的妻子不至于真没有裤子穿,画绢也不可能真拿去做裤子。

再看下面这首《张迪功携诗见过次韵谢之二首》(其一):

黄纸红旗意未阑,青衫俱不救饥寒。
久荒三径未得返,偶有一钱何足看。
世事岂能磨铁砚,诗盟聊可歃铜盘。
不嫌野外时迁盖,政要相从叩两端。③

此诗多处用"翻案法",比较典型。第一句翻用苏轼《杜介熙熙堂》诗:"黄纸红旗心已灰。"④"意未阑"是"心已灰"的反面,标明尚有功名之念。"黄纸红旗"更早的出处是白居易《刘十九同宿》诗:"红旗破贼非吾事,黄纸除书无我名。"⑤第三句翻用陶渊明《归去来兮辞》:"三径就荒。"⑥陶潜是已归,而陈与义则是"未得返",心情之轻松与沉重正自不同。第四句翻用杜甫《空囊》诗:"囊空恐羞涩,留得一钱看。"⑦反映了读书人的自嘲。第五句反用桑维翰事。《新五代史·晋臣传·桑维翰》云:"初举进士,有司恶其姓,以'桑''丧'同音。人有劝其不必举进士,

---

① 《陈与义集》卷29,第462页。
② 龚斌:《世说新语校释》卷上,第83页。
③ 《陈与义集》卷5,第66、67页。
④ 王文诰辑注:《苏轼诗集》卷16,第820页。
⑤ 谢思炜:《白居易诗集校注》卷17,第1368页。
⑥ 龚斌:《陶渊明集校笺》卷5,第391页。
⑦ 仇兆鳌:《杜诗详注》卷8,第620页。

可以从佗求仕者,维翰慨然,乃著《日出扶桑赋》以见志。又铸铁砚以示人曰:'砚弊则改而佗仕。'"①第六句活用《史记·平原君虞卿列传》:"毛遂奉铜槃而跪进之楚王曰:'王当歃血而定从。'"②这里虽非翻用,但"盟"前着一"诗"字,显得生新灵活。

第三节　字　　法

诗歌的最小单位是字。所谓五言诗、七言诗,"言"就是字。不同诗人有不同的用字习惯,不同用字习惯会带来不同的诗歌风格。以时代论,一般来说,唐诗和宋诗在用字上有很大的差异。钱钟书指出:"唐人诗好用名词,宋人诗好用动词。"③究其故,唐人注重意象的排列组合,关注的重点就落在了名词上。宋人力图通过结构的变换来改换意象的组合方式,重点就落在动词甚至虚词上。罗大经曾经总结过一条用字规律:

> 作诗要健字撑拄,要活字斡旋,如"红入桃花嫩,青归柳叶新","弟子贫原宪,诸生老伏虔"。"入"与"归"字,"贫"与"老"字,乃撑拄也。"生理何颜面,忧端且岁时","名岂文章著,官应老病休。""何"与"岂"字,"且"与"应"字,乃斡旋也。撑拄如屋之有柱,斡旋如车之有轴。文亦然。诗以字,文以句。④

这里虽然都是举杜甫诗为例,但总结的却是宋诗学的特点。在宋人的诗学视野里,所谓炼字,往往正是"健字"和"活字"这两类。唐诗中虽也有不少动词,但是唐诗论的重点在意象,对动词往往只是作为一般语法需要来使用。

---

① 欧阳修:《新五代史》卷29,中华书局1974年版,第319页。
② 司马迁:《史记》卷76,中华书局1982年版,第2368页。
③ 钱钟书:《谈艺录》,第598页。
④ 罗大经:《鹤林玉露》甲编卷6,第108页。

第四章 陈与义诗歌的修辞

罗大经论用字规律这一条也适用于陈与义诗歌。下面试看陈与义诗歌中的"健字"和"活字"。

一、健字

"健字",顾名思义体现在力量上,所以"有力"是它的首要特点。同时,作为高度提炼的诗歌语言甚至是"诗眼",还应该准确和新颖。另外,宋诗讲究"以故为新""化俗为雅",以追求诗歌"陌生化"的效果。"以故为新"在前面的用典一章已经讨论到。"化俗为雅"体现在用字不避俗语而能通过语言的点金术,将直白的和不那么有诗意的语言转化为诗歌语言。

(一) 单音节词

1. 受

陈与义爱用"受"字,诗集中用到"受"字的地方有35处,这跟与义学习杜甫有关。《潜溪诗眼》云:

> 工部又有所喜用字,如:"修竹不受暑","野航恰受两三人","吹面受和风","轻燕受风斜","受"字皆入妙。老坡尤爱"轻燕受风斜",以谓燕迎风低飞,乍前乍却,非"受"字不能形容也。至于"能事不受相促迫","莫受二毛侵",虽不及前句警策,要自稳惬尔。[1]

陈诗"清池不受暑"[2]显然从"修竹不受暑"化来,"未受风作恶"[3]、"滔滔江受风"[4]、"却扇受景风"[5]则可见与"吹面受和风""轻燕受风斜"的联

---

[1] 魏庆之:《诗人玉屑》卷6引,第194页。
[2] 陈与义:《夏日集葆真池上以绿阴生昼静赋诗得静字》,《陈与义集》卷10,第160页。
[3] 陈与义:《舍弟逾日不知雪势密因再赋》,《陈与义集》卷2,第30页。
[4] 陈与义:《别大光》,《陈与义集》卷24,第375页。
[5] 陈与义:《休日马上》,《陈与义集》卷29,第456页。

系,而"意闲不受荣与辱"①、"了不受荣悴"②、"不受安危侵"③,也是从"能事不受相促迫""莫受二毛侵"变化而来。可见"受"的宾语既可以是具体的物,也可以是抽象的事,而"不受"则很能表现兀傲的神态。陈与义用到"受"字的频率比杜甫还高,工拙相半。用得好的地方无愧"健字",用得差的时候则成了习气。

2. 了

陈与义诗用到动词"了"的地方很多。如:

《题唐希雅画寒江图》:"舟中过客莫敢侮,闲伴长江了今古。"④

《观我斋再分韵得下字》:"一慵缚两脚,闭户了晨夜。"⑤

《道中寒食二首》(其一):"能供几寒食,不办了悲欢。"⑥

《至叶城》:"深知念行李,为报了长途。"⑦

"了"有斩截之意,所以为健。上举各例皆非"了"字的通常用法,所以生新。"了今古""了晨夜"都是接的时间,只是一长一短,"了悲欢"接的抽象名词,"了长途"则接的空间。与义诗"了"用得很活,大大扩展了其使用范围和表现能力。

3. 可

《夏日》:"赤日可中庭,树影敛不开。"⑧

《题继祖蟠室三首》(其一):"日斜疏竹可窗影,正是幽人睡足时。"⑨

刘禹锡《生公讲堂》有"一方明月可中庭"之句⑩,这两例"可"字都是从此化用而来。"可"字这里有"适合""相称""可爱"之意,其准确、新

---

① 陈与义:《题易元吉画麝》,《陈与义集》卷2,第25页。
② 陈与义:《同叔易于观我斋分韵得自字》,《陈与义集》卷9,第130页。
③ 陈与义:《游道林岳麓》,《陈与义集》卷23,第364页。
④ 《陈与义集》卷2,第26、27页。
⑤ 《陈与义集》卷9,第131页。
⑥ 同上书,第139页。
⑦ 《陈与义集》卷16,第252页。
⑧ 《陈与义集》卷11,第172页。
⑨ 《陈与义集》卷17,第264页。
⑩ 瞿蜕园:《刘禹锡集笺证》卷24,第713页。

第四章　陈与义诗歌的修辞

颖无愧"健字"。不过陈与义毕竟是袭用,就不如刘禹锡的原创难得了。《洪驹父诗话》曾提到刘禹锡这句诗:

> 山谷至庐山一寺,与群僧围炉,因举《生公讲堂》诗,末云:"一方明月可中庭。"一僧率尔云:"何不曰'一方明月满中庭?'"山谷笑去。①

"满"字太陈旧,也无表现力,难怪遭到黄庭坚的嗤笑。《后山诗话》也说"可"不如"满",称之为俗士论诗②。

4. 破

《漫郎》:"踏破九州无一事,只今分付结跏禅。"③
《八关僧房遇雨》:"世故方未阑,焚香破今夕。"④
《又用韵春雪》:"袁安久绝千人望,春破还思绮一端。"⑤
以上几句"破"都用得生新传神。"踏破九州无一事"的"破"犹言"尽,遍",与杜甫《奉赠韦左丞丈二十二韵》"读书破万卷"的"破"用法相同⑥。"焚香破今夕"的"破"犹言"安排,消遣"。"春破还思绮一端"的"破"犹言"过",同于杜甫《绝句漫兴九首》(其四)"二月已破三月来"之"破"⑦。

5. 缟

《春日二首》(其二):"忆看梅雪缟中庭,转眼桃梢无数青。"⑧
"缟"字本是名词,指白绢。或形容词,指白色。《诗·郑风·出其东门》有"缟衣綦巾"之句⑨。陈与义《望燕公楼下李花》云:"羽盖梦余

---

① 魏庆之:《诗人玉屑》卷14,第487页。
② 陈师道:《后山诗话》,《历代诗话》本,第308页。
③ 《陈与义集》卷11,第165页。
④ 《陈与义集》卷14,第220页。
⑤ 《陈与义集》外集,第515页。
⑥ 仇兆鳌:《杜诗详注》卷1,第74页。
⑦ 仇兆鳌:《杜诗详注》卷9,第789页。
⑧ 《陈与义集》卷10,第159页。
⑨ 程俊英、蒋见元:《诗经注析》,第257页。

当昼立,缟衣风急过墙来。"①这里的"缟"也是白色之意。但是"忆看梅雪缟中庭"的"缟"则是动词,意为映照,用得生新有力。"缟"字的动词用法可以追溯王安石的《寄蔡氏女子二首》(其一):"积李兮缟夜,崇桃兮炫昼。"②这是其本人引为自得的句子。据蔡绦《西清诗话》记载:"元丰中,王文公在金陵,东坡自黄北迁,日与公游,尽论古昔文字。又以近制示坡。坡云:'若"积李兮缟夜,崇桃兮炫昼",自屈、宋没,旷千余年无复《离骚》句法,乃今见之。'公曰:'非子瞻见谀,自负亦如此。然未尝与俗子道也。'"③陈衍也称赞说:"'崇桃兮炫昼,积李兮缟夜',写桃、李得未曾有。"④虽然此二句的好处非仅此一端,但动词如"缟""炫"等字的锤炼确实使之增色。陈与义此诗"缟"字的用法很可能受到王安石的影响。

6. 数

《春日二首》(其二):"万事一身双鬓发,竹床欹卧数窗棂。"⑤

《试院书怀》:"茫然十年事,倚杖数栖鸦。"⑥

"数"字反映了单调无聊的生活,同时暗示出时间的飞快流逝,很有形象感和概括力。陶渊明《移居二首》(其一):"闻多素心人,乐与数晨夕"。⑦这里的"数"却用得非常轻松和惬意,不像与义那样沉重。渊明的人生态度是"纵浪大化中,不喜亦不惧"⑧,乐天知命,不执着于时间的流逝。而与义用"双鬓发"表现了功业未就,早生华发,用"茫然"反映了惆怅和失落。另外,与义《开壁置窗命曰远轩再赋》有"誓将老兹地,不复数晨夕"⑨,则直接翻用渊明的"数晨夕"。虽然说得很斩截,似乎是甘心终老,但隐居竟至于发誓,可见内心惘惘不甘之情,远不如陶诗

---

① 《陈与义集》卷20,第317页。
② 李壁:《王荆文公诗笺注》卷2,第48页。
③ 同上。
④ 陈衍:《宋诗精华录》卷2,第49页。
⑤ 《陈与义集》卷10,第159页。
⑥ 《陈与义集》卷11,第176页。
⑦ 龚斌:《陶渊明集校笺》卷2,第114页。
⑧ 同上书,第65页。
⑨ 《陈与义集》卷25,第401页。

第四章　陈与义诗歌的修辞

自在。

7. 闹

《西轩寓居》:"桃花明薄暮,燕子闹微阴。"①

《寄大光二绝句》(其二):"芭蕉急雨三更闹,燕子殊方五月寒。"②

《夜赋》:"三更萤火闹,万里天河横。"③

前两例的"闹"字虽然用得新颖别致,还都是形容声音,值得注意的是最后一例。这个例子近于宋祁《玉楼春》的"红杏枝头春意闹"④,都是把无声之物形容为有声。王国维《人间词话》说:"'红杏枝头春意闹',着一'闹'字而境界全出。"⑤刘熙载在《艺概·词曲概》中也说:"词中句与字,有似触着者,所谓极炼如不炼也。晏元献'无可奈何花落去'二句,触着之句也;宋景文'红杏枝头春意闹','闹'字,触着之字也。"⑥"触着"相当于说化学反应,能提升诗的意境。王国维和刘熙载对宋祁词中"闹"字的评价同样适用于与义此句。钱钟书在其《通感》一文中正是把"红杏枝头春意闹"和陈与义"三更萤火闹"相提并论:"'闹'字是把事物无声的姿态说成好像有声音的波动,仿佛在视觉里获得了听觉的感受。……用心理学或语言学的术语来说,这是'通感'或'感觉挪移'的例子。"⑦

8. 抛

《清明二绝》(其二):"卷地风抛市井声,病夫危坐了清明。"⑧

《又用韵春雪》:"连夜抛回三白瑞,及时惊动五辛盘。"⑨

"抛"字都用得很形象生动。用"抛"字,"市井声"似乎成了有重量的物体,质感就强了。如果说"卷地风吹市井声",就显得太一般。"抛"

---

① 《陈与义集》卷14,第225页。
② 《陈与义集》卷26,第411页。
③ 《陈与义集》卷22,第339页。
④ 唐圭璋编:《全宋词》,中华书局1965年版,第116页。
⑤ 王国维:《人间词话》,第193页。
⑥ 袁津琥:《艺概注稿》卷4,中华书局2009年版,第567页。
⑦ 钱钟书:《七缀集》,第68页。
⑧ 《陈与义集》卷10,第158页。
⑨ 《陈与义集》外集,第514、515页。

字接"三白瑞",形容下雪的情景,也很有表现力。

9. 贷

《来禽花》:"人间风日不贷春,昨暮胭脂今日雪。"①

《十月》:"睡过三冬莫开户,北风不贷芰荷衣。"②

《冬至二首》(其一):"北风不贷节,鸿雁天南驱。"③

《己酉九月自巴丘过湖南别粹翁》:"世事不相贷,秋风撼瓶锡。"④

这几例"贷"都是宽假、宽容的意思,用得很生新有力。杜甫《醉为马坠诸公携酒相看》云:"共指西日不相贷,喧呼且覆杯中渌。"⑤可见"贷"字这个用法其来有自,与义亦是学杜。

(二) 双音节词

以上九例都是讨论的单音节,除此之外,陈与义诗中"健字"还表现在双音节词上,这样的例子也很多:

1. 世故

《寄题兖州孙大夫绝尘亭二首》(其一):"世故日已远,风水方透迤。"⑥

《初夏游八关寺》:"世故剧千猬,今朝此闲行。"⑦

《夜步堤上三首》(其一):"世故生白发,意行无与期。"⑧

《早起》:"群公持世故,白发到幽人。"⑨

《八关僧房遇雨》:"世故方未阑,焚香破今夕。"⑩

---

① 《陈与义集》卷10,第156页。
② 《陈与义集》卷11,第165页。
③ 《陈与义集》卷12,第187页。
④ 《陈与义集》卷23,第354页。
⑤ 仇兆鳌:《杜诗详注》卷18,第1591页。
⑥ 《陈与义集》卷12,第180页。
⑦ 《陈与义集》卷13,第206页。
⑧ 《陈与义集》卷14,第211页。
⑨ 同上书,第213页。
⑩ 同上书,第220页。

《印老索钝庵诗》:"愿香惊余烟,世故感陈迹。"①
《北征》:"世故信有力,挽我复北驰。"②
《题崇山》:"世故莽相急,长江去悠悠。"③
《晚步湖边》:"客间无胜日,世故可暂逃。"④
《陪粹翁举酒于君子亭下海棠方开》:"世故驱人殊未央,聊从地主借绳床。"⑤
《二十二日自北沙移舟作是日闻贼革面》:"我生莽未定,世故纷相袭。"⑥

"世故"是世事的意思,用"世故"更为生新,反映了陈与义向往闲适的思想。其中,"世故生白发"脱胎于嵇康《与山巨源绝交书》"世故繁其虑"⑦。"世故莽相急"变化于杜甫《寄刘峡州伯华使君四十韵》"世故莽相仍"⑧。"世故剧千猬""世故信有力""世故莽相急""世故驱人殊未央""世故纷相袭"这几例特别形象,把"世故"人格化了。

2. 寂寞

《次韵谢文骥主簿见寄兼示刘宣叔》:"两途俱寂寞,众手剧云雨。"⑨
《次韵张矩臣迪功见示建除体》:"定知张公子,能共寂寞娱。"⑩
《次韵富季申主簿梅花》:"笛催疏影日更疏,快饮莫教春寂寞。"⑪
《海棠》:"海棠已复动,寒食岂寂寞。"⑫

---

① 《陈与义集》卷15,第238页。
② 《陈与义集》卷16,第249页。
③ 同上书,第259页。
④ 《陈与义集》卷19,第305页。
⑤ 《陈与义集》卷20,第317页。
⑥ 《陈与义集》卷21,第334页。
⑦ 戴明扬:《嵇康集校注》卷2,中华书局2014年版,第197、198页。
⑧ 仇兆鳌:《杜诗详注》卷19,第1721页。
⑨ 《陈与义集》卷1,第12页。
⑩ 《陈与义集》卷2,第19页。
⑪ 《陈与义集》卷8,第118页。
⑫ 《陈与义集》卷15,第234页。又见外集,第519页。

《将次叶城道中》:"寂寞信吾道,淹留谙物情。"①

《与季申信道自光化复入邓书事四首》(其二):"依然还故栖,寂寞壮心休。"②

《寒食》:"喧哗少所便,寂寞今有味。"③

《夜赋寄友》:"向来甘寂寞,不是为艰难。"④

《别岳州》:"寂寞短歌行,萧条远游赋。"⑤

《今夕》:"唯应寂寞事,可以送余年。"⑥

《贞牟书事》:"荣华信非贵,寂寞亦非穷。"⑦

《元夜》:"唯应长似今,寂寞送寒燠。"⑧

《早行》:"寂寞小桥如梦过,稻田深处草虫鸣。"⑨

与义爱用"寂寞",反映了不慕荣利的思想。特别是"荣华信非贵,寂寞亦非穷"这联以"荣华"和"寂寞"对举,可见"寂寞"所指。上面的例子中,"寂寞"意为冷清、孤单的少,意为清净、恬淡的多。细加分析,"寂寞短歌行,萧条远游赋",此联有小疵,因为曹操《短歌行》里没有"寂寞",而屈原《远游》中有"萧条",偏枯失对了。

3. 偷生

《独立》:"偷生亦聊尔,难与众人言。"⑩

《清明》:"书生投老王官谷,壮士偷生漂母家。"⑪

《周尹潜以仆有郢州之命作诗见赠有横槊之句次韵谢之》:"一岁偷生四阅时,偷生不恨隙驹驰。"⑫

---

① 《陈与义集》卷16,第251页。
② 《陈与义集》卷17,第262页。
③ 《陈与义集》卷18,第288页。
④ 《陈与义集》卷20,第319页。
⑤ 《陈与义集》卷23,第357页。
⑥ 《陈与义集》卷24,第385页。
⑦ 同上书,第387页。
⑧ 《陈与义集》卷30,第469页。
⑨ 《陈与义集》外集,第519页。
⑩ 《陈与义集》卷18,第279页。
⑪ 同上书,第288页。
⑫ 《陈与义集》卷21,第328页。

《今夕》:"偷生经五载,幽独意已坚。"①

"偷生"意为苟且求活。杜甫诗也有数处用到这个词,如《羌村三首》(其二):"晚岁迫偷生,还家少欢趣。"②《石壕吏》:"存者且偷生,死者长已矣。"③《南征》:"偷生长避地,适远更沾襟。"④《归梦》:"偷生唯一老,伐叛已三朝。"⑤杜甫生逢安史之乱,而陈与义身更靖康之变,相同的战乱背景引起了深刻的共鸣,所以陈与义说"草草檀公策,茫茫杜老诗"⑥,"但恨平生意,轻了少陵诗"⑦,直接表明要向杜甫学习。上举例子中,"偷生不恨隙驹驰"这句非常沉痛。"隙驹",出《庄子·知北游》:"人生天地之间,如白驹之过郤,忽然而已。"⑧这里说兵荒马乱,苟且偷生,并不遗憾时光的迅速流逝。清人黄景仁《绮怀》(其十六)云:"茫茫来日愁如海,寄语羲和快著鞭。"⑨则更进一层,希望时光过得快一些,因为不堪忍受如海的忧愁。

4. 平生

陈与义诗用到"平生"的地方将近50处,略举几例以概其余。

《杂书示陈国佐胡元茂四首》(其二):"平生老赤脚,每见生怒嗔。"⑩

《书怀示友十首》(其三):"平生诗作祟,肠肚困藿食。"⑪

《书怀示友十首》(其八):"扬雄平生学,肝肾困雕镌。"⑫

《次韵答张迪功坐上见贻张将赴南都任二首》(其一):"一笑相逢亦

---

① 《陈与义集》卷24,第385页。
② 仇兆鳌:《杜诗详注》卷5,第392页。
③ 仇兆鳌:《杜诗详注》卷7,第529页。
④ 仇兆鳌:《杜诗详注》卷22,第1950页。
⑤ 同上。
⑥ 陈与义:《发商水道中》,《陈与义集》卷14,第222页。
⑦ 陈与义:《正月十二日自房州城遇虏至奔入南山十五日抵回谷张家》,《陈与义集》卷17,第274页。
⑧ 郭庆藩:《庄子集释》卷7下,第746页。
⑨ 黄景仁:《两当轩集》卷11,第266页。
⑩ 《陈与义集》卷2,第32页。
⑪ 《陈与义集》卷3,第38页。
⑫ 同上书,第42页。

奇事,平生所得是清流。"①

《观我斋再分韵得下字》:"平生功名手,嗜静如食蔗。"②

"平生",初见于《论语·宪问》:"久要不忘平生之言。"孔安国注:"平生,犹少时。"③汉魏六朝人用"平生"这个词都是用此义,如阮籍《咏怀》(其五):"平生少年时,轻薄好弦歌。"④后来才有了"向来""一辈子"的意思。陈与义诗中的"平生"主要是用后起义,意为"向来,一生"。

5. 乘除

《初至陈留南镇夙兴赴县》:"只将乘除了吾事,推去木枕收此诗。"⑤

《出山道中》:"乘除了身世,未恨落房州。"⑥

《送王因叔赴试》:"人生险易乘除里,富贵功名从此始。"⑦

《别岳州》:"乘除冀晚泰,乃复逢变故。"⑧

"乘除"比喻人事的消长盛衰。与义爱用这样意思相反的两个字构成的双音节词。韩愈《三星行》诗云:"名声相乘除,得少失有余。"⑨与义祖述其意,反映了祸福无常的人生境遇和随遇而安的恬淡胸怀。

6. 安危

《正月十二日自房州城遇虏至奔入南山十五日抵回谷张家》:"篱间老炙背,无意管安危。"⑩

《坐涧边石上》:"三面青山围竹篱,人间无路访安危。"⑪

《游道林岳麓》:"向来修何行,不受安危侵。"⑫

---

① 《陈与义集》卷5,第71页。
② 《陈与义集》卷9,第131页。
③ 邢昺:《论语注疏》卷14,《十三经注疏》本,中华书局2009年版,第5455页。
④ 陈伯君:《阮籍集校注》卷下,中华书局1987年版,第222页。
⑤ 《陈与义集》卷13,第196页。
⑥ 《陈与义集》卷18,第291页。
⑦ 《陈与义集》卷22,第353页。
⑧ 《陈与义集》卷23,第357页。
⑨ 钱仲联:《韩昌黎诗系年集释》卷6,第659页。
⑩ 《陈与义集》卷17,第274页。
⑪ 同上书,第277页。
⑫ 《陈与义集》卷23,第364页。

第四章　陈与义诗歌的修辞

《山中》:"当复入州宽作期,人间踏地有安危。"①

《三月二十日闻李德升席大光新有召命皆寓永州》:"自古安危关政事,随时忧喜到樵渔。"②

《游秦岩》:"隐显非士意,安危存国纲。"③

《幽窗》:"古来贤哲人,眹亩策安危。"④

"安危"同"乘除"一样,由两个意思相反的字构成。此词虽意为平安和危险,但偏重于危险。与义用这个词,大到国家小到个人,极具表现力。

7. 阴晴

《题唐希雅画寒江图》:"惟有苍石如卧虎,不受阴晴与寒暑。"⑤

《邓州城楼》:"李白上天不可呼,阴晴变化还须臾。"⑥

《雨》:"老夫逃世日,坚坐听阴晴。"⑦

《观雨》:"山客龙钟不解耕,开轩危坐看阴晴。"⑧

《小阁》:"栏杆横岁暮,徙倚度阴晴。"⑨

这些诗句既有自然界的阴晴,也言人世的顺逆,颇具象征意义。其中雨诗既有"听阴晴",也有"看阴晴",可见诗人的严谨和下笔不苟。从雨声来说是听,从雨貌来说是看,分别和其诗题相吻合。

8. 险易

《美哉亭》:"险易终不偿,翻身下残坡。"⑩

《送王因叔赴试》:"人生险易乘除里,富贵功名从此始。"⑪

---

① 《陈与义集》卷 24,第 388 页。
② 《陈与义集》卷 25,第 392、393 页。
③ 《陈与义集》卷 27,第 428 页。
④ 《陈与义集》卷 29,第 454 页。
⑤ 《陈与义集》卷 2,第 26 页。
⑥ 《陈与义集》卷 15,第 247 页。
⑦ 《陈与义集》卷 18,第 286 页。
⑧ 《陈与义集》卷 26,第 409 页。
⑨ 《陈与义集》卷 30,第 468 页。
⑩ 《陈与义集》卷 16,第 255 页。
⑪ 《陈与义集》卷 22,第 353 页。

第一例之"险易"意为险阻与平坦,但有象征意义,言外是说终究还是走下坡路,即人总要衰老、死亡。第二例"乘除"已见前,"险易"意为吉凶,下一句是向上之意。因为是赠人,可谓善颂。两例正好意味相反。

(三) 不太有诗意的健字

陈与义还有一些诗爱用俗语、硬语和其他一些不太有诗意的字词,这样能带给诗歌"陌生化"的效果,增强张力和表现力。这其实是杜甫、韩愈、梅尧臣、黄庭坚等一脉相承的路子,虽然与义曾经说过"慎不可读者梅圣俞"①,但却深受其影响。比如下面的例子:

1. 羸

《若拙弟说汝州可居已约卜一丘用韵寄元东》:"四岁冷官桑濮地,三年羸马帝王州。"②

《龙门》:"羸马暂来还径去,流莺多处最难忘。"③

《将赴陈留寄心老》:"画作谪官图,羸骖带寒日。"④

《送客出城西》:"邓州谁亦解丹青,画我羸骖晚出城。"⑤

韩愈《赠河阳李大夫》有"裘破气不暖,马羸鸣且哀"⑥,《秋雨联句》有"深路倒羸骖,弱途拥行驮"⑦,为与义导夫先路。

2. 瘿

《夏雨》:"三伏过几日,坐数令人瘿。"⑧

与义还有一处用到"瘿"的诗句:《后三日再赋》云:"天生瘿木不须裁,说与儿童是酒杯。"⑨"瘿木"只是个普通的词,不如上面这句警策。"坐数令人瘿"是把"瘿"活用作动词,生动传神。黄庭坚《送李德

---

① 徐度:《却扫编》卷中,《宋元笔记小说大观》,第4500页。
② 《陈与义集》卷6,第80页。
③ 《陈与义集》卷9,第140页。
④ 《陈与义集》卷12,第190页。
⑤ 《陈与义集》卷17,第270页。
⑥ 钱仲联:《韩昌黎诗系年集释》卷1,第75页。
⑦ 钱仲联:《韩昌黎诗系年集释》卷5,第473页。
⑧ 《陈与义集》卷15,第244页。
⑨ 《陈与义集》卷12,第190页。

第四章　陈与义诗歌的修辞

素归舒城》有"此土落江湖,熟思令人癯"①,可见与义确实沾丐江西诗法不少。

3. 坏

《中牟道中二首》(其一):"依然坏郭中牟县,千尺浮屠管送迎。"②

《道中书事》:"坏梁斜斗水,乔木密藏村。"③

《无题》:"江南丞相浮云坏,洛下先生宰木春。"④

《里翁行》:"里翁无人支缓急,天雨墙坏百忧集。"⑤

《粹翁用奇父韵赋九日与义同赋兼呈奇父》:"去年郢州岸,孤楫对坏郭。"⑥

《六月六日夜》:"蕴隆岂不坏,凉气亦徐还。"⑦

《游秦岩》:"望夷秦政坏,岭底畏祸殃。"⑧

《夙兴》:"成坏由来几古今,乾坤但可着山泽。"⑨

上面的例子中"坏"字大都用来形容残破、毁坏、消亡,虽不优美,却有力量。

4. 贪

《连雨赋书事四首》(其二):"老雁犹贪去,寒蝉遂不号。"⑩

《次韵何文缜题颜持约画水墨梅花二首》(其一):"从此不贪江路好,胜拼心力唤真真。"⑪

《再游八关》:"贪游八关寺,忘却子公书。"⑫

《正月十二日自房州城遇虏至奔入南山十五日抵回谷张家》:"向来

---

① 任渊、史容、史季温:《黄庭坚诗集注·山谷诗集注》卷7,第250页。
② 《陈与义集》卷10,第147页。
③ 《陈与义集》卷16,第251页。
④ 《陈与义集》卷17,第273页。
⑤ 《陈与义集》卷19,第306页。
⑥ 《陈与义集》卷22,第350页。
⑦ 《陈与义集》卷26,第408页。
⑧ 《陈与义集》卷27,第428页。
⑨ 《陈与义集》卷29,第453页。
⑩ 《陈与义集》卷7,第104页。
⑪ 《陈与义集》卷12,第177页。
⑫ 《陈与义集》卷13,第200页。

贪读书,闭户生白髭。"①

《周尹潜过门不我顾遂登西楼作诗见寄次韵谢之三首》(其一):"不觉高轩门外过,贪看万鹤舞中庭。"②

《适远》:"平生五字律,头白不贪名。"③

《题水西周三十三壁二首》(其二):"贪看雨歇前峰变,不觉斟时已十分。"④

"贪"字很传神地表现出急切之情和强烈的偏好。

5. 饕

《连雨赋书事四首》(其二):"风伯方安卧,云师亦少饕。"⑤

《周尹潜雪中过门不我顾遂登西楼作诗见寄次韵谢之三首》(其三):"风饕雪虐君驰去,蓬户那无酒一杯。"⑥

"饕"比"贪"色彩更强,更有冲击力。所以纪昀评"风伯"二句说"起二句太狰狞"⑦,其实正是有表现力的句子。纪昀的诗学观念比较保守,故不太能接受。韩愈《祭河南张署员外文》云"岁弊寒凶,雪虐风饕"⑧,与义用这样的词汇当正是效法昌黎。

二、活字

"活字"是句中转折斡旋之字,主要指副词、连词、介词等虚词,也包括一些动词。这些"活字"虽然不直接表明事物的性质和特征,但是能调整意象之间的关系,传达更明确的意思和增加更丰富的意味。《老子》云:"三十辐共一毂,当其无,有车之用。"⑨"活字"之于诗就近于辐

---

① 《陈与义集》卷17,第274页。
② 《陈与义集》卷20,第322页。
③ 《陈与义集》卷24,第368页。
④ 《陈与义集》卷26,第405页。
⑤ 《陈与义集》卷7,第104页。
⑥ 《陈与义集》卷20,第323页。
⑦ 李庆甲:《瀛奎律髓汇评》卷17,第673页。
⑧ 刘真伦、岳珍:《韩愈文集汇校笺注》卷12,第1341页。
⑨ 楼宇烈:《老子道德经注校释》,第26页。

(车轴)之于车,能起到使诗句灵活的作用。

方回曾举陈与义的诗来说明"活字"的功用:

> 凡为诗,非五字、七字皆实之为难,全不必实,而虚字有力之为难。……诗家不专用实句、实字,而或以虚为句,句之中以虚字为工,天下之至难也。……简斋曰:"使知临难日,犹有不欺臣。""使知""犹有"四字是工处。①

方回是江西诗派,崇尚与唐人不同。唐人喜用实字(名词),常用蒙太奇式的意象并置手法,省略掉动词和虚词成分,给读者以想象空间。温庭筠《商山早行》云:"鸡声茅店月,人迹板桥霜。"②杜牧《题宣州开元寺水阁阁下宛溪夹溪居人》云:"深秋帘幕千家雨,落日楼台一笛风。"③即是此类。宋诗则不但爱用动词,而且重视虚词即"活字"的锤炼。句子的语法关系更清晰,变共时平列结构为意脉联属。比如上文的"使"和"犹"就是"活字",如画龙点睛,使句意更为飞动。下面略举几个与义常用的"活字"。

(一) 单音节词

1. 使

《书怀示友十首》(其三):"使我忘隐忧,亦自得诗力。"④

《书怀示友十首》(其八):"使雄早大悟,亦何事于玄。"⑤

这两句都是"使"和"亦"的搭配,有"以文为诗"、意脉清晰的特点。但"使"的意思稍有不同:上一句是"令"的意思,下一句则意为"假如"。

---

① 李庆甲:《瀛奎律髓汇评》卷43,第1547页。
② 刘学锴:《温庭筠全集校注》卷7,第650页。
③ 吴在庆:《杜牧集系年校注·樊川文集》卷3,第352页。
④ 《陈与义集》卷3,第38页。
⑤ 同上书,第42页。

2. 犹

《杂书示陈国佐胡元茂四首》（其一）："晚知儒冠误,犹恋终南山。"①

《以事走郊外示友》："黄尘满面人犹去,红叶无言秋又归。"②

《次韵谢天宁老见贻》："縠虽已破碎,犹欲大其辐。"③

《雨中对酒庭下海棠经雨不谢》："燕子不禁连夜雨,海棠犹待老夫诗。"④

用了"犹"字之后,意思表达得更清晰,感受传递得更细腻。

3. 自

《次韵周教授秋怀》："天机衮衮山新瘦,世事悠悠日自斜。"⑤

黄升《玉林诗话》称这联"真合在苏黄之右"⑥。刘辰翁也称许这两句："语有壮意,不刻故也。"⑦"不刻"即是自然,和句中"活字"比如"自"的运用是分不开的。

《题小室》："炉烟忽散无踪迹,屋上寒云自黯然。"⑧

《历代诗发》卷二六称许这联说："结句妙,有比兴。"⑨"自"字体现了作者不为流俗所移的傲岸精神,比兴的作用恰恰通过"自"字传达出来了。

《晓发杉木》："客子涠双鬓,田家自一生。"⑩

"自"字是副词,后面省略了动词,和"涠"相对,"自"后可补充不同的动词。这样的省略扩大了诗歌的内涵,增强了意义的不确定性。

---

① 《陈与义集》卷 2,第 31 页。
② 《陈与义集》卷 4,第 62 页。
③ 《陈与义集》卷 9,第 134 页。
④ 《陈与义集》卷 20,第 324 页。
⑤ 《陈与义集》卷 1,第 18 页。
⑥ 白敦仁:《陈与义集校笺》卷 1,第 34 页。
⑦ 同上。
⑧ 《陈与义集》卷 5,第 64 页。
⑨ 白敦仁:《陈与义集校笺》卷 5,第 120 页。
⑩ 《陈与义集》卷 24,第 378 页。

《渡江》:"江南非不好,楚客自生哀。"①

用一个"自"字,体现出悲哀之重,江南好景亦不能化解。方回评论道:"此谓渡浙江也。简斋绍兴初避地广南,赴召,由闽入越,行在时寓会稽,过钱塘。简斋洛阳人,诗逼老杜。于浙江所题如此,可谓亦壮矣哉。"②

4. 恰

《山中》:"恰逢居士身轻日,正是山中多景时。"③

"恰"意为"正巧,刚刚",和下句"正"字搭配,反映了诗人惊喜之情。导引身轻,学道有成,这是自身的喜事。山中多景,可供观赏,这是外在的乐事。"恰"字能准确传达出细微感受。

5. 渐

《初至陈留南镇夙兴赴县》:"客心忽动群鸟起,马影渐薄村墟移。"④

"渐"字反映出动态的过程。"马影渐薄"可见天色欲晓,"渐"字很有表现力。"客心"句,暗用《列子·黄帝》"沤鸟"的典故,"忽"字也很形象。

6. 暂

《题小室》:"暂脱朝衣不当闲,澶州梦断已多年。"⑤

《龙门》:"羸马暂来还径去,流莺多处最难忘。"⑥

《得席大光书因以诗迓之》:"十月高风客子悲,故人书到暂开眉。"⑦

《同通老用渊明独酌韵》:"何妨暂阅世,谋行要当先。"⑧

---

① 《陈与义集》卷29,第452页。
② 李庆甲:《瀛奎律髓汇评》卷1,第20页。
③ 《陈与义集》卷24,第388页。
④ 《陈与义集》卷13,第196页。
⑤ 《陈与义集》卷5,第64页。
⑥ 《陈与义集》卷9,第140页。
⑦ 《陈与义集》卷17,第270页。
⑧ 《陈与义集》卷19,第298页。

《晚步湖边》:"客间无胜日,世故可暂逃。"①

《留别天宁永庆乾明金銮四老》:"本是群山云,暂聚当别去。"②

这几个例子的"暂"字都作"暂时"讲,使诗意更婉曲、细微。有时还跟别的活字连用,如"羸马暂来还径去","暂"跟"还"连用,反映了转折的动态过程,使诗更灵活、生新。

7. 于

《书怀示友十首》(其八):"晚于玄有得,始悔赋甘泉。"③

《古别离》:"千人万人于此别,柳亦能堪几人折。"④

《寄题商洛宰令狐劢迎翠楼》:"当年四老翁,视世轻于芝。"⑤

《次韵谢天宁老见贻》:"微云度遥天,一笑立于独。"⑥

《晓登燕公楼》:"燕公不相待,使我立于独。"⑦

"于"是介词,用在诗歌里面,更具有散文的意味。后两例的"立于独"出《庄子》,用得比较有特色。"独"本来是形容词,作介词"于"的宾语,有生新之味。

8. 正

《送张仲中押戟归闽中》:"还家不比陶令冷,持节正效相如勤。"⑧

《元方用韵见寄次韵奉谢兼呈元东二首》(其一):"了无徐生齐气累,正值宁子商歌秋。"⑨

《西郊春事渐入老境元方欲出游以无马未果今日得诗又有举鞭何日之叹因次韵招之》:"官柳正须工部出,园花犹为退之留。"⑩

《谨次十七叔去郑诗韵二章以寄家叔一章以自咏》(其一):"乡里小

---

① 《陈与义集》卷19,第305页。
② 《陈与义集》卷23,第356页。
③ 《陈与义集》卷3,第42页。
④ 《陈与义集》卷8,第115页。
⑤ 《陈与义集》卷9,第132页。
⑥ 同上书,第134页。
⑦ 《陈与义集》卷20,第312页。
⑧ 《陈与义集》卷4,第49页。
⑨ 《陈与义集》卷6,第81页。
⑩ 同上书,第84页。

第四章 陈与义诗歌的修辞

儿真可怜,市朝大隐正陶然。"①

《题继祖蟠室三首》(其三):"正待吾曹红抹额,不须辛苦学颜回。"②

"正"有"正好,恰好"的意思,还能表示动作、状态的进行。既能表示强调,有加重语气的作用,也能使表意更为精确,在细微处见精神。

(二) 双音节词

1. 无乃

《连雨赋书事四首》(其一):"龙公无乃倦,客子不胜愁。"③

《雨中观秉仲家月桂》:"红衿映肉色,薄暮无乃寒。"④

《游董园》:"甲裳无乃重,腐儒故多忧。"⑤

《出山宿向翁家》:"问我出山意,无乃贵喧哗。"⑥

"无乃",相当于"莫非""恐怕是",表示委婉测度的语气。这样使诗句摇曳生姿,更有诗意。袁枚《与韩绍真书》云:"盖贵直者人也,贵曲者文也。天上有文曲星,无文直星。木之直者无文,木之拳曲盘纡者有文;水之静者无文,水之被风挠激者有文。孔子曰:'情欲信,词欲巧',巧即曲之谓也。"⑦袁枚的话可以作为"无乃"的注脚。

2. 何妨

《次韵光化宋唐年主簿见寄二首》(其二):"高人主簿固非宜,天马何妨略受羁。"⑧

《棋》:"幸未逢重霸,何妨着献之。"⑨

---

① 《陈与义集》卷7,第100页。
② 《陈与义集》卷17,第265页。
③ 《陈与义集》卷7,第103页。
④ 《陈与义集》卷15,第235页。
⑤ 同上书,第243页。
⑥ 《陈与义集》卷18,第290、291页。
⑦ 袁枚:《小仓山房尺牍》卷6,《袁枚全集新编》,浙江古籍出版社2015年版,第127页。
⑧ 《陈与义集》卷7,第95页。
⑨ 《陈与义集》卷12,第184页。

《无题》:"孟喜何妨改师法,京房底处有门人。"①

《同通老用渊明独酌韵》:"何妨暂阅世,谋行要当先。"②

《周尹潜以仆有鄂州之命作诗见赠有横槊之句次韵谢之》:"倘有青油盛快士,何妨画戟入新诗。"③

《五月二日避贵寇入洞庭湖绝句》:"何妨南北东西客,一听湘妃瑶瑟来。"④

《适远》:"何妨更适远,未免一伤情。"⑤

《留别葛汝州》:"劝君慎勿学孔光,荐士何妨似张禹。"⑥

"何妨",意为"无碍,不妨",也是能使诗句语气委婉。而且往往跟其他的"活字"相呼应,比如"幸未""底处""倘有""未免""慎勿"等。

3. 只应

《和张规臣水墨梅五绝》(其二):"病见昏花已数年,只应梅蕊固依然。"⑦

《次韵家叔》:"只应又被支郎笑,从者依前困在陈。"⑧

《再用景纯韵咏怀二首》(其二):"只应杖屦从公处,未觉平生与愿违。"⑨

《晚步顺阳门外》:"只应千载溪桥路,欠我嫛姗勃窣行。"⑩

《雨中宿灵峰寺》:"只应护得纶巾角,还费高僧一炷香。"⑪

《自黄岩县舟行入台州》:"只应江海凄凉地,欠我临风一赋诗。"⑫

---

① 《陈与义集》卷17,第273页。
② 《陈与义集》卷19,第298页。
③ 《陈与义集》卷21,第328页。
④ 同上书,第330页。
⑤ 《陈与义集》卷24,第368页。
⑥ 《陈与义集》外集,第525页。
⑦ 《陈与义集》卷4,第56页。
⑧ 《陈与义集》卷5,第70页。
⑨ 《陈与义集》卷7,第98页。
⑩ 《陈与义集》卷15,第232页。
⑪ 《陈与义集》卷28,第441页。
⑫ 同上书,第441页。

《玉堂僝直》:"只应未上归田奏,贪诵楞伽四卷经。"①

与义诗好用"只应"这个词,表示不肯定的推测语气,起到斡旋的作用,使诗句显得委婉。此词除首例外都用在尾联,第二、三、四、五例是用在七律的尾联,第六、七例是用在七绝的尾联。用在尾联,使意境更开阔,诗笔宕开有远神。

第四节　句　　法

句法指诗句的结构方式。杜甫《寄高三十五书记》云:"美名人不及,佳句法如何?"②严羽在《沧浪诗话·诗辨》中也说:"诗之品有九……其用工有三：曰起结,曰句法,曰字眼。"③可见诗人和诗评家对句法的重视。不同的句法显示出不同的诗歌特色,从而彰显不同时代和诗人的风格。一般来说,唐人的句法偏于使用密集的意象和省略句子成分,宋人的句法则好"以文为诗"和使用俗语。陈与义的诗号称"简斋体"或"新体",在句法上自有其特色,可以说兼取唐、宋,自铸新辞。

一、近于宋诗特点的句法

(一) 结果补语

陈与义诗中多用散文句式甚至口语,这首先表现在他爱用结果补语上。结果补语表示述语的结果,主要由形容词来充当,也可由少数单音节动词来充当。很显然,有了结果补语,诗的句法更近于散文的句式了,诗歌也因此具有日常语言的特色。宋诗在这方面比较突出,因而相对唐诗具有了通俗化的特点。另一方面,对于经典的唐诗语言来说,则又呈现出陌生化的特征。如陈与义的《城上晚思》:"无数柳花飞满岸,

---

① 《陈与义集》卷30,第475页。
② 仇兆鳌:《杜诗详注》卷3,第194页。
③ 郭绍虞:《沧浪诗话校释·诗辨》,第7、8页。

晚风吹过洞庭湖。"①"飞满"的"满"和"吹过"的"过"都是结果补语。

根据陈与义诗句中结果补语的不同,可以分为下面几种类型。

1. 可能式

《叶楠惠花》:"文殊罔明俱拱手,今日花枝唤得回。"②

2. 否定式

《以石龟子施觉心长老》:"知君游世磨不磷,往作道人之石友。"③

3. 动-宾-补

《十月》:"十月北风催岁阑,九衢黄土污儒冠。"④

4. 动-补-宾

《清明二绝》(其一):"东风也作清明节,开遍来禽一树花。"⑤

(二) 口语

其次,陈与义好用口语直接入诗。刘辰翁评论韩愈、苏轼诗说:"倾竭变化,如雷霆河汉,可惊可快,必无复可憾者,盖以其文人之诗也。诗犹文也,尽如口语,岂不更胜彼一偏一曲自擅。"⑥可见宋人对口语入诗的提倡。口语入诗,更能详尽准确地抒情、说理、叙事、状物,同时对于精致的唐诗语言,有着通俗化和陌生化的效果,宋人提倡"化俗为雅",口语在字面上是"俗"的,但通过作者之意的驱使和转化,也能传达出"雅"的精神。同时,这些"非诗"的语言用进诗歌里,会产生新奇的效果,"可惊可快"。下面试看与义诗对口语的运用。

1. 不是

《次韵乐文卿北园》:"梅花不是人间白,日色争如酒面红。"⑦

"不是"和"争如"都是表示否定的词,使语气更为崭截强烈。纪昀

---

① 《陈与义集》卷20,第324页。
② 《陈与义集》卷30,第472页。
③ 《陈与义集》卷8,第121页。
④ 《陈与义集》卷5,第63页。
⑤ 《陈与义集》卷10,第158页。
⑥ 刘辰翁:《赵仲仁诗序》,《须溪集》卷6,《豫章丛书·集部》5,第660页。
⑦ 《陈与义集》卷8,第111页。

第四章　陈与义诗歌的修辞

评论此联说:"绝有笔力。"①就是看到了这个特点。陈衍评论说:"五、六(即此联)濡染大笔,百读不厌。"②所谓"大笔",既指诗中出现了宏大的意象,如"人间""日色",又指描写的简洁有力,这就是使用"不是"和"争如"两个口语词取得的效果。另外,"濡染"二字使人联想到绘画,而"大笔"则近于泼墨式的写意而非工笔。"不是""争如"二字让人联想到泼墨的力度和强度,带来"白"和"红"两种颜色的强烈对比,使此联获得了成功的艺术感染力。

陈与义诗中使用"不是"来进行否定的尚有:

《夜赋寄友》:"向来甘寂寞,不是为艰难。"③

《寄大光二绝句》(其一):"江湖不是无来雁,只惯平生作报书。"④

《梅花二首》(其二):"梦回映月窗间见,不是桃花与李花。"⑤

这三例中,"不是为艰难"是强调甘于寂寞。"江湖不是无来雁"是强调自己的疏懒,而并非如黄庭坚《寄黄几复》诗所云"我居北海君南海,寄雁传书谢不能"⑥。第三例的"不是桃花与李花"则是强调梅花的高洁,以桃花、李花作陪衬。

2. 不有

《游八关寺后池上》:"不有今年谪,争成此段奇。"⑦

《再用景纯韵咏怀二首》(其二):"元无王老又何怨,不有曲生谁与归。"⑧

上一例是流水对,因为是五言诗,又称为"十字格"。同一联中的两句话,从形式看是两句话,但意思并不互相对立,实际上是一整句话分开成两句来说。也就是这两句话在理解时应该是如同流水般一气贯穿下来,所以叫作"流水对"。"今年谪"是"此段奇"的条件,"不有"相当于

---

① 李庆甲:《瀛奎律髓汇评》卷13,第492页。
② 陈衍:《宋诗精华录》卷3,第109页。
③ 《陈与义集》卷20,第319页。
④ 《陈与义集》卷26,第410页。
⑤ 《陈与义集》卷28,第448页。
⑥ 任渊、史容、史季温:《黄庭坚诗集注·山谷诗集注》卷2,第90页。
⑦ 《陈与义集》卷13,第197页。
⑧ 《陈与义集》卷7,第97页。

237

说"如果没有",二句意为:"如果没有今年的贬谪,哪里能成就这段奇遇呢?""此段奇"语本王羲之帖:"欲一游目汶岭,得果此缘,一段奇事也。"与义诗中用到此语的尚有《同继祖民瞻游赋诗亭二首》(其一)"邂逅今朝一段奇,从来华屋不关诗"①,《题赵少隐清白堂三首》(其三)"它时相见非生客,看倚琅玕一段奇"②,等等。

下一例"不有"句是复句,意为:"如果没有曲生,那我和谁一起呢?""曲生"典出郑綮《开天传信记》:"法善居玄真观,尝有朝客数十人谒之,解带淹留,满座思酒。忽有人叩门,云:'曲秀才。'……法善密以小剑击之,随手失坠于阶下,化为瓶榼,一座惊愕,遽视其所,乃盈瓶醇醽也。咸大笑,饮之,其味甚嘉。坐客醉而揖其瓶曰:'曲生风味,不可忘也。'"③后因以"曲生"作酒的别称。上句的"王老"则是指钱,出《南部新书》:"以钱文有'元宝'字,因呼钱为'王老',盛流于时矣。"④

3. 极知

《别孙信道》:"极知身有几,不奈世相违。"⑤

《闰八月十二日过奇父共坐翠窦轩赏木犀花玲珑满枝光气动人念风日不贷此花无五日香矣而王使君未之知作小诗报之》:"极知有日交铜虎,可使无情向木犀。"⑥

《甘棠驿怀李德升席大光》:"极知非世用,我爱不能已。"⑦

"极知"犹言"深知"。第一例"身有几",语本《淮南子·说林训》"畏首畏尾,身凡有几"⑧,是说身在世间没有多久的时间了。不仅时日无多,境遇也不顺,所以说"世相违"。第二例"铜虎"指官印,本指发兵所用的铜制虎形兵符。"木犀"即桂花。既写对方的勋业,也写其闲情。第三例"非世用"指的是榕树,来比喻李、席两位朋友,颇有《庄子》"无用

---

① 《陈与义集》卷16,第258页。
② 《陈与义集》卷26,第419页。
③ 郑綮:《开天传信记》,中华书局2012年版,第93、94页。
④ 钱易:《南部新书》辛,中华书局2002年版,第125页。
⑤ 《陈与义集》卷23,第363页。
⑥ 《陈与义集》卷22,第343页。
⑦ 《陈与义集》卷28,第438页。
⑧ 刘文典:《淮南鸿烈集解》卷17,第574页。

第四章 陈与义诗歌的修辞

之用"的意味。

4. 向来

《题许道宁画》:"向来万里意,今在一窗间。"①

《送张迪功赴南京掾二首》(其一):"向来书尽熟,去不愧张巡。"②

《送善相僧超然归庐山》:"鼠目向来吾自了,龟肠从与世相违。"③

《初至陈留南镇夙兴赴县》:"须臾东方云锦发,向来所见今难追。"④

"向来"有"先前"和"一贯"的意思,比较口语化。陈与义用"向来"这个词的诗句甚多,这里只举出了其中几例。第一例是流水对,显得流畅自然。而且"万里""一窗"小大相形,如须弥纳芥子,对比强烈。第二例因为友人姓张,所以用张巡来称赞他。张巡死守睢阳,为国尽忠,而且读书过目不忘。第三例"鼠目"喻寒贱,"龟肠"即饥肠,表现自己安于贫贱的人生态度。第四例的"向来"意为"先前",前三例则是"一贯"的意思。

5. 正是

《同继祖民瞻游赋诗亭二首》(其一):"诸君且作流连意,正是微风到竹时。"⑤

《题继祖蟠室三首》(其一):"日斜疏竹可窗影,正是幽人睡足时。"⑥

《山中》:"恰逢居士身轻日,正是山中多景时。"⑦

《晨起》:"风来众绿一时动,正是先生睡足时。"⑧

第二例和第四例"正是"句几乎相同,只是把"幽人"换作了"先生",可见与义对此句的喜爱。这四例的共同点就是都在诗中的尾联,另外,

---

① 《陈与义集》卷4,第55页。
② 《陈与义集》卷5,第72页。
③ 《陈与义集》卷12,第182页。
④ 《陈与义集》卷13,第196页。
⑤ 《陈与义集》卷16,第258页。
⑥ 《陈与义集》卷17,第264页。
⑦ 《陈与义集》卷24,第388页。
⑧ 《陈与义集》卷30,第477页。

除了《山中》,其他三例都是绝句。

6. 不须

《张迪功携诗见过次韵谢之二首》(其二):"坐上客多真足乐,床头易在不须看。"①

《次韵答张迪功坐上见贻张将赴南都任二首》(其一):"足钱便可不须侯,免对妻儿赋百忧。"②

《寄题兖州孙大夫绝尘亭二首》(其二):"门前谁剥啄,已逝不须邀。"③

《冬至二首》(其二):"不须行年记,异代寻吾诗。"④

《后三日再赋》:"天生瘿木不须裁,说与儿童是酒杯。"⑤

《初至陈留南镇夙兴赴县》:"写我新诗作画障,不须更觅丹青师。"⑥

《宴坐之地篷篠覆之名曰蓬斋》:"不须杯勺了三冬,旋作蓬斋待朔风。"⑦

《邓州西轩书事十首》(其七):"不须夜夜看太白,天地景气今如斯。"⑧

《邓州西轩书事十首》(其十):"吊古不须多感慨,人生半梦半醒中。"⑨

《题继祖蟠室三首》(其三):"正待吾曹红抹额,不须辛苦学颜回。"⑩

---

① 《陈与义集》卷5,第67页。
② 同上书,第71页。
③ 《陈与义集》卷12,第181页。
④ 同上书,第188页。
⑤ 同上书,第190页。
⑥ 《陈与义集》卷13,第196页。
⑦ 《陈与义集》卷14,第218页。
⑧ 《陈与义集》卷15,第230页。
⑨ 同上书,第231页。
⑩ 《陈与义集》卷17,第265页。

第四章　陈与义诗歌的修辞

《又登岳阳楼》:"岳阳楼前丹叶飞,栏干留我不须归。"①

《火后借居君子亭书事四绝呈粹翁》(其四):"入山从此不须深,君子亭中人不寻。"②

《送王因叔赴试》:"不须惜别作酸然,满路新诗付吾子。"③

《洛头书事》:"占年又得熟,劝我不须还。"④

"不须"表否定和强调,接近口语。与义诗中用到"不须"的地方不少,有以上14例。

7. 安得

《连雨不能出有怀同年陈国佐》:"安得如鸿六尺马,暂时相对说新愁。"⑤

《次韵谢表兄张元东见寄》:"安得清谈一陶写,令人绝忆许文休。"⑥

《寄季申》:"安得一樽生耳热,暂时相对说悲欢。"⑦

"安得"意为"如何能得",表期望。陈与义喜欢把"安得"用在尾联,上面3个例子都是。

8. 绝胜

《杂书示陈国佐胡元茂四首》(其一):"绝胜杜拾遗,一饱常间关。"⑧

《和张规臣水墨梅五首》(其五):"晴窗画出横斜影,绝胜前村夜雪时。"⑨

《香林四首》(其四):"驱使小诗酬晓露,绝胜辛苦广骚经。"⑩

---

① 《陈与义集》卷20,第309页。
② 同上书,第314页。
③ 《陈与义集》卷22,第353页。
④ 《陈与义集》卷25,第392页。
⑤ 《陈与义集》卷4,第59页。
⑥ 《陈与义集》卷6,第79页。
⑦ 《陈与义集》卷17,第263页。
⑧ 《陈与义集》卷2,第31页。
⑨ 《陈与义集》卷4,第58页。
⑩ 《陈与义集》卷15,第237页。

"绝胜"意为"远远超过",为斩截之语。韩愈《早春呈水部张十八员外二首》(其一)云:"最是一年春好处,绝胜烟柳满皇都。"①王安石《北陂杏花》云:"纵被春风吹作雪,绝胜南陌碾成尘。"②"绝胜"二字甚佳,与义诗可为嗣响。第一例"间关"意为"困难",说自己比起杜甫来至少解决温饱了,是自慰之词。第二例"横斜影"出林逋《山园小梅二首》(其一)"疏影横斜水清浅,暗香浮动月黄昏"③,"前村夜雪"出齐己《早梅》"前村深雪里,昨夜一枝开"④,是说画梅胜过了真梅。第三例"广骚经"用扬雄事。

二、近于唐诗特点的句法

除了近于宋诗特点的诗句外,陈与义还有不少近于唐诗特色的诗。叶维廉指出:"中国古典诗里,利用未定位、未定关系,或关系模棱的词法、语法,使读者获致一种自由观、感、解读的空间,在物象与物象之间作若即若离的指义活动。"⑤这里与其说是古典诗,不如说是唐诗。相对于宋诗的注重逻辑和达意来说,唐诗更喜欢把物象直接呈现而取消过多的说明,同时语法关系并不是那么确定,这样增加了诗句的内涵和不确定性,并使诗句更为简洁和难懂。在陈与义的诗歌中,可以看到许多这样的例子。

《连雨赋书事四首》(其二):"气连河汉润,声到竹松高。"⑥

在这联里面,"高"只是说"声"还是包括"竹松",并没有清楚的说明。加强了诗句的内涵和不确定性,同时字面也更为简洁。而且修饰语"润"和"高"放在了名词后面,加强了效果。纪昀评论说:"四句胜三句"⑦,即

---

① 钱仲联:《韩昌黎诗系年集释》卷12,第1257页。
② 李壁:《王荆文公诗笺注》卷42,第1084页。
③ 吴之振等选:《宋诗钞·和靖诗钞》,中华书局1986年版,第409页。
④ 彭定求等编:《全唐诗》卷843,第9528页。
⑤ 叶维廉:《中国诗学》,第18页。
⑥ 《陈与义集》卷7,第104页。
⑦ 李庆甲:《瀛奎律髓汇评》卷17,第673页。

第四章　陈与义诗歌的修辞

指"声到竹松高"胜过"气连河汉润",应该就是看到这种不确定性给诗句带来了更大的内涵空间。

《连雨书事四首》(其三):"乌鹊无言暮,蓬蒿满意秋。"①

这里"暮"和"秋"按语法来解,可以看作名词作动词用,但是何尝不可以看作名词呢？在暮色之中,乌鹊无言；秋色之中,蓬蒿满意。这就把语言的线性结构改为了并置的空间结构。同时,"无言"的是"乌鹊"还是"暮","满意"的是"蓬蒿"还是"秋",或者全都是,诗句并没有清楚地说明。纪昀评论说"五、六句（即此联）有寄托"②,看到了这两句的比兴意义。这正是不说得直接明白带来的效果。"乌鹊"喻指"绕树三匝,无枝可依"的贤士,而"蓬蒿"则指遮蔽君子的小人。

《次韵张迪功春日》:"争新游女幡垂鬓,依旧先生日照盘。"③

次句用唐代薛令之的典故,已见前。按正常的语序,"争新"和"依旧"应该在"游女"和"先生"之后,提到句首是为了表示强调。一新一旧,春日的生机和诗人的不得志形成强烈的对比。

《观江涨》:"叠浪并翻孤日去,两津横卷半天流。"④

"去"既指"叠浪"又指"孤日","流"水既在"两津"又在"半天"。纪昀评此诗"雄阔称题"⑤,特别此联很好地体现了"雄阔"的特点。其中"翻"字语本杜甫《宿边江阁》诗:"薄云岩际宿,孤月浪中翻。"⑥

《述怀》:"水容澹春归,草色带雨濡。"⑦

这一联从语法上看,"归"的主语是"水容","濡"的主语是"草色",但其实是复合句,从意思看,是"水容澹春,春归","草色带雨,雨濡"。通过压缩,更为精练,但也造成了句意的复杂难解。

《与信道游涧边》:"回碛发涧怒,高霭生树容。"⑧

---

① 《陈与义集》卷 7,第 104 页。
② 李庆甲:《瀛奎律髓汇评》卷 17,第 673 页。
③ 《陈与义集》卷 5,第 65 页。
④ 《陈与义集》卷 19,第 296 页。
⑤ 李庆甲:《瀛奎律髓汇评》卷 17,第 701 页。
⑥ 仇兆鳌:《杜诗详注》卷 17,第 1469 页。
⑦ 《陈与义集》卷 17,第 266 页。
⑧ 《陈与义集》卷 18,第 280 页。

"回碕"意为"曲岸"。句子压缩得很精练,不仅近于唐诗,甚至跟谢灵运质密的山水诗很相似。"怒"和"容"有拟人的味道。上一句写低处,下一句写高处,笔法很灵活,变换了空间角度。

第五节　声　　律

声律是诗歌区别于散文的主要因素,所以是诗学研究的重要对象。声律从大处看,即平仄和押韵。中国古典诗歌,不管是古体还是近体,都是要求押韵的。而定型于唐代的近体诗,进一步要求平仄的协调。从诗歌声律的发展历史看,六朝到唐代,诗歌格律从萌芽走向完善。唐代到宋代,诗人们则有意解构完善的格律,喜欢用拗字、造拗句、写拗律。所谓拗,就是打破固有的声律要求。

一、平仄

先来看平仄。宋诗人爱作拗律的首推黄庭坚,他继承和发展了杜甫的拗体诗。对此,与黄庭坚同时代的张耒(1054—1114)说:

> 以声律作诗,其末流也,而唐至今诗人谨守之。独鲁直一扫古今,(直)出胸臆,破弃声律,作五七言,如金石未作,钟磬声和,浑然有律吕外意。近来作诗者,颇有此体,然自吾鲁直始也。[①]

这段话指出了黄庭坚诗歌的特点以及对当时诗人的影响。江西诗派特点之一即是声律不谐,黄庭坚自己也说:"宁律不谐,而不使句弱;用字不工,不使语俗。"[②]

陈与义虽然深受江西诗风的影响,但是在声律上却算得上是一个

---

① 胡仔:《苕溪渔隐丛话》前集卷 47 引,第 319 页。
② 黄庭坚:《题意可诗后》,郑永晓:《黄庭坚全集辑校编年》第 11 辑,第 1529 页。

第四章　陈与义诗歌的修辞

传统派。他的诗大抵声韵和谐，拗体只占很少的比例。如果说黄庭坚远师杜甫写作拗体是对从唐至宋大量缺乏变化、让人产生审美疲劳的格律僵化的诗作的反动，那么陈与义则是对笼罩北宋诗坛的江西诗派特别是其末流佶屈聱牙诗风的反动。当代学者孙乃修在《黄庭坚诗论再探讨》中有段话说得很好：

> 建立一种理论方法，一方面显示出理论探索上的进展，另一方面则又形成自我封闭的框架，而提出的理论方法愈是具体，则愈是容易受自身的局限。愚钝者将这种理论方法加以夸大并推向极端，恰恰将其优点和长处转变为局限性或弊病，结果难免使那些理论家也为之蒙羞。①

江西诗派末流恰恰正是上段话所说的"愚钝者"。陈与义却是能灵活学习的诗人，他继承了江西诗风"不俗"的特点，但改变了拗得过分的作风，从而具有自己的特色。所以四库馆臣称许他说："其诗虽源出豫章，而天分绝高，工于变化，风格遒上，思力沉挚，能卓然自辟蹊径。"②

虽然如此，陈与义毕竟受到江西诗风的影响，也有少量的拗体律诗。

《元方用韵见寄次韵奉谢兼呈元东二首》（其一）：

大难词源三峡流，小难诗不数苏州。
仄平平平平仄平　仄平平仄仄平平
了无徐生齐气累，正值宁子商歌秋。
仄平平平平仄仄　仄仄仄仄平平平
鹄飞千里从此始，骥绝九衢谁得留。
仄平平仄平仄仄　仄仄仄平平仄平

---

① 孙乃修：《黄庭坚诗论再探讨》，《文学遗产》1998年第3期，第81页。
② 永瑢等：《四库全书总目》卷156，第1349页。

> 岁晚烦君起我病，两篇三叹不能休。①
> 仄仄平平仄仄仄　仄平平仄仄平平

第一句正常平仄应该为仄仄平平仄仄平，"大"和"三"虽然平仄变了，但属于可以变通的位置，是格律允许的拗字，真正出律的只有"难"字。第二句"小"和"诗"是可平可仄的位置，所以是律句。第三句"生"字出律。"气"字虽然拗了，但是可以看成被下句的"商"字补救。第四句"子"和"歌"出律，而且"商歌秋"是三平调，犯了律诗的大忌。第五句"此"字虽然拗了，但是第六句的"谁"字补救了。"谁"字不但救了上句的"此"，还救了本句的"九"，所以这一联虽然用了拗句，还属于近体诗范围，不叫出律。王士禛《分甘余话》说：

> 唐人拗体律诗有二种：其一，苍莽历落中自成音节，如老杜'城尖径窄旌旆愁，独立缥缈之飞楼'诸篇是也；其一，单句拗第几字，则偶句亦拗第几字，抑扬抗坠，读之如一片宫商，如赵嘏（应为许浑）之'溪云初起日沉阁，山雨欲来风满楼'，许浑之'湘潭云尽暮山出，巴蜀雪消春水来'是也。"②

按王力的定义，王士禛所谓第一种拗体律诗才是拗律，或者叫古风式的律诗③，王士禛所谓第二种拗体律诗只是近体诗中的拗救④。陈与义此诗从整首看，属于王力所谓拗律，但五、六句则只是拗救。第七句虽然"起"字拗了，但也是属于可以变通的位置，虽然七言第五字以不变为常见。第八句则是律句了。综合来看，真正出律的地方只有"难""生""子""歌"四字，其他地方只属于格律变通的拗救或者是格律允许的拗。

《归洛道中》：

---

① 《陈与义集》卷6，第81页。
② 王士禛：《分甘余话》卷3，第68页。
③ 王力：《汉语诗律学》，第475页。
④ 同上书，第93页。

第四章　陈与义诗歌的修辞

洛阳城边风起沙，征衫岁岁负年华。
仄平平平平仄平　平平仄仄仄平平
归途忽践杨柳影，春事已到芜菁花。
平平仄仄平仄仄　平仄仄仄平平平
道路无穷几倾毂，牛羊既饱各知家。
仄仄平平仄平仄　平平仄仄仄平平
人生扰扰成何事，马上哦诗日又斜。①
平平仄仄平平仄　仄仄平平仄仄平

第一句"阳"字应仄而平，出律。"风"字虽然变了平仄，但属于格律允许的范围。第二句是律句。第三句"柳"字拗，但第四句的"芜"字救了。第四句"到"字、"菁"字出律，"芜菁花"三平调。第五句属于王力所谓特拗②，"几"和"倾"平仄互换，即"几"字应平而仄，"倾"字应仄而平。第六、七、八句都是律句。此诗真正出律的地方只有"阳""到""菁"三个字，其他地方可以看作是拗救。

《赵虚中有石名小华山以诗借之》：

君家苍石三峰样，磅礴乾坤气象横。
平平平仄平平仄　平仄平平仄仄平
贱子与山曾半面，小窗如梦慰平生。
仄仄仄平平仄仄　仄平平仄仄平平
炉烟巧作公超雾，书册尚避秦皇城。
平平仄仄平平仄　平仄仄仄平平平
病眼朝来欲开懒，借君岩岫障新晴。③
仄仄平平仄平仄　仄平平仄仄平平

---

① 《陈与义集》卷9，第138页。
② 王力：《汉语诗律学》，第110页。
③ 《陈与义集》卷8，第110页。

247

这首诗只有第六句"避"和"皇"出律,其他地方都属可平可仄。第七句用了"特拗",即第五字"欲"和第六字"开"平仄互换。"特拗"用在尾联的时候较多,正如王力所说:"唐人这种特殊形式,宋人深深地体会到了;尤其是用于尾联的妙处,宋人领略得最到家,所以也用得最多,几乎可说是青出于蓝。"①与义这句可为明证。这首诗虽然从格律分析来看,只有两个字出律,但是整首诗给人的感觉却是很拗峭的。究其故,首先在于散文式的句法。如第三句"贱子与山曾半面"比较散文化,而且很容易让人联想到黄庭坚《次韵裴仲谋同年》的"贱子与公皆少年"②,可见受山谷的影响。另外,首联并非对仗句,而首句不入韵也是使诗显得拗峭的原因。

《再登岳阳楼感慨赋诗》:

岳阳壮观天下传,楼阴背日堤绵绵。
仄平仄仄平仄平　平平仄仄平平平
草木相连南服内,江湖异态栏干前。
仄仄平平平仄仄　平平仄仄平平平
乾坤万事集双鬓,臣子一谪今五年。
平平仄仄仄平仄　平仄仄仄平仄平
欲题文字吊古昔,风壮浪涌心茫然。③
仄平平仄仄仄仄　平仄仄仄平平平

这大概是与义拗得最厉害的一首了。第一句"下"字出律。第二句平仄失对,本来该仄起变为了平起,而且"堤绵绵"三平调,"堤"字出律。第三句跟第二句失粘,不过句子本身没出,是律句。第四句"栏干前"三平调,"栏"字出律。第五句"集"字拗,但是属于格律允许的范围,而且第六句的"今"字补救了。第六句"谪"字出律。第七句跟第六句失粘,

---

① 王力:《汉语诗律学》,第105页。
② 任渊、史容、史季温:《黄庭坚诗集注・山谷外集诗注》卷1,第764页。
③ 《陈与义集》卷19,第305、306页。

第四章 陈与义诗歌的修辞

虽然连用了四个仄声，但是第八句的"心"字补救了，仍然属于格律允许的范围。比如陆游《夜泊水村》的"一身报国有万死，双鬓向人无再青"①，"报国有万死"五连仄，因为下一句"无"字补救了，仍然是格律允许的。第八句"涌""茫"二字出律。相对于前面所举的诗来看，这首平仄相当混乱，在陈与义的诗中要算另类了。前面那几首不过是几个字出律而已，这首不但出律的字多，而且句和句之间，联和联之间失对、失粘的情况也很普遍。

这几首大概是陈与义仅有的拗体七律了。《十月》除了颈联失粘以外，仅有"小斋焚香无是非"②的"斋"出律，我们就不作为典型拗体举例了。另外《登岳阳楼二首》（其一）首句"洞庭之东江水西"③，"庭"字应仄而平。但全诗仅有此字出律，又是地名，故不能把此诗归为拗体。这种在七律首联拗的诗也是有所本的，比如李商隐《二月二日》首联"二月二日江上行，东风日暖闻吹笙"④，"日"和"闻"两字出律，但全诗其他地方都是合律的。至于陈与义的拗体五律，虽然还有一些，但是因为五言近古，拗体五律和五古的界限不太明确，不能作为典型的拗体诗，故本文也就不举例论述了。方回的《瀛奎律髓》有一卷是"拗字类"，专收拗体，就没选与义的诗，可见其拗体诗确实不具代表性。

这里举一首黄庭坚的拗体和陈与义的做一个比较。在此之前，先明确一下拗体和拗句。凡不合平仄格式的字，叫作拗，诗句里出现了拗的现象则称之为拗句。诗人对于拗句，往往用救，拗而能救，就不为病。所谓拗救，就是根据诗律，该平的地方用了仄声，那就在某个相应的位置把该仄的地方改为平声，反之亦然。但根据诗律，不是所有的拗都必须救的。所以，一首诗中有拗句，并不意味着它一定就是拗体，只有具有必须救而没有救或者不能救的拗句的诗才是拗体。根据这样的标准，笔者粗略地统计了一下，黄庭坚的拗体七律共有三十一首，而不是

---

① 钱仲联：《剑南诗稿校注》卷14，第1136页。
② 《陈与义集》卷11，第164页。
③ 《陈与义集》卷19，第302页。
④ 冯浩：《玉溪生诗集笺注》卷2，第515页。

通常认为的一百五十三首①。同他的三百多首七律总数相比,拗体律诗并不是很多。但是在他的正体律诗里面,黄庭坚的拗句同前人相比是较多的。下面这首是黄庭坚最典型的拗体《题落星寺》(其一):

星宫游空何时落?着地亦化为宝坊。
平平平平平平仄 仄仄仄仄平仄平
诗人昼吟山入座,醉客夜愕江撼床。
平平仄平平仄仄 仄仄仄仄平仄平
蜜房各自开户牖,蚁穴或梦封侯王。
仄平仄仄平仄仄 仄仄仄仄平平平
不知青云梯几级,更借瘦藤寻上方。②
仄平平平平仄仄 仄仄仄平平仄平

　　通首只有第五句、第八句符合拗救规律,其他都是拗而未救的句子。第五句可以看作"户"字拗,而第六句的"封"字救。第一句居然连用了六个平声,令人想起《古诗十九首》的"行行重行行"。那是连用了五个平声字,给人以旅途单调而漫无边际的感觉。这里的六个平声字却是给人高远轻灵的感觉,符合"游空"的情景。最后一个"落"字,既是意义上的落,同时声调也降落下来。第二句却除了韵脚,用了五个仄声字,恰和首句形成鲜明的对比。颔联相当于四平对四仄,"昼"虽然是仄声,但是属于可平可仄的位置,不在节奏点上。颈联"梦"字处当为平声,"侯"字处当为仄声,而且"封侯王"形成了三平调。尾联"云"字当为仄声。这只是句内平仄的情况,至于句联之间的粘对规则更是全部被

---

① 莫砺锋说:"黄庭坚写拗律是受了杜甫的启发,但杜甫的一百五十九首七律中只有十九首拗体,可谓偶一为之,而黄庭坚一生却写了一百五十三首拗体七律,占其七律总数的一半。"见莫砺锋:《论黄庭坚诗歌创作的三个阶段》,《唐宋诗歌论集》,凤凰出版社2007年,第403页。周裕锴沿袭了这个说法:"重新拾掇杜诗遗产而作拗体诗的首推黄庭坚。仅他所写的七律,拗体就有一百五十三首,相当于杜甫全部七律的数量。"见《宋代诗学通论》,上海古籍出版社2007年,第529页。这个数据大概是包括拗救的情况一起算出来的,其实是不准确的。

② 任渊、史容、史季温:《黄庭坚诗集注·山谷外集诗注》卷8,第1042、1043页。

第四章　陈与义诗歌的修辞

打乱了。

同黄庭坚这首典型的拗体诗比较,陈与义的拗体可谓小巫见大巫。非但拗字不多的那几首无法相比,就连拗得最厉害的《再登岳阳楼感慨赋诗》也望尘莫及。可见在诗律方面,陈与义算是个传统派,写作拗体只是偶一为之而已。即使具有拗峭的感觉,也更多是通过句法比如散文化来实现,而不是硬性的出律。

二、用韵

下面再说与义诗的用韵。江西诗派好用险韵,但陈与义用韵相对较为平易。不过流风所向,分韵、次韵、叠韵诗也写了不少。

(一) 分韵

《汝州吴学士观我斋分韵得真字》:

> 狂夫缚轩冕,自许稷契身。静者乐山林,谓是羲皇人。不如两忘快,内保一色醇。伟哉道山杰,滞此汝水滨。大来会阔步,小憩得幽欣。一斋有琴酒,万事无缁磷。不作子公书,肯受元规尘。人言君侯痴,我知丈人真。月明泉声细,雨过竹色新。是间有真我,宴坐方申申。①

分韵指作诗时先规定若干字为韵,各人分拈韵字,依韵作诗。这首诗陈与义分到的是"真"字,那么必须用《平水韵》的十一真的字作韵脚,同时韵脚中必须包含"真"这个字。真韵并不算窄韵,韵字甚多。这首韵脚字依次为"身""人""醇""滨""欣""磷""尘""真""新""申"。值得注意的是,除了"欣"字在《平水韵》的十二文,其他字都是十一真韵。王力说:

---

① 《陈与义集》卷8,第112页。

> 只有平声欣韵,在《唐韵》里本来著名是独用的,并未认为可以与文韵同用。(这是依照戴东原的考证,现在我们看见的《广韵》则注为同用)中唐以前(约在公元七八〇年以前),诗人因为欣韵字少,大约又因它的声音和真韵较近,所以往往把它和真韵同用。(注意,当时并不和文韵同用)……大约在晚唐以后,欣韵渐渐游移于真、文之间,最后由于《广韵》里的次序是欣近于文,就混入了文韵了。①

这里提到的欣韵、文韵都是指唐韵,欣韵在《平水韵》中已经合并到文韵了。但是在唐代,欣韵却是跟《平水韵》的真韵合用的。虽然在陈与义的时代,欣字应该是和文韵的字合用,但是他把欣字和真韵的字合用,可以认为是遵循唐人的古法。

《同叔易于观我斋分韵得自字》:

> 小草浪出山,大隐乃居市。功名一画饼,甚矣痴儿计。倾身犯火宅,顾自以为戏。汗颜逢冰子,更复问奚自。三肃斋中人,本是青云器。虽然山上山,政尔吏非吏。肃肃窗前竹,见引着胜地。世间剧寒暑,了不受荣悴。门前剥啄客,欲问观我意。但持邯郸枕,赠客一觉睡。②

《观我斋再分韵得下字》:

> 一慵缚两脚,闭户了晨夜。梦攀城西树,起造君子舍。紫髯出堂堂,见客披衣谢。平生功名手,嗜静如食蔗。小斋剧冰壶,中明外无罅。要知日用事,趺坐看鸟下。主人心了了,竹石亦闲暇。儿童惯看客,我车当日驾。平分斋中闲,风月不待借。还须酒屡费,

---

① 王力:《汉语诗律学》,第 44 页。
② 《陈与义集》卷 9,第 129、130 页。

第四章　陈与义诗歌的修辞

不用牛心炙。①

　　这两首是同时的分韵诗。第一首韵脚依次是"市""计""戏""自""器""吏""地""悴""意""睡"。在《平水韵》中，市是纸韵，计是霁韵，"戏""自""器""吏""地""悴""意""睡"都是寘韵。也就是说这首诗中，市和计是不同韵部的字。这可能是作者一时疏忽造成。因为古风虽然可以通韵，即用邻韵的字，但照王力的说法，齐韵偶尔与微、佳、灰通，但绝对不与支韵通。②那么齐韵对应的去声霁韵也不应该同支韵对应的去声寘韵通押。而市字是上声，本来不该相押。王力说：

　　　　在四声当中，上声韵和去声韵字数最少，因此，诗人们偶然把上声字和去声字通押。又因这两个声调的字本来有点儿流动不居，有些字本有上去两读，有些去声字被人念入上声，有些上声字被人念入去声，尤其是全浊音的上声大约在晚唐（或更早）已经混入了去声，所以更容易造成上去通押的情形。③

"市"是禅母，正是全浊声母，在陈与义的时代市字已经转化为去声了，所以陈与义根据实际语音将之作为了韵脚。

　　第二首韵脚依次是"夜""舍""谢""蔗""鲊""下""暇""驾""借""炙"。这些韵字都属于《平水韵》驾韵，可见押韵很严格。这是符合一般分韵要求的，即所用韵字属于同一个韵部，并包含了分韵的那一个字。

　　《夏日集葆真池上以绿阴生昼静赋诗得静字》：

　　　　清池不受暑，幽讨起予病。长安车辙边，有此荷万柄。是身惟可懒，共寄无尽兴。鱼游水底凉，鸟语林间静。谈余日亭午，树影

---
① 《陈与义集》卷9，第131页。
② 王力：《汉语诗律学》，第354页。
③ 同上书，第369页。

一时正。清风不负客,意重百金赠。聊将两鬓蓬,起照千丈镜。微波喜摇人,小立待其定。梁王今何许？柳色几衰盛。人生行乐耳,诗律已其剩。邂逅一樽酒,它年五君咏。重期踏月来,夜半啸烟艇。①

这首诗是与义的名作,可见严格受限的分韵诗也能写出好作品,这取决于作者的才力。此诗韵脚依次为"病""柄""兴""静""正""赠""镜""定""盛""剩""咏""艇"。其中,"病""柄""正""镜""盛""咏"为敬韵,"兴""赠""定""剩"为径韵,"静"为梗韵,"艇"为迥韵。王力根据唐人通韵情况,将平、上、去、入四声的韵分为十五部,梗和迥、敬和径同属庚部。虽然梗韵、迥韵是上声,敬韵、径韵是去声,但这一部韵上去声通用较多②。可见陈与义此诗用韵虽然跨了几个韵部,但是符合一般通韵情况的。

《康州小舫与耿伯顺李德升席大光郑德象夜话以更长爱烛红为韵得更字》:

> 万里衣冠京国旧,一船风雨晋康城。
> 灯前颜面重相识,海内艰难各饱更。
> 天阔路长吾欲老,夜阑酒尽意还倾。
> 明朝古峡苍烟道,都送新愁入橹声。③

这是分韵诗里面唯一的一首律诗,其他都是古体诗。此诗韵脚依次为"城""更""倾""声",属《平水韵》庚韵。因为近体诗只能用同一个韵部,不像古体诗可以邻韵合用。

除此之外,分韵诗尚有《游玉仙观以春风吹倒人为韵得吹字》《游慧林寺以三伏炎蒸定有无为韵得定字是日欲逃暑阁下而守阁童子持不

---

① 《陈与义集》卷10,第160页。
② 王力:《汉语诗律学》,第355页。
③ 《陈与义集》卷27,第431、432页。

可》《浴室观雨以催诗走群龙为韵得走字》《再用迹字韵成一首呈判府》等。总数一共是九首,在陈与义的全部诗作中数量不算多。分韵诗都是朋友聚会而作,可谓"诗可以群"的产物。用韵大致是古体按照通韵的标准,近体严守《平水韵》。值得注意的是,陈与义的分韵诗几乎没有险韵,可见分韵时运气甚好。因为分韵分到什么字是随机的,并不取决于作者的主观意愿。

(二) 次韵

比分韵诗数量多得多的则是次韵诗。唐人唱和诗,最早是和意不和韵。从中唐卢纶、李益开始才有了次韵诗。李益有《赠内兄卢纶》诗:"世故中年别,余生此会同。却将悲与病,来对朗陵翁。"①卢纶和诗《酬李益端公夜宴见赠》为:"戚戚一西东,十年今始同。可怜歌酒夜,相对两衰翁。"②其后,元稹和白居易的次韵诗甚多,所以古人有"次韵诗始于元白"之说。但唐人仿效不多,直到苏、黄才大量写作次韵诗。陈与义受当时风气影响,也创作了不少次韵诗。

《次韵周教授秋怀》:

> 一官不办作生涯,几见秋风卷岸沙。
> 宋玉有文悲落木,陶潜无酒对黄花。
> 天机衮衮山新瘦,世事悠悠日自斜。
> 误矣载书三十乘,东门何地不宜瓜。③

次韵要求作者用所和的诗的原韵原字,其先后次序也与被和的诗相同,是和诗中限制最严格的一种,就是依次用原韵、原字按原次序相和。此诗韵脚依次为"涯""沙""花""斜""瓜"属于《平水韵》麻韵。可知原作也是这几个韵字,并且顺序也相同。

---

① 彭定求等编:《全唐诗》卷283,第3222页。
② 彭定求等编:《全唐诗》卷277,第3143页。
③ 《陈与义集》卷1,第18页。

比律诗次韵难度更大的则是古体的次韵,如下面这首:
《次韵谢文骥主簿见寄兼示刘宣叔》:

> 断蓬随天风,飘荡去何许。寒草不自振,生死依墙堵。两途俱寂寞,众手剧云雨。坐令习主簿,下与鸡鹜伍。遥知竹林交,未肯一时数。翩翩三语掾,智与谩相补。髯刘吾所畏,道屈空去鲁。子才亦落落,倾盖极许予。四夔照河滨,一笑宽逆旅。堂堂吾景方,去作泉下土。未知我露电,能复几寒暑。思蒓久未决,食荠转觉苦。我不逮诸子,要先诸子去。不种杨恽田,但灌吕安囿。未知谁善酿,可作孔文举。十年亦晚矣,请便事斯语。①

此诗韵脚依次为"许""堵""雨""伍""数""补""鲁""予""旅""土""暑""苦""去""囿""举""语"。其中,"许""予""旅""暑""去""举""语"为语韵,"堵""雨""伍""数""补""鲁""土""苦""囿"为麌韵。按王力归纳的通韵规则,都属于鱼部②。并且此诗的语麌同用属于等立通韵,即两韵的字数大体相等③。当然这并非陈与义的自主选择,而是决定于原作者,即诗题中的谢文骥。

还有一些次韵诗则有更多的限制条件,比如《次韵张矩臣迪功见示建除体》:

> 建德我故国,归哉遄我驱。除道得欢伯,荆棘无复余。满怀秋月色,未觉饥肠虚。平林过西风,为我起笙竽。定知张公子,能共寂寞娱。执此以赠君,意重貂襜褕。破帽与青鞋,耐久心亦舒。危处要进步,安处勿停车。成亏在道德,不在功利区。收视以为期,问君此何如?开尊且复饮,辞费道已迂。闭口味更长,香断窗棂疏。④

---

① 《陈与义集》卷1,第12、13页。
② 王力:《汉语诗律学》,第354页。
③ 同上书,第362页。
④ 《陈与义集》卷2,第19页。

第四章　陈与义诗歌的修辞

建除体为古诗体名，为南朝宋鲍照所创。其《建除》诗云：

> 建旗出炖煌，西讨属国羌。除去徒与骑，战车罗万箱。满山又填谷，投鞍合营墙。平原亘千里，旗鼓转相望。定舍后未休，候骑敕前装。执戈无暂顿，弯弧不解张。破灭西零国，生房郅支王。危乱悉平荡，万里置关梁。成军入玉门，士女献壶浆。收功在一时，历世荷余光。开壤袭朱绂，左右佩金章。闭帷草太玄，兹事殆愚狂。①

共二十四句，单句首字即建除法所用"建""除""满""平""定""执""破""危""成""收""开""闭"十二字，后世因称为"建除体"。宋严羽《沧浪诗话·诗体》将"建除体"归入"杂体"②。陈与义此诗同样是二十四句，也包含了"建""除"等十二字，显然这比通常的次韵诗限制更多了。此诗韵脚依次为"驱""余""虚""竽""娱""褕""舒""车""区""如""迂""疏"。其中，"驱""竽""娱""褕""区""迂"为虞韵，"余""虚""舒""车""如""疏"为鱼韵，刚好一样一半。从古体诗的通韵规则看，鱼、虞两韵同属鱼部，并且鱼、虞通韵最为常见③。

《陪诸公登南楼啜新茶家弟出建除体诸公既和余因次韵》：

> 建康九酝美，侑以八品珍。除瘴去热恼，与茶不相亲。满月堕九天，紫面光璘璘。平生酪奴谤，脉脉气未申。定论得公诗，雅好知凝神。执持甘露碗，未觉有等伦。破睡及四座，愧我非嘉宾。危楼与世隔，万事不及唇。成公方坐啸，赏此玉花匀。收杯未要忙，再试晴天云。开口得一笑，兹游念当频。闭眼归默存，助发梨枣春。④

---

① 丁福林、丛玲玲：《鲍照集校注》卷5，中华书局2012年版，第458、459页。
② 郭绍虞：《沧浪诗话校释》，第101页。
③ 王力：《汉语诗律学》，第354页。
④ 《陈与义集》卷8，第122、123页。

这是陈与义另一首建除体。也是二十四句,十二个韵字。韵脚依次为"珍""亲""璘""申""神""伦""宾""唇""匀""云""频""春"。其中除了"云"字属于文韵,其他字都是真韵。从古体的通韵规则看,真韵、文韵都属于真部,在真部的韵里面,真韵、文韵又最近①。这又叫偶然出韵,王力说:"所谓偶然出韵,是全篇用某韵,只有一个韵脚是出韵的。这样,作者并非有意通韵,只因为它既然是古风,不妨偶尔从权而已。"②从这首诗看,全篇用真韵,只有一个韵脚"云"是文韵,出韵了。

(三) 叠韵

叠韵是指赋诗重用前韵。这分两种情况,一种是叠自己诗的韵,一种是叠他人诗的韵,后一种即相当于重复次韵。比如集中的雪诗就有《次韵张元方春雪》,接着又是《舍弟逾日不知雪势密因再赋》,这就是叠他人诗的韵。叠韵有时是重用前韵多次,比较典型的有下面一组。

《次韵张迪功春日》:

> 年年春日寒欺客,今日春无一半寒。
> 不觉转头逢岁换,便须揩目待花看。
> 争新游女幡垂鬓,依旧先生日照盘。
> 从此不忧风雪厄,杖藜时可过苏端。③

《又和岁除感怀用前韵》:

> 宦情吾与岁俱阑,只有诗盟偶未寒。
> 鬓色定从今夜改,梅花已判隔年看。
> 高门召客车稠叠,下里烧香篆屈盘。
> 我亦三杯聊复尔,梦回鹓鹭出朝端。④

---

① 王力:《汉语诗律学》,第 355、356 页。
② 同上书,第 357 页。
③ 《陈与义集》卷 5,第 65 页。
④ 同上书,第 66 页。

第四章　陈与义诗歌的修辞

《张迪功携诗见过次韵谢之二首》：

黄纸红旗意未阑，青衫俱不救饥寒。
久荒三径未得返，偶有一钱何足看。
世事岂能磨铁砚，诗盟聊可歃铜盘。
不嫌野外时迂盖，政要相从扣两端。

黄鸡白日唱初阑，便觉杯觞耐薄寒。
坐上客多真足乐，床头易在不须看。
更思深径按红蕊，政待移厨洗玉盘。
苦恨重城催兴尽，归时落日尚云端。①

《即席重赋且约再游二首》：

墙头花定觉风阑，墙外池深酒亦寒。
马健莫愁归路远，诗成未许俗人看。
钓鱼不用寻温水，濯发真如到沔盘。
一笑得君天所借，尊前无地着忧端。

诗情不与岁情阑，春气犹兼水气寒。
怪我问花终不语，须公走马更来看。
共知浮世悲驹隙，即见平波散芡盘。
得一老兵虽可饮，从今取友要须端。②

除此之外，外集尚有一首同韵之作《又用韵春雪》：

急雪催诗兴未阑，东风肯奈鸟乌寒。

---

① 《陈与义集》卷5，第66—68页。
② 同上书，第68、69页。

> 最怜度牖勤勤意，更接飞花细细看。
> 连夜抛回三白瑞，及时惊动五辛盘。
> 袁安久绝千人望，春破还思绮一端。①

这一组诗居然叠了七首之多。押《平水韵》十四寒的韵，韵脚依次为"寒""看""盘""端"。除了第一首首句不入韵之外，其他六首都首句入韵，韵脚为"阑"。王力说："原来诗的首句本可不用韵，其首句入韵是多余的。所以古人称五七律为四韵诗，排律则十韵二十韵等，即使首句入韵，也不把它算在韵脚之内。"②所以虽然是次韵作，首句既有押韵的，也有不押韵的。王力又说："（七言律诗）第一、二、四、六、八句入韵，第三、五、七句不入韵，这是正例；但首句亦有不用韵者，这是变例。"③所以上面七首七律，只有一首首句不入韵。

与义还有用尤韵的一组次韵诗也叠了七首之多。分别是《次韵谢表兄张元东见寄》《若拙弟说汝州可居已约卜一丘用韵寄元东》《元方用韵见寄次韵奉谢兼呈元东二首》《元方用韵寄若拙弟邀同赋元方将托若拙觅颜渊之五十亩故诗中见意》《西郊春事渐入老境元方欲出游以无马未果今日得诗又有举鞭何日之叹因次韵招之》《答元方述怀作》。韵脚依次是"州""秋""留""休"。其中六首首句入韵，韵脚是"流"，一首首句不入韵，跟上一组相似。这证明了王力所谓首句入韵是正例的说法。和上一组不同的是，唯一一首首句不入韵的诗，首联是对仗句。一般来说，首句不入韵的七律，以对仗句起较为常见。

当代学者周裕锴指出："王（安石）、苏（轼）、黄（庭坚）把前人和韵的习气推向顶峰，并创立了诸多法门，不仅次韵友人之诗，而且庚和自己做的诗的原韵，称为'叠韵'，并依韵和古人之诗。"④陈与义也受到了这个风气的影响，分韵、次韵、叠韵诗在集中沉沉夥颐。但是跟王、苏、黄相比不同的是，陈与义几乎没有押险韵的诗。唯一一首三江韵仅限于

---

① 《陈与义集》外集，第514、515页。
② 王力：《汉语诗律学》，第54页。
③ 同上书，第20页。
④ 周裕锴：《宋代诗学通论》，第538页。

第四章　陈与义诗歌的修辞

绝句,即《与智老天经夜坐》:"残年不复徙他邦,长与两禅同夜釭。坐到更深都寂寂,雪花无数落天窗。"① 苏轼和黄庭坚则是用三江韵写长篇古体诗。如苏轼《送杨孟容》诗:

> 我家峨眉阴,与子同一邦。相望六十里,共饮玻璃江。江山不违人,遍满千家窗。但苦窗中人,寸心不自降。子归治大国,洪钟喧微撞。我留侍玉座,弱步欹丰扛。后生多高才,名与黄童双。不肯入州府,故人余老庞。殷勤与问讯,爱惜霜眉庞。何以待我归,寒醅发春缸。②

纪昀评曰:"以窄韵见长。"此诗所押"江"韵是平声韵部中含字最少的,全诗共十韵,几乎用了"江"韵半数以上字,其中有些生僻字非常难押。此诗东坡自谓效黄鲁直体,黄庭坚有和作《子瞻诗句妙一世乃云效庭坚体盖退之戏效孟郊樊宗师之比以文滑稽耳恐后生不解故次韵道之》:

> 我诗如曹郐,浅陋不成邦。公如大国楚,吞五湖三江。赤壁风月笛,玉堂云雾窗。句法提一律,坚城受我降。枯松倒涧壑,波涛所舂撞。万牛挽不前,公乃独力扛。诸人方嗤点,渠非晁张双。袒怀相识察,床下拜老庞。小儿未可知,客或许敦庞。诚堪婿阿巽,买红缠酒缸。③

黄庭坚这首和作难度就更大了,竟能履险如夷,成为名作,而且能作为山谷诗风的代表。

另外,同是咏雪诗,陈与义也没有采用苏轼著名的"尖""叉"韵。而是用了非常平易的"寒"韵,如上文所举《又用韵春雪》。苏轼《雪后书北台壁二首》:

---

① 《陈与义集》卷29,第461页。
② 王文诰辑注:《苏轼诗集》卷28,第1480页。
③ 任渊、史容、史季温:《黄庭坚诗集注・山谷诗集注》卷5,第191、192页。

> 黄昏犹作雨纤纤,夜静无风势转严。
> 但觉衾裯如泼水,不知庭院已堆盐。
> 五更晓色来书幌,半夜寒声落画檐。
> 试扫北台看马耳,未随埋没有双尖。
>
> 城头初日始翻鸦,陌上晴泥已没车。
> 冻合玉楼寒起粟,光摇银海眩生花。
> 遗蝗入地应千尺,宿麦连云有几家。
> 老病自嗟诗力退,空吟冰柱忆刘叉。[1]

第一首的"尖"和第二首的"叉"都是比较难押的字,苏轼却用得非常自然。这两首诗当时和者甚众,王安石、苏辙等都有次韵诗,之后苏轼又叠韵。陈与义继承了苏轼等人次韵、叠韵的作风,却抛弃了用险韵的做法。

第六节 意 象

所谓意象,简单地说,就是寓"意"之"象",用来寄托主观情思的客观物象。在与义诗歌中,有一些比较显著和多次出现的意象,归纳起来,有以下几类。

一、隐居

陈与义诗中用了很多意象来刻画自我的隐士形象。比如筇和藜杖就使用了多次。

《次韵傅子文绝句》:"风雨门前十日泥,荒街相伴只筇枝。"[2]

---

[1] 王文诰辑注:《苏轼诗集》卷12,第604、605页。
[2] 《陈与义集》卷20,第322页。

第四章 陈与义诗歌的修辞

《道山宿直》:"离离树子鹊惊飞,独倚枯筇无限时。"①

《过君山不获登览》:"掷去九节筇,褰裳走林丘。"②

《与信道游涧边》:"斜阳照乱石,颠崖下双筇。"③

《暝色》:"柴门一枝筇,日暮栖心神。"④

《秋日》:"琢句不成添鬓丝,且搘筇杖看云移。"⑤

《十七日夜咏月》:"老筇无前游,危处有新警。"⑥

《试院春晴》:"平生一枝筇,稳处念力衰。"⑦

《游道林岳麓》:"济胜得短筇,未怕山行深。"⑧

《与王子焕席大光同游廖园》:"三枝筇竹兴还新,王丈席兄俱可人。"⑨

《纵步至董氏园亭三首》(其一):"池光修竹里,筇杖季春头。"⑩

《坐涧边石上》:"扶筇共坐槎牙石,涧水悲鸣无歇时。"⑪

"掷去九节筇"中的"九节筇"即九节杖,杜甫《望岳》诗云:"安得仙人九节杖,拄到玉女洗头盆。"⑫"颠崖下双筇"的"双筇"指陈与义和他的朋友孙信道,写得非常形象。

《方城陪诸兄坐心远亭》:"世路明年倘无故,却携藜杖更来游。"⑬

《九月八日登高作重九奇父赋三十韵与义拾余意亦赋十二韵》:"二士醉藜杖,两禅风裂裟。"⑭

---

① 《陈与义集》卷11,第163页。
② 《陈与义集》卷21,第331页。
③ 《陈与义集》卷18,第280页。
④ 《陈与义集》卷24,第385页。
⑤ 《陈与义集》卷11,第172页。
⑥ 《陈与义集》卷18,第278页。
⑦ 《陈与义集》卷11,第175页。
⑧ 《陈与义集》卷23,第364页。
⑨ 《陈与义集》卷24,第372页。
⑩ 《陈与义集》卷15,第232页。
⑪ 《陈与义集》卷17,第277页。
⑫ 仇兆鳌:《杜诗详注》卷6,第485页。
⑬ 《陈与义集》卷16,第254页。
⑭ 《陈与义集》卷22,第347页。

《秋日客思》:"老去事多藜杖在,夜来秋到叶声长。"①

《散发》:"藜杖不当轩盖用,稳扶居士莫相违。"②

《晚望信道立竹林边》:"修竹林边烟过迟,幅巾藜杖立疏篱。"③

《游八关寺后池上》:"柳林横绝野,藜杖去寻诗。"④

"二士醉藜杖"句法比较特殊,用了一个新警的动词"醉",如果用"拄"就太平庸了。"醉"多一层喝醉的意思,古人往往如此造句,使诗句意蕴更为丰富。次句"两禅风袈裟"的"风"名词作动词,也很新警,具有陌生化的美感。

除了筇和藜杖,篮舆(竹舆)也是出行的工具,陈与义诗中多次提到。

《初识茶花》:"伊轧篮舆不受催,湖南秋色更佳哉。"⑤

《粹翁用奇父韵赋九日与义同赋兼呈奇父》:"门生及儿子,劝我升篮舆。"⑥

《道中书事》:"临老伤行役,篮舆岁月奔。"⑦

《金潭道中》:"晴路篮舆稳,举头闲望赊。"⑧

《山路晓行》:"篮舆拂露枝,乱点惊仆童。"⑨

《西郊春事渐入老境元方欲出游以无马未果今日得诗又有举鞭何日之叹因次韵招之》:"篮舆自可烦儿辈,一笑来从樾下休。"⑩

《再游八关》:"古镇易为客,了身一篮舆。"⑪

《将次叶城道中》:"荒野少人去,竹舆伊轧声。"⑫

---

① 《陈与义集》卷16,第250页。
② 《陈与义集》卷26,第407页。
③ 《陈与义集》卷18,第284页。
④ 《陈与义集》卷13,第197页。
⑤ 《陈与义集》卷23,第359页。
⑥ 《陈与义集》卷22,第350页。
⑦ 《陈与义集》卷16,第251页。
⑧ 《陈与义集》卷24,第376页。
⑨ 《陈与义集》卷16,第256页。
⑩ 《陈与义集》卷6,第84页。
⑪ 《陈与义集》卷13,第200页。
⑫ 《陈与义集》卷16,第251页。

《绝句》:"竹舆鸣细雨,山客有新诗。"①

《奇父先至湘阴书来戒由禄唐路而仆以它故由南阳路来夹道皆松如行青罗步障中先寄奇父》:"竹舆两面天明灭,秋令不到林西东。"②

《入城》(其二):"竹舆声伊鸦,路转登古原。"③

《夙兴》:"事国无功端未去,竹舆伊鸦犹昨日。"④

《晓发叶城》:"竹舆开两牖,秋色为横分。"⑤

"门生及儿子,劝我升篮舆",这里用的是陶渊明的典故。《晋书·陶潜传》云:"弘要之还州,问其所乘,答云:'素有脚疾,向乘篮舆,亦足自反。'乃令一门生二儿共舆之至州。"⑥

笻、藜杖、篮舆与其说表明诗人身体衰弱,不如说表现诗人的隐士风度。前面提到"九节笻",杜诗有"安得仙人九节杖",仙人当然不会体弱。而"幅巾藜杖立疏篱"这句也是形容朋友的仙风道骨的。从篮舆使用陶渊明的典故看,也是为了表现诗人及其友人的隐者气质。

能表现诗人形象的还有头巾,如岸巾(帻)、角巾、纶巾、幅巾等。

《登天清寺塔》:"风从万里来,老夫方岸巾。"⑦

《再蒙宠示佳什殆无遗巧勉成二章一以报佳贶一以自贻》(其二):"十年白社空看镜,万里青天一岸巾。"⑧

《岸帻》:"岸帻立清晓,山头生薄阴。"⑨

《与季申信道自光化复入邓书事四首》(其一):"夕阳桥边画,岸帻归云急。"⑩

---

① 《陈与义集》卷24,第377页。
② 《陈与义集》卷23,第358、359页。
③ 《陈与义集》卷14,第210页。
④ 《陈与义集》卷29,第452、453页。
⑤ 《陈与义集》卷16,第253页。
⑥ 房玄龄等:《晋书》卷94,第2462页。
⑦ 《陈与义集》卷11,第167页。
⑧ 《陈与义集》外集,第522页。
⑨ 《陈与义集》卷18,第285页。
⑩ 《陈与义集》卷17,第261页。

《题崇兰图二首》(其二):"奕奕天风吹角巾,松声水色一时新。"①

《赠傅子文》:"沙边忽见长身士,头上仍欹折角巾。"②

《立春日雨》:"未暇独忧巾一角,西溪当有续开花。"③

《次韵景纯道中寄大成》:"海内期公黄阁老,尊前容我白纶巾。"④

《邓州城楼》:"傍城积水晚更明,照见纶巾倚楼客。"⑤

《衡岳道中四首》(其二):"纶巾一幅无人识,胜业门前听午钟。"⑥

《怀天经智老因访之》:"忽忆轻舟寻二子,纶巾鹤氅试春风。"⑦

《洛头书事》:"纶巾古鹤氅,日暮槲林间。"⑧

《晚晴野望》:"洞庭微雨后,凉气入纶巾。"⑨

《雨中宿灵峰寺》:"只应护得纶巾角,还费高僧一炷香。"⑩

《欲离均阳而雨不止书八句寄何子应》:"纶巾老子无远策,长作东西南北客。"⑪

《跋任才仲画两首大光所藏》(其一):"远游吾不恨,扁舟载幅巾。"⑫

《己酉中秋之夕与任才仲醉於岳阳楼上明年十一月二十日南游过道谒姜光彦出才仲画轴则写是夕事也剪烛观之恍然一笑书八句以当画记》:"岳阳楼上两幅巾,月入栏干影潇洒。"⑬

"岸帻",出《晋书·谢奕传》:"奕字无奕,少有名誉。……与桓温善。温辟为安西司马,犹推布衣好。在温坐,岸帻笑咏,无异常日。桓

---

① 《陈与义集》卷29,第457页。
② 《陈与义集》卷21,第335页。
③ 《陈与义集》卷24,第380页。
④ 《陈与义集》外集,第521页。
⑤ 《陈与义集》卷15,第247页。
⑥ 《陈与义集》卷24,第369页。
⑦ 《陈与义集》卷30,第470页。
⑧ 《陈与义集》卷25,第392页。
⑨ 《陈与义集》卷21,第336页。
⑩ 《陈与义集》卷28,第441页。
⑪ 《陈与义集》卷19,第299页。
⑫ 《陈与义集》卷24,第370页。
⑬ 《陈与义集》卷27,第424页。

第四章　陈与义诗歌的修辞

温曰：'我方外司马。'"①"角巾"，出《后汉书·郭太传》："身长八尺，容貌魁伟，褒衣博带，周游郡国。尝于陈梁间行遇雨，巾一角垫，时人乃故折巾一角，以为'林宗巾'。"②"纶巾"，出《晋书·谢万传》："简文帝作相，闻其名，召为抚军从事中郎。万着白纶巾，鹤氅裘，履版而前。既见，与帝共谈移日。"③"幅巾"，出《后汉书·郑玄传》："玄不受朝服，而以幅巾见。"④从这几个出处看，这些头巾都是表现诗人及其友人名士风度的。

除了诗人携带和佩戴的物品，还有身处的环境表现其隐士风度，比如"竹篱""疏篱"等。

《寒食》："竹篱寒食节，微雨澹春意。"⑤

《罗江二绝》（其二）："行过竹篱逢细雨，眼明双鹭立青田。"⑥

《同杨运干黄秀才村西买山药》："天阴野水明，岁暮竹篱薄。"⑦

《雨中对酒庭下海棠经雨不谢》："白竹篱前湖海阔，茫茫身世两堪悲。"⑧

《正月十六日夜二绝》（其一）："正月十六夜，竹篱田父家。"⑨

《醉中至西径梅花下已盛开》："醉中忘却头边雪，横插繁枝归竹篱。"⑩

《坐涧边石上》："三面青山围竹篱，人间无路访安危。"⑪

《晨起》："寂寂东轩晨起迟，蒙茸草木暗疏篱。"⑫

---

① 房玄龄等：《晋书》卷79，第2080页。
② 范晔：《后汉书》卷68，第2225页。
③ 房玄龄等：《晋书》卷79，第2086页。
④ 范晔：《后汉书》卷35，第1208页。
⑤ 《陈与义集》卷18，第288页。
⑥ 《陈与义集》卷25，第392页。
⑦ 《陈与义集》卷14，第215页。
⑧ 《陈与义集》卷20，第324页。
⑨ 《陈与义集》卷17，第276页。
⑩ 《陈与义集》卷18，第286页。
⑪ 《陈与义集》卷17，第277页。
⑫ 《陈与义集》卷30，第477页。

《梅花两绝句》(其二):"晓天青脉脉,玉面立疏篱。"①

《晚望信道立竹林边》:"修竹林边烟过迟,幅巾藜杖立疏篱。"②

《招张仲宗》:"空庭乔木无时事,残雪疏篱当画图。"③

"幅巾藜杖立疏篱"这句比较特殊,同时出现了"幅巾""藜杖""疏篱"三种描绘形象的意象。"竹篱""疏篱"都是陶渊明《饮酒》诗"采菊东篱下"中"东篱"的翻版。虽然东篱是菊圃,但从作为指向隐居的标志来看,竹篱、疏篱有类似的作用。

另外,表现居住环境的还有"白竹扉""柴扉""荆扉"等。

《初至陈留南镇夙兴赴县》:"五更风摇白竹扉,整冠上马不可迟。"④

《对酒》:"白竹扉前容醉舞,烟村渺渺欠高台。"⑤

《题江参山水横轴画俞秀才所藏二首》(其二):"万壑分烟高复低,人家随处有柴扉。"⑥

《早起》:"自起开柴扉,空庭立乔木。"⑦

《晚步》:"逍遥出荆扉,伫立瞻郊坰。"⑧

除了扉(门)外,还有窗,如"幽窗"表现隐居。

《江梅》:"朝来幽窗底,明珰缀青枝。"⑨

《夏夜》:"幽窗报夕霁,微月在屋橑。"⑩

《幽窗》:"破壁为幽窗,我笔还得持。"⑪

《与周绍祖分茶》:"竹影满幽窗,欲出腰髀懒。"⑫

---

① 《陈与义集》卷12,第181页。
② 《陈与义集》卷18,第284页。
③ 《陈与义集》卷14,第218页。
④ 《陈与义集》卷13,第195页。
⑤ 同上书,第199页。
⑥ 《陈与义集》卷29,第463页。
⑦ 《陈与义集》卷14,第217页。
⑧ 同上书,第214页。
⑨ 《陈与义集》卷30,第467页。
⑩ 《陈与义集》卷12,第184页。
⑪ 《陈与义集》卷29,第454页。
⑫ 《陈与义集》卷6,第76页。

还可以找出更多的诗句表现陈与义的隐居爱好。
《坐涧边石上》:"三面青山围竹篱,人间无路访安危。"①
《秋试院将出书所寓窗》:"百世窗明窗暗里,题诗不用着工夫。"②
《题简斋》:"我窗三尺余,可以阅晦明。"③
《火后借居君子亭书事四绝呈粹翁》(其四):"青竹短篱园昼静,梅花两树照春阴。"④
《再赋》:"新晴鸟鸣檐,微暑风入席。"⑤
《蒙知府宠示秋日郡圃佳制遂侍杖屦逍遥林水间辄次韵四篇上渎台览》(其四):"小憩逢筠洞,幽寻及枳篱。"⑥

二、远俗

因为喜欢宁静的隐居生活,所以陈与义厌恶世俗。首先表现在对俗人的不满,特别是敲门的俗人,因为他们破坏了他的宁静生活。如果说"门"象征诗人把自己和外部世界隔开的一个屏障,从而避免外界的纷扰而获得宁静,敲门的俗人则打破了这一宁静生活。

《周尹潜雪中过门不我顾遂登西楼作诗见寄次韵谢之三首》(其三):

> 敲门俗子令我病,面有三寸康衢埃。风饕雪虐君驰去,蓬户那无酒一杯。⑦

这里"俗子"是指为世俗名利奔走的人,陈与义不欢迎的是这种人。

---

① 《陈与义集》卷17,第277页。
② 《陈与义集》卷11,第172页。
③ 《陈与义集》卷15,第237页。
④ 《陈与义集》卷20,第314页。
⑤ 《陈与义集》卷25,第400,401页。
⑥ 《陈与义集》外集,第517页。
⑦ 《陈与义集》卷20,第323页。

对于朋友如周尹潜,诗人却遗憾他不来喝酒,即陈师道《绝句四首》(其四)"书当快意读易尽,客有可人期不来"①之意。"敲门俗子令我病",可见对俗人深恶痛绝,与之相反的,与义对于知己,却是"起我病",如《元方用韵见寄次韵奉谢兼呈元东二首》(其一):"岁晚烦君起我病,两篇三叹不能休。"②

《书怀示友十首》(其一):"俗子令我病,纷然来座隅。贤士费怀思,不受折简呼。"③

这一例和上例类似,虽然从"敲门"变作了"来坐隅",但都是不速之客,侵入了诗人的生活空间,打破了诗人的宁静生活,从而使诗人不快。甚至"俗子令我病"五字和上一首完全相同。和上一首相似的还有,"俗子"是作为"贤士"的对立面,陪衬"贤士"的,即俗话所谓"该来的不来,不该来的来了"。

和敲门相关的,有"剥啄"之声。

《寄题兖州孙大夫绝尘亭二首》(其二):"门前谁剥啄,已逝不须邀。"④

《同叔易于观我斋分韵得自字》:"门前剥啄客,欲问观我意。"⑤

"剥啄"是敲门的象声词,如韩愈《剥啄行》:"剥剥啄啄,有客至门。"⑥显然这里敲门者就是上面所谓"俗子",为诗人所不喜。

《游慧林寺以三峡炎蒸定有无为韵得定字是日欲逃暑阁下而守阁童子持不可》:"门前几乌帽,来往送朝暝。"⑦

《书怀示友十首》(其六):"试数门前客,终岁几覆车。"⑧

"门前几乌帽""门前客"都是汲汲于名利富贵的俗子。上一首接下来的两句是"岂知帽影边,有地白日静",说这些俗人不知道享受清闲。

---

① 冒广生:《后山诗注补笺》卷9,第336页。
② 《陈与义集》卷6,第81页。
③ 《陈与义集》卷3,第36页。
④ 《陈与义集》卷12,第181页。
⑤ 《陈与义集》卷9,第130页。
⑥ 钱仲联:《韩昌黎诗系年集释》卷6,第662页。
⑦ 《陈与义集》卷11,第162页。
⑧ 《陈与义集》卷3,第41页。

第四章 陈与义诗歌的修辞

而下一首更影射了当时的政治斗争。《宋史·赵野传》云:"时蔡京、王黼更秉政,植党相挤,一进一退,莫有能两全者。"①这种情形如扬雄《解嘲》所云:"客徒欲朱丹吾毂,不知一跌将赤吾之族也。"②则不仅是远俗,更是远祸了。

其次是对世俗生活的厌恶。

《放慵》:"放慵真有味,应俗苦相妨。"③

《再赋》:"乐哉此远俗,乱世免怵迫。"④

《晚步》:"旷然神虑静,浊俗非所宁。"⑤

"放慵"即疏懒之意,语本白居易《四年春》诗:"近日放慵多不出,少年嫌老可相亲。"⑥又《晚起》诗:"放慵长饱睡,闻健且闲行。"⑦从今人的眼光看,似乎过于懒散,但古人更推崇这种悠闲的生活方式,认为近于自然。杜甫虽然在《奉赠韦左丞丈二十二韵》中有"致君尧舜上,再使风俗淳"⑧的抱负,但他的《漫成二首》(其二)也有"近识峨眉老,知予懒是真"⑨这样的句子。陈与义以"应俗"为苦,以"远俗"为乐,认为避免尘俗,在乱世之中能找到心灵的净土,而"浊俗"不能使心灵宁静。

因为向往远离尘俗,陈与义诗中多次使用"千仞岗"这个词。

《开壁置窗命曰远轩》:"仙人千仞岗,下视笑予厄。"⑩

《秋日客思》:"蓬莱可托无因至,试觅人间千仞岗。"⑪

《题江参山水横轴画俞秀才所藏二首》(其二):"此中只欠陈居士,千仞岗头一振衣。"⑫

---

① 脱脱:《宋史》卷352,第11127页。
② 张震泽:《扬雄集校注》,上海古籍出版社1993年版,第179页。
③ 《陈与义集》卷10,第157页。
④ 《陈与义集》卷25,第400页。
⑤ 《陈与义集》卷14,第213、214页。
⑥ 谢思炜:《白居易诗集校注》卷34,第2619页。
⑦ 谢思炜:《白居易诗集校注》卷28,第2192页。
⑧ 仇兆鳌:《杜诗详注》卷1,第74页。
⑨ 仇兆鳌:《杜诗详注》卷10,第798页。
⑩ 《陈与义集》卷25,第399页。
⑪ 《陈与义集》卷16,第250页。
⑫ 《陈与义集》卷29,第463页。

"千仞岗",出自左思《咏史八首》(其五):"振衣千仞岗,濯足万里流。"①诗人以这个意象寄托超凡脱俗的理想。"蓬莱可托无因至,试觅人间千仞岗",虽然海上仙山可以依托,但是却没办法到那里,只好在人间寻觅千仞岗这样的场所。

三、坐禅

陈与义喜欢和僧人交往,诗中与坐禅相关的意象很多,比如"燕坐""趺坐""坐忘"等:

《放慵》:"云移稳扶杖,燕坐独焚香。"②
《题刘路宣义风月堂》:"道人方燕坐,万物凝清光。"③
《游道林岳麓》:"世尊诸天上,燕坐朝千林。"④
《拒霜》:"道人宴坐处,侍女古时妆。"⑤
《汝州吴学士观我斋分韵得真字》:"是间有真我,宴坐方申申。"⑥
《石限病起》:"六尺屏风遮宴坐,一帘细雨独题诗。"⑦
《香林四首》(其一):"是中宴坐应容我,只恐微风唤起人。"⑧
《观我斋再分韵得下字》:"要知日用事,趺坐看鸟下。"⑨
《寄题康平老昄柯亭》:"终然成坐忘,天地犹空虚。"⑩

三个"燕坐",一属自己,一属道人(道人是对和尚的尊称),一属世尊(即释迦牟尼),显然是指坐禅。"道人方燕坐,万物凝清光",见出物我合一。"宴坐"同燕坐,"申申",用《论语·述而》:"子之燕居,申申如

---

① 萧统编:《文选》卷21,第990页。
② 《陈与义集》卷10,第157页。
③ 《陈与义集》卷1,第15页。
④ 《陈与义集》卷23,第364页。
⑤ 《陈与义集》卷30,第480页。
⑥ 《陈与义集》卷8,第112页。
⑦ 《陈与义集》卷26,第421页。
⑧ 《陈与义集》卷15,第235页。
⑨ 《陈与义集》卷9,第131页。
⑩ 《陈与义集》外集,第520页。

第四章 陈与义诗歌的修辞

也。"马融曰:"申申,和舒之貌。"①"趺坐"指盘腿而坐,也是坐禅。"坐忘"则是坐禅入定之后的状态,此身不但自己像是不存在,连天地似乎都空虚了。

如上面所说"燕坐独焚香",坐禅往往要焚香或烧香。

《八关僧房遇雨》:"世故方未阑,焚香破今夕。"②

《放慵》:"云移稳扶杖,燕坐独焚香。"③

《十月》:"病夫搜句了节序,小斋焚香无是非。"④

《无题》:"旧喜读书今懒读,焚香阅世了闲身。"⑤

《与伯顺饭于文纬大光出宋汉杰画秋山》:"焚香消午睡,开画逢秋山。"⑥

《招张仲宗》:"亦有张侯能共此,焚香相待莫徐驱。"⑦

《秋试院将出书所寓窗》:"门前柿叶已堪书,弄镜烧香聊自娱。"⑧

《又和岁除感怀用前韵》:"高门召客车稠叠,下里烧香篆屈盘。"⑨

《雨》:"小诗妨学道,微雨好烧香。"⑩

"焚香破今夕","破"即过的意思,如杜诗之"读书破万卷"。在僧房里焚香坐禅,以度过今晚。"小斋焚香无是非"是拗句,斋字处应仄而平。

如果说炉香有助于禅定,那么花香则相反。

《蜡梅》:"只愁繁香欺定力,薰我欲醉须人扶。不辞花前醉倒卧经月,是酒是香君试别。"⑪

---

① 刘宝楠:《论语正义》卷8,中华书局1990年版,第255页。
② 《陈与义集》卷14,第220页。
③ 《陈与义集》卷10,第157页。
④ 《陈与义集》卷11,第164、165页。
⑤ 《陈与义集》卷17,第273页。
⑥ 《陈与义集》卷12,第185页。
⑦ 《陈与义集》卷14,第218页。
⑧ 《陈与义集》卷11,第172页。
⑨ 《陈与义集》卷5,第66页。
⑩ 《陈与义集》卷15,第242页。
⑪ 《陈与义集》卷2,第28页。

《叶楠惠花》:"无住庵中老居士,逢春入定不衔杯。文殊罔明俱拱手,今日花枝唤得回。"①

钱钟书对花香破禅有很精辟的阐释,其中引到了与义的《蜡梅》诗:

> 黄庭坚爱花香而自责"平生习气",释家所谓"染着"也;故宫藏其行书七绝,即见《竹坡诗话》所引者,首句"花气薰人欲破禅",可相发明。此意诗中常见,如白居易《榴花》"香尘拟触坐禅人",刘禹锡《牛相公见示新什谨依本韵次用》"花撩欲定僧",陈与义《蜡梅》"只恐繁香欺定力",朱熹《题西林壁》"却嫌宴坐观心处,不奈檐花抵死香",方德亨《梅花》"老夫六贼销磨尽,时为幽香一破禅"(《后村大全集》卷一八○《诗话》引)。纳兰性德《净业寺》"花香暗入定僧心",着"暗"字,遂若遭"破""败""欺""撩"而僧尚蒙然不自觉焉。又按《山谷内集》卷九《出礼部试院王才元惠梅花》之三:"百叶缃梅触拨人",任渊注:"'触拨'字一作'料理',王立之《诗话》曰:'初作故恼'。"足征山谷用"料理"字有"恼"意,即《王充道送水仙花》所谓"坐对真成被花恼"也。②

陈与义诗中提到"入定""出定"的诗句甚多,这也是跟坐禅相关的。"入定"的诗句前面已经举到了,下面看看有关"出定"的。

《次韵谢天宁老见贻》:"道人方出定,不复辨羊鹿。"③

《游慧林寺以三峡炎蒸定有无为韵得定字是日欲逃暑阁下而守阁童子持不可》:"抚窗唤懒融,槁面初出定。"④

《游岘山次韵三首》(其三):"巉巉窗中人,出定发有霜。"⑤

---

① 《陈与义集》卷30,第472页。
② 钱钟书:《管锥编》第5册,第68页。
③ 《陈与义集》卷9,第134页。
④ 《陈与义集》卷11,第162页。
⑤ 《陈与义集》外集,第507页。

第四章 陈与义诗歌的修辞

四、禽鸟类

陈与义诗中鸟类的意象很多,除了用鸟这个总称外,还有一些具体的鸟名。

(一)雁

《别孙信道》:"岁暮蒹葭响,天长鸿雁微。"①
《入城》:"雾收浮屠立,天阔鸿雁奔。"②
《至陈留》:"日落河冰壮,天长鸿雁哀。"③
《夜赋》:"岁晚灯烛丽,天长鸿雁哀。"④
《以事走郊外示友》:"万里天寒鸿雁瘦,千村岁暮乌乌微。"⑤
《春夜感怀寄席大光》:"江湖气动春还冷,鸿雁声回人不眠。"⑥
《道中寒食二首》(其二):"客里逢归雁,愁边有乱莺。"⑦
《杂书示陈国佐胡元茂四首》(其一):"冥冥云表雁,时节自往还。"⑧
《十月》:"归鸦落日天机熟,老雁长云行路难。"⑨
《重阳》:"凉风又落宫南木,老雁孤鸣汉北州。"⑩
《至叶城》:"苏武初逢雁,王乔欲借凫。"⑪

"雁"这个意象往往跟旅途有关。"天长鸿雁微"是以天的广阔和鸿

---

① 《陈与义集》卷23,第363页。
② 《陈与义集》卷14,第210页。
③ 《陈与义集》卷13,第194页。
④ 《陈与义集》卷28,第444页。
⑤ 《陈与义集》卷4,第62页。
⑥ 《陈与义集》卷20,第318页。
⑦ 《陈与义集》卷9,第139页。
⑧ 《陈与义集》卷2,第31页。
⑨ 《陈与义集》卷4,第63页。
⑩ 《陈与义集》卷17,第268页。
⑪ 《陈与义集》卷16,第252页。

雁的微小作对比,鸿雁是象征诗人的漂泊无归。"天阔鸿雁奔"和上一句意思差不多,改"微"为"奔"是为了押韵,同时奔字象征诗人的颠沛流离。在《至陈留》和《夜赋》两首诗中,陈与义都使用了"天长鸿雁哀"这个句子,只是把韵脚改了。"微"和"奔"只是客观描绘,"哀"字就是主观渲染了。鸿雁的哀鸣象征诗人内心的悲凉、哀伤。如果说"日落河冰壮"还只是单纯写景,那么"岁晚灯烛丽"则是以乐景写哀,跟下一句对比强烈。"万里天寒鸿雁瘦"则是用"瘦"字来形容鸿雁的微小。跟前面几句写冬季不同,"鸿雁声回人不眠"是初春的景象。乍暖还寒,鸿雁已归。"客里逢归雁",题目已指出是寒食。正如欧阳修《戏答元珍》"夜闻归雁生乡思,病入新年感物华"①,唤起了诗人的思乡之情。而且雁尚能一岁一回归,来反衬人之不能回乡。"冥冥云表雁,时节自往还",这联也是以雁之能往还反衬人之不能自由往还。"老雁长云行路难"也是形容旅途的艰难的,着一"老"字,象征诗人年老漂泊,类似的还有"老雁孤鸣汉北州"。"苏武初逢雁"则是以雁书的典故来表明诗人收到了家书。《汉书·苏武传》:"言天子射上林中,得雁,足有系帛书,言武等在某泽中。"②

(二) 莺

《道中寒食二首》(其二):"客里逢归雁,愁边有乱莺。"③

《窦园醉中前后五绝句》(其一):"客子从今无可恨,窦家园里有莺声。"④

《春雨》:"孤莺啼永昼,细雨湿高城。"⑤

《寒食》:"客袂空佳节,莺声忽故园。"⑥

---

① 洪本健:《欧阳修诗文集校笺》卷11,上海古籍出版社2009年版,第317、318页。
② 班固:《汉书》卷54,第2466页。
③ 《陈与义集》卷9,第139页。
④ 《陈与义集》卷13,第202页。
⑤ 《陈与义集》卷15,第240页。
⑥ 《陈与义集》卷13,第199页。

《龙门》:"羸马暂来还径去,流莺多处最难忘。"①
《题酒务壁》:"莺声时节改,杏叶雨气新。"②
《初夏游八关寺》:"八关池上柳,絮罢但藏莺。"③

王国维提出"有我之境",说"以我观物,故物我皆着我之色彩"④,并举出秦观词"可堪孤馆闭春寒,杜鹃声里斜阳暮"为例。陈与义诗中的"莺"也有类似的情况,当思乡心切、愁绪难遣之时,是"愁边有乱莺",当友朋高会、心情愉悦之时,是"客子从今无可恨,窦家园里有莺声"。"孤莺啼永昼"着一"孤"字,其实是象征诗人孤身一人,他乡为客。此句前面为"羁心只自惊",点出离家在外。"莺声忽故园"亦是思乡之情,客居闻莺而忆故园之莺,与杜甫"月是故乡明"同一手法。龙门为诗人之故乡,"流莺多处最难忘"则径写故园之流莺。"莺声时节改"则以莺声来写时节的迁移,"絮罢但藏莺"亦见出柳不吹绵,已是暮春时节。

(三) 鹤

《别孙信道》:"万里鸥仍去,千年鹤未归。"⑤
《春夜感怀寄席大光》:"管宁白帽且蹁跹,孤鹤归期难计年。"⑥
《与季申信道自光化复入邓书事四首》(其三):"微吟惊市卒,独鹤语城闉。"⑦
《次韵张元方春雪》:"幽人睡方觉,帘外舞万鹤。"⑧
《周尹潜雪中过门不我顾遂登西楼作诗见寄次韵谢之三首》(其一):"不觉高轩墙外过,贪看万鹤舞中庭。"⑨

---

① 《陈与义集》卷9,第140页。
② 《陈与义集》卷13,第207页。
③ 同上书,第206页。
④ 王国维:《人间词话》,第191页。
⑤ 《陈与义集》卷23,第363页。
⑥ 《陈与义集》卷20,第318页。
⑦ 《陈与义集》卷17,第262页。
⑧ 《陈与义集》卷2,第29页。
⑨ 《陈与义集》卷20,第322页。

《十七日夜咏月》:"涧光如翻鹤,变态发遥境。"①

《若拙弟说汝州可居已卜约一丘用韵寄元东》:"病鹤欲飞还踯躅,孤云将去更迟留。"②

《小阁》:"鹳鹤忽双起,吾诗还欲成。"③

干宝《搜神记》:"辽东城门有华表柱,忽有一白鹤集柱头。时有少年举弓欲射之,鹤乃飞,徘徊空中而言曰:'有鸟有鸟丁令威,去家千岁今来归,城郭如故人民非,何不学仙冢累累?'遂高上冲天而去。"④"千年鹤未归""孤鹤归期难计年""独鹤语城闉"三句都是用的这个典故,表现诗人漂泊不归以及物是人非之感。"帘外舞万鹤""贪看万鹤舞中庭"以鹤状雪,"万"形容雪片之多,"鹤"形容雪花之白。"涧光如翻鹤"则是以鹤状涧光,手法同上句一样。"病鹤欲飞还踯躅"则是以鹤来象征自己。只有"鹳鹤忽双起"的鹤是写实。可见,陈与义诗中的"鹤"以用典、状物、象征的情况居多。

(四) 鸥

《道中》:"破水双鸥影,掀泥百草芽。"⑤

《观江涨》:"鼋鼍杂怒争新穴,鸥鹭惊飞失故洲。"⑥

《寄若拙弟兼呈二十家叔》:"阿奴况自不碌碌,白鸥之盟可同诺。"⑦

《蒙示涉汝诗次韵》:"知公已忘机,鸥鹭宛停峙。"⑧

《晚晴》:"光辉渚蒲净,意气沙鸥逸。"⑨

---

① 《陈与义集》卷18,第278页。
② 《陈与义集》卷6,第80页。
③ 《陈与义集》卷30,第468页。
④ 李剑国:《新辑搜神记》卷1,第39页。丁令威事,亦见旧本陶潜《搜神后记》卷1。
⑤ 《陈与义集》卷24,第376页。
⑥ 《陈与义集》卷19,第296、297页。
⑦ 《陈与义集》卷6,第77页。
⑧ 《陈与义集》外集,第505页。
⑨ 《陈与义集》卷22,第340页。

第四章 陈与义诗歌的修辞

《送张迪功赴南京掾二首》（其二）："功名大槐国，终要白鸥波。"①
《别孙信道》："万里鸥仍去，千年鹤未归。"②

"破水双鸥影""鸥鹭惊飞失故洲"中的"鸥"是写实，"白鸥之盟可同诺""知公已忘机，鸥鹭宛停峙"则是用典了。"白鸥之盟"用黄庭坚《登快阁》诗："万里归船弄长笛，此心吾与白鸥盟。"③"知公"句用《列子·黄帝》："海上之人有好沤鸟者，每旦之海上，从沤鸟游，沤鸟之至者百住而不止。其父曰，'吾闻沤鸟皆从汝游，汝取来，吾玩之。'明日之海上，沤鸟舞而不下也。"④后面的几句都是用的杜诗。"意气沙鸥逸"，语本杜甫《旅夜书怀》诗："飘飘何所似，天地一沙鸥。"⑤不过只是沙鸥字面的借用，杜甫是形容漂泊，这里的沙鸥却是安逸的情绪。"终要白鸥波""万里鸥仍去"，语本杜甫《奉赠韦左丞丈二十二韵》："白鸥没浩荡，万里谁能驯？"⑥此诗一本作"白鸥波浩荡"，仇兆鳌注引《东坡志林》谓"波"字乃宋敏求所改。陈与义依据的大概就是宋敏求改后的本子。不过即使与义见到的本子是"没浩荡"，也不妨碍他使用"白鸥波"，毕竟浩荡所指即是烟波。沙鸥、白鸥都反映了诗人逃离尘世的愿望，只是在表现上一静一动。

五、花木类

陈与义的诗中各种花木很多，比较常见的是竹、梅、牡丹等。

（一）竹

竹子是君子的象征，而且因为王徽之的缘故，常常被称为"此君"或"竹君"：

---

① 《陈与义集》卷5，第74页。
② 《陈与义集》卷23，第363页。
③ 《黄庭坚诗集注·山谷外集诗注》卷11，第1144页。
④ 杨伯峻：《列子集释》卷2，中华书局1979年版，第67、68页。
⑤ 仇兆鳌：《杜诗详注》卷14，第1229页。
⑥ 仇兆鳌：《杜诗详注》卷1，第77页。

《寄题赵景温筠居轩》:"当时苍黄意,亦可无此君。"①
《题刘路宣义风月堂》:"此君本无心,风月不相忘。"②
《方城陪诸兄坐心远亭》:"博山云气终日留,竹君萧萧不负秋。"③
《食笋》:"竹君家多材,楚楚皆席珍。"④

"此君",出《世说新语·任诞》:"王子猷尝暂寄人空宅住,便令种竹。或问:'暂住何烦尔?'王啸咏良久,直指竹曰:'何可一日无此君。'"⑤"亦可无此君"是反用这个典,突出当时形势苍黄。"此君本无心"则是双关,因为竹子是空心,同时拟人化。后面两例"竹君"都是拟人。

(二) 梅

陈与义诗中涉及梅花的很多。梅花作为"岁寒三友"之一,具有不畏严霜的高洁风格。

《梅花》:"高花玉质照穷腊,破雪数枝春已多。"⑥

《江梅》:"风雪集岁暮,江梅开不迟。"⑦

齐己《早梅》诗:"前村深雪里,昨夜一枝开。"⑧据说"一枝"原作"数枝",为了突出早梅,听从郑谷的意见改为"一枝"的。陈与义"破雪数枝春已多"更符合梅花开花的真实情形,是数枝一起,而不是一枝枝的先后开放。"高花玉质照穷腊"很见梅花的风神。"江梅开不迟"也表现了梅花不畏风雪、凌寒独开的风神。所以《梅花》诗的后两句是"一时倾倒东风意,桃李争春奈晚何",以桃李来反衬梅花,即所谓"尊题格"。

自从林逋写出"疏影横斜水清浅,暗香浮动月黄昏"⑨这一联千古

---

① 《陈与义集》卷17,第266页。
② 《陈与义集》卷1,第15页。
③ 《陈与义集》卷16,第254页。
④ 《陈与义集》卷13,第205页。
⑤ 龚斌:《世说新语校释》卷下,第1477页。
⑥ 《陈与义集》卷5,第74页。
⑦ 《陈与义集》卷30,第467页。
⑧ 彭定求等编:《全唐诗》卷843,第9528页。
⑨ 林逋:《山园小梅二首》(其一),吴之振等:《宋诗钞·和靖诗钞》,第409页。

第四章　陈与义诗歌的修辞

名句,"疏影""暗香"就成了梅花的特征词。姜夔还以"疏影""暗香"为题咏梅,使这两个词成为了新的词牌。陈与义也有以"疏影"来描写梅花的诗,正如用"此君"来代指竹子:

《次韵富季申主簿梅花》:"笛催疏影日更疏,快饮莫教春寂寞。"①
《和孙升之》:"花岛红云春句丽,月梅疏影夜香闻。"②
不过还有一处"疏影"是形容竹影的。
《竹》:"昨夜常娥更潇洒,又携疏影过窗纱。"③

陈与义还用梅花来表现对时光流逝的惆怅。因为梅花预示春天即将来到,旧年将去,新年将至。

《除夜不寐饮酒一杯明日示大光》:"催成客睡须春酒,老却梅花是晓风。"④
《除夜次大光韵大光是夕婚》:"只恐梅花明日老,夜瓶相对不知寒。"⑤
《除夜二首》(其二):"只愁一夜梅花老,看到天明付与春。"⑥
《又和岁除感怀用前韵》:"鬓色定从今夜改,梅花已判隔年看。"⑦
《春日二首》(其二):"忆看梅雪缟中庭,转眼桃梢无数青。"⑧

前面四例都是写除夕的,以梅花来反映新旧交替。虽然写的是梅花老,其实也暗示了诗人自己的老去。第四例有"鬓色定从今夜改",则是明写了。第五例是以梅花和桃花的交替开放,写出时节如流的感慨。

梅花又往往撩动诗人的乡愁。

《次韵答张迪功坐上见贻张将赴南都任二首》(其二):"世事无穷悲客子,梅花欲动忆吾州。"⑨

---

① 《陈与义集》卷8,第118页。
② 《陈与义集》外集,第513页。
③ 同上书,第502页。
④ 《陈与义集》卷24,第373页。
⑤ 同上。
⑥ 《陈与义集》卷20,第311页。
⑦ 《陈与义集》卷5,第66页。
⑧ 《陈与义集》卷10,第159页。
⑨ 《陈与义集》卷5,第71、72页。

《瓶中梅》:"曾为庾岭客,本是洛阳人。"①

朱敦儒《鹧鸪天·西都作》有"玉楼金阙慵归去,且插梅花醉洛阳"②之句,可见洛阳以梅花闻名。陈与义很自然地将梅花和故乡联系起来,写出"梅花欲动忆吾州"。《瓶中梅》这联以梅花自况。庾岭也以梅花著名,如李商隐《对雪二首》(其一):"梅花大庾岭头发,柳絮章台街里飞。"冯浩注引《白帖》:"大庾岭上梅,南枝落,北枝开。"③陈与义提到庾岭梅花的诗句还有《梅花》:"昔岁曾游大庾岭,今年聊作小乘僧。"④《又六言》:"大庾岭头梅萼,管城呼上屏来。"⑤

(三) 牡丹

洛阳更著名的则是牡丹。北宋时,洛阳牡丹规模为全国之冠。欧阳修《洛阳牡丹记》提到,牡丹"出洛阳者今为天下第一",洛阳人对牡丹不呼其名,"直曰花,其意谓天下真花独牡丹"⑥,"春时,城中无贵贱,皆插花,虽负担者亦然。花开时,士庶竞为游遨。"⑦试看陈与义的名作。

《牡丹》:

> 一自胡尘入汉关,十年伊洛路漫漫。
> 青墩溪畔龙钟客,独立东风看牡丹。⑧

刘辰翁评"青墩溪畔龙钟客,独立东风看牡丹"这联:"语绝。"⑨就是看到这两句以少总多、意蕴丰厚的特色。牡丹其实寄托了故乡之思和家国之感,同时又是诗人自身的象征。

---

① 《陈与义集》卷28,第449页。
② 邓子勉:《樵歌校注》卷上,上海古籍出版社2010年版,第133页。
③ 冯浩:《玉溪生诗集笺注》卷2,第419、420页。
④ 《陈与义集》卷30,第465页。
⑤ 《陈与义集》卷12,第178页。
⑥ 洪本健:《欧阳修诗文集校笺》外集卷22,第1891页。
⑦ 同上书,第1900页。
⑧ 《陈与义集》卷30,第473页。
⑨ 白敦仁:《陈与义集校笺》卷30,第834页。

六、其他意象

(一) 境、境界

陈与义喜欢使用"境"这个意象。

《寄题兖州孙大夫绝尘亭二首》(其二):"境空纳浩荡,日暮生沈寥。"①

《游葆真池上》:"无心与境接,偶遇信悠哉。"②

《邓州西轩书事十首》(其四):"莫嫌啖蔗佳境远,橄榄甜苦亦相并。"③

《山路晓行》:"居人轻佳境,过客意无穷。"④

《秋雨》:"菊丛欹倒未足道,老境知奈梧桐何。"⑤

《十七日夜咏月》:"涧光如翻鹤,变态发遥境。"⑥

《寺居》:"梦境了知非有实,醉乡不入自常醒。"⑦

《夏雨》:"须臾万银竹,壮观发异境。"⑧

《游东岩》:"危途通仙境,胜日行画屏。"⑨

首二例是"境"单用,"佳境"两次,"老境""遥境""梦境""仙境"各一次。既有现实的境,又有虚幻的境,现实和虚幻皆通过主体的心灵感受得到统一。其中,"境空纳浩荡",语本苏轼《送参寥师》诗:"静故了群动,空故纳万境。"⑩

---

① 《陈与义集》卷 12,第 180 页。
② 《陈与义集》卷 10,第 151 页。
③ 《陈与义集》卷 15,第 227 页。
④ 《陈与义集》卷 16,第 256 页。
⑤ 《陈与义集》卷 10,第 148 页。
⑥ 《陈与义集》卷 18,第 278 页。
⑦ 《陈与义集》外集,第 513 页。
⑧ 《陈与义集》卷 15,第 244 页。
⑨ 《陈与义集》卷 18,第 283 页。
⑩ 王文诰辑注:《苏轼诗集》卷 17,第 906 页。

陈与义也使用"境界"这个词来表现"境"。

《观雪》：

无住庵前境界新,琼楼玉宇总无尘。
开门倚杖移时立,我是人间富贵人。①

"境界"本指疆域,但这个词往往具有佛教意味。《无量寿经·至心精进第五》云:"法藏白言:'斯义弘深,非我境界。'"②指学佛修行所达到的境地。此词用在"无住庵前",与义本人又好读佛经,其佛教意味明显。

(二) 云

1. 白云

云总是给人诗意的感觉,而白云往往是跟隐居、闲适联系在一起的。如陶弘景《诏问山中何所有赋诗以答》"山中何所有,岭上多白云"③,孟浩然《秋登万山寄张五》"北山白云里,隐者自怡悦"④,王维《送别》"但去莫复问,白云无尽时"⑤,等等。

《试院春晴》:"白云浩浩去,天色青陆离。"⑥

《同继祖民瞻游赋诗亭二首》(其二):"浩浩白云溪一色,冥冥青竹鸟三呼。"⑦

《休日早起》:"开镜白云度,卷帘秋光入。"⑧

《夜步堤上三首》(其二):"倚杖看白云,亭亭水中度。"⑨

---

① 《陈与义集》卷29,第462页。
② 陈林译注:《无量寿经·至心精进第五》,中华书局2010年版,第43页。
③ 王京州:《陶弘景集校注》,上海古籍出版社2009年版,第35页。
④ 佟培基:《孟浩然诗集笺注》卷上,第135页。
⑤ 陈铁民:《王维集校注》卷7,第565页。
⑥ 《陈与义集》卷11,第175页。
⑦ 《陈与义集》卷16,第258页。
⑧ 《陈与义集》卷12,第183页。
⑨ 《陈与义集》卷14,第211页。

《游葆真池上》:"白云行水中,一笑三徘徊。"①

白云既是写实,又给人以闲适的感觉。特别是后两例描写水中的白云倒影,颇有新意。

2. 浮云

浮云则给人漂浮不定,未有定处的感觉。

《别岳州》:"浮云易归岫,远客难回顾。"②

《道中寒食二首》(其二):"斗粟淹吾驾,浮云笑此生。"③

《衡岳道中四首》(其三):"城中望衡山,浮云作飞盖。褰来岩谷游,却在浮云外。"④

《寄题康平老昕柯亭》:"券外果何有,浮云只须臾。"⑤

《无题》:"江南丞相浮云坏,洛下先生宰木春。"⑥

《西风》:"浮云不愁思,尽日只飞扬。"⑦

"浮云笑此生"是用浮云来比喻自己飘泊无定的生涯。"浮云易归岫"则是进一层的写法,漂浮无定的浮云尚能归山,自己却连浮云都不如。

3. 孤云

孤云除写实外,则主要用来形容贫寒和客居,比如陶渊明《咏贫士七首》(其一):"万族各有托,孤云独无依。"⑧

《若拙弟说汝州可居已卜约一丘用韵寄元东》:"病鹤欲飞还踯躅,孤云将去更迟留。"⑨

《题许道宁画》:"众木俱含晚,孤云遂不还。"⑩

---

① 《陈与义集》卷10,第151页。
② 《陈与义集》卷23,第357页。
③ 《陈与义集》卷9,第139页。
④ 《陈与义集》卷24,第370页。
⑤ 《陈与义集》外集,第520页。
⑥ 《陈与义集》卷17,第273页。
⑦ 《陈与义集》卷4,第54页。
⑧ 龚斌:《陶渊明集校笺》卷4,第311页。
⑨ 《陈与义集》卷6,第80页。
⑩ 《陈与义集》卷4,第55页。

《王应仲欲附张恭甫舟过湖南久不决今日忽闻遂登舟作诗送之并简恭甫》:"我身如孤云,随风堕湖边。"①

4. 归云

归云则主要取行云之意。

《与季申信道自光化复入邓书事四首》(其一):"夕阳桥边画,岸帻归云急。"②

《晚晴》:"人生如归云,空行杂徐疾。薄暮俱到山,各不见踪迹。"③

《晚晴野望》:"水底归云乱,芦丛返照新。"④

《小阁晚望》:"解襟凭小阁,日暮归云多。"⑤

《早起》:"披衣有忙事,檐前看归云。"⑥

《中牟道中二首》(其一):"雨意欲成还未成,归云却作伴人行。"⑦

《舟泛邵江》:"落花栖客鬓,孤舟溯归云。"⑧

其中,"人生如归云"四句感慨遥深,以云之归山比喻人之就木。韩愈《秋怀诗十一首》(其一)"浮生虽多途,趋死惟一轨"⑨,即是此意。

(三) 梦

在陈与义的诗中,梦往往作为人生的代名词,正如苏轼《念奴娇·赤壁怀古》写到的"人间如梦,一尊还酹江月"⑩,"人间"一本作"人生"。

《雨》:"燕子经年梦,梧桐昨暮非。"⑪

《送吕钦问监酒受代归》:"盆盎三年梦,篇章四海传。"⑫

---

① 《陈与义集》卷 21,第 327 页。
② 《陈与义集》卷 17,第 261 页。
③ 《陈与义集》卷 22,第 341 页。
④ 《陈与义集》卷 21,第 336 页。
⑤ 《陈与义集》卷 29,第 464 页。
⑥ 《陈与义集》卷 14,第 212 页。
⑦ 《陈与义集》卷 10,第 147 页。
⑧ 《陈与义集》卷 24,第 381 页。
⑨ 钱仲联:《韩昌黎诗系年集释》卷 5,第 542 页。
⑩ 邹同庆、王宗堂:《苏轼词编年校注》正编,第 399 页。
⑪ 《陈与义集》卷 4,第 53 页。
⑫ 《陈与义集》卷 1,第 17 页。

第四章　陈与义诗歌的修辞

《将赴陈留寄心老》:"三年成一梦,梦破说梦中。"①

《初至邵阳逢入桂林使作书问其地之安危》:"初为邵阳梦,又作桂林书。"②

《次韵答张迪功坐上见贻张将赴南都任二首》(其一):"南北东西底非梦,心闲随处有真游。"③

《次韵答张迪功坐上见贻张将赴南都任二首》(其二):"梦阑尘里功名晚,笑罢尊前岁月流。"④

《次韵乐文卿北园》:"四壁一身长客梦,百忧双鬓更春风。"⑤

《邓州西轩书事十首》(其十):"吊古不须多感慨,人生半梦半醒中。"⑥

《对酒》:"人间多待须微禄,梦里相逢记此杯。"⑦

《赴陈留二首》(其一):"草草一梦阑,行止本难期。"⑧

《友人惠石两峰巉然取杜子美玉山高并两峰寒之句名曰小玉山》:"从来作梦大槐国,此去藏身小玉山。"⑨

《寺居》:"梦境了知非有实,醉乡不入自常醒。"⑩

《侯处士女挽词》:"人间似梦风旌出,佛子何之宰树悲。"⑪

《登城楼》:"去年梦陈留,今年梦邓州。几梦即了我,一笑城西楼。"⑫

人生是如此虚幻,甚至还比不了真正的梦境。

《书怀示友十首》(其四):

---

① 《陈与义集》卷12,第190页。
② 《陈与义集》外集,第509页。
③ 《陈与义集》卷5,第71页。
④ 同上。
⑤ 《陈与义集》卷8,第111页。
⑥ 《陈与义集》卷15,第231页。
⑦ 《陈与义集》卷13,第199页。
⑧ 同上书,第192页。
⑨ 《陈与义集》卷9,第142页。
⑩ 《陈与义集》外集,第513页。
⑪ 《陈与义集》卷11,第167页。
⑫ 《陈与义集》卷15,第242页。

> 我梦钟鼎食,或作山林游。当其适意时,略与人间侔。觉来迹便扫,我已不悲忧。人间安可比,梦中无悔尤。①

梦中的"钟鼎""山林"和人间相似。人生如梦,只是比真正的梦境长一些罢了。所以比不了梦境,反而会增加许多的烦恼。

第七节 比 喻

比喻是诗歌中常见的修辞手法,陈与义诗中用得很普遍。从陈与义诗中比喻出现的情况看,可分为明喻、暗喻、借喻三种类型。

一、明喻

明喻就是本体、喻词和喻体同时出现。在陈与义诗中,常用的喻词是"如",另外有少量用"似"的。

(一) 出现在近体诗中

《次韵乐文卿北园》:"梅花不是人间白,日色争如酒面红。"②
《和大光道中绝句》:"转头云日还如锦,一抹葱珑画不成。"③
《谨次十七叔去郑诗韵二章以寄家叔一章以自咏》(其三):"怀亲更值薪如桂,作客重看栗过拳。"④
《连雨不能出有怀同年陈国佐》:"安得如鸿六尺马,暂时相对说新愁。"⑤

---

① 《陈与义集》卷3,第39页。
② 《陈与义集》卷8,第111页。
③ 《陈与义集》卷27,第436页。
④ 《陈与义集》卷7,第102页。
⑤ 《陈与义集》卷4,第59页。

《无题》:"六经在天如日月,万事随时更故新。"①

《再赋二首呈奇父》(其二):"先生莫道心如铁,喜气朝来横角犀。"②

《和孙升之》:"处心如水尚书市,能赋临流靖节君。"③

《侯处士女挽词》:"人间似梦风旌出,佛子何之宰树悲。"④

(二) 出现在古体诗中

《登海山楼》:"万舸如凫鹥,一水如虚空。"⑤

《寄题赵景温筠居轩》:"相逢汉江边,盗起方如云。"⑥

《与季申信道自光化复入邓书事四首》(其二):"卖舟作归计,竹篮稳如舟。"⑦

《里翁行》:"君不见巴丘古城如培堘,鲁肃当年万人守。"⑧

《归路马上再赋》:"春风所经过,水色如泼油。"⑨

《美哉亭》:"忽然五丈缺,亭构如危窠。"⑩

《蒙再示属辞三叹之余诜赞巨丽无地托言辄依元老派韵再成一章非独助家弟称谢区区少裹之使进学焉亦师席善诱之意也》:"书如嘉肴要知旨,区区太冲空咏史。"⑪

《秋月》:"初如金盆涌,稍若玉鉴磨。"⑫

《十七日夜咏月》:"涧光如翻鹤,变态发遥境。"⑬

---

① 《陈与义集》卷17,第273页。
② 《陈与义集》卷22,第345页。
③ 《陈与义集》外集,第513页。
④ 《陈与义集》卷11,第167页。
⑤ 《陈与义集》卷27,第433页。
⑥ 《陈与义集》卷17,第266页。
⑦ 同上书,第261页。
⑧ 《陈与义集》卷19,第306页。
⑨ 《陈与义集》卷10,第156页。
⑩ 《陈与义集》卷16,第255页。
⑪ 《陈与义集》外集,第527页。
⑫ 同上书,第509页。
⑬ 《陈与义集》卷18,第278页。

《食虀》:"诗中有味甜如蜜,佳处一哦三鼓腹。"①
《题嵩山》:"短蓬如凫鹥,载我万斛愁。"②
《题唐希雅画寒江图》:"惟有苍石如卧虎,不受阴晴与寒暑。"③
《晚步》:"停云甚可爱,重叠如沙汀。"④
《晚晴》:"人生如归云,空行杂徐疾。"⑤
《王应仲欲附张恭甫舟过湖南久不决今日忽闻遂登舟作诗送之并简恭甫》:"我身如孤云,随风堕湖边。"⑥
《夜步堤上三首》(其三):"月色夜夜佳,人生事如发。"⑦
《游慧林寺以三峡炎蒸定有无为韵得定字是日欲逃暑阁下而守阁童子持不可》:"我如东郊马,欹侧甘瘦病。"⑧
《游南嶂同孙信道》:"磴回忽然何处所,当面烟如翠蛟舞。"⑨
《与伯顺饭于文纬大光出宋汉杰画秋山》:"远峰如修眉,近峰如堕鬘。"⑩
《与夏致宏孙信道张巨山同集涧边以散发岩岫为韵赋四小诗》(其二):"乱石披浅流,水纹如绀发。"⑪
《杂书示陈国佐胡元茂四首》(其二):"勿云千金躯,今视如埃尘。"⑫
《杂书示陈国佐胡元茂四首》(其三):"巨源邦之栋,急士如拾珍。"⑬

---

① 《陈与义集》卷8,第114页。
② 《陈与义集》卷16,第259页。
③ 《陈与义集》卷2,第26页。
④ 《陈与义集》卷14,第214页。
⑤ 《陈与义集》卷22,第341页。
⑥ 《陈与义集》卷21,第327页。
⑦ 《陈与义集》卷14,第212页。
⑧ 《陈与义集》卷11,第162页。
⑨ 《陈与义集》卷18,第281页。
⑩ 《陈与义集》卷12,第185页。
⑪ 《陈与义集》卷18,第289页。
⑫ 《陈与义集》卷2,第32页。
⑬ 同上书,第33页。

第四章　陈与义诗歌的修辞

《再和》:"念昔涉涛江,怒鼍如山峙。"①
《早起》:"皇天赐丰年,菜本如白玉。"②
《正月十六日夜二绝》(其一):"明月照树影,满山如龙蛇。"③
《雪》:"浮屠似玉笋,突兀倚重云。"④
《再赋三首》(其一):"登临意超然,笔落风雨似。"⑤

显然,明喻出现在古体诗中的数量远远超过了近体诗。究其因,首先,近体诗字数有限。近体诗包括绝句和律诗,也就是说或者四句或者八句,字数有限,这就特别要求用词精练。其次,近体诗有严格的格律。近体诗平仄有固定的要求,而古体诗不需要考虑平仄;近体诗押韵必须用同一韵部,而古体诗可以押邻韵。特别是近体诗中的律诗中两联还必须对仗。这样近体诗的限制程度就大大高于古体诗。因为近体诗在字数和格律上的限制,诗人往往更乐意于在古体诗中使用明喻。

另外,上面所举的明喻中有些同时还是用典。"怀亲更值薪如桂",出《战国策·楚三》:"(苏秦)对曰:'楚国之食贵于玉,薪贵于桂。'"⑥"安得如鸿六尺马",出杜甫《苦雨奉寄陇西公兼呈王征士》诗:"愿腾六尺马,背若孤征鸿。"⑦"处心如水尚书市",出《汉书·郑崇传》:"上责崇曰:'君门如市人,何以欲禁切主上?'崇对曰:'臣门如市,臣心如水。'"⑧"初如金盆涌",出杜甫《赠蜀僧闾丘师兄》诗:"夜阑接软语,落月如金盆。"⑨"我身如孤云",出陶渊明《咏贫士七首》(其一):"万族各有托,孤云独无依。"⑩不过陶诗是借喻,此处变为了明喻。"我如东郊马,歆侧甘瘦病",出杜甫《瘦马行》:"东郊瘦马使我伤,骨骼硉兀如堵

---

① 《陈与义集》外集,第 505 页。
② 《陈与义集》卷 14,第 217 页。
③ 《陈与义集》卷 17,第 276 页。
④ 《陈与义集》卷 30,第 468 页。
⑤ 《陈与义集》外集,第 508 页。
⑥ 范祥雍:《战国策笺证》卷 16,上海古籍出版社 2006 年版,第 845 页。
⑦ 仇兆鳌:《杜诗详注》卷 3,第 214 页。
⑧ 班固:《汉书》卷 77,第 3256 页。
⑨ 仇兆鳌:《杜诗详注》卷 9,第 767 页。
⑩ 龚斌:《陶渊明集校笺》卷 4,第 311 页。

墙。绊之欲动转欹侧,此岂有意仍腾骧。"① 杜诗用马象征人只是在有意无意之间,陈诗则明确化了。"远峰如修眉",出韩愈《南山诗》:"天空浮修眉,浓绿画新就。"② 同样值得注意的是,韩诗是借喻,而陈与义转化为明喻了。"笔落风雨似",出杜甫《寄李十二白二十韵》诗:"笔落惊风雨,诗成泣鬼神。"③

二、暗喻

暗喻又叫隐喻,是本体和喻体同时出现的一种比喻,只是没有"如""似"这样明确的喻词。在诗歌中,因为精练的需要,有时甚至没有喻词。下面是陈与义诗中暗喻的例子。

《拜诏》:"乍脱绿袍山色翠,新披紫绶佩金鱼。"④

《登天清寺塔》:"夕阳差万瓦,赤鲤欲动鳞。须臾暮烟合,青鲂映盦沦。"⑤

《度岭一首》:"隔水丛梅疑是雪,近人孤嶂欲生云。"⑥

《衡岳道中四首》(其三):"城中望衡山,浮云作飞盖。"⑦

《火后问舍至城南有感》:"魂伤瓦砾旧曾游,尚想奔烟万马遒。"⑧

《寄题康平老昈柯亭》:"月露洗尘翳,天风吹笙竽。"⑨

《九月八日登高作重九奇父赋三十韵与义拾余意亦赋十二韵》:"兴移三里亭,木影杂蛟蛇。"⑩

---

① 仇兆鳌:《杜诗详注》卷 6,第 472 页。
② 钱仲联:《韩昌黎诗系年集释》卷 4,第 432 页。
③ 仇兆鳌:《杜诗详注》卷 8,第 661 页。
④ 《陈与义集》卷 26,第 415 页。
⑤ 《陈与义集》卷 11,第 168 页。
⑥ 《陈与义集》卷 27,第 426、427 页。
⑦ 《陈与义集》卷 24,第 370 页。
⑧ 《陈与义集》卷 20,第 311 页。
⑨ 《陈与义集》外集,第 520 页。
⑩ 《陈与义集》卷 22,第 347 页。

第四章　陈与义诗歌的修辞

《再赋》:"蛰雷转空肠,吐句作圭璧。"①

《蜡梅四绝句》(其三):"殷勤夜来雪,少住作珠璎。"②

《蒙再示属辞三叹之余赞巨丽无地托言辄依元韵再成一章非独助家弟称谢区区少褒之使进学焉亦师席善诱之意也》:"此书真是群玉府,事辞所不遗毫厘。"③

《同叔易于观我斋分韵得自字》:"功名一画饼,甚矣痴儿计。"④

《遥碧轩作呈使君少隐时欲赴召》:"西峰木脱乱鬘拥,东岭烟破修眉浮。"⑤

《游道林岳麓》:"路盘天开阔,风动龙噫吟。"⑥

《游秦岩》:"石液白瑶堕,泉气青霓翔。"⑦

《游岘山次韵三首》(其一):"先生一笑领,得句易翻水。"⑧

"乍脱绿袍山色翠"中的"山色翠"既可以看成是写实,也可以看成是暗喻(绿袍如山色之翠)。

同样,有些暗喻与明喻一样,兼为用典。"隔水丛梅疑是雪",出苏子卿《落梅》诗:"只言花是雪,不悟有香来。"⑨"浮云作飞盖",出曹丕《杂诗》(其二)"西北有浮云,亭亭如车盖"⑩,但是把明喻转化为暗喻了。"天风吹笙竽",出杜甫《玉华宫》"万籁真笙竽"⑪。"蛰雷转空肠,吐句作圭璧",出苏轼《叶教授和濡字韵诗复次韵为戏记龙井之游》"空肠出秀句"⑫,不过苏诗没用比喻,陈诗用比喻把秀句具体化了。"此书真是群玉府"中"群玉府",出《穆天子传》:"群玉田山□知阿平无险,四

---

① 《陈与义集》卷 25,第 401 页。
② 《陈与义集》卷 8,第 117 页。
③ 《陈与义集》外集,第 527 页。
④ 《陈与义集》卷 9,第 129 页。
⑤ 《陈与义集》卷 26,第 420 页。
⑥ 《陈与义集》卷 23,第 364 页。
⑦ 《陈与义集》卷 27,第 427 页。
⑧ 《陈与义集》外集,第 506 页。
⑨ 郭茂倩编:《乐府诗集》卷 24,第 350 页。
⑩ 魏宏灿:《曹丕集校注》,安徽大学出版社 2009 年版,第 68 页。
⑪ 仇兆鳌:《杜诗详注》卷 5,第 389 页。
⑫ 王文诰辑注:《苏轼诗集》卷 32,第 1705 页。

彻中绳,先王之所谓策府,寡草木而无鸟兽。"①"功名一画饼",出《三国志·魏书·卢毓传》:"时举中郎将,诏曰:'得其人与否,在卢生耳。选举莫取有名,名如画地作饼,不可啖也。'"②"风动龙噫吟",出杜甫《滟滪》"风雨时时龙一吟"③。"得句易翻水",出韩愈《寄崔二十六立之》"文如翻水成,初不用意为"④,则是把明喻转为了暗喻。

三、借喻

所谓借喻,就是本体和喻词都不出现,直接用喻体代替本体。陈与义诗歌中有大量的借喻,试看下面的借喻句。

(一) 雪

用"鹤""缟""玉妃"等形容雪。

《次韵张元方春雪》:"幽人睡方觉,帘外舞万鹤。"⑤

《周尹潜雪中过门不我顾遂登西楼作诗见寄次韵谢之三首》(其一):"不觉高轩墙外过,贪看万鹤舞中庭。"⑥

《舍弟逾日不知雪势密因再赋》:"稍积草木上,断缟莽联络。"⑦

《端门听赦咏雪》:"茫茫玉妃班,影乱千官仪。"⑧

白居易《雪中即事寄微之》诗有"舞鹤庭前毛稍定"⑨,为与义"舞万鹤"所本。不过白诗中的"鹤"是实指,而陈诗是比喻,所以只是用其字不用其意。陈与义不仅仅如上例"断缟莽联络"把"缟"字当名词用,还活用

---

① 《穆天子传》卷2,《汉魏六朝笔记小说大观》,上海古籍出版社1999年版,第12页。
② 陈寿:《三国志》卷22,第651页。
③ 仇兆鳌:《杜诗详注》卷19,第1650页。
④ 钱仲联:《韩昌黎诗系年集释》卷8,第860页。
⑤ 《陈与义集》卷2,第29页。
⑥ 《陈与义集》卷20,第322页。
⑦ 《陈与义集》卷2,第30页。
⑧ 《陈与义集》卷10,第153页。
⑨ 谢思炜:《白居易诗集校注》卷23,第1805页。

作动词,如《春日二首》(其二):"忆看梅雪缟中庭,转眼桃梢无数青。"①"玉妃"语本韩愈《辛卯年雪》诗:"白帝盛羽卫,髟髟振裳衣。白霓先启途,从以万玉妃。"②从事物、动物、人物各方面来比喻雪,显得多姿多彩。

(二) 书法

陈与义往往用"鸦""龙蛇""蛇蚓"等来形容书法。

《题东家壁》:"醉里吟诗空跌宕,借君素壁落栖鸦。"③

《跋外祖存诚子帖》:"乱眼龙蛇起平陆,前身羲献已黄墟。"④

《难老堂周元翁家》:"题诗素壁蛇蚓集,五百年后公摩挲。"⑤

《西轩寓居》:"小窗随意写,蛇蚓起相寻。"⑥

卢仝《示添丁》诗云:"忽来案上翻墨汁,涂抹诗书如老鸦。"⑦后因以"涂鸦"比喻书画或文字稚劣,多用作谦词。"栖鸦"字面用黄庭坚《奉和王世弼寄上七兄先生用其韵》诗:"大字如栖鸦,已不作肥软。"⑧"龙蛇"则言书法之美,陈与义的外祖父是当时著名的书法家。杜甫《寄裴施州》诗:"霜雪回光避锦袖,龙蛇动箧蟠银钩。"仇注引《书薮》:"欧阳率更书飞白冠绝,有龙蛇战斗之象。"⑨"蛇蚓",出《晋书·王羲之传》:"子云近出,擅名江表,然仅得成书,无丈夫之气,行行若萦春蚓,字字如绾秋蛇。"⑩可见,即使是比喻,喻体往往也是有来历的。

(三) 树根、树影

"伏龙""龙蛇""蛟蛇"又用来形容树根、树影等。

---

① 《陈与义集》卷10,第159页。
② 钱仲联:《韩昌黎诗系年集释》卷7,第774页。
③ 《陈与义集》卷25,第394页。
④ 《陈与义集》卷9,第143页。
⑤ 《陈与义集》卷15,第241页。
⑥ 《陈与义集》卷14,第225页。
⑦ 彭定求等编:《全唐诗》卷387,第4369页。
⑧ 任渊、史容、史季温:《黄庭坚诗集注·山谷外集诗注》卷2,第801页。
⑨ 仇兆鳌:《杜诗详注》卷20,第1811页。
⑩ 房玄龄等:《晋书》卷80,第2107、2108页。

《与信道游涧边》:"半岩菖蒲根,翠葆森伏龙。"①
《采菖蒲》:"闲行涧底采菖蒲,千岁龙蛇抱石癯。"②
《正月十六日夜二绝》(其一):"明月照树影,满山如龙蛇。③
《九月八日登高作重九奇父赋三十韵与义拾余意亦赋十二韵》:"兴移三里亭,木影杂蛟蛇。"④

苏轼《和子由记园中草木十一首》(其九)"下有千岁根,蹙缩如蟠虬"⑤,即与义"千岁龙蛇"所本,用"龙蛇"形容菖蒲的根。黄庭坚《八月十四日夜刀坑口对月奉寄王子难子闻适用》诗:"寒藤老木被光景,深山大泽皆龙蛇。"⑥"深山大泽,实生龙蛇",出《左传·襄二十一年》,但是黄庭坚这里开始用"龙蛇"来形容树影,则是与义"满山如龙蛇""木影杂蛟蛇"所本。

(四)月亮

代指月亮的词有很多,如"常娥""银阙""玉盘""纤阿""金背蟆"等。
《竹》:"昨夜常娥更潇洒,又携疏影过窗纱。"⑦
《夜步堤上三首》(其三):"梦中续清游,浓露湿银阙。"⑧
《十七日夜咏月》:"玉盘忽微露,银浪泻千顷。"⑨
《秋月》:"纤阿无停轮,衰鬓飒已多。"⑩
《中秋不见月》:"明年强健更相约,会见林间金背蟆。"⑪

"常娥"即嫦娥,原指神话中的月中女神,后来也指月亮。《太平广

---

① 《陈与义集》卷18,第280页。
② 同上书,第279页。
③ 《陈与义集》卷17,第276页。
④ 《陈与义集》卷22,第347页。
⑤ 王文诰辑注:《苏轼诗集》卷5,第207页。
⑥ 任渊、史容、史季温:《黄庭坚诗集注·山谷外集诗注》卷11,第1147页。
⑦ 《陈与义集》外集,第502页。
⑧ 《陈与义集》卷14,第212页。
⑨ 《陈与义集》卷18,第278页。
⑩ 《陈与义集》外集,第509页。
⑪ 《陈与义集》卷10,第149页。

记》卷二二引《续神仙传》:"蓝采和《踏歌》:'长景明辉在空际,金银宫阙高嵯峨。'"①苏轼《中秋见月和子由》诗:"一杯未尽银阙涌,乱云脱坏如崩涛。"②"银阙"代指月,为与义"浓露湿银阙"所本。李白《古朗月行》"小时不识月,呼作白玉盘"③,为与义"玉盘"所本,"银浪"则是形容月光。"纤阿"为古神话中御月运行之神,如司马相如《子虚赋》:"阳子骖乘,纤阿为御。"④这里指代月亮。"金背蟆"指代月亮,出《酉阳杂俎·天咫》:"长庆中,八月十五夜,有人玩月,见林中光属天如匹布。其人寻视之,见一金背虾蟆,疑是月中者。"⑤

(五)泉瀑

又如写泉水或瀑布,有"冰蚕""练"等。

《次韵家弟碧线泉》:"七孔穿针可得过,冰蚕映日吐寒波。"⑥

《美哉亭》:"天挂一匹练,双崖斗嵯峨。"⑦

"冰蚕",出王嘉《拾遗记》卷一〇:"员峤山……有冰蚕长七寸,黑色,有角有鳞,以霜雪覆之,然后作茧,长一尺,其色五彩,织为文锦,入水不濡,以之投火,经宿不燎。"⑧这里是将泉水比喻为冰蚕吐出的丝,形容水束之细。

(六)水声

写水声则用"玉佩"来形容。

《山路晓行》:"微泉不知处,玉佩鸣深丛。"⑨

---

① 李昉等:《太平广记》卷22,中华书局1961年版,第151、152页。
② 王文诰辑注:《苏轼诗集》卷17,第862页。
③ 王琦注:《李太白全集》卷4,第259页。
④ 萧统编:《文选》卷7,第352页。
⑤ 段成式:《酉阳杂俎》前集卷1,中华书局2018年版,第19页。
⑥ 《陈与义集》卷7,第91页。
⑦ 《陈与义集》卷16,第255页。
⑧ 齐治平:《拾遗记校注》卷10,中华书局1981年版,第228页。
⑨ 《陈与义集》卷16,第256页。

"玉佩"语本陆机《招隐诗二首》(其一)"飞泉漱鸣玉"①,及柳宗元《至小丘西小石潭记》"隔篁竹,闻水声,如鸣佩环"②。不过陆机句是暗喻,柳宗元句是明喻,都不同于陈与义句的借喻。

(七) 水波

陈与义用"川华"来形容水波。

《寒食日游百花亭》:"云移树阴失,风定川华收。"③

《舟泛邵江》:"滩前群雁起,柂尾川华分。"④

(八) 雨

用"银竹"来形容雨。

《秋雨》:"病夫强起开户立,万个银竹惊森罗。"⑤

《夏雨》:"须臾万银竹,壮观发异境。"⑥

《浴室观雨以催诗走群龙为韵得走字》:"须臾万银竹,壮观惊户牖。"⑦

"银竹"语本李白《宿虾湖》:"白雨映寒山,森森似银竹。"⑧不过李白诗是明喻。"须臾万银竹"用了两次,大概是与义的得意诗句。

(九) 风

用"龙吟虎啸"形容风。

《衡岳道中四首》(其二):"客子山行不觉风,龙吟虎啸满山松。"⑨

---

① 刘运好:《陆士衡文集校注》卷5,凤凰出版社2007年版,第307页。
② 柳宗元:《柳宗元集》卷29,中华书局1979年版,第767页。
③ 《陈与义集》卷21,第326页。
④ 《陈与义集》卷24,第381页。
⑤ 《陈与义集》卷10,第148页。
⑥ 《陈与义集》卷15,第244页。
⑦ 《陈与义集》卷11,第168页。
⑧ 王琦注:《李太白全集》卷22,第1026页。
⑨ 《陈与义集》卷24,第369页。

《过君山不获登览》:"龙吟杂虎啸,九夏含三秋。"①

"龙吟虎啸"语本张衡《归田赋》:"尔乃龙吟方泽,虎啸山丘。"②不过张衡是指人的吟啸,而不是风声。与义此处属于用其字不用其意。

(十) 云

用"蛟""凤"形容云。

《喜雨》:"秦望山头云,昨日鸾凤举。"③

《渔家傲·福建道中》:"今日山头云欲举,青蛟素凤移时舞。"④

"鸾凤"语本陆机《浮云赋》:"鸾翔凤翥,鸿惊鹤奋。"⑤

(十一) 花草

用"红""绿"来指代花、草。

《春日二首》(其一):"朝来庭树有鸣禽,红绿扶春上远林。"⑥

"红绿"用法近于李清照《如梦令》:"知否,知否?应是绿肥红瘦。"⑦但清照着"肥""瘦"二字则显得新颖。

(十二) 酒杯

《法驾导引三首》(其三):"自洗玉舟斟白醴,月华微映是空舟。"⑧

"玉舟"用来比喻大概是船形的酒杯,因为酒和杯子都是白色的,看起来像"空舟"(空酒杯)一样。李白《前有樽酒行二首》(其二)"玉壶美酒清若空"⑨,就是描写相似的情景。《太平御览》卷九六九引《拾遗录》:"汉明帝于月夜宴赐群臣樱桃,盛以赤瑛盘,群臣视之,月下以为空

---

① 《陈与义集》卷21,第331页。
② 张震泽:《张衡诗文集校注》,上海古籍出版社2009年版,第244页。
③ 《陈与义集》卷28,第445页。
④ 《陈与义集·无住词》,第488页。
⑤ 刘运好:《陆士衡文集校注》卷4,第214页。
⑥ 《陈与义集》卷10,第159页。
⑦ 徐培均:《李清照集笺注》卷1,第14页。
⑧ 《陈与义集·无住词》,第482页。
⑨ 王琦注:《李太白全集》卷3,第200页。

盘,帝笑之。"①也与此类似。

第八节 拟　　人

拟人是使事物具有人格特征,具有人的动作和感情。这是陈与义诗歌中广泛应用的一种修辞手法。

吴乔说:"夫诗以情为主,景为宾。景物无自生,惟情所化。情哀则景哀,情乐则景乐。"②这近于王国维所谓"有我之境",他说:"有我之境,以我观物,故物皆着我之色彩。"③即诗人的悲喜和外物紧密地联系在一起。

《印老索印庵诗》:"竹风亦喜我,萧瑟至日夕。"④

《喜雨》:"灯花识我意,一笑相媚妩。"⑤

《雨》:"一时花带泪,万里客凭栏。"⑥

《坐涧边石上》:"扶筇共坐槎牙石,涧水悲鸣无歇时。"⑦

"竹风亦喜我"把"竹风"人格化了,则主人好客以及诗人的喜悦之情都可以想见,可谓传神之笔,言简意赅。"灯花识我意,一笑相媚妩",灯花被认为是吉兆,如杜甫《独酌成诗》:"灯花何太喜？酒绿正相亲。"⑧这里不直接写诗人的喜悦,而通过灯花来表现,真是人喜物亦喜。"一时花带泪"化自杜甫《春望》"感时花溅泪"⑨,不过杜诗意蕴不同。司马光认为:"花鸟平时可娱之物,见之而泣,闻之而悲,则时可知

---

① 李昉等:《太平御览》卷 969,中华书局 1960 年版,第 4298 页。
② 吴乔:《围炉诗话》卷 1,《清诗话续编》本,第 478 页。
③ 王国维:《人间词话》,第 191 页。
④ 《陈与义集》卷 15,第 238 页。
⑤ 《陈与义集》卷 28,第 445 页。
⑥ 《陈与义集》卷 13,第 204 页。
⑦ 《陈与义集》卷 17,第 277 页。
⑧ 仇兆鳌:《杜诗详注》卷 5,第 384 页。
⑨ 仇兆鳌:《杜诗详注》卷 4,第 320 页。

矣。"①吴乔认为："花鸟乐事而溅泪惊心,景随情化也。"②陈诗则是用拟人的手法,带泪的直接是花。刘辰翁对陈与义这联有高度评价,称为"此集五言之最"③。纪昀对此诗评价也很高,认为"深稳而清切,简斋完美之篇"④。"涧水悲鸣无歇时",因为人悲伤所以听着涧水也像是在"悲鸣",所谓人悲物亦悲。与此句类似的还有《正月十二日自房州城遇房至奔入南山十五日抵回谷张家》："夜半不能眠,涧水鸣声悲。"⑤

除了悲喜,自然界的万物还能发怒。

《观江涨》："鼋鼍杂怒争新穴,鸥鹭惊飞失故洲。"⑥

《再和》："念昔涉涛江,怒鼍如山峙。"⑦

《蒙示黄硐佳诗三读钦羡辄继韵仰报嘉赐》："虽微八川雄,暴怒常至沸。"⑧

《送王周士赴发运司属官》："小窗诵诗灯花喜,窗外北风怒未已。"⑨

《题大龙湫》："映日洒飞雨,绕山行怒雷。"⑩

《与信道游涧边》："回碛发涧怒,高霭生树容。"⑪

《再赋三首》(其三)："封姨岂嗔予,震怒挟阿香。"⑫

"暴怒常至沸"语本司马相如《上林赋》"沸乎暴怒"⑬,以"暴怒"形容水声之大。"窗外北风怒未已"语本《庄子·齐物论》："夫大块噫气,

---

① 仇兆鳌:《杜诗详注》卷4,第321页。
② 吴乔:《围炉诗话》卷2,《清诗话续编》本,第537页。
③ 白敦仁:《陈与义集校笺》卷13,第372页。
④ 李庆甲:《瀛奎律髓汇评》卷17,第675页。
⑤ 《陈与义集》卷17,第274页。
⑥ 《陈与义集》卷19,第296、297页。
⑦ 《陈与义集》外集,第505页。
⑧ 同上书,第504页。
⑨ 《陈与义集》卷11,第174页。
⑩ 《陈与义集》卷28,第440页。
⑪ 《陈与义集》卷18,第280页。
⑫ 《陈与义集》外集,第509页。
⑬ 萧统编:《文选》卷8,第362页。

其名为风。是唯无作,作则万窍怒呺。"①以"怒未已"形容风声之大。"绕山行怒雷"语本韦应物《听嘉陵江水声寄深上人》诗:"如何两相激,雷转空山惊。"②不过韦诗是说雷使人惊,陈诗则在雷字前着一"怒"字,用了拟人手法。"封姨岂嗔予,震怒挟阿香",其中"封姨"指风,《太平广记》卷四一六《崔玄微》云:"封十八姨,乃风神也。"③钱钟书说:

  "封"谐"风"音,入耳心通;"十八姨"者,隐本《易·说卦》:"巽为木、为风、为长女",唐国姓"李"之谶曰"十八子","木"析为"十八","长女"视作"姨"。④

"阿香"指雷,《搜神后记》云。

  义兴人姓周,永和年中出都,乘马,从两人行。未至村,日暮,道边有一新小草屋,见一女子出门望,年可十六七,姿容端正,衣服鲜洁。见周过,谓曰:"日已暮,前村尚远,临贺讵得至?"周便求寄宿,此女为然火作食。向至一更,闻外有小儿唤"阿香"声,女应曰:"诺。"寻云:"官唤汝推雷车。"女乃辞行,云:"今有官事,当去。"夜遂大雷雨。向晓女还。周既上马,自异其处,返寻,看昨所宿处,止见一新冢。⑤

不但"嗔""震怒"是拟人,就连"封姨""阿香"的称呼也可以看成是拟人,用具体的人物形象来表现风雨。

  在陈与义的笔下,没生命的事物还能说话。
  《道山宿直》:"人间路绝窗扉语,天上云空阁影移。"⑥

---

① 郭庆藩:《庄子集释》卷1下,第45页。
② 陶敏、王友胜:《韦应物集校注》卷2,第65页。
③ 李昉等编:《太平广记》卷416,第3393页。
④ 钱钟书:《管锥编》,第813页。
⑤ 李剑国辑校:《新辑搜神后记》卷3,第500、501页。
⑥ 《陈与义集》卷11,第163页。

第四章　陈与义诗歌的修辞

《发商水道中》："商水西门语,东风动柳枝。"①
《喜雨》："小臣知君忧,起坐听檐语。"②
《幽窗》："高鸟度遗影,风扉语移时。"③
《游玉仙观以春风吹倒人为韵得吹字》："风余檐铎语,坐定炉烟迟。"④

"人间路绝窗扉语""风扉语移时",俱本陈师道《和郑户部宝集丈室二首》(其二)："冲风窗自语,浥壁虫成字。"⑤"风余檐铎语",则语本苏轼《大风留金山两日》："塔上一铃独自语,明日颠风当断渡。"⑥

或者是"无言""不语"。

《连雨赋书事四首》(其三)："乌鹊无言暮,蓬蒿满意秋。"⑦
《以事走郊外示友》："黄尘满面人犹去,红叶无言秋又归。"⑧
《即席重赋且约再游二首》(其二)："怪我问花终不语,须公走马更来看。"⑨

温庭筠《惜春词》："百舌问花花不语,低回似恨横塘雨。"⑩《南部新书》记严恽诗云："尽日问花花不语,为谁零落为谁开?"⑪欧阳修《蝶恋花二十二首》(其九)："泪眼问花花不语,乱红飞过秋千去。"⑫皆为"怪我问花终不语"所本。

关于"无言""不语",钱钟书在论及王禹偁《村行》"数峰无语立斜阳"时有精彩的分析。

---

① 《陈与义集》卷14,第222页。
② 《陈与义集》卷28,第445页。
③ 《陈与义集》卷29,第454页。
④ 《陈与义集》卷10,第155页。
⑤ 冒广生:《后山诗注补笺》卷8,第307页。
⑥ 王文诰辑注:《苏轼诗集》卷18,第943页。
⑦ 《陈与义集》卷7,第104页。
⑧ 《陈与义集》卷4,第62页。
⑨ 《陈与义集》卷5,第69页。
⑩ 刘学锴:《温庭筠全集校注》卷2,第166页。
⑪ 钱易:《南部新书》丁,第55页。
⑫ 欧阳修:《欧阳修全集》卷131,中华书局2001年版,第2006页。

按逻辑说来,"反"包含先有"正",否定命题总预先假设着肯定命题。王夫之《思问录·内篇》所谓:"言'无'者,激于言'有'而破除之也。"诗人常常运用这个道理。山峰本来是不能语而"无语"的,王禹偁说它们"无语",或如龚自珍《己亥杂诗》说"送我摇鞭竟东去,此山不语看中原",并不违反事实;但是同时也仿佛表示它们原先能语、有语、欲语而此刻忽然"无语"。这样,"数峰无语"、"此山不语"才不是一句不消说得的废话。(参看司空图《诗品》:"落花无言",或徐夤《再幸华清赋》:"落花流水无言而但送华年",都是采用李白《溧阳濑水贞孝女碑铭》:"春风三十,花落无言。")改用正面的说法,例如"数峰毕静",就减削了意味,除非那种正面字眼强烈暗示山峰也有生命或心灵,像李商隐《楚宫》:"暮雨自归山悄悄。"有人说,秦观《满庭芳》词:"凭栏久,疏烟淡日,寂寞下芜城"比不上张升《离亭燕》词:"怅望倚层楼,寒日无言西下"(《历代词人考略》卷八),也许正是这个缘故。①

与义还以"尽情"或"无情"来形容事物。
《除夜二首》(其一):"多事鬓毛随节换,尽情灯火向人明。"②
《江行野宿寄大光》:"樯乌送我入蛮乡,天地无情白发长。"③
《送熊博士赴瑞安令》:"山林有约吾当去,天地无情子亦饥。"④
"多事"这联,正如缪钺指出:

> 陈与义这时才三十九岁,并不算老,但是揽镜一照,鬓发已经变白,不由得怪它"多事",言外是慨叹两年多来避兵转徙,艰苦备尝;惟有灯火明亮,"尽情"相慰,言外是慨叹客居岑寂,都是用含蓄之法。"鬓毛随节换""灯火向人明",本是平常的诗句,但是加上"多事"与"尽情",就把人的感受注入无知的"鬓毛"与"灯火",显得

---

① 钱钟书:《宋诗选注》,第12、13页。
② 《陈与义集》卷20,第310页。
③ 《陈与义集》卷24,第366页。
④ 《陈与义集》卷28,第443页。

第四章　陈与义诗歌的修辞

意思深而句法活了。①

纪昀对此诗评价也很高:"气机生动,语亦清老。"②可见拟人手法的妙用。"天地无情白发长""天地无情子亦饥",语本杜甫《新安吏》"天地终无情"③,及李翱《与陆傪书》"李观之文章如此,官止于太子校书郎,年止于二十九,虽有名于时俗,其卒深知其至者果谁哉?信乎天地鬼神之无情于善人而不罚罪也甚矣,为善者将安所归乎"④。《送熊博士赴瑞安令》诗方回和纪昀皆有好评。方回说:"简斋诗气势浑雄,规模广大。老杜之后,有黄、陈,又有简斋,又其次则吕居仁之活动,曾吉甫之清峭,凡五人焉。"⑤俨然把此诗当作与义的代表作了。纪昀则说:"语语沉着。"⑥

陈与义还喜欢用"不贷"这个拟人化的词。

《冬至二首》(其一):"北风不贷节,鸿雁天南驱。"⑦

《来禽花》:"人间风日不贷春,昨暮胭脂今日雪。"⑧

《十月》:"睡过三冬莫开户,北风不贷芰荷衣。"⑨

"不贷"二字,语本杜甫《醉为马坠诸公携酒相看》:"共指西日不相贷,喧呼且覆杯中渌。"⑩《十月》诗,方回评曰:"简斋诗独是格高,可及子美。"连纪昀也难得地附和了一回:"简斋风骨高出宋人之上,此评是。"⑪此诗若联系当时的背景更能见出好处,白敦仁说:

---

① 缪钺:《诗词散论》,第134页。
② 李庆甲:《瀛奎律髓汇评》卷16,第608页。
③ 仇兆鳌:《杜诗详注》卷7,第524页。
④ 董诰等编:《全唐文》卷635,第6415页。
⑤ 李庆甲:《瀛奎律髓汇评》卷24,第1091页。
⑥ 同上。
⑦ 《陈与义集》卷12,第187页。
⑧ 《陈与义集》卷10,第156页。
⑨ 《陈与义集》卷11,第165页。
⑩ 仇兆鳌:《杜诗详注》卷18,第1591页。
⑪ 李庆甲:《瀛奎律髓汇评》卷13,第492页。

> 按《墓志》云:"时为宰相者横甚,强欲知公,不且得祸。"宰相指王黼。诗云:"睡过三冬莫开户,北风不贷芰荷衣。"语盖为此而发。时王黼总治三省事,进爵太傅,炙手可热。简斋虽因葛胜仲而进,然于王黼殆非乐于依附者。观前此诸诗,于蔡、王相倾之际,每多危苦之言,常思所以洁身远引之道,可以观志矣。①

可见此感慨其来有自,并非凿空而发。

在陈与义笔下,自然界像人一样或是吝啬或是慷慨。

《次韵光化宋唐年主簿见寄二首》(其一):"遥想诗成寄来日,笔端风雨发天悭。"②

《火后借居君子亭书事四绝呈粹翁》(其二):"一夜东风不知惜,月明满树十分开。"③

《入山二首》(其一):"东风不惜花,一暮都开遍。"④

"天悭",语本苏轼《祈雪雾猪泉出城马上作赠舒尧文》:"愿君发豪句,嘲诙破天悭。"⑤

事物能"斗"或"弄"。

《道中书事》:"坏梁斜斗水,乔木密藏村。"⑥

《美哉亭》:"天挂一匹练,双崖斗嵯峨。"⑦

《同家弟赋蜡梅诗得四绝句》(其四):"承恩不在貌,谁敢斗香来。"⑧

《初至陈留南镇夙兴赴县》:"行云弄月翳复吐,林间明灭光景奇。"⑨

---

① 白敦仁:《陈与义诗校笺》卷11,第294页。
② 《陈与义集》卷7,第94页。
③ 《陈与义集》卷20,第313页。
④ 《陈与义集》卷18,第287页。
⑤ 王文诰辑注:《苏轼诗集》卷17,第897页。
⑥ 《陈与义集》卷16,第251页。
⑦ 《陈与义集》卷16,第255页。
⑧ 《陈与义集》卷7,第94页。
⑨ 《陈与义集》卷13,第195、196页。

第四章　陈与义诗歌的修辞

《两绝句》(其一):"西风吹日弄晴阴,酒罢三巡湖海深。"①
《送张仲宗押载归闽中》:"去年弄影河北月,今年迎面江南云。"②
《咏水仙花五韵》:"吹香洞庭暖,弄影清昼迟。"③
"行云弄月翳复吐",化用杜甫《法镜寺》诗:"泄云蒙清晨,初日翳复吐。"④擅用"弄"字的还有张先《天仙子》的名句"云破月来花弄影"⑤,大概陈与义受了这句的启发,写出"弄月""弄影"这样的诗句。

事物或"憨"或"知"。
《蜡梅四绝句》(其二):"缘憨翻得怜,亭亭倚风立。"⑥
《别诸周二首》(其二):"陇云知我欲船开,飞过江东还复回。"⑦
《次韵富季申主簿梅花》:"东风知君将出游,玉人迥立林之幽。"⑧
陈与义在《巴丘书事》这首诗中,用了一些非常形象的拟人化的动词。此诗中间两联云:

> 晚木声酣洞庭野,晴天影抱岳阳楼。
> 四年风露侵游子,十月江湖吐乱洲。⑨

"酣""抱""侵""吐"都是拟人化的动词,也是所谓字眼,就是锤炼的地方。胡应麟说:"周尹潜:'斗柄阑干洞庭野,角声凄断岳阳城。'陈去非:'晚木声酣洞庭野,晴天影抱岳阳楼。'二君同时,二联语甚相类,皆得杜声响,未易优劣。"⑩高步瀛评"晚木声酣洞庭野"二句:"雄秀。"又

---

① 《陈与义集》卷22,第349页。
② 《陈与义集》卷4,第49页。
③ 《陈与义集》卷20,第316页。
④ 仇兆鳌:《杜诗详注》卷8,第682页。
⑤ 吴熊和、沈松勤:《张先集编年校注》,第8页。
⑥ 《陈与义集》卷8,第116页。
⑦ 《陈与义集》卷26,第416页。
⑧ 《陈与义集》卷8,第118页。
⑨ 《陈与义集》卷19,第304页。
⑩ 胡应麟:《诗薮·外编》卷5,第218页。

评"十月江湖吐乱洲"句:"言水落而洲出也,吐字下得奇警。"①都表示了对这些拟人化动词的欣赏。

这几个动词陈与义还在其他诗作中频频使用。

《题崇山》:"众色忽已晚,川光抱岩幽。"②

《题画》:"分明楼阁是龙门,亦有溪流曲抱村。"③

《游南嶂同孙信道》:"空中朽树抱孤筱,无穷苍璧生横林。"④

"抱"字都用得很形象。其中,"亦有溪流曲抱村"化用杜甫《江村》"清江一曲抱村流"⑤。

《次韵邢子友》:"不堪苦雾侵衰鬓,稍喜和烟入戍楼。"⑥

《开壁置窗命曰远轩又赋》:"一笑等儿戏,都忘雪侵帻。"⑦

《留别天宁永庆乾明金銮四老》:"慎勿过虎溪,晓霜侵杖屦。"⑧

《游道林岳麓》:"向来修何行,不受安危侵。"⑨

"侵"的主语除了上文的"风露",还可以是"雾""雪""霜",甚至更为抽象的"安危"。其中"都忘雪侵帻"的"雪"其实是借喻,指的是白发。刘辰翁评"晓霜侵杖屦"句:"别语皆浅浅,自不可堪。"⑩就是说语浅情深。这样的效果是跟"侵"字的形象性分不开的。另外,刘辰翁评"向来修何行,不受安危侵"句:"并用后山语,而句意弥高。"⑪这里说的"后山语",是指陈师道《城南寓居二首》(其二):"潭潭光明殿,稽首西方仙。平生修何行,步有黄金莲。"⑫"句意弥高"是因为"步有黄金莲"过于质实,而"不受安危侵"更为抽象和高蹈出尘,可谓点铁成金。这里,"侵"

---

① 高步瀛:《唐宋诗举要》卷6,第685、686页。
② 《陈与义集》卷16,第259页。
③ 《陈与义集》卷29,第456页。
④ 《陈与义集》卷18,第281页。
⑤ 仇兆鳌:《杜诗详注》卷9,第746页。
⑥ 《陈与义集》外集,第515页。
⑦ 《陈与义集》卷25,第402页。
⑧ 《陈与义集》卷23,第356页。
⑨ 同上书,第364页。
⑩ 白敦仁:《陈与义集校笺》卷23,第637页。
⑪ 同上书,第652页。
⑫ 冒广生:《后山诗注补笺》卷1,第17页。

第四章　陈与义诗歌的修辞

字也起到了关键作用。

《承知府待制诞生之辰辄广善思菩萨故事成古诗一首仰惟经世之外深入佛海而某欲托辞以寄款款适获此事发寤於心似非偶然者独荒陋不足以侈此殊庆耳》："岁星欲吐芒不开,昴星避次光低徊。"①

《初至陈留南镇夙兴赴县》："行云弄月翳复吐,林间明灭光景奇。"②

《过君山不获登览》："嵌空浪吞吐,荟蔚风飕飗。"③

《拒霜》："拒霜花已吐,吾宇不凄凉。"④

《喜雨》："泥翻早朝路,泺泺光欲吐。"⑤

《玉堂僝直》："庭叶珑珑晓更青,断云吐日照寒厅。"⑥

以上例子中"吐"字都非常形象、传神。

"酣"字虽然拟人的用法只有一例,但其同义词"醉"却有多处。

《放慵》："暖日薰杨柳,浓春醉海棠。"⑦

《曼陀罗花》："烟迷金钱梦,露醉木槵妆。"⑧

《清明》："寒食清明惊客意,暖风迟日醉梨花。"⑨

其中,"浓春醉海棠",语本杜甫《奉和贾至舍人早朝大明宫》"九重春色醉仙桃"。钱谦益注："言春色之酣,着桃如醉。"⑩方回评"暖日薰杨柳,浓春醉海棠"句："此公气魄尤大。起句十字,朱文公击节,谓'薰'字、'醉'字下得妙。又何必专事晚唐。"⑪"朱文公击节"是指朱熹曾说："古人诗中有句,今人诗更无句,只是一直说将去。这般诗,一日

---

① 《陈与义集》外集,第 529 页。
② 《陈与义集》卷 13,第 195、196 页。
③ 《陈与义集》卷 21,第 331 页。
④ 《陈与义集》卷 30,第 480 页。
⑤ 《陈与义集》卷 28,第 445 页。
⑥ 《陈与义集》卷 30,第 475 页。
⑦ 《陈与义集》卷 10,第 157 页。
⑧ 《陈与义集》卷 3,第 46 页。
⑨ 《陈与义集》卷 18,第 288 页。
⑩ 钱谦益:《钱注杜诗》卷 10,第 329 页。
⑪ 李庆甲:《瀛奎律髓汇评》卷 23,第 979 页。

作百首也得。如陈简斋诗：'乱云交翠壁,细雨湿青松''暖日熏杨柳,浓阴醉海棠',他是什么句法？"①仇兆鳌说："后人沾丐杜诗,皆成佳句。杜有'春色醉仙桃'句,陈简斋云：'暖日熏杨柳,浓阴醉海棠。'杜有'红绽雨肥梅'句,范石湖云：'梅肥朝雨细,茶老暮烟寒。'各见脱化之妙。"②诸家多有好评,跟"醉"字的生动形象是分不开的,同时见出与义善学杜诗。"寒食"联方回评曰："三、四变体,又颇新异。"③"变体"是指对仗句一情一景,一人一物。"新异"则包含了对"醉"字拟人化的欣赏。

事物还能像人穿衣一样,"披"或"脱"。

《与夏致宏孙信道张巨山同集涧边以散发岩岫为韵赋四小诗》（其二）："乱石披浅流,水纹如绀发。"④

《自五月二日避寇转徙湖中复从华容道乌沙还郡七月十六日夜半出小江口泊焉徙倚柁楼书事十二句》："群木立波上,芙蕖披月中。"⑤

《二十一日风甚明日梅花无在者独红萼留枝间甚可爱也》："群仙已御东风去,总脱绛袂留林间。"⑥

拟人手法集中表现在陈与义的咏花诗中。陈与义是一个亲近自然的人,在他的笔下,各种花都被赋予了人的个性,栩栩如生。我们先看水仙。

《咏水仙花五韵》：

> 仙人缃色裘,缟衣以裼之。
> 青帨纷委地,独立东风时。
> 吹香洞庭暖,弄影清昼迟。
> 寂寂篱落阴,亭亭与予期。

---

① 朱熹：《朱子全书·朱子语类》卷140,第4329页。
② 仇兆鳌：《杜诗详注》卷2,第151、152页。
③ 李庆甲：《瀛奎律髓汇评》卷26,第1149页。
④ 《陈与义集》卷18,第289页。
⑤ 《陈与义集》卷22,第342页。
⑥ 《陈与义集》卷20,第316页。

第四章 陈与义诗歌的修辞

谁知园中客,能赋会真诗。①

把"水仙"拟为"仙人",扣住了"仙"字。《礼记·玉藻》:"君衣狐白裘,锦衣以裼之。"郑注:"君衣狐白毛之裘,则以素锦为衣覆之,使可裼也。袒而有衣曰裼。必覆之者,裘亵也。"②这是首联句法所本,形象地写出了水仙花的色彩,因为水仙花瓣是里面黄色,外面白色。"青悦"则是写水仙的叶子,"独立东风"见出水仙的矫矫不群。"寂寂""亭亭"一联见出人和花的惺惺相惜,颇有"相看两不厌"的意味,对于花来说也是拟人。元稹有传奇《莺莺传》,见《太平广记》杂传记类③。后人以张生赋《会真诗》三十韵,又名《会真记》。唐人诗文咏其事者,尚有元稹的《续会真诗》三十韵、杨巨源的《崔娘诗》、李绅的《莺莺歌》。这里也是以人来比花,把水仙花比作崔莺莺。此诗用拟人的手法,不仅描摹出了水仙花的美丽,更传达出了其风神和品格。水仙花清高寂寞的形象,又正是作者的写照。

无独有偶,在陈与义之前,黄庭坚也有一首写水仙花的名作。《王充道送水仙花五十枝欣然会心为之作咏》:

凌波仙子生尘袜,水上轻盈步微月。
是谁招此断肠魂?种作寒花寄愁绝。
含香体素欲倾城,山矾是弟梅是兄。
坐对真成被花恼,出门一笑大江横。④

第一、第二句以人来比花,是拟人的手法。妙在用"凌波仙子"形容水仙,特别贴切,让人拍案叫绝。"步微月"既有动感,又用月色来烘托,真把水仙写活了。三、四句遗貌取神,想落天外,诗笔情景交融、物我不

---

① 《陈与义集》卷20,第316页。
② 孔颖达:《礼记正义》卷40,第1211页。
③ 李昉等编:《太平广记》卷488,第4012页。
④ 任渊、史容、史季温:《黄庭坚诗集注·山谷诗集注》卷15,第546页。

分。前面四句没有正面描写水仙,都是从侧面用比喻拟人等手法写出水仙的风神。五句对水仙的色香正面一点,第六句又用梅花和山矾来烘托了。最后两句的"花恼"用杜甫《江畔独步寻花七绝句》(其一)"江上被花恼不彻,无处告诉只颠狂"①,这里用得更为灵活。被花恼,更见出喜爱花到了极点。整首诗多从侧面落笔,最后两句甚至"旁入他语",这样就使咏花的诗不落前人窠臼。陈衍评曰:"一经品题,遂登大雅之堂。"②另据张邦基《墨庄漫录》卷一〇记载:

> 山谷在荆州时,邻居一女子,闲静妍美,绰有态度,年方笄也。山谷殊叹惜之,其家盖同阎小民也。未几,嫁同里,而夫亦庸俗贫下,非其偶也。山谷因和荆南太守马瑊中玉《水仙花》诗,有云:"淤泥解作白莲藕,粪壤能开黄玉花。可惜国香天不管,随缘流落小民家。"盖有感而作。后数年,此女生二子,其父鬻于郡人田氏家。憔悴顿挫,无复故态,然犹有余妍,乃以国香名之。③

此诗大概也是寄托而作,和与义的水仙相比,章法更为开阖动荡,但同为拟人手法,以人比花。

陈与义还有一首写水仙的绝句,同样用到了拟人的手法。

《用前韵再赋四首》(其四):

> 欲识道人门径深,水仙多处试来寻。
> 青裳素面天应惜,乞与西园十日阴。④

"青裳素面",让人想到与义的《初识茶花》:"青裙玉面初相识,九月茶花满路开。"⑤虽然花不相同,但都是类似的手法。"乞与西园十日

---

① 仇兆鳌:《杜诗详注》卷10,第817页。
② 陈衍:《宋诗精华录》卷2,第84页。
③ 张邦基:《墨庄漫录》卷10,中华书局2002年版,第273、274页。
④ 《陈与义集》卷20,第315页。
⑤ 《陈与义集》卷23,第359页。

阴",陆游《花时遍游诸家园》(其二)云:"绿章夜奏通明殿,乞借春阴护海棠。"①与之相似。

陈与义写水仙用了"缃色裘""缟衣""青帨""青裳"等有关衣服的名词来形容,写月桂也是如此。

《雨中观秉仲家月桂》:"红衿映肉色,薄暮无乃寒。"②

苏轼《寓居定惠院之东杂花满山有海棠一株土人不知贵也》"翠袖卷纱红映肉"③,为"红衿"句所本。花能穿衣,自是把月桂比为美人了。

在陈与义笔下,菊花也具有人的感情和行为。

《重阳》:"篱底菊花唯解笑,镜中头发不禁秋。"④

方回评这一联:"'菊花'对'头发',即老杜'蓬鬓''菊花'一联定例。"⑤即指杜甫《九日五首》(其二):"即今蓬鬓改,但愧菊花开。"⑥此诗方回称为变体类,即一人一物,一情一景。不过这个物已经拟人化了,花也能如人一般笑。这里人和花对比,人自愁花自笑,使愁绪更深。

陈与义另有一联写菊花的诗句则是说花善解人意。

《九日赏菊》:"殷勤黄金靥,照耀白板扉。"⑦

"黄金靥",见《酉阳杂俎》前集卷八:

  近代妆尚靥,如射月曰黄星靥(胡注作黄金靥)。靥钿之名,盖自吴孙和邓夫人也。和宠夫人,尝醉舞如意,误伤邓颊,血流,娇婉弥苦,命太医合药,医言得白獭髓,杂玉与琥珀屑,当灭痕。和以百金购得白獭,乃合膏。琥珀太多,及差,痕不灭,左颊有赤点如痣,视之,更益甚妍也。诸嬖欲要宠者,皆以丹点颊,而后进幸焉。⑧

---

① 钱仲联:《剑南诗稿校注》卷6,第538页。
② 《陈与义集》卷15,第235页。
③ 王文诰辑注:《苏轼诗集》卷20,第1036页。
④ 《陈与义集》卷17,第268页。
⑤ 李庆甲:《瀛奎律髓汇评》卷26,第1147页。
⑥ 仇兆鳌:《杜诗详注》卷20,第1765页。
⑦ 《陈与义集》卷10,第150页。
⑧ 段成式:《酉阳杂俎》前集卷8,第174页。

这里用拟人的手法,想象菊花是美人的脸,而且能逢迎人意。

与义笔下的桃花则与菊花不同,对人少有同情。

《纵步至董氏园亭三首》(其一):"客子愁无奈,桃花笑不休。"①

"桃花笑",语本李白《古风五十九首》(其四七)"桃花开东园,含笑夸白日"②和李商隐《即日》"夭桃惟是笑,舞蝶不空飞"③。而一愁一笑,对比鲜明。

《与季申信道自光化复入邓书事四首》(其三):"依旧城西路,桃花不记人。"④

《本事诗》云:

> 博陵崔护,资质甚美,而孤洁寡合。举进士下第。清明日,独游都城南,得居人庄。一亩之宫,而花木丛萃,寂若无人。扣门久之,有女子自门隙窥之,问曰:"谁耶?"以姓字对,曰:"寻春独行,酒渴求饮。"女入,以杯水至,开门设床命坐,独倚小桃斜柯伫立,而意属殊厚,妖姿媚态,绰有余妍。崔以言挑之,不对,目注者久之。崔辞去,送至门,如不胜情而入。崔亦眷盼而归,嗣后绝不复至。及来岁清明日,忽思之,情不可抑,径往寻之。门墙如故,而已锁扃之。因题诗于左扉曰:"去年今日此门中,人面桃花相映红。人面不知何处去,桃花依旧笑春风。"⑤

即此二句所本。都是拟人手法,不过崔护之桃花有情,与义之桃花无情,则不相同。

与义用拟人手法写梅花的地方更多。

《同家弟赋蜡梅诗得四绝句》(其三):"黄罗作广袂,绛帐作

---

① 《陈与义集》卷15,第232页。
② 王琦注:《李太白全集》卷2,第145页。
③ 冯浩:《玉溪生诗集笺注》卷1,第206页。
④ 《陈与义集》卷17,第262页。
⑤ 孟棨:《本事诗·情感第一》,《历代诗话续编》本,第10、11页。

中单。"①

《同家弟赋蜡梅诗得四绝句》(其四):"承恩不在貌,谁敢斗香来。"②

王楙《野客丛书》卷二三云:

> 陈简斋《腊梅》诗曰:"黄罗为广袂,绛帐作中单。"既言"帐",又言"中单",似觉意重。仆观东坡诗曰:"海山仙人绛罗襦,红纱中单白玉肤。"恐简斋用东坡意"绛纱作中单",而传写误以为"绛帐"耳。③

据此正文似当作"绛纱"。这是把蜡梅形容为美人,花的颜色比做衣服的颜色。杜荀鹤《春宫怨》诗:"承恩不在貌,教妾若为容。"④与义用其原句。但此处是拟人手法,并且突出其香气,跟杜荀鹤原作立意差异很大,所以不害于用原句。

《次韵富季申主簿梅花》:"东风知君将出游,玉人迥立林之幽。"⑤

苏轼《新城道中二首》(其一)"东风知我欲山行,吹断檐间积雨声"⑥,为与义此句句法所本。《晋书·卫玠传》:"总角乘羊车入市,见者皆以为玉人,观之者倾都。"⑦即"玉人"出处。这里用拟人手法,把梅花称为玉人。

《醉中至西径梅花下已盛开》:"梅花乱发雨晴时,褪尽红绡见玉肌。"⑧

"红绡"是用衣服来比拟,写得非常生动。"玉肌"是把美女拟为美人,和上一例的"玉人"相似。

---

① 《陈与义集》卷 7,第 93 页。
② 同上书,第 94 页。
③ 王楙:《野客丛书》卷 23,中华书局 1987 年版,第 260 页。
④ 彭定求等编:《全唐诗》卷 691,第 7925 页。
⑤ 《陈与义集》卷 8,第 118 页。
⑥ 王文诰辑注:《苏轼诗集》卷 9,第 436 页。
⑦ 房玄龄:《晋书》卷 36,第 1067 页。
⑧ 《陈与义集》卷 18,第 286 页。

《瓶中梅》:"红绿两重袂,殷勤满面春。"①

同样用拟人手法,把花枝形容为人的衣袂。而此诗颈联"曾为庾岭客,本是洛阳人",则既是拟人又是双关,人花双写,更见深厚。

与义更广为人知的梅花诗是他早年的《和张规臣水墨梅五绝》,其中第三首洪迈非常欣赏,称为"语意皆妙绝":②

粲粲江南万玉妃,别来几度见春归。
相逢京洛浑依旧,唯恨缁尘染素衣。③

"万玉妃",出韩愈《辛卯年雪》诗:"白霓先启途,从以万玉妃。"④不过韩愈写雪,与义写梅。苏轼《花落复次前韵》:"玉妃谪堕烟雨村,先生作诗与招魂。"⑤则和与义一样同是写梅花了。五首绝句中,朱熹亦最称赏此诗⑥。

除梅花外,陈与义海棠也写得较多。

《窦园醉中前后五绝句》(其二):"海棠脉脉要诗催,日暮紫绵无数开。"⑦

"脉脉"二字把海棠写活了,拟人手法非常成功。《苕溪渔隐丛话》后集卷二二引《复斋漫录》云:

郑谷《蜀中海棠》诗二首,前一云:"秾艳正宜新着雨,妖娆全在欲开时。"一云:"浣花溪上堪惆怅,子美无情为发扬。"故钱希白《海棠诗》云:"子美无情甚,郎官着意频。"欧公以郑诗为格卑。近世陈去非常用郑意赋海棠云:"海棠默默要诗催,日暮紫绵无数开,欲识

---

① 《陈与义集》卷28,第449页。
② 洪迈:《容斋随笔·续笔》卷8,第319页。
③ 《陈与义集》卷4,第57页。
④ 钱仲联:《韩昌黎诗系年集释》卷7,第774页。
⑤ 王文诰辑注:《苏轼诗集》卷38,第2078、2079页。
⑥ 朱熹:《朱子全书·朱子语类》卷140,第4329页。
⑦ 《陈与义集》卷13,第202页。

此花奇绝处,明朝有雨试重来。"虽本郑意,便觉才力相去不侔矣。山谷亦有"紫绵揉色海棠开"之句。①

对此诗评价甚高,认为在郑谷诗基础上夺胎换骨了。关于杜甫没有写海棠诗的记载,可见葛立方《韵语阳秋》:

> 杜子美居蜀累数年,吟咏殆遍,海棠奇艳,而诗章不及何邪?郑谷诗云"浣花溪上堪惆怅,子美无情为发扬"是已。本朝名士赋海棠甚多,往往皆用此为实事。②

甚至有人因此推测杜甫的母亲名字为"海棠",所以他避家讳不咏海棠。
《春寒》:"海棠不惜胭脂色,独立濛濛细雨中。"③
"不惜""独立"等描写把海棠拟人化了。钱钟书评论说:

> 陈与义《陪粹翁举酒君子亭下》说:"暮雨霏霏湿海棠",不过像杜甫《曲江对雨》所谓"林花着雨胭脂湿",比不上这首诗的意境。宋祁《锦缠道》词的"海棠经雨胭脂透"和王雱《倦寻芳》词的"海棠着雨胭脂透",也只是就杜甫的成句加上炼字的工夫,没有陈与义这首诗的风致。④

有意境、风致的原因,正在于用了拟人手法,写出了海棠的格调和风神。
《雨中对酒庭下海棠经雨不谢》:"燕子不禁连夜雨,海棠犹待老夫诗。"⑤
纪昀评论说:"意境深阔。题外'燕子',对题内'海棠',不觉添出,

---

① 胡仔:《苕溪渔隐丛话》后集卷22,第163页。
② 葛立方:《韵语阳秋》卷16,《历代诗话》本,第611页。
③ 《陈与义集》卷20,第322页。
④ 钱钟书:《宋诗选注》,第220页。
⑤ 《陈与义集》卷20,第324页。

用笔灵妙。"①"海棠"而能"待",拟人甚妙。

《窦园醉中前后五绝句》(其三):

> 不见海棠相似人,空题诗句满花身。
> 酒阑却度荒陂去,驱使风光又一春。②

《杨妃外传》:"妃子醉倚残妆,钗横鬓乱,不能再拜。明皇笑曰:'是岂妃子醉邪,海棠睡未足耳。'"③"海棠相似人"语本此。"花身"则是拟人。刘辰翁评末句"无不恨恨"④,见出伤春之意。

除了写花,陈与义也常常用拟人手法写草木。

《柳絮》:

> 柳送腰支日几回,更教飞絮舞楼台。
> 颠狂忽作高千丈,风力微时稳下来。⑤

"腰支"既是拟人,也有出处。杜甫《绝句漫兴九首》(其九):"隔户杨柳弱袅袅,恰似十五女儿腰。"⑥"颠狂",出杜甫《绝句漫兴九首》(其五):"颠狂柳絮随风舞,轻薄桃花逐水流。"⑦

《风雨》:"风雨破秋夕,梧叶窗前惊。不愁黄落近,满意作秋声。"⑧

把梧桐人格化了,不愁未来的凋落,但求尽情地发出声音。"惊""愁""满意"本来都是人的情绪,用来形容梧桐,非常生动。

《连雨赋书事四首》(其三):"乌鹊无言暮,蓬蒿满意秋。"⑨

---

① 李庆甲:《瀛奎律髓汇评》卷17,第699页。
② 《陈与义集》卷13,第202页。
③ 白敦仁:《陈与义集校笺》卷13,第369页。
④ 同上。
⑤ 《陈与义集》卷11,第166页。
⑥ 仇兆鳌:《杜诗详注》卷9,第792页。
⑦ 同上书,第789页。
⑧ 《陈与义集》卷3,第45页。
⑨ 《陈与义集》卷7,第104页。

第四章　陈与义诗歌的修辞

"蓬蒿"亦如人一般"满意","满意"犹言"尽意",既是拟人,也是象征,象征当时的小人。陈与义《书怀示友十首》(其十)有"蓬蒿众小中,拭眼见长身"①,语意更为明确。纪昀评:"五、六句有寄托。惜末句说破,较少味,浑之则更佳。"②就是看到了象征的意思。末句为"世事剧悠悠",其实说得还算含蓄的。陈与义大概偏爱这句,所以在《归路马上再赋》中重用了这句诗作为结句:"垂鞭见落日,世事剧悠悠。"③

称竹子为"此君"或"竹君",既是用典,又是拟人,前面已经提到。描写竹子,用拟人手法的诗句尚有不少。

《夏雨》:"修竹恬变化,依然半窗影。"④

此诗前面以竹比雨:"须臾万银竹,壮观发异境。"此处为结联,写雨后之竹。一假竹一真竹,一比喻一拟人,相映成趣。

《游岘山次韵三首》(其二):"龙儿争地出,头角已表表。"⑤

《游岘山次韵三首》(其三):"好在窗前竹,伴师老苍苍。"⑥

其中,"龙儿"指竹笋,卢仝《寄男抱孙》诗:"竹林吾最惜,新笋好看守。万箨苞龙儿,攒迸溢林薮。"⑦"头角"句以人的崭露头角来形容竹子。"窗前竹"也如人一样,能陪伴人到老。

---

① 《陈与义集》卷3,第44页。
② 李庆甲:《瀛奎律髓汇评》卷17,第673页。
③ 《陈与义集》卷10,第156页。
④ 《陈与义集》卷15,第244页。
⑤ 《陈与义集》外集,第507页。
⑥ 同上。
⑦ 彭定求等编:《全唐诗》卷387,第4369页。

结　　语

　　陈与义是南北宋之交最杰出的诗人。他一方面学习黄庭坚、陈师道，受到当时江西诗风的影响。同时不满足于此，直接向杜甫学习。特别在南渡以后，国家多难，和杜甫产生了强烈的思想共鸣，诗作风格转为沉郁悲壮。从字句技法上摹杜转到思想内容上学杜来，这就使他超出了一般江西派诗人的高度。同时他的诗风还有陶、谢、韦、柳和王维那种清新秀美一面。陈与义的诗在当时就产生了很大的影响。南渡之前，以墨梅诗受知于徽宗，受到提拔。又因分韵赋诗，技压全场，震动京师。南渡之后，以"客子光阴书卷里，杏花消息雨声中"这一联受到高宗的赞赏。他在生前就获得了极大的诗名，被称为"新体"或"简斋体"。当时和后世的诗人对他有极高的评价，他的诗作也对当时和后世产生了深刻的影响。陈与义诗歌有重要的地位和成就，特别在南北宋之交陈与义起到了承上启下的作用，是诗歌史上一大关捩。

　　陈与义诗歌的题材广泛，最有特色者为登览、旅况、节序、晴雨、送别、忠愤六类。登览诗南渡之前多为朋友酬唱、流连光景之作，其思想内容受佛道影响较深，常有人生如梦、随缘任运之意；南渡后则变为慷慨苍凉、百端交集，关心国家命运和前途。与义历经靖康之变后，颠沛流离，辗转大半个中国，旅况诗比前期明显增多。他的节序诗甚多，而以除夕、寒食、重阳三类艺术性最高。与义善于写自然气候，笔下多阴晴变化，其晴雨类诗有时还兼有象征的意思。与义交游广阔，所以送别诗很多，南渡后的送别诗相较以前又多时事之感，情绪更为沉重苍凉，不仅仅写出友情而已。他忠愤诗甚有名，甚至作为后期诗风的代表。

　　虽然相对于杜甫、黄庭坚等注重修辞的诗人来说，陈与义诗歌的修辞手法不算丰富，但是也颇具特色。"一祖三宗"之论，洵非虚誉。总的来说,陈与义既有合乎规则的所谓"江西诗法",又有强调创新的所谓"活法"。既贯彻了江西诗派的避俗主张,又纠正了江西末流的佶屈之弊。这些特点在其修辞艺术上都有所体现,特别在对仗、用典、字法、句法、声律、意象、比喻、拟人上有明显的特色。

征引及参考文献

基本典籍(依四部分类为序):

［汉］郑玄注、［唐］孔颖达正义:《礼记正义》,吕友仁整理,上海:上海古籍出版社,2008年。

［魏］何晏注、［宋］邢昺:《论语注疏》,《十三经注疏》本,北京:中华书局2009年。

［清］刘宝楠:《论语正义》,高流水点校,北京:中华书局,1990年。

程俊英、蒋见元:《诗经注析》,北京:中华书局,1991年。

［汉］司马迁撰、［南朝宋］裴骃集解、［唐］司马贞索隐、［唐］张守节正义:《史记》,北京:中华书局,1982年。

［汉］班固著、［唐］颜师古注:《汉书》,北京:中华书局,1962年。

［南朝宋］范晔撰、［唐］李贤等注:《后汉书》,北京:中华书局,1965年。

［晋］陈寿撰、［南朝宋］裴松之注:《三国志》,陈乃乾校点,北京:中华书局,1982年。

［晋］陈寿撰、［南朝宋］裴松之注,卢弼集解:《三国志集解》,钱剑夫整理,上海:上海古籍出版社,2009年。

［唐］房玄龄等:《晋书》,北京:中华书局,1974年。

［梁］沈约:《宋书》,北京:中华书局,1974年。

［唐］李百药:《北齐书》,北京:中华书局,1972年。

［唐］李延寿:《南史》,北京:中华书局,1975年。

［宋］欧阳修、［宋］宋祁:《新唐书》,北京:中华书局,1975年。

［宋］欧阳修撰、［宋］徐无党注:《新五代史》,北京:中华书局,1974年。

［元］脱脱等:《宋史》,北京:中华书局,1985年。

［宋］李焘:《续资治通鉴长编》,北京:中华书局,2004年。

［清］黄以周等辑注:《续资治通鉴长编拾补》,顾吉辰点校,北京:中华书局,2004年。

［宋］李心传:《建炎以来系年要录》,胡坤点校,北京:中华书局,2013年。

［宋］汪藻:《靖康要录笺注》,王智勇笺注,成都:四川大学出版社,2008年。

［宋］徐梦莘:《三朝北盟会编》,上海:上海古籍出版社,2008年。

［宋］王称:《东都事略》,孙言诚、崔国光点校,《二十五别史》本,济南:齐鲁书社,

2000年。

［汉］刘向集录：《战国策笺证》，范祥雍笺证、范邦瑾协校，上海：上海古籍出版社，2006年。

［五代］王定保：《唐摭言校证》，陶绍清校证，北京：中华书局，2021年。

［汉］赵岐撰、［晋］挚虞注、［清］张澍辑：《三辅决录》，陈晓捷注，西安：三秦出版社，2006年。

［宋］杜大珪编：《名臣碑传琬琰集校证》，顾宏义、苏贤校证，上海：上海古籍出版社，2021年。

［宋］徐自明：《宋宰辅编年录校补》，王瑞来校补，北京：中华书局，1986年。

［清］陆心源：《宋史翼》，吴伯雄点校，杭州：浙江古籍出版社，2016年。

［清］张佩纶：《张佩纶日记》，谢海林整理，南京：凤凰出版社，2015年。

［宋］祝穆撰、祝洙增订：《方舆胜览》，施和金点校，北京：中华书局，2003年。

［宋］王象之：《舆地纪胜》，李勇先标点，成都：四川大学出版社，2005年。

［明］李濂：《汴京遗迹志》，周宝珠、程民生点校，北京：中华书局，1999年。

［梁］宗懔撰、［隋］杜公瞻注：《荆楚岁时记》，姜彦稚辑校，北京：中华书局，2018年。

［明］董斯张：《吴兴备志》，《吴兴丛书》本。

［清］徐松：《宋会要辑稿》，北京：中华书局，1957年。

［宋］陈振孙：《直斋书录解题》，徐小蛮、顾美华点校，上海：上海古籍出版社，1987年。

［清］永瑢等：《四库全书总目》，北京：中华书局，1965年。

［北齐］颜之推：《颜氏家训集解》，王利器集解，北京：中华书局，1993年。

［魏］王弼：《老子道德经注校释》，楼宇烈校释，北京：中华书局，2008年。

［清］郭庆藩：《庄子集释》，王孝鱼点校，北京：中华书局，2004年。

杨伯峻：《列子集释》，北京：中华书局，1979年。

王利器：《文子疏义》，北京：中华书局，2000年。

［东周］尸佼：《尸子》，黄曙辉点校，上海：华东师范大学出版社，2009年。

刘文典：《淮南鸿烈集解》，冯逸、乔华点校，北京：中华书局，1989年。

［南朝宋］刘义庆撰、［南朝梁］刘孝标注：《世说新语校释》，龚斌校释，上海：上海古籍出版社，2011年。

［五代］孙光宪：《北梦琐言》，贾二强点校，北京：中华书局，2002年。

［五代］张固：《幽闲鼓吹》，罗宁点校，北京：中华书局，2019年。

［宋］方勺：《泊宅编》，许沛藻、杨立扬点校，北京：中华书局，1983年。

［宋］邵博：《邵氏闻见后录》，李剑雄、刘德权点校，北京：中华书局，1983年。

［宋］罗大经：《鹤林玉露》，王瑞来点校，北京：中华书局，1983年。

［宋］张邦基：《墨庄漫录》，孔凡礼点校，北京：中华书局，2002年。

［宋］钱易：《南部新书》，黄寿成点校，北京：中华书局，2002年。

[宋]朱弁:《曲洧旧闻》,孔凡礼点校,中华书局,2002年。
[宋]洪迈:《容斋随笔》,孔凡礼点校,北京:中华书局,2005年。
[宋]王应麟著、[清]翁元圻等注:《困学纪闻》,栾保群、田松青、吕宗力点校,上海:上海古籍出版社,2008年。
[宋]陈郁:《藏一话腴》外编,《豫章丛书》本,南昌:江西教育出版社,2002年。
[宋]徐度:《却扫编》,《宋元笔记小说大观》本,上海:上海古籍出版社,2007年。
[宋]龚颐正:《芥隐笔记》,李国强整理,《全宋笔记》本,郑州:大象出版社,2019年。
[宋]王楙:《野客丛书》,王文锦点校,北京:中华书局,1987年。
[宋]陈善:《扪虱新话》,《儒学警悟》本,北京:中华书局,2000年。
[宋]周密:《齐东野语》,张茂鹏点校,北京:中华书局,1983年。
[金]刘祁:《归潜志》,崔文印点校,北京:中华书局,1983年。
[明]郎瑛:《七修类稿》,上海:上海书店出版社,2009年。
[清]王士禛:《池北偶谈》,靳斯仁点校,北京:中华书局,1982年。
[清]王士禛:《分甘余话》,张世林点校,北京:中华书局,1989年。
[清]赵翼:《陔余丛考》,栾保群点校,北京:中华书局,2019年。
[宋]李昉等:《太平御览》,北京:中华书局,1960年。
[宋]王应麟:《玉海》,扬州:广陵书社,2007年。
《穆天子传》,《汉魏六朝笔记小说大观》本,上海:上海古籍出版社,1999年。
[晋]葛洪:《西京杂记》,周天游校注,西安:三秦出版社,2006年。
[晋]王嘉撰、[梁]萧绮录:《拾遗记校注》,齐治平校注,北京:中华书局,1981年。
[晋]干宝、[晋]陶潜:《新辑搜神记·新辑搜神后记》,李剑国辑校,北京:中华书局,2007年。
[唐]郑綮:《开天传信记》,吴启明点校,北京:中华书局,2012年。
[唐]段成式:《酉阳杂俎》,许逸民、许桁点校,北京:中华书局,2018年。
[宋]杨亿:《杨文公谈苑》,《宋元笔记小说大观》本,上海:上海古籍出版社,2007年。
[宋]释晓莹:《罗湖野录》,夏广兴整理,《全宋笔记》本,郑州:大象出版社,2019年。
[宋]李昉等编:《太平广记》,北京:中华书局,1961年。
《阿弥陀经》,李晓虹注译,郑州:中州古籍出版社,2010年。
《杂阿含经》,北京:宗教文化出版社,1999年。
《无量寿经》,赖永海主编·陈林译注,北京:中华书局,2010年。
《四十二章经》,赖永海主编·尚荣译注,北京:中华书局,2010年。
[宋]洪兴祖:《楚辞补注》,白化文、许德楠、李如鸾、方进点校,北京:中华书局,1983年。
[汉]扬雄著:《扬雄集校注》,张震泽校注,上海:上海古籍出版社,1993年。
[汉]张衡:《张衡诗文集校注》,张震泽校注,上海:上海古籍出版社,2009年。

征引及参考文献

〔三国魏〕曹丕:《曹丕集校注》,魏宏灿校注,合肥:安徽大学出版社,2009年。
〔三国魏〕阮籍:《阮籍集校注》,陈伯君校注,北京:中华书局,1987年。
〔三国魏〕嵇康:《嵇康集校注》,戴明扬校注,北京:中华书局,2014年。
〔晋〕陆机:《陆士衡文集校注》,刘运好校注,南京:凤凰出版社,2007年。
〔晋〕陶潜:《陶渊明集校笺》,龚斌校笺,上海:上海古籍出版社,1996年。
〔南朝宋〕鲍照:《鲍照集校注》,丁福林、丛玲玲校注,北京:中华书局,2012年。
〔南朝梁〕何逊:《何逊集校注》,李伯齐校注,北京:中华书局,2010年。
〔南朝梁〕陶弘景:《陶弘景集校注》,王京州校注,上海:上海古籍出版社,2009年。
〔唐〕王勃著、〔清〕蒋清翊注:《王子安集注》,汪贤度校点,上海:上海古籍出版社,1995年。
〔唐〕沈佺期:《沈佺期集校注》,陶敏、易淑琼校注,北京:中华书局,2001年。
〔唐〕孟浩然:《孟浩然诗集笺注》,佟培基笺注,上海:上海古籍出版社,2000年。
〔唐〕李白著、〔清〕王琦注:《李太白全集》,北京:中华书局,1977年。
〔唐〕王维:《王维集校注》,陈铁民校注,北京:中华书局,1997年。
〔唐〕杜甫著、〔清〕钱谦益笺注:《钱注杜诗》,上海:上海古籍出版社,2009年。
〔清〕朱鹤龄:《杜工部诗集辑注》,韩成武等点校,保定:河北大学出版社,2009年。
〔唐〕杜甫著、〔清〕仇兆鳌注:《杜诗详注》,北京:中华书局,1979年。
〔清〕浦起龙:《读杜心解》,王志庚点校,北京:中华书局,1961年。
〔唐〕杜甫著、〔清〕杨伦笺注:《杜诗镜铨》,上海:上海古籍出版社,1998年。
〔唐〕岑参:《岑嘉州诗笺注》,廖立笺注,北京:中华书局,2004年。
〔唐〕戴叔伦:《戴叔伦诗集校注》,蒋寅校注,上海:上海古籍出版社,2010年。
〔唐〕韦应物著:《韦应物集校注》,陶敏、王友胜校注,上海:上海古籍出版社,1998年。
〔唐〕韩愈:《韩昌黎诗系年集释》,钱仲联集释,上海:上海古籍出版社,1994年。
〔唐〕韩愈:《韩愈文集汇校笺注》,刘真伦、岳珍校注,北京:中华书局,2010年。
〔唐〕刘禹锡:《刘禹锡集笺证》,瞿蜕园笺证,上海:上海古籍出版社,1989年。
〔唐〕柳宗元:《柳宗元集》,北京:中华书局,1979年。
〔唐〕柳宗元:《柳宗元诗笺释》,王国安笺释,上海:上海古籍出版社,1993年。
〔唐〕白居易:《白居易诗集校注》,谢思炜校注,北京:中华书局,2006年。
〔唐〕贾岛:《贾岛集校注》,齐文榜校注,北京:中华书局,2020年。
〔唐〕杜牧:《杜牧集系年校注》,吴在庆校注,北京:中华书局,2008年。
〔唐〕温庭筠:《温庭筠全集校注》,刘学锴校注,北京:中华书局,2007年。
〔唐〕李商隐著、〔清〕冯浩笺注:《玉溪生诗集笺注》,蒋凡校点,上海:上海古籍出版社,1998年。
〔唐〕罗隐:《罗隐集》,雍文华校辑,北京:中华书局,1983年。
〔唐〕司空图:《司空表圣诗文集笺校》,祖保泉、陶礼天笺校,合肥:安徽大学出版社,2002年。
[唐]郑谷:《郑谷诗集笺注》,严寿澂、黄明、赵昌平笺注,上海:上海古籍出版社,
    2009年。
[唐]韩偓:《韩偓集系年校注》,吴在庆校注,北京:中华书局,2015年。
[宋]张先:《张先集编年校注》,吴熊和、沈松勤校注,上海:上海古籍出版社,
    2012年。
[宋]宋祁:《景文集》,文渊阁《四库全书》本。
[宋]欧阳修:《欧阳修全集》,李逸安点校,北京:中华书局,2001年。
[宋]欧阳修:《欧阳修诗文集校笺》,洪本健校笺,上海:上海古籍出版社,2009年。
[宋]王安石著、[宋]李壁笺注:《王荆文公诗笺注》,高克勤点校,上海:上海古籍出
    版社,2010年。
[宋]苏轼撰、[清]王文诰辑注:《苏轼诗集》,孔凡礼点校,北京:中华书局,1982年。
[宋]苏轼撰、[明]茅维编:《苏轼文集》,孔凡礼点校,北京:中华书局,1986年。
[宋]黄庭坚撰、[宋]任渊、[宋]史容、[宋]史季温注:《黄庭坚诗集注》,刘尚荣点
    校,北京:中华书局,2003年。
[宋]黄庭坚:《山谷诗注续补》,陈永正、何泽棠注,上海:上海古籍出版社,2012年。
[宋]黄庭坚:《黄庭坚全集辑校编年》,郑永晓整理,南昌:江西人民出版社,
    2011年。
[宋]陈师道:《后山诗注补笺》,[宋]任渊注、冒广生补笺、冒怀辛整理,北京:中华
    书局,1995年。
[宋]曾几:《茶山集》,《丛书集成初编》本,北京:中华书局,1985年。
[宋]李清照:《李清照集笺注》,徐培均笺注,上海:上海古籍出版社,2002年。
[宋]张元干:《芦川归来集》,上海:上海古籍出版社,1978年。
[宋]陈与义:《陈简斋诗集合校汇注》,郑骞校笺,台北:联经出版社,1975年。
[宋]陈与义:《陈与义诗》,夏敬观注,台北:商务印书馆,1975年。
[宋]陈与义:《陈与义集校笺》,白敦仁校笺,上海:上海古籍出版社,1990年。
[宋]陈与义:《陈与义集》,吴书荫、金德厚点校,北京:中华书局,2007年。
[宋]周必大:《周必大集校证》,王瑞来校证,上海:上海古籍出版社,2020年。
[宋]陆游:《剑南诗稿校注》,钱仲联校注,上海:上海古籍出版社,2005年。
[宋]杨万里:《杨万里集笺校》,辛更儒笺校,北京:中华书局,2007年。
[宋]朱熹:《朱子全书》,朱杰人、严佐之、刘永翔主编,上海:上海古籍出版社,
    2010年。
[宋]刘克庄:《刘克庄集笺校》,辛更儒笺校,北京:中华书局,2011年。
[宋]刘辰翁:《须溪集》,《豫章丛书》本,南昌:江西教育出版社,2004年。
[元]欧阳玄:《欧阳玄全集》,汤锐校点整理,成都:四川大学出版社,2010年。
[元]姚燧:《姚燧集》,查洪德编校,北京:人民文学出版社,2011年。

［宋］吕本中：《吕本中诗集校注》，韩西山校注，北京：中华书局，2017年。
［元］仇远：《仇远集》，张慧禾校点，杭州：浙江大学出版社，2012年。
［明］李开先：《李开先集》，路工辑校，北京：中华书局，1959年。
［明］阮大铖：《咏怀堂诗集》，胡金望、汪长林校点，合肥：黄山书社，2006年。
［明］宋濂：《宋濂全集》，张文德点校，杭州：浙江古籍出版社，2014年。
［清］钱谦益著、［清］钱曾笺注：《牧斋有学集》，钱仲联标校，上海：上海古籍出版社，1996年。
［清］袁枚：《小仓山房尺牍》，《袁枚全集新编》本，王英志编纂校点，杭州：浙江古籍出版社，2015年。
［清］赵翼：《瓯北集》，李学颖、曹光甫点校，上海：上海古籍出版社，1997年。
［清］黄景仁：《两当轩集》，李国章点校，上海：上海古籍出版社，1983年。
［南朝梁］萧统编、［唐］李善注：《文选》，上海：上海古籍出版社，1986年。
［宋］李昉等编：《文苑英华》，北京：中华书局，1966年。
［宋］郭茂倩编：《乐府诗集》，北京：中华书局，1979年。
［清］陈祚明：《采菽堂古诗选》，李金松点校，上海：上海古籍出版社，2008年。
黄节：《黄节注汉魏六朝诗六种》，北京：人民文学出版社，2008年。
［清］沈德潜：《古诗源》，北京：中华书局，2006年。
［清］沈德潜编：《唐诗别裁集》，上海：上海古籍出版社，1979年。
［清］金圣叹：《金圣叹批唐才子诗》，北京：中华书局，2010年。
［清］彭定求等编：《全唐诗》，北京：中华书局，1960年。
［清］董诰等编：《全唐文》，北京：中华书局，1983年。
［元］方回选评：《瀛奎律髓汇评》，李庆甲集评校点，上海：上海古籍出版社，2005年。
［宋］吕祖谦：《宋文鉴》，齐治平点校，北京：中华书局，2018年。
［清］吴之振等选、［清］管庭芬、［清］蒋光煦补：《宋诗钞》，北京：中华书局，1986年。
［清］陈衍编：《宋诗精华录》，高克勤导读、秦克整理集评，上海：上海古籍出版社，2008年。
李修生主编：《全元文》，南京：江苏古籍出版社，1998年。
［南朝梁］钟嵘著：《诗品注》，陈延杰注，北京：人民文学出版社，1961年。
［南朝梁］钟嵘：《诗品笺注》，曹旭笺注，北京：人民文学出版社，2009年。
［南朝梁］刘勰：《文心雕龙义证》，詹锳义证，上海：上海古籍出版社，1989年。
［日］遍照金刚：《文镜秘府论汇校汇考》，卢盛江校考，北京：中华书局，2006年。
［唐］皎然：《诗式校注》，李壮鹰校注，北京：人民文学出版社，2003年。
［唐］孟棨：《本事诗》，《历代诗话续编》本，北京：中华书局，2006年。
［宋］刘攽：《中山诗话》，《历代诗话》本，北京：中华书局，2004年。
［宋］陈师道：《后山诗话》，《历代诗话》本，北京：中华书局，2004年。

陈与义诗歌研究

[宋]惠洪:《冷斋夜话》,陈新点校,北京:中华书局,1988年。
[宋]吴开:《优古堂诗话》,《历代诗话续编》本,北京:中华书局,2006年。
[宋]张耒:《明道杂志》,《宋人诗话外编》本,北京:中华书局,2017年。
[宋]范温:《潜溪诗眼》,《宋诗话全编》本,南京:江苏古籍出版社,1998年。
[宋]吴可:《藏海诗话》,《历代诗话续编》本,北京:中华书局,2006年。
[宋]朱弁:《风月堂诗话》,陈新点校,北京:中华书局,1988年。
[宋]叶梦得:《石林诗话》,《历代诗话》本,北京:中华书局,2004年。
[宋]张戒:《岁寒堂诗话笺注》,陈应鸾笺注,成都:四川大学出版社,1990年。
[宋]葛立方:《韵语阳秋》,《历代诗话》本,北京:中华书局,2004年。
[宋]吴子良:《荆溪林下偶谈》,《宋人诗话外编》本,北京:中华书局,2017年。
[宋]胡仔:《苕溪渔隐丛话》前集,廖德明校点,北京:人民文学出版社,1962年。
[宋]胡仔:《苕溪渔隐丛话》后集,廖德明校点,北京:人民文学出版社,1962年。
[宋]陈岩肖:《庚溪诗话》,《历代诗话续编》本,北京:中华书局,2006年。
[宋]刘克庄:《后村诗话》,王秀梅点校,北京:中华书局,1983年。
[宋]严羽:《沧浪诗话校释》,郭绍虞校释,北京:人民文学出版社,1961年。
[宋]魏庆之:《诗人玉屑》,王仲闻点校,北京:中华书局,2007年。
[宋]周密:《浩然斋雅谈》,孔凡礼点校,北京:中华书局,2010年。
[宋]阙名:《诗宪》,《宋诗话全编》本,南京:江苏古籍出版社,1998年。
[元]吴师道:《吴礼部诗话》,《历代诗话续编》本,北京:中华书局2006年。
[明]杨慎:《升庵诗话》,《历代诗话续编》本,北京:中华书局,2006年。
[明]胡应麟:《诗薮》,上海:上海古籍出版社,1979年。
[明]谢榛:《四溟诗话》,宛平校点,北京:人民文学出版社,1961年。
[明]王嗣奭:《杜臆》,上海:上海古籍出版社,1983年。
[清]王夫之:《姜斋诗话》,舒芜点校,北京:人民文学出版社,1961年。
[清]叶燮:《原诗》,霍松林校注,北京:人民文学出版社,1979年。
[清]王士禛:《带经堂诗话》,戴鸿森点校,北京:人民文学出版社,1963年。
[清]厉鹗:《宋诗纪事补订》,钱钟书补订,北京:三联书店,2005年。
[清]翁方纲:《石洲诗话》,《清诗话续编》本,上海:上海古籍出版社,1983年。
[清]赵翼:《瓯北诗话》,霍松林、胡主佑校点,北京:人民文学出版社,1963年。
[清]方东树:《昭昧詹言》,汪绍楹校点,北京:人民文学出版社,1961年。
[清]叶矫然:《龙性堂诗话续集》,《清诗话续编》本,上海:上海古籍出版社,1983年。
[清]贺裳:《载酒园诗话》,《清诗话续编》本,上海:上海古籍出版社,1983年。
[清]吴乔:《围炉诗话》,《清诗话续编》本,上海:上海古籍出版社,1983年。
[清]施补华:《岘佣说诗》,《清诗话》本,上海:上海古籍出版社,1999年。
[清]刘熙载:《艺概注稿》,袁津琥校注,北京:中华书局,2009年。

张忠纲:《杜甫诗话六种校注》,济南:齐鲁书社,2002年。
陈衍:《石遗室诗话》,张寅彭、戴建国校点,《民国诗话丛编》本,上海:上海书店出版社,2002年。
[宋]晏殊、晏几道:《二晏词笺注》,张草纫笺注,上海:上海古籍出版社,2008年。
[宋]苏轼:《苏轼词编年校注》,邹同庆、王宗堂校注,北京:中华书局,2007年。
[宋]朱敦儒:《樵歌校注》,邓子勉校注,上海:上海古籍出版社,2010年。
[金]元好问:《遗山乐府校注》,赵永源校注,南京:凤凰出版社,2006年。
《唐宋人选唐宋词》,唐圭璋等校点,上海:上海古籍出版社,2004年。
唐圭璋编:《全宋词》,北京:中华书局,1965年。
[清]张宗橚:《词林纪事》,成都:成都古籍书店,1982年。
王国维:《人间词话》,徐调孚、周振甫注,北京:人民文学出版社,1960年。

近人论著(按姓氏拼音为序)

一、著作

白敦仁:《陈与义年谱》,北京:中华书局,1983年。
白敦仁:《水明楼诗词论集》,成都:巴蜀书社,2006年。
陈贻焮:《杜甫评传》,北京:北京大学出版社,2011年。
程千帆:《古诗考索·唐代进士行卷与文学》,武汉:武汉大学出版社,2008年。
程千帆、沈祖棻:《古诗今选》,南京:凤凰出版社,2010年。
程千帆、吴新雷:《两宋文学史》,上海:上海古籍出版社,1991年。
方建新:《二十世纪宋史研究论著目录》,北京:北京图书馆出版社,2006年。
傅璇琮:《黄庭坚和江西诗派资料汇编》,北京:中华书局,1978年。
[日]冈村繁:《唐代文艺论》,张寅彭译,上海:上海古籍出版社,2012年。
高步瀛选注:《唐宋诗举要》,上海:上海古籍出版社,1978年。
高友工:《美典:中国文学研究论集》,北京:三联书店,2008年。
高友工、梅祖麟:《唐诗三论》,李世跃译,北京:商务印书馆,2013年。
葛兆光:《汉字的魔方》,上海:复旦大学出版社,2008年。
龚延明:《宋代官制辞典》,北京:中华书局,1997年。
顾随:《顾随诗词讲记》,叶嘉莹笔记、顾之京整理,北京:中国人民大学出版社,2009年。
顾随:《中国古典诗词感发》,北京:北京大学出版社,2012年。
杭勇:《陈与义诗研究》,北京:中国社会科学出版社,2018年。
洪业:《杜甫:中国最伟大的诗人》,曾祥波译,上海:上海古籍出版社,2011年。
胡晓明:《中国诗学之精神》,南昌:江西人民出版社,2001年。
胡云翼:《宋诗研究》,长沙:岳麓书社,2011年。

［日］吉川幸次郎：《读杜札记》，李寅生译，南京：凤凰出版社，2011年。
［日］吉川幸次郎：《宋元明诗概说》，李庆、骆玉明等译，上海：复旦大学出版社，2012年。
江弱水：《古典诗的现代性》，北京：三联书店，2010年。
柯敦伯：《宋文学史》，北京：商务印书馆，1934年。
梁启超：《饮冰室合集》，北京：中华书局，1989年。
刘大杰：《中国文学发展史》，天津：百花文艺出版社，1999年。
刘明华：《杜甫研究论集》，重庆：重庆出版社，2004年。
吕思勉：《文学与文选四种》，上海：上海古籍出版社，2010年。
吕肖奂：《宋诗体派论》，成都：巴蜀书社，2007年。
缪钺：《诗词散论》，西安：陕西师范大学出版社，2008年。
缪钺：《古典文学论丛》，杭州：浙江大学出版社，2009年。
莫砺锋：《唐宋诗歌论集》，南京：凤凰出版社，2007年。
莫砺锋：《江西诗派研究》，南京：凤凰出版社，2024年。
潘殊闲：《叶梦得研究》，成都：巴蜀书社，2007年。
［日］浅见洋二：《距离与想象》，金程宇、［日］冈田千穗译，上海：上海古籍出版社，2005年。
钱基博：《中国文学史》，北京：东方出版中心，2008年。
钱穆：《中国文学论丛》，北京：三联书店，2005年。
钱钟书：《谈艺录》，北京：三联书店，2007年。
钱钟书：《管锥编》，北京：中华书局，1986年。
钱钟书：《宋诗选注》，北京：三联书店，2007年。
钱钟书：《七缀集》，北京：三联书店，2007年。
饶少平：《杂体诗歌概论》，北京：中华书局，2009年。
沈松勤：《北宋文人与党争》，北京：人民出版社，1998年。
沈松勤：《南宋文人与党争》，北京：人民出版社，2005年。
陶尔夫、刘敬圻：《南宋词史》，哈尔滨：黑龙江人民出版社，1992年。
陶秋英编选、虞行校订：《宋金元文论选》，北京：人民文学出版社，1999年。
王力：《汉语诗律学》，北京：中华书局，2015年。
王宇根：《万里江湖憔悴身：陈与义南奔避乱诗研究》，周睿译，王宇根校，上海：上海古籍出版社，2024年。
闻一多：《闻一多选集》，成都：四川文艺出版社，1987年。
吴淑钿：《陈与义诗歌研究》，台北：文津出版社，1993年。
吴中胜：《陈与义论稿》，北京：作家出版社，2004年。
伍晓蔓：《江西宗派研究》，成都：巴蜀书社，2005年。
［日］小川环树：《风与云》，周先民译，北京：中华书局，2005年。

［日］小川环树:《论中国诗》,谭汝谦、陈志诚、梁国豪译,贵阳:贵州人民出版社,2009年。
萧华荣:《中国诗学思想史》,上海:华东师范大学出版社,2005年。
徐复观:《中国文学精神》,上海:上海书店出版社,2004年。
徐规:《王禹偁事迹著作编年》,北京:商务印书馆,2003年。
许总:《宋诗史》,重庆:重庆出版社,1992年。
杨玉华:《陈与义·陈师道研究》,成都:巴蜀书社,2006年。
叶维廉:《中国诗学》,北京:人民文学出版社,2006年。
游国恩等:《中国文学史》,北京:人民文学出版社,1964年。
于北山:《杨万里年谱》,上海:上海古籍出版社,2006年。
郁达夫:《郁达夫诗全编》,杭州:浙江文艺出版社,1990年。
［美］宇文所安:《初唐诗》,贾晋华译,北京:三联书店,2014年。
袁行霈:《中国诗歌艺术研究》,北京:北京大学出版社,2009年。
湛之:《杨万里范成大资料汇编》,北京:中华书局,2004年。
张鸣:《宋诗选》,北京:人民文学出版社,2004年。
张明华:《徽宗朝诗研究》,上海:上海古籍出版社,2008年。
张三夕:《诗歌与经验》,长沙:岳麓书社,2008年。
张文利:《理禅融会与宋诗研究》,北京:中国社会科学出版社,2004年。
张毅:《宋代文学思想史》,北京:中华书局,2004年。
赵齐平:《宋诗臆说》,北京:北京大学出版社,1993年。
郑骞:《永嘉室杂文》,沈阳:辽宁教育出版社,1998年。
周裕锴:《宋代诗学通论》,上海:上海古籍出版社,2007年。

二、期刊论文

艾思同:《论陈与义的诗歌》,《江西社会科学》1989年第1期。
白敦仁:《论陈简斋学杜》,《杜甫研究学刊》1993年第3期。
陈祥耀:《宋诗的发展与陈与义诗》,《文学遗产》1982年第1期。
陈宗敏:《简述简斋诗》,《大陆杂志》1964年第3期。
邓红梅:《陈与义诗风与江西诗派辨》,《学术月刊》1994年第3期。
丁国祥:《"亦江西诗派而小异"——陈与义及南宋初年诗歌嬗变管窥》,《铁道师院学报》,1990年第3期。
杭勇:《论陈与义与江西诗派学杜之差异》,《学术交流》2009年第8期。
胡明:《关于陈与义诗歌的几个问题》,《中州学刊》1989年第2期。
胡守仁:《论陈与义诗》,《江西社会科学》1986年第2期。
高利华:《方回奉陈与义为"江西"宗师的诗学依据》,《山东师范大学学报》2003年第3期。

陈与义诗歌研究

李琨:《陈与义属于"江西诗派"吗?》,《辽宁大学学报》1999年第4期。
莫砺锋:《江西诗派的后起之秀陈与义》,《社会科学战线》1984年第1期。
宁智锋:《浅论北宋党争对陈与义的心态及创作的影响》,《商丘师范学院学报》2009年第2期。
施洪波:《意足不求颜色似,前身相马九方皋——论陈与义的咏物诗》,《湖州师范学院》2002年第5期。
宋亚伟:《简斋集版本考略》,《河南图书馆学刊》2001年第3期。
孙乃修:《黄庭坚诗论再探讨》,《文学遗产》1998年第3期。
吴淑钿:《论陈与义诗歌的主要风格》,《铁道师院学报》1992年第1期。
吴中胜:《陈与义与陶(渊明)、杜(甫)心态比较论》,《赣南师范学院学报》1995年第2期。
吴中胜:《"诗宗已上少陵坛"吗——再评陈与义学杜》,《杜甫研究学刊》1996年第1期。
杨玉华:《略论陈与义诗的地位及其影响》,《楚雄师专学报》1993年第2期。
姚大勇:《陈与义诗歌新论》,《中国韵文学刊》2001年第1期。
张福勋:《简斋已开诚斋路——陈与义写景诗略论》,《中国韵文学刊》1994年第1期。
张利玲:《柳宗元与陈与义:寓湘诗的两个艺术世界》,《怀化学院学报》2007年第9期。
张利玲:《陈与义寓湘诗初探》,《牡丹江大学学报》2008年第4期。
周裕锴:《惠洪与夺胎换骨法——一桩文学批评史公案的重判》,《文学遗产》2003年第6期。
左福生:《论陈与义南渡诗的"雄浑"》,《乐山师范学院》2007年第6期。

三、学位论文

江道德:《陈与义的生平及其诗》,台湾大学硕士学位论文,1983年。
巨传友:《陈与义战乱诗研究》,湘潭大学硕士学位论文,2003年。
娄甡芳:《靖康之乱与陈与义诗风转变》,郑州大学硕士学位论文,2006年。
沙晓会:《陈与义对江西诗派的继承与新变》,河南大学硕士学位论文,2008年。
孙莉:《陈与义诗歌研究》,暨南大学硕士学位论文,2006年。
王迎春:《论陈简斋体》,安徽大学硕士学位论文,2005年。
吴倩:《陈与义诗歌论》,广州大学硕士学位论文,2010年。
张奇:《陈与义诗歌三论》,安徽师范大学硕士学位论文,2007年。
左福生:《陈与义对陶渊明的接受及其清远平淡诗风的形成》,重庆师范大学硕士学位论文,2007年。

后　　记

乙巳新正，余校雠《陈与义诗歌研究》既毕，掩卷太息，恍若隔世。

忆昔丁亥之秋，蒙恩师方建新教授不弃，忝列门墙。先生治学，若禹导九川，经纬分明；诲人则如匠斫良材，斧凿有度。每遇疑难，必谆谆以启；偶得颖悟，辄拊掌而励。春风化雨，润物无声。自愧疏懒，迄无所成，有负师恩。

同窗诸友，或助辑佚，或共辩难。每聚于书屋茶寮，论诗至激烈处，竟忘杯茗已冷。今或骨销泉下，或身远天涯，思之怅然。

至若责编胡春丽女史，校雠精审，匡正良多，尤当铭感。文传学院院长杨波教授，擘画筹策，鼎力扶持，一并致谢！

简斋诗法，本诸江西而自成面目。其《伤春》诸作，以雄浑写沉痛；《清明》诸篇，以清丽状幽独。余今诠次考论，虽竭愚诚，犹恐管窥蠡测。昔庄子云"吾生也有涯，而知也无涯"，惟愿此编能作他山片石，以待来者。

附诗一首

简斋诗读后（丙申）

沉疴待谁起，公诗还如药。此事古有征，杜老能驱疟。展卷清风生，忘忧成至乐。忆昔习古诗，从公得门钥。鼎足黄与陈，西江分一勺。上窥韦柳间，无愧三唐作。中岁值流离，骨力更坚卓。终登少陵坛，去似云间鹤。比来网坛间，唧啾喧众雀。标新乱正声，积木矜博学。公诗真大雅，文字成脱略。安得如风斤，来除鼻端垩。

乙巳年柳月于贵筑，刘雄谨识。

图书在版编目(CIP)数据

陈与义诗歌研究/刘雄著. -- 上海：复旦大学出版社,2025.3. -- ISBN 978-7-309-17882-1
Ⅰ.I207.227.44
中国国家版本馆 CIP 数据核字第 202538AS51 号

陈与义诗歌研究
刘　雄　著
责任编辑/胡春丽
复旦大学出版社有限公司出版发行
上海市国权路 579 号　邮编：200433
网址：fupnet@fudanpress.com　http://www.fudanpress.com
门市零售：86-21-65102580　团体订购：86-21-65104505
出版部电话：86-21-65642845
常熟市华顺印刷有限公司

开本 890 毫米×1240 毫米　1/32　印张 10.75　字数 310 千字
2025 年 3 月第 1 版
2025 年 3 月第 1 版第 1 次印刷

ISBN 978-7-309-17882-1/I·1447
定价：98.00 元

如有印装质量问题，请向复旦大学出版社有限公司出版部调换。
版权所有　　侵权必究